Erster Teil

1

Vor dem Anmeldeschalter des Grand-Hotels in Bombay stand eine Menge eben angekommener Gäste Schlange. Am frühen Morgen war ein Schiff eingelaufen. In der großen Halle klangen viele Sprachen durcheinander, aber Englisch herrschte vor. Man sah auf den ersten Blick, daß die Engländer den Vorrang hatten. Selbst ein Maharadscha saß, von seinem Gefolge umgeben, ungeduldig und eifersüchtig auf die Bevorzugung der Europäer, in einem der großen Rohrsessel. Seine schimmernde Kopfbedeckung, seine glitzernde Kleidung und die flatternden bunten Gewänder seines Gefolges ließen diese Gruppe, obschon man sich in Indien befand, fremd und exotisch erscheinen. Die Engländer merkten gar nicht, daß sie den Neid der anderen erweckten; sie standen ruhig und geduldig hintereinander und blickten weder nach rechts noch nach links.

Unter ihnen war ein Amerikaner, ein großer, massiger Mann in mittleren Jahren in dunkelgrauem Reiseanzug und mit schwarzem Filzhut. Er schaute interessiert und neugierig umher. Er war auf seine Art ebenso ruhig wie die Engländer, scheute sich aber nicht, zu zeigen, daß ihm die neue, farbige Umgebung Freude machte. Nur Amerika brachte so selbstsichere und gleichzeitig so naive und harmlos-neugierige Männer hervor. Er betrachtete die Engländer mit leicht ironischem, wenn auch duldsamem Blick, obwohl sie unauffällig, aber unmißverständlich versuchten, ihn aus der Reihe zu drängen. Mit breiten, unbewegten Schultern hielt er dem Druck stand und schob sich langsam weiter. Einmal drehte er sich zu dem großen, schlanken jungen Mann um, der hinter ihm stand und offenbar sein Sohn war. Sie hatten das gleiche scharfgeschnittene Gesicht, nur daß der Sohn nicht graue, sondern dunkle Augen und statt eines grauroten Schopfes glattes schwarzes Haar besaß. Auch war sein olivenfarbenes Gesicht glattrasiert, während der Vater einen kurzgeschnittenen, graumelierten roten Bart und Schnurrbart trug.

»Gib nur nicht nach«, sagte er zu ihm.

»Nein, ich halte mich schon«, erwiderte sein Sohn.

Der Geschäftsführer, ein Engländer, warf ihnen einen verschmitzten Blick zu, als der Vater seinen Namen in das Fremdenbuch schrieb: David Hardworth MacArd und Sohn.

»Sie sind Amerikaner, Mr. MacArd?«

»Ja. Aus New York.«

Er sah eine Weile nachdenklich seinen Namen an und strich dann das ›und Sohn‹ dick durch, drehte sich wieder um und sagte halb im Scherz: »Ich glaube, es wird langsam Zeit, daß du aufhörst ›und Sohn‹ zu sein.«

»Mir ist das gleich, Vater«, sagte der Sohn mit milder Stimme.

»Nein, nein«, sagte MacArd, diesmal mit Nachdruck, »ich denke daran, daß deine Mutter auch nicht gern bloß ›und Frau‹ war.«

Lächelnd schrieb sein Sohn seinen Namen hin: David MacArd. Seine Handschrift war voll jugendlicher Schnörkel – im Gegensatz zu den dicken, eckigen Buchstaben seines Vaters.

»Wir haben Ihnen Zimmer reserviert«, sagte der Geschäftsführer. »Sie haben sie für eine Woche bestellt, nicht wahr? Wir haben auch die Fahrkarte nach Puna für Sie besorgt. Keine lange Reise, Mr. MacArd. Schön, daß Sie in der besten Jahreszeit gekommen sind. Post für Sie ist noch nicht da. Ist das Ihr Gepäck? Es wird sofort auf Ihre Zimmer gebracht.«

»Post erwarte ich nicht«, sagte MacArd. »Ja, das ist unser Gepäck.«

Es war kein großer Stapel. Seine eigenen Rindslederkoffer waren ziemlich abgenutzt; für David hatte er neue aus Schweinsleder gekauft. Leilas silberbeschlagene Reisetaschen aus Krokodilsleder hätten nicht für den jungen Mann gepaßt; zudem waren sie mit allen anderen Sachen, die Leila gehört hatten, weggeräumt worden, als sie vor einem Vierteljahr starb.

Erst ein Vierteljahr war es her –! Seine Gesichtsmuskeln zogen sich zusammen, wie immer, wenn er an Leila dachte. »Sollen wir hinaufgehen oder gleich essen? Tiffin heißt, glaube ich, das Mittagessen hier.«

»Ich möchte mich umziehen«, sagte David. »Es ist heißer, als ich dachte.«

Der Geschäftsführer, der sich schon mit einem andern Gast unterhielt, hörte das.

»Nehmen Sie einen leichten Überzieher mit«, riet er. »In Bombay ist es in dieser Jahreszeit mittags sehr heiß, aber abends sehr kühl. Ein wunderbares Wetter. Nur muß man sich daran gewöhnen, immer einen Überzieher mitzunehmen.«

»Danke«, sagte David.

Vater und Sohn gingen auf die breite Marmortreppe zu und Seite an Seite hinauf. Ihre Zimmer lagen im ersten Stock an einem Gang, der noch breiter war als die Treppe. Vor ihnen her trugen zwei indische Hotelpagen ihr Gepäck. Sie machten vor einer offenstehenden Tür halt, hinter der sich eine zweite, eine verschlossene Lattenhalbtür befand. Auf dem Boden neben der Tür saß gegen die Wand gelehnt im Halbschlaf ein Mohammedaner. Er hatte die Arme um die Knie gefaltet und den Kopf auf die Arme gelegt, so daß sein Fez schief saß.

Einer der Pagen gab ihm einen sanften Fußtritt. »Wach auf, dein Herr ist da!«

Der Moslem sprang auf, hellwach, sein ausgemergelter Körper bebte vor Dienstfertigkeit. »Sahib!« rief er. »Ich weiß, Sahib. Ich hier schon so lange gewartet. Hier meine Karten, Herr, meine Empfehlungsschreiben. Sahib und Sohn zu dienen! Grand-Hotel empfiehlt mich. Bitte!«

Die Boys waren bereits im Zimmer, aber der Moslem hatte sich geschickt in die Tür gestellt, so daß die beiden Amerikaner nicht eintreten konnten. Er hatte die Hände voll Karten und schmutziger Umschläge, die er aus der Brusttasche seines weißen Baumwollgewandes gezogen hatte.

»Gib den Weg frei!« sagte MacArd schroff. Er schob den Mann beiseite, beziehungsweise, der Mann schien von der Berührung dahinzuschmelzen. MacArd ging hinein. David bat den Mann mit einem schwachen Lächeln um Verzeihung und folgte seinem Vater. Sogleich bedrängte sie der Moslem mit erneutem Eifer. Er blieb auf der Schwelle stehen, hielt mit der linken Hand die Lattentür auf und streckte die rechte mit dem Pack Karten und Briefe vor.

»Bitte, Sahib und Sohn!« rief er mit lauter und drängender Stimme. »Ohne Träger können Sie nichts unternehmen. Überall werden Sie von den Hindus betrogen werden. *Ich* kenne sie! Wenn Sie mich an der Seite haben, wird Ihnen keiner zu nahe treten. Ich bin Wahdi.«

»Im Führer steht, daß wir einen Träger haben müssen, Vater«, hakte David ein.

»Erst das eine und dann das andere«, erwiderte sein Vater. »Ich muß erst diese Burschen bezahlen.«

»Den Oberpikkolo, das steht auch im Führer«, erklärte David.

»Mich bitte, Sahib«, sagte der eine. »Ich nehme für zwei.«

MacArd zog einen Schein aus der Brieftasche. »Daß du ihm aber was abgibst!«

Der Page machte die Dankesgebärde der Hindus. »Amerikaner geben immer reichlich«, murmelte er. »Ich sage Ihnen was, Sahib. Dieser Mann, Wahdi, ist gut, wenn er auch Mohammedaner ist. Sie können ihm vertrauen. Er wird Sie nicht betrügen, wenn Sie ihn gut entlohnen.« Er legte wieder die Hände zusammen. Der Schein steckte zwischen dem dritten und vierten Finger seiner rechten Hand, und so ging er mit dem anderen Boy fort.

»Nun«, sagte MacArd und fuhr sich durch den Bart. »Irgendeinen werden wir wohl brauchen. Da können wir auch gleich den hier nehmen. Ich kann ihn ja wegjagen, wenn er nichts taugt.«

»Er sieht nicht übel aus«, meinte David.

Wahdi, noch immer vor Ungewißheit zitternd, wandte sich an den Sohn. »Ich bin sehr gut, kleiner Sahib. Einige Träger betrügen zwar, aber ich nicht.«

»Du sprichst gut Englisch«, bemerkte David.

»Ich war viele Jahre in einer christlichen Schule.«

MacArd, der gerade einen Koffer geöffnet hatte, wandte sich darauf zu ihm hin. »Bist du Christ?« fragte er plötzlich interessiert.

Wahdi geriet in Verlegenheit. Er blickte von einem zum anderen und hielt es für das Sicherste zu lachen. »Das ist zu schwer für mich«, erklärte er. »Das Christentum ist gut, aber ich habe keine Zeit. Ich muß meine Eltern erhalten, ebenso meine Frau und elf Kinder. Wenn ich alt bin und nicht mehr arbeiten kann, werde ich vielleicht Christ.«

David lachte. »Er ist jedenfalls ehrlich, Vater.«

MacArd brummte etwas in den Bart und schickte sich an, den Koffer auszupacken.

»Dann bin ich also Ihr Träger, Sahib?« fragte Wahdi in flehendem Ton.

»Meinetwegen«, brummte MacArd, ohne den Kopf zu heben.

»Danke, danke sehr, danke vielmals, Sahib und Sohn.« Wahdi überschlug sich fast vor Dankbarkeit. »Ich will alles für Sie tun, Sahib, Sie werden zufrieden sein. Lassen Sie mich auspacken, Sahib. Ich werde das alles erledigen. Bitte, gehen Sie jetzt zum Tiffin. Ich mache das schon.«

Ohne recht zu wissen, wie sie so schnell herausgekommen waren, befanden sie sich plötzlich wieder auf dem breiten Flur und auf dem Weg zum Speisesaal. Hinter ihnen war Wahdi bereits an der Arbeit, öffnete die großen Kleiderschränke aus Teakholz und bestimmte, wo die Garderobe seiner Herren Platz finden sollte. »So und so und so«, summte er wie eine eifrige Biene.

»Ich sehe schon, daß wir uns da einen gestrengen Herrn zugelegt haben«, sagte David. »Ich bin nicht einmal dazu gekommen, mich umzuziehen.«

»Haha!« lachte MacArd. Er hatte Wahdi bereits vergessen. Er hielt den Reiseführer in der Hand und studierte im Gehen eine Karte. Zwischen ihm und der Karte tauchte plötzlich eine Erinnerung auf, das Gesicht seiner verstorbenen Frau, genauso, wie sie auf der letzten Reise, die sie zusammen gemacht hatten, ausgesehen hatte. Ja, es war in London gewesen – er hatte damals genau wie jetzt eine Karte herausgezogen und die Einteilung der vor ihm liegenden Stunden geregelt, doch damals laut – und an ihrer Seite.

»Lieber Gott«, hatte sie geseufzt und ihren hübschen Mund verzogen, »es muß doch auch etwas Zeit übrigbleiben, in der man nichts tut, du Ungeheuer!«

Das war ihm spaßig erschienen. »Wie kann man nichts tun?« hatte er gefragt. »Schon der Ablauf der Zeit zwingt einen ständig, irgend etwas zu tun. Nichts zu tun, ist unmöglich. So etwas wie ›nichts‹ gibt es nicht.«

Aber sie hatte auf ihrer Ansicht bestanden. »Freilich gibt es das!« Er konnte ihr eigensinniges, liebes Gesicht sehen, die Augen, die unter dem dunklen, weichen Haar noch dunkler erschienen.

Nun, sie hatte recht gehabt. Es gab wohl etwas wie ein Nichts, dachte er, und das war der Tod, ihr Tod... Oder war das doch ganz anders? Tag und Nacht verfolgte ihn das Gefühl, daß sie irgendwie und irgendwo noch lebte. Zu ihren Lebzeiten hatte er, wenigstens meinte er das, keinen Glauben nötig gehabt – aber jetzt mußte er ihn wieder finden, wie er ihn schon einmal im Pfarrhaus seines Vaters gefunden hatte. Sein Vater war Landpfarrer gewesen, ein einfacher, mächtiger Mann, der nach seiner Heimkehr aus dem Krieg Prediger geworden war. In MacArds Kindheit war der Glaube so greifbar wie Armut, so einfach wie Brot und so unvermeidlich wie Geburt und Tod. In seiner Jugend war MacArd ungeduldig geworden, denn sein Vater war ein strenger Mann – und nach einem Streit war er seine eigenen Wege gegangen, und in dem Kampf um den sogenannten Erfolg hatte er das verloren, was sein Vater Religion nannte. Er war bereits ein bekannter junger Geschäftsmann, als er Leila Gilchrist heiratete, die Tochter seines älteren Teilhabers. Mit ihr ging er dann wieder sonntags zur Kirche, aber diese Kirche war ganz anders als die, in der sein Vater daheim von Himmel, Hölle und Unsterblichkeit gepredigt hatte.

In der Nacht nach Leilas Begräbnis hatte er kein Auge schließen können und das Bedürfnis gefühlt, mit größerer Sicherheit zu wissen, daß sie noch lebte, obschon ihr geliebter Körper im Grab lag, in das er ihn selbst hatte hineinsinken sehen. Da hatte er den Pfarrer Paul Barton gerufen. »Barton«, hatte er heiser ins Telefon gerufen. »Hier ist MacArd.«

»Ja, MacArd. Was kann ich für Sie tun?«

»Können Sie mir versichern, daß meine Frau tatsächlich noch irgendwo lebt?«

»Ich glaube, ja.«

»Haben Sie Beweise?«

»Ich habe meinen Glauben.«

»Warum habe *ich* keinen? Ich gehöre doch zu Ihrer Kirche!«

»Und nicht nur das, Sie haben mit die größten Beiträge gestiftet«, sagte Barton in salbungsvollem Kanzelton.

»Warum kann ich dann nicht glauben, daß sie lebt?«

»Sie müssen sich einfach vorsagen, daß Sie es glauben«, erwiderte der Geistliche. »Sagen Sie es sich vor, dann wird der Glaube folgen.«

Nun, er hatte es sich immer wieder vorgesagt. Leila konnte nicht ausgelöscht sein... Er war jedoch ein praktischer Mann. Was geschah mit dem Körper? Niemand konnte die Tatsache der Verwesung leugnen. Wie würde sie also als Geist aussehen, und war sie als Geist noch dieselbe? Er wollte nicht die geringste Veränderung... Entweder existierte Leila oder nicht; sein Wunsch, sie möchte leben, hatte, soweit er sehen konnte, nichts mit den Tatsachen zu tun. Er hatte seit Jahren nicht mehr an seine Eltern gedacht, denn sie waren vor seiner Verheiratung gestorben; aber jetzt wünschte er, sein alter, polternder Vater wäre wieder lebendig. Er hatte immer den Eindruck gehabt, daß sein Vater genau wußte, was er glaubte, und auch, warum er es glaubte.

Er faltete die Karte zusammen und ging mit seinem Sohn schweigend nach unten. Der Junge war schon die ganze Zeit sehr still, er vermißte zweifellos seine Mutter, obschon er nie von ihr sprach.

»Wir wollen gleich nach dem Essen ausgehen«, sagte MacArd hart.

»Gut, Vater«, antwortete David.

Die Halle war jetzt fast leer. Nur der Maharadscha saß noch da, umgeben von der bunten Schar seines Gefolges, während sein Sekretär, ein Weißer, mit dem Hoteldirektor verhandelte.

Sie betraten den großen Speisesaal und setzten sich an einen Fenstertisch. Sofort erschien ein indischer Kellner in weißer Uniform und roter Schärpe. Über ihnen fächelte ein großer Punkah hin und her und bewegte die heiße Luft.

Die Sonne brannte aus einem bläulichweißen Himmel hernieder, als sie aus dem Hotel kamen. MacArd hatte für sich und David in London Tropenhelme gekauft, und David hatte sie nach dem Essen heruntergeholt, aber nichts schützte ihr Gesicht vor der vom Boden zurückgeworfenen Sonnenglut, obwohl sich in den Straßen eine dichte Menge vielfarbiger und buntgekleideter Menschen drängte. Weiße waren nicht zu sehen, außer einigen Engländerinnen, die im Wagen ihre Mittagsbesuche machten. Diese sonderbare Gewohnheit hatte, wie sie aus dem Reiseführer entnehmen konnte, ihren Grund darin, daß am Nachmittag alles in die Parks und in die Klubs ging, um dort die Kühle vor Sonnenuntergang zu genießen.

»Kannst du einen Einheimischen vom andern unterscheiden?« fragte MacArd seinen Sohn, nur um etwas zu sagen. Eine seiner schwierigsten Aufgaben bestand jetzt darin, das drückende Schweigen etwas weniger fühlbar zu machen; aber auch die Unterhaltung war eine Last. Zu Lebzeiten Leilas hatten sie nicht gemerkt, daß sie es war, die die Verbindung zwischen den drei Familienmitgliedern herstellte und aufrechterhielt. Über alles, was sie sahen und taten, hatte sie lachend Bemerkungen gemacht und dadurch ihr Zusammenleben unmerklich zu einer wohlgegliederten Einheit geformt. Jetzt aber übersetzte keiner mehr für die beiden das Leben in Worte, so daß MacArd manchmal sein Sohn wie ein fremder Mensch vorkam oder vorgekommen wäre, wenn David nicht in seinem Bemühen, seinem Vater freundlich entgegenzukommen, auf die leiseste Anregung sofort eingegangen wäre.

»Du müßtest ja wohl wissen, welcher Rasse jeder von ihnen angehört«, erwiderte David.

Sie hatten eine kleine Büchersammlung über Indien mitgenommen, die MacArd auf der Reise eingehend durchstudiert hatte, während David es nicht über sich bringen konnte, auch nur einen Blick hineinzuwerfen – so apathisch war er durch den Tod seiner Mutter geworden. Er schämte sich insgeheim darüber und brachte das dadurch zum Ausdruck, daß er seinen Vater wegen dessen Eifer ein wenig aufzog.

»Das ist, glaube ich, ein Pathan«, verkündete MacArd und zeigte mit einem Kopfnicken nach einem schönen, älteren Mann hin, dessen schneeweißes Baumwollgewand seine dunkle Haut noch mehr hervorhob, während ein kleiner Turban den Kopf einfaßte. »Der da«, fuhr er fort, »ist ein Marathi.« Der Marathi trug weite weiße Hosen und eine mantelartige Tunika; sein mit einer goldenen Schnur umflochtener Turban hing über einem verborgenen Holz- oder Drahtgestell.

»Man sieht nur Männer«, sagte David, um die Unterhaltung nicht einschlafen zu lassen. »Ich glaube, die Frauen dürfen sich nicht öffentlich zeigen.«

Aber gerade in diesem Augenblick sahen sie eine Gruppe Marathifrauen aus einem Torweg kommen. Sie waren in bunte Saris gekleidet und trugen Edelsteine an ihrem linken Nasenflügel – ein seltsamer und hübscher Anblick. Der Marathimann beschirmte sie und geleitete sie zu einem Wagen, mit dem sie in das überfüllte Eingeborenenviertel fuhren.

Zu diesem Viertel, weg vom Meer und den angenehmen Parkwegen der Engländer, zog es nun plötzlich MacArd. Da die Hitze unerträglich war, rief er ein kleines Gefährt, eine Gherry, die von einem lebhaften weißen Ochsen gezogen wurde. »Malabar-Point können wir auf später verschieben«, sagte er zu David. »Ich möchte sehen, wo diese Leute wohnen.«

Schweigend saßen sie in dem schaukelnden, unbequemen Gefährt auf harten Holzsitzen einander gegenüber. Die Parks und breiten Straßen machten schmalen Gassen, die großen englischen Gebäude kleinen zweistöckigen Backstein- oder

Steinhäusern Platz, die mit ihren verzierten und bemalten Vorderseiten wie Spielzeugschachteln aussahen. Die heiße Luft dampfte von Gerüchen und Dünsten; scharfer Pfeffer- und Essiggeruch mischte sich mit dem schmeichelnden Duft von Blumen und Früchten. Die Straßen waren überfüllt. Die Leute gingen, standen, lehnten an den Wänden oder lagen, zusammengerollt, schlafend im Schatten der Häuser. Fast alle waren dunkel, aber diese braune Tönung wies die verschiedensten Schattierungen auf. Manchmal hatte ein Kind eine milchig helle Haut, manchmal war ein Knabe fast weiß. Viele blickten zu ihnen auf, mit ihren großen, feuchten und sanften Augen – mit Ausnahme der Pathans und Sikhs, deren Blick, in tiefliegenden Höhlen, aus adlerartigen Gesichtern glühte. Unter den durcheinanderwogenden Scharen der Hindus, Moslems, Malaien und Parsen (die waren kenntlich durch ihre großen Filzhüte), der Afghanen, Chinesen, Tibetaner sah man ab und zu auch Schwarze, die aus den südlichen Küstenstrichen kamen, aber nie einen Weißen. Die Farben leuchteten und schienen effektvoll zusammengestellt: ein roter Turban und ein grüner Schal, ein gelbes Kleid und eine Tunika von karmesinrotem Samt, Gold, Purpur, Orange und Scharlach vermischt mit Blau, Violett und Weiß. Hier in der Eingeborenenstadt sah man auch viele Frauen aus dem Volk in anmutig getragenen Saris. Ihre braunen Gesichter waren mit Stirnreifen, Ohrringen und winzigen, aus den Nasenlöchern schimmernden Edelsteinen geschmückt, die nackten Arme und Fußknöchel klirrten von Ringen. Auf die beiden Amerikaner wirkten sie wie eine vorüberziehende Prozession, die man sich aus Neugierde ansieht.

Manche Seitenstraßen waren selbst für die Gherry zu schmal. Der Fahrer murmelte etwas über die Schulter, trieb den Ochsen zu einer Reihe von Juwelierläden und brachte ihn dann zum Halten, als wären sie nun am Ziel. Er bat durch Gebärden seine Fahrgäste, auszusteigen.

»Nun«, sagte MacArd mit schwachem Lächeln, das sich in seinem Bart verlor, »er scheint zu wissen, was wir zu tun haben.«

»Gehorchen wir ihm also«, erwiderte David.

Sie stiegen aus. Der Treiber zog sich den Baumwollrock über den Kopf und setzte sich zum Schlafen zurecht.

Die Läden oder Bazare, oder wie man sie auch nennen mochte, waren voll von Leuten, die Juwelen und Schmuckstücke unter lauten Ausrufen prüften und miteinander verglichen. Ein paar Frauen wandten sich um, als sie die Weißen erblickten, die gleich von einem Schwarm von Bettlern umringt waren. An Juwelen gab es reiche Auswahl, man sah Rubine und rosafarbene indische Perlen, Amethyste und Diamanten, Türkise und chinesische, in Gold gefaßte Jade, Halsketten, Arm- und Fußreifen für Frauen und Schnallen und Spangen für die Turbane der Männer. Von allen Seiten riefen die Ladenbesitzer den Amerikanern zu und forderten sie zur Besichtigung auf. MacArd zögerte, denn der Anblick versetzte ihm plötzlich einen Stich ins Herz. Für wen sollte er jetzt noch Juwelen kaufen? Wäre Leila bei ihm gewesen... Sie hatten schon einmal geplant, nach Indien zu fahren, denn sie hätte gern den Osten gesehen; wahrscheinlich hatten Missionare, die in ihrer Kirche Vorträge hielten, sie neugierig darauf gemacht. Ja, dann hätte er ihr sicher gern das Perlenhalsband gekauft oder das schwere goldgelbe Armband mit den Smaragden... In Indien gab es die schönsten Smaragde der Welt – und wie gut hätte dieses strahlende Grün zu ihrem dunklen Haar und ihren dunklen Augen gepaßt, wie hätte er sich gefreut, sie damit geschmückt daheim am anderen Ende des langen Tisches sitzen zu sehen! Seinen Gästen gegenüber hätte er dann geprahlt: »Ja, Leilas Smaragde haben wir in Indien gekauft, in der Juwelierstraße. Es gibt dort Tausende von Läden, sechstausend, wie man uns sagte, und Leilas erschienen uns als die schönsten Edelsteine, die wir zu Gesicht bekamen.«

Leila war tot. Das mußte er sich immer wieder vorsagen. Er betrachtete David, der ruhig neben ihm stand und nicht die Juwelen, sondern die Leute betrachtete. »Sollen wir gehen?« fragte er.

»Jederzeit, wenn es dir recht ist«, erwiderte David.

Zur Enttäuschung der Juweliere kletterten sie wieder in den Ochsenkarren und weckten den Treiber, indem sie ihn mit seinem Rohrstock in die Rippen stachen. MacArd bedeutete ihm mit einer Armbewegung, zum englischen Viertel mit seinen breiten Straßen und den großen Häusern aus grünem und grauem Stein zurückzufahren. Dort entließen die Amerikaner den Karren und stiegen in die Pferdebahn nach Malabar-Point.

»Dieses Straßenbahnnetz hat ein Amerikaner namens Kittredge gebaut«, belehrte MacArd seinen Sohn, um die Unterhaltung wieder in Gang zu bringen.

»So?« murmelte David.

Sie kamen an der Kathedrale und an der Statue von Lord Cornwallis vorbei. Wie sie aus dem Reiseführer ersahen, war Lord Cornwallis Generalgouverneur von Indien zu der Zeit gewesen, als England seine amerikanischen Kolonien verloren hatte, und die Statue war aus Beiträgen der Bombayer Kaufleute errichtet worden.

»Cornwallis«, sagte MacArd kurz und deutete mit dem Kopf auf die hochmütige Gestalt.

David sah hin, sagte aber nichts.

Im Norden der Bucht standen die Türme des Schweigens. Im Hotel hatte man ihnen gesagt, daß sie die Türme auf keinen Fall auslassen dürften. »Eine sehr interessante Sehenswürdigkeit«, hatte der Geschäftsführer herablassend bemerkt.

»Bist du müde?« fragte MacArd plötzlich besorgt. Sein Sohn sah bleich aus.

»Ich fühle mich nicht sehr wohl«, gestand David. Er hatte Mühe, die Worte herauszubringen. »Ich meine ab und zu, ich müßte ersticken. Es ist wohl nur die Hitze.«

»Dann kehren wir um und fahren ins Hotel zurück«, erklärte MacArd entschlossen. Wieder stiegen sie aus und fuhren mit der nächsten Straßenbahn zurück, und nach einer halben Stunde waren sie in ihrem Hotel angelangt. Wahdi, der vor ihrer Zimmertür schlief, sprang auf. MacArd beachtete ihn nicht.

»Du bist doch nicht krank?« fragte er ängstlich seinen Sohn.

»O nein«, protestierte David. »Vielleicht sitzt mir immer noch die Seefahrt in den Gliedern. Mir ist's, als fühlte ich noch immer, wie das Meer sich hebt und senkt. Ich will mich hinlegen.«

»Ich hole Ihnen Tee, Sahib.« Wahdi, der dauernd um sie herumschwebte, trug indessen nicht unbedingt dazu bei, die Atmosphäre zu beruhigen.

»Also hol ihn«, befahl MacArd. »Und du, David, wisch dich mit einem kühlen Schwamm ab. Das wird dich erfrischen.«

»Danke, Vater, aber mach dir keine Sorge. Der Tee wird mich wiederherstellen.« Er hätte gern die Tür zwischen den Zimmern geschlossen, aber er wollte seinen Vater nicht kränken. Er war noch nie Tage und Wochen mit seinem Vater allein gewesen. Immer hatte seine Mutter zwischen ihnen vermittelt, und jetzt war sie nicht mehr da... Er mußte lernen, mit seinem Vater zu leben, ohne sich durch dessen mächtige Persönlichkeit bedrückt zu fühlen. Er lächelte seinem Vater zu, dann faßte er Mut und schloß die Tür.

Im Badezimmer schüttete MacArd, wie es der Reiseführer anriet, Wasser über sich aus. Er stand auf dem schrägen Steinboden, schöpfte mit der metallenen Kelle Wasser aus einem großen Porzellankrug und schüttete es sich über Kopf und Schultern. Es war erfrischend, das mußte er zugeben, wie das Wasser über seinen weißen Körper rieselte, über die bleiche Haut der Rothaarigen, die weit weniger schön war als Leilas reizender cremefarbiger Teint... Dieser Quell der Freude sprudelte nun nicht mehr. Er bemühte sich, streng mit sich zu sein und die Lebenslust seines mächtigen Körpers zurückzudrängen. Er mußte seine Zeit jetzt an andere Ziele wenden, eine neue Arbeit unternehmen, sich beschäftigen – aber womit? Zu ihren Lebzeiten war sein Leben zu jeder Tages- und Nachtstunde ausgefüllt – und jetzt war plötzlich alles zu Ende gegangen; so schnell, daß er es kaum glauben konnte. Ihr Herz hatte, ohne daß man vorher einen Verdacht hatte schöpfen können, in einer Nacht, einer Nacht wie jede andere, einfach aufgehört zu schlagen, ohne ersichtlichen Grund, ohne Ankündigung; es war einfach ein Geheimnis. Freilich, sie hatte in ihrem reizenden Eigensinn nie einen Arzt aufgesucht, auch nicht nach Davids Geburt und der darauffolgenden schweren Operation, die zur Folge hatte, daß sie nie mehr Kinder bekommen konnte - nie mehr war sie nach diesen langen Wochen im Krankenhaus beim Arzt gewesen. Sie behandelte sich selbst, hielt das aber geheim. Er wußte das nur, weil er manchmal Flaschen mit Medizin auf ihrem Tisch fand. Erschreckt hatte er damals von ihr Auskunft verlangt, ob sie Schmerzen hätte oder sich krank fühle, aber sie schenkte ihm nie reinen Wein ein. Sie hatte ihn ausgelacht, ihm ihre schönen, runden Arme gezeigt und ihn kokett gebeten, doch die Farbe ihrer Wangen zu betrachten.

»Sehe ich wie eine Kranke aus?« hatte sie gefragt.

Er konnte nichts anderes als die Wahrheit sagen, nämlich, daß sie aussehe wie die Gesundheit selbst. Später sagte ihm der Arzt, gerade diese leuchtenden Augen und die lebhafte Farbe seien die Vorzeichen des Todes gewesen.

MacArd stöhnte auf, als er sich daran erinnerte; dann wickelte er sich in einen leinenen Bademantel und setzte sich im Schlafzimmer in einen tiefen Rohrsessel. Er fühlte, wie schwer die Last seiner Einsamkeit auf ihm lag; es kam ihm zum Bewußtsein, daß sein Haus, wenn er dahin zurückkehrte, für ihn leer sein würde. Überwältigt von diesen Gefühlen, schloß er die Augen und lehnte den Kopf zurück. Er hatte seit Jahren nicht mehr richtig gebetet, obschon er das äußerlich jeden Abend tat - weil Leila die Gewohnheit hatte, vor dem Schlafengehen ein paar Minuten vor dem Bett zu knien. Dann und wann hatte er in diesen Minuten mitgebetet; aber meistens hatte er nur so getan, weil er seine Frau nicht verletzen wollte. Seit ihrem Tode hatte er diese Heuchelei aufgegeben - aber jetzt, in diesem fernen Zimmer in Indien, brach aus der Sehnsucht seines Herzens plötzlich in klaren Worten ein Gebet:

»O Gott, zeige mir, was ich mit meinem Leben und meinem Geld anfangen soll, damit ich schließlich meine geliebte Frau im Himmel wiederfinden kann!«

Er zweifelte keinen Augenblick daran, daß Leila im Himmel war, vorausgesetzt, daß es einen solchen Ort gab; denn sie war eine zartfühlende Frau von solcher Güte und Reinheit gewesen, daß sie schon auf Erden wie ein Engel wandelte. Daß sie manchmal kleinlich gewesen war und ihn ungeduldig gemacht hatte, das erschien ihm jetzt ganz unmöglich – die Schuld daran schob er sich nun ganz allein zu, obwohl er das nicht so deutlich erkannt hatte, als sie noch lebte. Sie hatte sich manchmal über ihn beklagt, weil er, wie sie sagte, nur Interesse am Geldverdienen hatte. Das stimmte. Sein ganzes Leben lang hatte er an dem riesigen Netzwerk seiner Interessen gearbeitet. Er hatte sein Vermögen mit dem Bau und Aufkauf von Eisenbahnen erworben und war jetzt noch Präsident dieser seiner ältesten Gesellschaft; aber Eisenbahnen waren, wie ein halbes Dutzend Menschen in Amerika wußte, nur Verkehrsadern für den Handel, und jetzt, im letzten Jahrzehnt des neunzehnten Jahrhunderts, verlangte das junge und hungrige Land, in dem er aufgewachsen war, noch weitere Eisenbahnen und stärkeren Handel. Auf seinem goldenen Wege unentwegt weiterzuschreiten, war sein Bemühen, aber auch seine Befriedigung und seine Leistung gewesen. Es hatte ihm sowohl Spaß gemacht wie auch Ruhm eingebracht. Er hatte sich nie darum gekümmert, wieviel Geld Leila ausgab. Er sah den Namen seiner Frau gern an der Spitze einer Sammelliste: »Frau David Hardworth MacArd fünftausend Dollar.« Wie würde sich wohl Leila seine zukünftige Tätigkeit wünschen?

Er hielt die Augen fest geschlossen, von dem Ruf, den er in sich vernahm, überrascht und auch ein wenig erschreckt. Gab es Geheimnisse, die er nicht kannte? Er war ein tätiger Mensch, er hatte keine Zeit, Bücher zu lesen, obschon er gern zugehört hatte, wenn Leila ihm von den Büchern erzählte, die sie selbst las. Seit ihrem Tode hatte er dann und wann mal eins geöffnet, in der Hoffnung, wieder ihre Stimme zu vernehmen oder ihr zärtliches Gesicht zu sehen. Aber ohne sie waren die Seiten für ihn tot. Wo konnte er ihr jetzt nur auf die Spur kommen?

»O Leila, Liebe«, murmelte er hinter zusammengebissenen Zähnen, »kannst du nicht irgendwie zu mir durchbrechen?«

Er saß starr und lauschend da, er hörte unverständliche Laute von der Straße, hohe, klagende Stimmen in unbekannten Sprachen, Stimmen so trauervoll wie ein Totengeläute, vermischt mit dem gellenden Ruf der Bettler. Seine Einsamkeit wurde zur Qual, und was er an Entsetzen nur zu fühlen vermochte, gab seiner Seele, die auf der Suche nach verlorener Liebe war, eine unheimliche Kraft. Gewisse Worte, die ihn in dem ländlichen Pfarrhaus seiner Kindheit begleitet hatten, sprangen ihm lebendig ins Gedächtnis. Er hörte seinen Vater Bibelstellen von der Kanzel verkünden.

»Es ist leichter, daß ein Kamel durch ein Nadelöhr gehe, denn daß ein Reicher ins Reich Gottes komme.«

Es war natürlich nicht angenehm, daß ihm gerade diese Stelle einfiel, denn er war ein sehr reicher Mann, und es sah auch Leila nicht ähnlich, daß sie ihn gerade daran erinnerte – aber vielleicht tat sie es, weil sie sich mit ihm auf keine andere Weise in Verbindung setzen konnte als durch sein Gedächtnis. Damals, als er diese Worte hörte, war er ein kleiner Junge, bitterlich arm wie seine Familie, und keiner von ihnen hatte je einen reichen Mann gesehen; er hätte damals gern gewußt, was ein Reicher tat und was er zu essen und anzuziehen hatte. Als er sich aber als junger Mann gegen seinen Vater auflehnte, wollte er reich werden, weil sein Vater diese Leute, die nie in den Himmel kamen, haßte. So wollte ihm vielleicht Leila sagen, daß diese alten Worte die Wahrheit enthielten und daß er, wenn er zu ihr in den Himmel kommen wollte, jetzt etwas Gutes mit seinem Geld tun mußte...

Aus diesen Gedanken wurde er aufgestört, weil sich die Tür leise und ganz allmählich öffnete. Er sah Wahdi, der mit lachendem Gesicht zu ihm hinblickte. Auf den Zehenspitzen kam er mit einem Teetablett herein; in der rechten Hand trug er einen großen Korb mit weißen Blumen.

»Von Regierung, Sahib«, erklärte Wahdi stolz. »Ein Papierchen, Sahib, da steht alles drin.« Er stellte das Tablett auf den Tisch, setzte den Korb nieder, zog aus der Brusttasche einen großen viereckigen Umschlag und überreichte ihn MacArd. Dann trat er zurück und blieb mit ungeheuer wichtiger Miene wartend stehen.

MacArd riß das steife Papier auf und zog einen mit dem Reliefwappen der englischen Krone versehenen Briefbogen hervor. Der vom Generalgouverneur persönlich geschriebene Brief enthielt jedoch nichts Amtliches.

»Sehr geehrter Mr. MacArd! Wir würden uns sehr freuen, wenn Sie Lust hätten, entweder Dienstag oder Donnerstag ganz privat ohne andere Gäste mit uns das Tiffin einzunehmen; ich habe aber volles Verständnis dafür, wenn Sie es vorziehen, nicht zu kommen. Ich habe Anweisung gegeben, daß Sie in der Stadt jede Besichtigung vornehmen können, die Sie wünschen, und daß Ihnen auf jeder Eisenbahnlinie, die Sie benützen wollen, ein Abteil reserviert wird. Wir verstehen die tragischen Umstände, die Ihren Besuch hier verursacht haben. Richten Sie daher Ihre Antwort bitte ganz nach Ihrem Belieben ein. Ihr sehr ergebener...«

MacArd ließ sich nicht täuschen. Er war zwar nicht eingebildet, aber stolz. Er wurde in den Palast des Generalgouverneurs eingeladen, weil er reich war, und aus keinem anderen Grunde.

Diese Unterbrechung brachte MacArd wieder zu sich selbst. Er war aufs tiefste erschüttert worden, aber er mußte warten. Er mußte, wie er sich sagte, alles in Ruhe überlegen. Inzwischen hatte er sich mit dieser Einladung zu beschäftigen.

Er sann nach, während Wahdi in majestätischer Haltung wartete und den Ruhm eines Herrn teilte, der Blumen von Malabar-Point bekam. MacArds schottisches Blut, vor zweihundert Jahren von schottischen Ahnen ererbt, die keine Vasallen der Engländer sein wollten, verlockte ihn, mit dem Gedanken zu spielen, die Einladung abzulehnen. So höflich sie auch abgefaßt war, sie war trotzdem eine Vorladung. Seine Klugheit trug jedoch den Sieg davon. Es konnte vielleicht einmal die Zeit kommen, da er wünschte, in Indien Geschäfte zu machen. Es war zwar unwahrscheinlich, aber er konnte es sich trotzdem vorstellen, daß die Eisenbahnen eines Tages um die ganze Welt gingen, verbunden mit großen Dampfschiffahrtsgesellschaften. Es war ein Zeitalter der Expansion. Er ging zum Schreibtisch und schrieb eine kurze Notiz, daß er die Einladung annähme. Wahdi nahm sie ehrfürchtig in Empfang und überreichte sie dem draußen vor der Tür wartenden Boten mit der Gebärde eines Mannes, der Geschenke austeilt.

»Wir haben dem indischen Volk eine außergewöhnliche Freiheit gegeben«, sagte der Generalgouverneur. »In alter Zeit wäre es ihm nie eingefallen, die Regierung zu kritisieren. Jetzt jedoch hat die britische Tradition die jungen indischen Intellektuellen im Sturm erobert. Wir haben ihnen Englisch beigebracht, sie haben unsere englischen Zeitungen gelesen und sich aus ihnen über unsere Eigentümlichkeiten unterrichtet. Sie lesen unsere heftig und in voller Unabhängigkeit geschriebenen kritischen Leitartikel, ohne zu begreifen, daß in England auch scharfe Kritik keine Treulosigkeit gegen den Staat bedeutet, und so kritisieren sie uns nun ebenso scharf, werden aber treulos gegen uns. Es begann schon zur Zeit meines Vorgängers; und vor einigen Jahren, anläßlich des ersten Zusammentritts des indischen Nationalkongresses, kam die Sache zum offenen Ausbruch. Ich hoffe nicht, daß sie schließlich zur Revolution führen wird. Lord Lytton wollte dem einen Riegel vorschieben und brachte ein Gesetz zur Kontrolle der indischen Presse durch, das jedoch vier Jahre später widerrufen wurde. Wir Engländer sind unheilbar gewissenhaft, aber die Inder sind an so etwas nicht gewöhnt.«

Ein Diener in Turban und hellroter Tunika, weißen Hosen und goldenem Gürtel stand wartend an MacArds Ellbogen.

MacArd merkte es schließlich und nahm sich Curry und Reis, einen Fasanencurry, der für englische Geschmacksbegriffe köstlich zubereitet war.

»Wer sind die Anführer?« fragte MacArd.

Sie waren nur zu vieren an dem langen Tisch. Er saß David gegenüber; der Gastgeber und seine Frau waren so weit entfernt, daß MacArd sich bemühen mußte, nicht zu laut zu sprechen.

»Die jungen Intellektuellen, die weit links stehen. Sie unterscheiden sich von den Bauern und Kleinbürgern in Stadt und Land kaum weniger als Sie und ich«, erklärte der Generalgouverneur.

»Werden sie die Bauern überreden können, sich ihrer Führung anzuvertrauen?« fragte MacArd. Er mochte keinen Curry und nahm nur ganz wenig von der Platte, die ihm der prächtig gekleidete Diener jetzt anbot.

»Wenn wir die Inder weiter in englischen Schulen erziehen, so kann niemand sagen, was aus dem Empire werden wird«, erklärte der Generalgouverneur offen. Sein entwaffnendes Lächeln stand mit seinen Worten und der Steifheit seiner großen, dürren, in einen weißen Leinenanzug gehüllten Gestalt nicht recht in Einklang. »Wir Engländer vernichten uns selbst. Wir können nun einmal keine richtigen Tyrannen sein. Wir richten uns nach unserem Gewissen, und das macht auf die Dauer Tyrannei unmöglich.«

David hörte zu, seine dunklen Augen blickten ruhig drein. MacArd war stolz auf seinen Sohn, der ohne jede Befangenheit, aber doch mit Würde und geziemender Ehrerbietung an dem großen Tisch saß. Auch die Gattin des Generalgouverneurs betrachtete ihn wohlgefällig, und MacArd sah, wie ihre kalten, blauen Augen ihre Strenge verloren.

»Meine beiden Söhne sind in England«, wandte sie sich plötzlich an David. »Der ältere ist erst sechzehn. Sie verließen Indien, als sie fünf und acht Jahre waren. Wir behielten Ronald länger als üblich hier, so daß Bertie mit ihm fahren konnte. Ich habe sie jetzt drei Jahre lang nicht mehr gesehen.«

»Du fährst im Mai wieder heim, meine Liebe«, erinnerte sie der Gouverneur.

»Ich will nur hoffen, daß sie mich noch kennen – als Mutter, nicht als eine Art fernes Mutterbild.«

»Das ist einer der vielen Nachteile, die sich aus einer Weltherrschaft für den einzelnen ergeben«, bemerkte der Generalgouverneur.

»Aber vor allem für die Frauen«, sagte sie ziemlich scharf.

»Auch Sie vermissen sicher Ihre Söhne«, sagte MacArd zu dem Gouverneur.

»Gewiß«, erwiderte er, »doch ich komme erst in zweiter Linie. Ich gebe offen zu, daß meine Frau unsere Kinder mehr vermißt als ich und daß für mich die Vorteile größer sind als für sie. Es ist wohl wahr, englische Frauen haben in Indien einen schweren Stand.«

Die lange, aus vielen Gängen bestehende Mahlzeit näherte sich ihrem Ende. Man erhob sich.

Der Palast in Malabar-Point bestand aus einer Reihe von Bungalows mit sehr großen und kühlen Zimmern. Die Türen gingen auf breite, von großen Bäumen und blühenden Rankengewächsen beschattete Veranden hinaus. MacArd war vor seiner Abreise nach Indien vom Präsidenten nach Washington ins Weiße Haus eingeladen worden, aber dieser Palast war weit prächtiger, und das Prächtigste von allem war die Leibwache des Generalgouverneurs. Die schönen Gestalten der großen Sikhs, ihre unter hohen und sorgfältig gewickelten Turbanen wie gemeißelt aussehenden tiefbraunen Gesichter wurden durch ihre scharlachroten Uniformen noch wirksamer hervorgehoben. MacArd hatte sie mit ihren langen Speeren wachsam und mißtrauisch am Toreingang stehen sehen. Sie hatten nichts von sklavischer Ergebenheit an sich. Sie waren Soldaten des Empires, und ihre Haltung zeigte, daß sie sich dessen bewußt waren.

MacArd mußte zugeben, als man den in Blau und Gold getönten Salon betrat, daß der Engländer und seine Frau ihre Stellung würdig ausfüllten. Beide gehörten dem Hochadel an und waren wirtschaftlich unabhängig. Sie waren beide groß und blond und gaben sich natürlich, aber zugleich hatte ihr Gebaren eine imponierende Würde an sich, die MacArd nur bewundern konnte, obschon er gleichzeitig feststellen mußte, daß diese echte Würde in seinem eigenen Lande nicht zu finden war. Es konnten wohl nur Männer und Frauen, die seit Generationen in völlig gesicherter Lebenslage gewesen waren, ein so heiteres und gleichzeitig unerschütterliches Selbstvertrauen haben. In Amerika standen alle im Wettbewerb miteinander. Er selbst hatte schwer gekämpft, um sich zu seiner jetzigen Höhe emporzuschwingen - und auf natürliche Würde oder heitere Zuversicht hätte er wohl kaum Anspruch erheben können. Die Art von Würde, die er besaß, rührte hauptsächlich von seiner körperlichen Größe her; seine ein Meter neunzig machten, wie er wußte, um so mehr Eindruck, als er nicht mehr so schlank wie in seiner Jugend, sondern voll und wuchtig war, sich dabei aber eine verhältnismäßig gute Figur bewahrt hatte. Sein Londoner Tropenanzug aus chinesischer Seide saß ihm bequem, wenn er auch nicht so hübsch war wie Davids weißer Leinenanzug. Er bemerkte aufs neue, daß die Frau des Gouverneurs seinen Sohn immer wieder ansah, und schließlich vergaß sie ihre Unnahbarkeit und bedeutete dem jungen Mann mit einer Bewegung ihrer schmalen, von Edelsteinen glitzernden Hand, sich neben sie auf das Sofa zu setzen. David folgte dem Wink auf völlig unbefangene Weise. Der Sinn seiner Mutter für Humor, ihr dunkles, perlendes Lachen, das MacArd so geliebt hatte, hatte ihn vor Schüchternheit wie vor Überheblichkeit bewahrt.

»Vergiß nie, daß dein Großvater ein Landpfarrer war«, hatte Leila oft zu dem Jungen gesagt, »und natürlich ein sehr guter, weil er der Vater deines Vaters war«, setzte sie dann immer lächelnd hinzu.

»Sagen Sie mir bitte, was für einen Beruf Sie gewählt haben«, fragte die Gouverneurin David mit melodischer, schmeichelnder Stimme.

»Noch gar keinen, Gräfin«, sagte David. »Ich bin gerade vom College gekommen.«

»Vom College?« wiederholt sie.

»Harvard.«

»Ist das dasselbe wie Oxford oder Cambridge?«

»Ich glaube, ja.«

Sie lächelte ihm mit verhaltener Zärtlichkeit zu. »So wissen Sie noch gar nicht, was Sie werden wollen?«

»Noch nicht, Gräfin. Vielleicht wird mir diese Reise mit meinem Vater einen Wink geben.«

»Er kann jederzeit in mein Geschäft eintreten«, sagte MacArd.

»Aber Sie werden ihn doch nicht dazu zwingen?« fragte sie fast flehentlich.

»Gewiß nicht«, erwiderte MacArd. »Meinetwegen braucht er überhaupt nichts zu tun, aber ich glaube, er wird sich schon selbst einen Platz an der Sonne erkämpfen wollen.«

»Haben Sie keine besonderen Interessen?« fragte sie, wobei sie wieder zu David hinblickte.

»Zu viele«, sagte er offen.

Jetzt hörte sie auf zu fragen und wurde wieder reserviert, dann stand sie auf, ging zu dem Rosenholzpiano und holte zwei große Fotografien in Goldrahmen. »Das sind meine Söhne«, sagte sie.

David nahm die Fotografien und besah sie eine nach der anderen. Er blickte in zwei schmale, ernste Gesichter. Die Bilder waren koloriert. Beide Knaben waren blond, blauäugig und rotbackig.

»Schauen Sie die Wangen an«, sagte die Mutter. »In Indien wären sie nicht rot geworden.«

»Es ist ganz unmöglich, englische Kinder hierzubehalten«, erklärte der Generalgouverneur mit ziemlich scharfer Stimme, die seine Frau veranlaßte, nichts mehr zu sagen. Sie legte die Bilder ruhig neben sich auf das Sofa und ließ sich von einem farbenprächtigen Diener die kleine vergoldete Tasse noch einmal voll Kaffee schenken.

Jetzt begann der Generalgouverneur zu reden und erklärte MacArd die Schwierigkeiten seiner Stellung und der aller Engländer in Indien.

»Die in englischen Schulen erzogenen Inder wissen wenig von der Geschichte ihres eigenen Landes«, sagte er. »Sie glauben, vor der englischen Herrschaft sei hier alles eitel Friede und Freude gewesen. In Wirklichkeit war das Land uneinig, und manche Teile standen unter der Herrschaft von Tyrannen; die einfachen Leute waren dort völlig der Gnade des örtlichen Gewalthabers ausgeliefert. Früher mag manches anders gewesen sein; doch als wir ins Land kamen, war es so. Aber wenn ein vernünftiger älterer Inder auf diese Tatsache hinweist, greift man ihn sofort an und bezichtigt ihn, es mit den Engländern zu halten. Sie wollen in uns ihre Feinde sehen.«

Unerwartet griff David in die Unterhaltung ein. »Meine Mutter hätte gesagt, man sollte sie zum Christentum bekehren.«

Der Generalgouverneur war sichtlich überrascht. »Ganz im Gegenteil!« sagte er kalt. »Wenn ein Inder Christ wird, kommen meistens gerade seine schlechtesten Seiten zum Vorschein. Wenn er seinen eigenen Glauben ohne weiteres aufgibt, wird er gewöhnlich ein Schurke. Trauen Sie nie einem Inder, der sich als Christ bezeichnet – das ist hier ein unumstößlicher Grundsatz. Übrigens wechseln ohnehin nur die Angehörigen der untersten Kasten ihre Religion.«

MacArd unterbrach ihn. Es kam ihm vor, als ob Leila durch die Worte des Gouverneurs herabgesetzt würde. »Meine Frau war eine stark religiöse Natur. Wenn mehr ihresgleichen auf der Welt wären, würden wir alle besser fahren.«

Hierzu ließ sich schwer etwas sagen, und es wurde auch nichts gesagt. Der Generalgouverneur konnte schweigen, ohne daß es peinlich wirkte, seine Frau blickte nachdenklich vor sich hin. Dann sagte sie: »Das Christentum wirkt sich bei verschiedenen Menschen verschieden aus, nicht wahr?«

MacArd stand auf. Er fühlte, wie ihm die Wangen zu glühen begannen. Er mußte sich zurückhalten, keine Verteidigungsrede für die Religion seiner Frau zu beginnen. Er wollte nicht von ihr sprechen; er war überrascht, daß David ihrer Erwähnung getan hatte. »Ich glaube, wir müssen uns jetzt auf den Weg machen«, sagte er. »Mein Sohn und ich wollen die Türme des Schweigens besuchen. Wir hörten, daß sie eine Sehenswürdigkeit seien.«

Auch der Generalgouverneur stand auf. »Ja, die müssen Sie sich auf jeden Fall ansehen. Haben Sie einen Erlaubnisschein?«

»Muß man den haben?«

»Ja, der Sekretär für parische Angelegenheiten muß seine Genehmigung erteilen. Warten Sie - ich werde sie sofort zu den Türmen senden lassen, so daß Sie ohne weiteres eintreten können.«

»Danke sehr«, sagte MacArd.

MacArd und Sohn verabschiedeten sich. MacArd berührte die Hand der Gouverneurin nur leicht. Seit Leilas Tod war es ihm zuwider, die Hand einer Frau auch nur beiläufig zu berühren. Sie aber umfaßte mit einer plötzlichen, spontanen Bewegung Davids Hand mit ihren beiden Händen und sagte: »Ich danke Ihnen, daß Sie mich an meine Söhne erinnert haben.«

Die Türme des Schweigens standen auf dem Gipfel eines Berges. Bei der Annäherung konnte man keine Dächer sehen, so hoch war die Einfassungsmauer. Als sie nach oben fuhren, öffnete sich das Tor des äußeren Tempels, und ein in seiner Amtstracht ernst und würdig aussehender Priester erschien zu ihrem Empfang.

Sie stiegen aus dem Wagen, und der Priester sprach sie auf englisch an. »Der Herr Generalgouverneur hat uns von Ihrem Kommen in Kenntnis gesetzt, Mr. MacArd, und wir freuen uns, Sie und Ihren Sohn in unseren heiligen Totentempeln empfangen zu können. Wollen Sie sich ein wenig ausruhen, bevor Sie eintreten?«

»Danke, nein«, sagte MacArd, »wir wollen sie gleich besichtigen, wenn es Ihnen recht ist.«

David sah in die großen Palmen, die gleich hinter dem Tor standen. Dunkle, aufgeplusterte Federballen hockten in den Zweigen. »Was sind das für Tiere?« fragte er.

»Das sind die Geier«, erwiderte der Parse ruhig. »Sie sind gut abgerichtet. Sie kommen nur herunter, wenn es Zeit für sie ist. Selbst wenn der Leichnam schon daliegt, warten sie, bis die Träger gegangen und sie mit dem Toten allein sind. Manche sind sehr alt; sie lehren die Jungen, das Richtige zu tun.«

David kannte das Verfahren, denn er hatte darüber gelesen, aber MacArd sah, wie er bleich wurde. »Willst du weitergehen?« fragte er ihn.

»Natürlich«, antwortete David kurz.

Der Priester beschrieb die Bestattung, während er sic weiterführte. Er bewegte sich mit einer merkwürdigen stillen Anmut. »Die Einsegnung findet im Hause des Toten statt. Der Körper wird dann auf eine Bahre gelegt, nicht in einen Sarg wie bei Ihnen im Westen. Wie auf ein Bett wird er auf die Bahre gelegt und mit schönen Kleidern und Tüchern zugedeckt. Mit großer Feierlichkeit führen ihn unsere Priester hierher, gefolgt von den Mitgliedern der Familie und von seinen Freunden. Der Tote wird zuerst zu den äußeren Toren gebracht, wo die Priester ihn in Empfang nehmen. Sie bringen ihn in den Tempel, den Sie dort drüben sehen, in den ich Sie aber leider nicht führen kann, da er nur für Angehörige unseres Glaubens offensteht. Ich kann Ihnen nur sagen, daß alles sehr klar und einfach ist und daß die heiligen Feuer dort ewig brennen.«

»Warum verbrennt man die Leiche nicht?« fragte David leise.

Der Priester machte ein entsetztes Gesicht. »Feuer ist rein«, sagte er. »Es darf nach unserer Auffassung durch die sterblichen Überreste toter Menschen nicht verunreinigt werden. Auch Wasser ist rein. Darum sollte auch die Erde nicht verunreinigt werden, denn aus ihr kommen Nahrung und Kraft.

Als wollte er keinen Widerspruch hören, schwieg er nun, während er sie durch den schönen und völlig stillen Bezirk führte, in dem kein Vogel sang und kein Laut der fernen Stadt mehr hörbar war. Es gab dort fünf Türme; in einen führte der Priester sie hinein, und erst dann sprach er wieder: »Es ist nicht üblich, Fremde in einen dieser Türme zu führen, aber da Sie Gäste des Generalgouverneurs sind, will ich vom Üblichen abweichen…«

Der Turm hatte kein Dach, die Mauern waren etwa zwölf Meter hoch und fleckenlos rein getüncht. Der Eingang zu dem Turm befand sich nicht zu ebener Erde, sondern man mußte, um zu ihm zu gelangen, eine hohe Treppe hinaufsteigen. Am Tor blieben sie stehen, denn der Priester verwehrte ihnen den Eintritt. »Sie können sehen, wie es da drinnen aussieht. Bleiben Sie bitte hier stehen.«

Sie sahen eine Reihe Stege, die gleich den Speichen eines Rades zu einer Grube auf dem Grunde führten. Zwischen den Stegen befanden sich kleine, muldenartige Zellen für die Toten.

»Für die Männer, die Frauen und die Kinder«, erklärte der Priester.

»Die meisten sind für die Kinder und für die Frauen«, meinte David.

»Viele Kinder müssen sterben«, sagte der Priester ruhig, »und mehr Frauen als Männer, wie es ihr Schicksal ist.«

Sie sahen sich in dem hohen Raum um. Als wäre ihre Anwesenheit ein Vorzeichen, erhoben sich Geier von den Bäumen und flogen mit schwerem Flügelschlag über den Turm.

»In diese Mulden werden die Toten gelegt«, begann der Priester langsam und feierlich. »Zuerst kommen sie in den Vorraum, dort werden die Kleider und Decken fortgenommen, die dann gereinigt und den Angehörigen zurückgegeben werden. Dann wird der Tote nackt, wie er geboren ist, in seine dachlose Zelle gebettet, worauf sich die Träger zurückziehen. Jetzt erst verrichten die Geier ihr heiliges Werk. Sie fliegen herab und reißen sehr rasch das Fleisch weg, bis die Knochen rein daliegen. Kein Mensch stört die Ruhe der Toten. Dann tun die Elemente ihre Arbeit. Die Sonne scheint hernieder und bleicht die Gebeine, der Regen fällt und wäscht sie blank, bis sie rein und weiß sind. Wenn die Zelle für einen neuen Toten gebraucht wird, treten die diensttuenden Priester, die Nasr Salars, ein, ergreifen die Knochen mit Handschuhen und Zangen und versenken sie in die Grube da in der Mitte, wo sie zu Staub werden. Alles Wasser, das in diesen Turm und in jeden der anderen Türme fällt, wird in Rinnen gesammelt und fließt in die Grube. Sie hat nach unten einen Abzug, so daß das Wasser den Staub der Toten fortträgt. Unter der Grube sind Filter aus Holzasche, durch die das Wasser hindurchsickert. Von dort gelangt es in einen großen unterirdischen Kanal und so in die Bucht und in das ewige Meer.«

»Füllt sich die Grube nie?« fragte David schaudernd.

»Nie«, erwiderte der Priester. »In Hunderten von Jahren hat sie sich niemals gefüllt. Die Elemente tun ihre Arbeit gut.«

MacArd konnte nicht sprechen, er war gleichzeitig verwirrt und bewegt, empört und stark beeindruckt.

Der Priester fuhr in demselben ehrfürchtigen Ton fort: »Nach unserem Glauben sind vor Gott alle Menschen gleich, und daher gibt es hier keinen Unterschied zwischen reich und arm. Alle Zellen sind gleich, und alle Toten werden auf die gleiche Weise der Sonne, dem Regen und dem Meer übergeben. Alle finden dieselbe Ruhe.«

»Aber sie haben kein Grab, aus dem sie auferstehen können«, sagte David leise.

»Dennoch glauben wir an die Auferstehung der Toten«, erklärte der Priester. »Es ist unser Glaube, daß unsere Körper sich wieder aus den Elementen erheben werden, zu einem neuen, herrlichen Leben, das wir jetzt noch nicht begreifen können.«

Für MacArd hatte sich plötzlich der Schauplatz verändert, das Entsetzen verschwand, er sah nur noch den Glauben an die Unsterblichkeit. »Wie, das glauben Sie auch?« rief er aus.

»Alle wahrhaft religiösen Menschen und alle großen Religionen glauben an die Ewigkeit der Seele«, erwiderte ruhig der Priester.

»Das ist sehr wichtig«, stimmte MacArd erregt bei.

David überraschte diese Erregung, die plötzlich aus der Stimme seines Vaters klang, und noch überraschter war er, als MacArd am Tor dem Priester eine Rolle Rupien in die Hand drückte.

»Es war sehr aufschlußreich«, sagte MacArd. »Wirklich sehr aufschlußreich. Ich werde das nie vergessen.«

Wahdi hatte es ihnen in dem großen Abteil des Zuges nach Puna möglichst bequem gemacht. Er hatte Bettzeug aus dem Hotel mitgenommen und einen hohen Rohrkorb mit Konservenbüchsen gefüllt, die für eine weit längere Reise als nach Puna gereicht hätten. Die Fenster waren fest geschlossen, damit kein Staub eindrang – aber durch die Ventilatoren in der Decke kam er doch herein, fein und trocken wie Pulver. David lag schlafend auf Roßhaarmatratzen auf einer der breiten Bänke. Er hatte nur seine Unterhose an, aber die glatte Haut seines jugendlichen Körpers war feucht von Schweiß.

MacArd warf dann und wann einen Blick nach ihm und erkannte in seinem Sohn in Liebe und Schmerz die Anmut Leilas, seiner Mutter. Sein eigener schwerer Körper hatte nichts von dieser wohlgeformten Schlankheit, plump waren seine Hand- und Fußgelenke. Doch David war keineswegs feminin. Er hatte breite Schultern und schmale Hüften, und seine Größe hatte ihm MacArd mitgegeben. Aber in seinem Gesicht hatte der Junge nichts von ihm, seine dunkle Hautfarbe stand in scharfem Gegensatz zu der des Vaters, so daß Fremde manchmal Bemerkungen darüber machten, wenn sie Vater und Sohn zusammen sahen. Er war froh, daß David schlafen konnte, denn von den staubigen Fenstern aus war wenig genug zu sehen. Die Ebene war kahl wie im Winter, obschon es bereits so heiß war, daß man den Glutwind kaum ertragen konnte. Die Lehmdörfer waren der stechenden erbarmungslosen Sonne preisgegeben. Diese Dörfer hoben sich von der Landschaft kaum mehr als Maulwurfshügel ab, und aus ihnen kamen Geschöpfe, die recht erbärmlich wirkten. Es waren

Menschen, von denen viele skelettartig abgemagert waren. Nicht sehr viel besser sah das Vieh aus. Ruhelos schweifte es über die nackte Erde und suchte nach Nahrung, die es nicht gab. Männer, Frauen und Vieh warteten auf die Regenfälle – aber die würden erst in einigen Monaten kommen. Nach wenigen Regentagen, sagte Wahdi, würden diese ausgedörrten Felder sich mit frischem, sattem Grün überziehen. Der Same sei in der Erde und warte nur auf das lebenspendende Wasser.

»Das Leben endet nie«, setzte Wahdi hinzu.

MacArd dachte über diese Worte nach, während er aus dem Fenster starrte. Wahdi war Mohammedaner – auch er mußte also an die Unsterblichkeit glauben. Es war sonderbar, daß er, der sich für einen Christen hielt, hier in einem »heidnischen« Lande den Glauben finden sollte, daß Leila noch lebte... Doch die Inder waren ein uraltes Kulturvolk, und uralt war der Glaube in diesem Lande, so daß sie vielleicht mehr und Tieferes über diese Dinge wußten als Leute wie Barton... Er hing eine Weile diesen Gedanken nach, und ein Gefühl warmen Mitleids regte sich ihm im Herzen. Es war ein Skandal, daß so gute, so religiöse Menschen ihr halbes Leben am Hungertuch nagten, daß dieser Teil ihres Landes unter der sommerlichen Sonne dürr wie eine Wüste war – und das alles, weil es kein Wasser, keine Eisenbahnen und keinen Handel gab, genau das, was die Amerikaner zu Wohlstand und Reichtum gebracht hatte...

Er schlug sich eine Fliege von der Backe. Obschon Wahdi das Abteil vor der Abfahrt von Bombay ausgespritzt hatte, gab es Fliegen in dem dichtgeschlossenen Wagen. Er hätte schwören mögen, daß sie durch die Holzwände krochen. Auch sie waren hungrig und stürzten sich auf jeden ruhenden Gegenstand, wenn in diesem elend wackelnden Zuge überhaupt von Ruhe die Rede sein konnte. Diese Eisenbahnen waren eine Schande... Mit Indien mußte etwas geschehen! So würden die Leute nie auf einen grünen Zweig kommen. Eine sonderbare Gesellschaft waren diese Engländer, merkwürdig stolz, obwohl es weit und breit nichts gab, worauf sie stolz sein konnten. Ein paar Amerikaner, junge, tüchtige Kerle, die gelernt hätten, wie man so ein Land entwickelt, könnten hier in ein paar Jahren eine Menge ausrichten... Die Frage war nur, wie sie hierherkommen sollten. Die einzigen Amerikaner in Indien waren ein paar Missionare. Wenn man vielleicht Missionare...

Er vergaß die Fliegen und den Staub und fiel in eine jener Träumereien, die Leila die Dunkelheit vor der Dämmerung, seine vorschöpferische Stimmung zu nennen pflegte. Er tastete nach dem großen Einfall. Er würde ihm wohl nicht vom Himmel in den Schoß fallen, dachte er. Aber da wuchs er schon in ihm, wie ein Wirbel aus einem Sturm entsteht und Wind und Erde in sich hineinzieht, bis er mit Macht explodiert... Und plötzlich sah er den großen Einfall vollkommen klar vor sich.

Warum sollte er nicht selbst Missionare ausbilden lassen und sie nach Indien schicken?

In Puna brachte Wahdi sie in einem guten Hotel unter, aber MacArd war ruhelos und ging sogleich aus, um sich die Stadt anzusehen, obschon der Nachmittag schon weit vorgerückt war. David begleitete ihn nicht. Er hatte im Claridge-Hotel in London einen jungen Inder kennengelernt, Darya Sapru. Dieser junge Mann hatte ihn, wenn er nach Puna käme, zu sich eingeladen. Ihn wollte David nun aufsuchen. Inzwischen wanderte MacArd in seinem gewohnten schnellen Gang durch die Straßen und setzte die Leute, die ihm verblüfft auswichen, durch seine Größe, sein Tempo und seine Kleidung in Erstaunen. Er beschäftigte sich nun Tag und Nacht mit seinem großen Einfall, und alles, was er sah, wurde dem untergeordnet oder ein Teil von ihm. Hier in Puna sah er zwei Flüsse zusammenfließen, die sich mit schlangenartiger Trägheit zwischen den Häusern hindurchwanden. Hinter der Stadt stiegen die Berge zu einem hohen Tafelland auf, und von einem dieser Berge ging, wie in seinem Führer zu lesen war, eine vor langer Zeit von einer Marathi-Familie erbaute Wasserleitung aus. Das Wasser kam aus einem Brunnen. Dicht unter der Oberfläche des Bodens gab es dort Wasser. Es mußte leicht sein, die ganze Gegend damit zu berieseln, dann brauchte das Land nicht dürr und brach zu liegen, bis der Monsun Regen brachte...

Bei Einbruch der Dunkelheit kehrte er zu seinem Hotel zurück. Seine Idee begann jetzt wie ein Baum zu wachsen. Sie schlug Wurzeln und ließ Zweige sprießen. Er würde seine jungen Leute ausbilden lassen und sie hierherschicken. Zur Ausbildung brauchte man natürlich einen Platz, eine große Schule, eine Stiftung – ja, warum nicht eine Stiftung, die den Namen seiner geliebten Frau trüge? Das wäre schon an und für sich etwas wie Unsterblichkeit – die Leila-MacArd-Gedächtnisstiftung...

Er öffnete die Verbindungstür zwischen ihren Zimmern.

Sein Sohn wartete schon auf ihn; er war von dem Nachmittag, den er verlebt hatte, sehr angetan. »Es ist ein wundervolles Haus, Vater«, rief er aus, »inmitten herrlicher Gärten am Flußufer. So etwas Schönes habe ich noch nie gesehen – Marmorfußböden in allen Haupträumen und dazu ein großes Eßzimmer, das mit dem Haus durch einen Gang verbunden ist, aber sonst ganz allein steht, ein reizendes Häuschen für sich. Ein anderes, ebenfalls frei stehendes Zimmer, dessen Wände aus Holz geschnitzt sind, ist der eigentliche Wohnraum der Familie, wie Darya sagt. Es hat eine wunderbare Decke, die von Künstlern aus Puna gefertigt ist.«

»Also ein Gegensatz zu dem übrigen Land ringsum«, sagte MacArd geistesabwesend.

Sein Sohn sah ihn an, und in seinen sanften, dunklen Augen stand ein mitleidiges Lächeln. Aber MacArd bemerkte es nicht. Die Unterhaltung erlosch; sie wurde auch in den nächsten Tagen, an denen die beiden verschiedene Wege gingen, nicht wieder aufgenommen.

On Puna fand man sich leichter zurecht als in Bombay. Auch diese Stadt war groß, aber in deutlich unterschiedene Bezirke geteilt und mit Denkmälern und Brücken geschmückt, die von reichen Indern gestiftet waren. Am fünften Tage war MacArd so weit, daß er Lust hatte, aus der Stadt in die Umgebung vorzustoßen. Seine Gedanken waren jetzt ausschließlich auf Wasser gerichtet. Das Wasser allein konnte Indien ein anderes Gesicht geben. Er sah ein von silbrig leuchtenden Kanälen durchzogenes Land, ein großes Bewässerungssystem, das von Regen und sogar von Flüssen unabhängig war. Seinetwegen konnte man den Mutha- und den Mulafluß hier in Puna und den Ganges im Nordosten zur Erzeugung elektrischer Kraft ausnützen - aber die Bewässerungskanäle allein, deren Wasser tief aus der Erde gepumpt wurde, konnten für die großen Ebenen den ständig fließenden Lebensstrom liefern.

Doch nur die Inder selbst konnten das zustande bringen. Die Dumpfheit der Armen und die selbstsüchtige Isolierung der Reichen mußten durch eine neue Kraft radikal beseitigt werden... Die Kaufleute und die reichen Fürsten errichteten zwar gern große Gebäude und öffentliche Denkmäler, manche taten wohl auch Gutes - aber sie taten nichts, um die hoffnungslose Armut der Landbevölkerung im ganzen zu beheben. Brauchten die Inder nicht eine neue Religion, eine praktische Religion, die außer Kirchen und heiligen Schriften auch Bewässerungssysteme und Eisenbahnen hervorbrachte? Er wollte eine praktische Art von Christen hierherschicken - Männer, die nicht nur predigten, sondern auch arbeiteten...

Am fünften Tage traf er seine Entscheidung. Den Anlaß gab ein bäuerlicher Handwerker, ein Hindu. Er war nackt, bis auf den weißen Turban und das weiße Baumwolltuch um die Lenden, ein magerer, dürrer Mann von etwa vierzig Jahren - aber man konnte das Alter der Leute hier nie genau bestimmen; es war auch möglich, daß er erst dreißig oder fünfundzwanzig oder schon über fünfzig war. Er war Töpfer - ein Töpfer, wie es ihn in jedem indischen Dorf gibt. MacArd war allein mit Wahdi unterwegs, denn David war wieder bei Darya. Er stieß zufällig auf den Töpfer, der da im Staub der Straße hockte, mit dem Fuß die Töpferscheibe in Bewegung setzte und mit den schlanken, flinken Fingern eine sich drehende Masse Ton formte. Er hatte höflich zu MacArd, einem fremden, weißen Mann, hinaufgesehen und sich bei Wahdi entschuldigt, daß er sich jetzt nicht zu einer richtigen Begrüßung erheben könnte, weil sonst die im Entstehen begriffene Schüssel Schaden litte.

»Sag ihm, ich möchte ihm bei seiner Arbeit zuschauen«, sagte MacArd, und Wahdi übersetzte das mit dem offensichtlichen Widerstreben, das er immer zeigte, wenn er mit einem Hindu sprach.

Das Geschirr war in ein paar Minuten fertig, eine gewöhnliche Tonschale, verfertigt aus dem mit ein wenig kostbarem Wasser vermischten Staub der Felder, und der Töpfer setzte es zum Trocknen in die brennende Sonne.

»Frag ihn, ob er Zeit hat, mir das Dorf und die Felder zu zeigen«, sagte MacArd zu Wahdi. »Sage ihm, daß er Geld dafür bekommt.«

Als Wahdi auch das übersetzt hatte, nickte der Mann, sein Gesicht strahlte vor guter Laune. Er ging MacArd behutsam voraus und führte ihn zu den paar Lehmhütten, die den Namen Dorf führten. Die Männer kamen aus den Hütten und schauten, die Frauen flüchteten hinein. Nackt und grau von Staub liefen die Kinder umher.

Aber erst auf den Feldern hatte MacArd den sonderbaren Anblick, der ihn wie eine Vision zu dem Entschluß brachte, der von nun an sein Leben bestimmen sollte. Der Töpfer war ihm auf dem engen Weg, der durch die Felder führte, um etwa sechs Meter voraus, als plötzlich eine Schlange auf dem Weg lag, eine Kobra, wie MacArd sofort erkannte. Er hatte noch nie eine Kobra gesehen, außer auf den Abbildungen im Reiseführer, aber ein Irrtum war hier nicht möglich – der erhobene Kopf, der Halsschild, der sich jetzt vor Schreck oder Zorn entfaltete, das alles konnte nur einer Kobra gehören. Wahdi sprang beiseite, aber MacArd rief: »Laß mich nur machen!«

Er hob den Rohrstock, einen schweren Malakkastock mit Metallspitze.

Der Töpfer schüttelte den Kopf und wollte ihn nicht vorbeilassen. Er hatte nur ein paar Fuß vor der Kobra haltgemacht und stand jetzt regungslos da. Dann hob er die Hände, legte die Handflächen zusammen und berührte mit den Fingerspitzen die Stirn. Die Kobra schwankte in immer kleiner werdenden Wellenbewegungen vor und zurück, der Hals nahm wieder seine natürliche Form an, und während der Töpfer in Gebetsstellung verharrte, verlor die Kobra ihre Wut, rollte sich auseinander und kroch weg.

Der Töpfer wartete, bis sie in einem breiten Erdspalt verschwunden war, und kehrte sich dann MacArd zu. Wahdi sah, daß nichts mehr zu befürchten war, und kam wieder näher geschlichen. Der Töpfer erklärte ihm etwas.

»Er sagt, Sahib«, bemerkte Wahdi verächtlich, »die Schlange sei etwas Göttliches, und es sei eine Sünde, etwas Göttliches umzubringen.«

MacArd fühlte sich heftig abgestoßen. Aus diesem Grunde also gab es auf diesem armseligen Boden so viele Giftschlangen – und darum konnten sie nicht vernichtet werden!

Er kehrte sich sofort von dem Töpfer ab. »Ich will jetzt nach Puna zurückfahren«, sagte er zu Wahdi. »Zahl dem Mann etwas.«

Auf dem Rückweg nach Puna sah er dauernd den abgeplatteten Kopf der Schlange und zwischen ihm und sich die schlanke, anmutige Gestalt des Töpfers, eines guten, tüchtigen und heiteren Mannes von großer Seelenruhe, darüber gab es keinen Zweifel, aber dieser Mann wollte aus religiösen Gründen keine Schlangen töten – den Fluch dieses Landes –, eher brachte dieser seltsam sanfte und seltsam furchtlose Mann sein eigenes Leben in Gefahr...

MacArd ging im Hotel in sein Schlafzimmer und verbot Wahdi, ihm zu folgen. »Ich will ausruhen«, sagte er zu Wahdi. »Du kannst fortgehen, amüsier dich, iß oder tu, was du willst.«

»Ja, Sahib«, sagte Wahdi. Er hatte sich jetzt schon an diesen barschen Amerikaner, der so freigebig mit dem Geld umging, gewöhnt. Stolz auf seinen eigenen gesunden Menschenverstand, ging er fort, und Wahdi setzte sich in einen Rohrsessel. David war noch nicht zurück; er war ganz allein.

Eine merkwürdige Religion... War das Religion, vertrauensvoll darauf zu warten, ob eine Schlange sich beruhigen ließ oder zubiß - ohne sich gegen die Gefahr aufzulehnen, ohne sich entschlossen zu verteidigen? Kein Wunder, daß dieses Volk auf dürrem Boden saß und auf Regen wartete...

Er schlug mit seiner großen geballten Faust auf die Bambuslehne des Sessels. Dieser Wirtschaft würde er ein Ende machen!

Die Vision stieg vor seinen Augen auf. Das dürre Land würde grün werden, die Hungrigen würden zu essen bekommen und die Armen reich werden. Und er würde schließlich in den Himmel kommen.

2

Festen Schrittes betrat er einige Wochen später sein eigenes Haus. Hut, Stock, Handschuhe und Mantel übergab er Enderby, dem Haushofmeister. »Nun, Enderby«, sagte er in seiner gewöhnlichen, schroffen Art. Das sollte die Begrüßung sein.

»Mr. MacArd«, erwiderte Enderby mit leichtem Neigen des Kopfes. »Ich hoffe, Sie haben eine gute Reise gehabt.«

»Ausgezeichnet«, sagte MacArd. Er wandte sich an David, der dicht hinter ihm stand. »Nun, mein Sohn?«

»Ja, Vater?« Er verstand seinen Vater gut. Er wußte, daß der hocherhobene ergraute Kopf und die von Entschlußkraft flammenden blauen Augen bedeuteten, seiner Mutter solle keine Erwähnung getan werden. Trotz seiner Wärme und der vielen auf Fluren und in Zimmern stehenden prächtigen Blumen war das Haus leer.

»Was hast du vor?« fragte MacArd.

»Nichts, Vater«, sagte David in seinem stets gleichbleibenden Ton. »Ich glaube, ich gehe erst mal auf mein Zimmer und ruhe mich ein wenig aus - außer, du hast etwas für mich zu tun.«

»Augenblicklich nicht«, erwiderte sein Vater. »Wenn du nichts zu tun hast, werde ich auf mein Büro gehen und zum Abendessen zurück sein.«

»Ja, Vater«, sagte David wieder.

Es war noch früh am Tage. Sie hatten auf dem Schiff gefrühstückt. Nichts wünschte David so sehr, als allein zu sein und nachzudenken. Vor allem brauchte er einmal Ruhe vor seinem Vater. Selbst seine Liebe – und David wußte genau, daß sein Vater ihn gern hatte – drängte ihm dieser Gewaltmensch mit der ganzen Kraft seiner mächtigen Persönlichkeit auf, so daß sich David in Gegenwart seines Vaters immer bedrückt fühlte. Er hatte diesen Druck seine ganze Jugend hindurch mit seiner Mutter geteilt. Sie hatte ihn gelehrt, seinen Vater zu schätzen und sich darüber klar zu sein, daß er nicht zu ändern war. David konnte diese Tatsache ertragen, solange er seine Mutter bei sich hatte und ihre Heiterkeit, ihren Humor, ihre ermutigende Vitalität spürte. Das ihr eigene Talent, in ihm und in seinem Vater aufzugehen, in jedem gesondert, und dabei doch alle drei zusammenzuhalten, hatte die Atmosphäre dieses riesigen Hauses bestimmt. Jetzt, wo sie nicht mehr da war, faßte er den festen Vorsatz, diese Atmosphäre ihr zuliebe aufrechtzuerhalten, soweit ihm das möglich war... Dabei besaß er bereits seine stille Unabhängigkeit. Die stürmischen Gedanken seines Vaters verloren in ihm durch das sanfte Blut seiner Mutter ihre Heftigkeit, und darum war er auf seine ruhige, doch schwer beirrbare Art entschlossen, sich sein Leben nach seinem eigenen Gesetz zu bauen...

»Soll ich Ihnen das Mittagessen in Ihrem Wohnzimmer servieren?« fragte Enderby mit leicht erhobener Stimme.

»Bitte, wenn es Ihnen nichts ausmacht, Enderby. Ich werde den ganzen Tag daheim bleiben, bis mein Vater wiederkommt. Ich möchte meine Bilder sortieren. Ich habe eine Menge Aufnahmen in Indien gemacht.«

»Gut, wie Sie wünschen«, sagte Enderby, für den Indien nicht existierte.

David stieg die breite Marmortreppe hinauf. Am Ende der

Halle war ein Aufzug, aber er ging gern die Treppe hinauf. Oft hatte er unten gestanden, wenn seine Mutter herunterkam; mit erhobenem Gesicht hatte er zu ihr hinaufgeblickt, wenn sie in großer Toilette sich ins Theater oder zu einer Gesellschaft begab. Als er klein war, war er ihr oft vorausgelaufen, so daß er sehen konnte, wie sie herunterkam. Die Schleppe rauschte ihr auf den Stufen nach, ihre Arme, ihre Schultern und der Brustansatz waren entblößt oder nur von Juwelen bedeckt.

Er wohnte im zweiten Stock, im Ostflügel. Ein breiter, teppichbelegter Flur führte zu der Tür. Im Hause war es völlig still. Das fiel ihm auf, denn als seine Mutter noch lebte, erklang immer irgendwo Musik, ein Klavier oder die Stimme seiner Mutter, eine heitere und glanzvolle Stimme; und wenn keine Musik zu hören war, zeugten die Stimmen ihrer Freundinnen und das Winseln und Gebell ihrer Lieblingshunde von fröhlichem Leben.

Als er den Flur der Wohnung betrat, die er so gut kannte, standen alle Zwischentüren auf; er sah das Schlafzimmer, das Ankleidezimmer und das Bad, und vom Wohnzimmer aus blickte er in sein Studierzimmer, das zugleich seine Bibliothek enthielt. Alles war in Dunkelrot und Cremefarbe gehalten. Seine Mutter hatte das alles für ihn gestaltet, während er auf der Universität war. Die Zimmer sahen frisch hergerichtet und doch so vertraut aus. Er setzte sich in seinen Lieblingssessel, lehnte sich zurück und schloß die Augen.

Indien hatte einen tiefen Eindruck auf ihn gemacht – oder vielleicht mehr Darya als Indien. Er hatte seinem Vater nicht erklären können, was Darya für ihn bedeutete. Als er ihn in London kennenlernte, hatte er sich sogleich zu ihm hingezogen gefühlt, aber sie hatten keine Zeit zu eingehender Unterhaltung gehabt. Darya war damals reserviert, ja er war ihm sogar manchmal zynisch oder wenigstens übertrieben ironisch vorgekommen. Seine lebhaften dunklen Augen hatten dabei aber einen ernsten, nachdenklichen Blick, als ob er alles sähe und nichts sagte. David wäre gern mit Darya auf demselben

Schiff nach Bombay gefahren, denn dann hätte er seine Neugier befriedigen können – so sehr zog ihn Darya an, und so schwer verständlich schien er ihm zu sein. Aber Darya hatte bereits einen Platz auf einem französischen Schiff belegt, das ein paar Tage später fuhr, und schien nicht geneigt, seinen Reiseplan zu ändern. »Ich fahre nie auf englischen Schiffen«, erklärte er kurz. Aber im Claridge-Hotel, wo er in einem der besten Apartments wohnte, hegte er offenbar keine besondere Abneigung gegen die Engländer.

Die ganze Zeit in Bombay und auch, als er allein in Agra war, auf dem Wege nach Puna und auf allen Zwischenstationen hatte David immer an Darya gedacht. Er hatte ihm vor der Abreise von Bombay geschrieben und ihn an die getroffene Vereinbarung erinnert. Darya hatte höflich geantwortet, er sei zu Hause und hoffe, David werde wenigstens einen Nachmittag mit ihm verbringen.

Dieser Nachmittag war – wie, konnte er nicht erklären – der erste Trost, die erste Erleichterung nach dem Tode seiner Mutter. Bis dahin war er einfach hinter seinem Vater hergelaufen, hatte versucht, nett zu sein, wie seine Mutter gesagt hätte, aber er hatte nicht nachdenken können, nicht einmal über das, was er sah. Er vermutete, daß seine Steifheit seinem Vater Sorge gemacht hatte, ja, daß er ihm vielleicht auch zur Last gefallen war. Aber Darya hatte ihm das Herz erleichtert oder seinen Geist angeregt, er konnte nicht genau sagen, was von beiden, und doch konnte er sich kaum erinnern, was Darya eigentlich gesagt hatte – viel war es jedenfalls nicht gewesen. Darya hatte ihm nicht groß aufgewartet. Diener hatten Kuchen und mit Honig gesüßte Milch gebracht, das war alles. Von Daryas Familie hatte er niemanden gesehen. Sie waren nur in dem schönen Hause und in dem blühenden Garten umhergegangen; Darya hatte auf diesen oder jenen Gegenstand hingewiesen, eine in eine Steinmauer eingelassene Elfenbeinschnitzerei, ein durchbrochenes, aus einem alten Palast stammendes Marmorgeländer. Er hatte sie nicht aus Stolz oder Eitelkeit gezeigt, denn an vielen schönen Dingen war

Darya vorbeigegangen. Er zeigte David nur das, was ihm besonders gefiel, und teilte ihm auch den Grund mit, warum er daran Gefallen fand. Der Lotos, der im Gartenteich blühte und seine rosafarbenen Blütenblätter der Sonne öffnete, hatte Darya eines Tages zu dem Vorschlag veranlaßt, sich auf eine Marmorbank zu setzen und die Blume zu betrachten.

»Wenn die Sonne zu sinken beginnt«, hatte er gesagt, »sieht man, wie die Blütenblätter erzittern, und wenn man Geduld hat, kann man sehen, wie sie sich schließen. Man kann natürlich nicht wirklich sehen, wie sie sich bewegen, aber während man wartet, schließen sie sich über der goldenen Mitte zusammen.«

Als sie so in dem herrlichen Garten saßen, schienen sie vollständig allein zu sein, obwohl Darya ihm erzählt hatte, daß seine zwei Brüder und ihre Frauen und Kinder auch hier wohnten und daß seine verheiratete Schwester mit ihren Kindern zu Besuch bei seinen Eltern war. Und im Anschluß hieran stellte ihm Darya eine Frage, die höchst sonderbar gewesen wäre, wenn sie sich nicht in Indien befunden und ein Inder sie gestellt hätte.

»Was für eine Religion hast du, David?« Das war Daryas Frage.

Er stellte sie auf ganz selbstverständliche Weise – wie man jemanden nach seinem Geburtsort, seiner Nationalität oder seinem Beruf zu fragen pflegt.

David zögerte einen Augenblick. »Ich glaube, ich bin Christ«, sagte er schließlich. »Wenigstens gehöre ich einer christlichen Kirche an.«

»Vom Christentum weiß ich wenig«, gestand Darya. Er bückte sich und pflückte eine kleine purpurne Blume, die zwischen den Marmorsteinen der Terrasse wuchs. Er trug seine Hindukleidung, die ihn weniger fremd erscheinen ließ als damals in London, wo er wie ein Engländer gekleidet war. Die weiten Seidengewänder, die seine Arme und Beine bloß ließen, und die Sandalen, die er an Stelle von Lederschuhen trug, gaben ihm etwas anmutig Ungezwungenes.

»Ich weiß selbst zu wenig davon«, sagte David ehrlich. »Aber meine Mutter glaubte an Gott und die Kraft des Gebetes. Sie lehrte mich glauben.«

Darya unterbrach ihn. In London hatte er wie ein Engländer gesprochen, aber hier sprach er das Englisch zwar ohne Fehler, aber sonst wie ein Inder – mit abgeschwächten Konsonanten und reinen, klaren Vokalen.

»Ist eure Religion nicht ein Teil eures Lebens?«

»In gewisser Hinsicht wohl schon«, sagte David. Er wollte Darya gegenüber ganz aufrichtig sein. Er sehnte sich nach Freundschaft, nach einer besonderen Freundschaft, in der sie miteinander freimütig sprechen konnten, weil sie einander fremd waren. So konnte er zu keinem sprechen, den er schon lange kannte, der mit seiner Familie und besonders mit seinem Vater bekannt war. Darya schien der Name MacArd nichts zu bedeuten, und Reichtum hielt er entweder für unwichtig oder für selbstverständlich. Es ist zweifelhaft, dachte David, ob das Vermögen seines Vaters dem Besitz gleichkam, den Darya erben würde...

»Wie?« Darya ließ nicht locker. »Erzähl mir mehr, David, denn ich möchte dich kennenlernen, und man lernt einen Menschen am besten kennen, wenn man seine Religion kennt.«

Etwas erstaunt sagte David: »Ich fürchte, bei mir trifft das nicht zu – und auch nicht bei den meisten von uns. Vielleicht verstehen wir unter Religion etwas anderes als ihr.«

»Erkläre dich deutlicher!« sagte Darya gebieterisch. Er hatte ein schönes, ovales Gesicht und glatt gewellte, schwarze, an den Schläfen kurzgeschnittene Haare. Seine großen dunkelbraunen Augen waren auf Davids Gesicht gerichtet, und es war unmöglich, ihrer magnetischen Kraft zu widerstehen.

»Bei uns«, sagte David zögernd, »drückt sich die Religion in praktischen Werken aus oder sollte es wenigstens. Ich glaube, es wäre uns unmöglich, eine solche Armut, wie sie hier in eurem Lande herrscht, zu ertragen oder zu dulden, Darya. Wir würden versuchen, Abhilfe zu schaffen, und das würde bei uns zur Religion gehören.«

»Was sonst?« fragte Darya mit unverändert festem Blick.

»Was sonst? Nun, wir haben die Kirche, den Gottesdienst und so weiter...«

»Aber wie steht es mit eurer Seele?« fragte Darya drängend weiter. »Mit dem Geist, dem Herzen, der Vereinigung mit Gott?«

»Das ist individuell ganz verschieden«, meinte David unsicher.

»Aber für dich«, sagte Darya unnachgiebig, »was bedeutet die Religion für dich?«

»Nicht sehr viel«, gab David offen zu. »Ich bin mit meinen Eltern in die Kirche und zur Kommunion gegangen, das ist die heilige Handlung, bei der man Brot und Wasser zu sich nimmt. Als Kind habe ich gebetet, jetzt nicht mehr. Seit dem Tode meiner Mutter habe ich über diese Dinge mehr nachgedacht als früher, aber das Beten habe ich noch nicht wieder gelernt. Als Kind kann ich nicht mehr beten und als Mann noch nicht... Ich bin nicht einmal ganz überzeugt, daß das Gebet wirksam ist, obschon ich an Gott glaube oder wenigstens nicht sagen kann, ich glaubte *nicht* an ihn... Ich kann mir sonst das Weltall nicht erklären.«

»All das ist keine Religion«, sagte Darya nachdenklich.

Es stimmte, daß man sehen konnte, wie die Lotosblume sich schloß. In dem Augenblick, als Darya das sagte, bemerkte David, daß die schwere Blume ihre Blütenblätter langsam aus dem Wasser hob. Die Bewegung geschah unmerklich, aber sie fand statt. Gerade erlosch der Abendglanz hinter der Gartenmauer.

»Was ist denn Religion?« fragte er, drehte den Kopf und sah Darya offen in das wunderbare Antlitz, das so lebendig, so von innen erleuchtet, so jung und vertrauensvoll war.

»Das kann ich nicht definieren«, sagte Darya. »Du kannst sie nicht sehen, und doch ist sie überall... Kommst du nach Benares?«

»Ich weiß nicht. Seit meine Mutter tot ist, wird mein Vater immer unberechenbarer. Wir haben uns noch nicht ans Alleinsein gewöhnt.«

»Du mußt nicht sagen, sie sei tot. Ich habe es in der Zeitung gelesen, als ich in London war, darum war ich besonders freundlich zu dir, als wir uns kennenlernten. Aber sie ist nicht tot, sie wird wiedergeboren.«

»Auch uns wird gelehrt, daß die Toten weiterleben«, erklärte David.

»Aber ich meine, daß sie wirklich am Leben ist«, sagte Darya, »du brauchst nicht um sie zu trauern. Du kannst ihr sogar begegnen, und du solltest die Augen offenhalten.«

»Du wolltest mir von Benares erzählen«, erinnerte ihn David. Es lag ihm nichts daran, sich seine Mutter in einer ihm unbekannten Form weiterlebend vorzustellen, in der er sie nicht erkennen konnte – denn das meinte Darya doch wohl...

»Ach so«, sagte Darya. »Ich wollte nur sagen, daß du dort sehen könntest, was Religion ist. Oh, es ist eine schmutzige Stadt, zweifellos, aber du mußt bedenken, daß sie so alt ist wie Ägypten, daß sie bereits eine Großstadt war, als Rom gegründet wurde, und daß jeder Inder hofft, gleichgültig, ob Buddhist oder Brahmane, dorthin zu kommen, um am Ganges zu sterben. Ich bezweifle, daß eine Stadt im Westen vollendet sauber sein könnte, wenn Tausende von Jahren hindurch Millionen Menschen dorthin gekommen wären, um zu sterben. Ich gebe zu, die Stadt ist in mancher Hinsicht abstoßend, sie ist voll von Bettlern und Fakiren, aber sie ist auch voll von Pilgern und von Menschen, die in allem Ernst und mit jedem Atemzug und jeder Handlung Gott suchen, so daß ihr ganzes Leben Religion ist... Reiche Leute bauen dort Paläste, sie hat auch breite Straßen, und kostbare Gewänder werden dort gemacht. Die Seide dieser Tunika stammt von dort. Benares ist berühmt wegen seiner aus Gold und Silber gewirkten Stoffe. In den alten und engen Straßen gibt es Bettler, herrenlose Hunde, nackte Kinder und zerlumpte Frauen, Hausierer, die billigen Schund verkaufen, träge heilige Kühe und sogar Leprakranke – die ganze Hefe Indiens, wenn du dich so ausdrücken willst, findet sich dort zusammen –, und doch werden die Menschen dorthin getrieben aus Sehnsucht nach

Gott. Wenn du das nicht verstehen kannst – aber wie könntest du das... Nein, versprich mir, nicht nach Benares zu gehen, David. Ich möchte, daß du Indien verstehst, und dort wirst du es entweder ganz verstehen oder gar nicht, und ich fühle, daß ich dein Verständnis brauche.«

»Ich verspreche dir, nicht ohne dich dorthin zu gehen«, sagte David.

Die Abendluft, die großen Lotosblüten, die ihre Blätter über ihrem Herzen zusammenschlossen, der schwere Duft, den sie in der Dämmerung verbreiteten, der zauberhafte, stille Garten breiteten eine Atmosphäre um David aus, die er noch nie geatmet hatte. Er war noch nie einem Menschen so nahegekommen wie jetzt Darya, nicht einmal seiner Mutter; denn Darya war ein junger Mann wie er, und vor ihnen beiden lag das Leben, ein anderes Leben für jeden, das sich auch für beide in verschiedenen Welten abspielen würde, wie er wohl wußte – und doch war ihre Sehnsucht die gleiche.

Er hätte gern mit Darya in tiefgründiger Weise vom Christentum gesprochen, aber er war dazu nicht fähig. Er wußte nicht genug; alles, was er wußte, hatte er von anderen gelernt; er hatte nichts Eigenes dazugegeben. Und Darya hatte vielleicht dasselbe Gefühl, hätte vielleicht gern ihm, einem Amerikaner, etwas von den reichen Schätzen mitgeteilt, die nach seiner Meinung im Hinduismus verborgen lagen...

»Unsere Religion«, setzte Darya plötzlich hinzu, »entspringt nicht aus einer einzigen Quelle. Viele andere Religionen haben sich in sie ergossen, sie ist groß genug, um alle aufzunehmen – und doch hat sie aus ihnen etwas Einziges und Einzigartiges gemacht. Eines Tages werde ich dir das erklären können, aber jetzt noch nicht.«

Sie standen auf, denn es wurde plötzlich kühl.

»Die Lotosblumen haben sich geschlossen, wie du gesagt hast. Ich habe so etwas noch nie gesehen.«

»Du wirst es noch oft sehen«, meinte Darya, »denn du wirst immer wieder nach Indien kommen.«

»Und du wirst nach Amerika kommen«, hatte David mit jugendlicher Wärme geantwortet. »Dann mußt du immer bei mir wohnen.«

»Ja, wenn ich dorthin komme«, sagte Darya, »und inzwischen wollen wir uns manchmal schreiben.«

Es war ein Versprechen. Sie gingen Seite an Seite durch den Garten. David fühlte, wie Darya seine Hand nahm, er ergriff sie nicht fest und warm, sondern ungemein zart, als Zeichen der Freundschaft. Bei einem Amerikaner wäre das sonderbar oder sogar abstoßend gewesen, hier war es ganz natürlich. David hatte oft gelesen, daß junge Inder Hand in Hand gingen, es war ein Zeichen der Brüderschaft. Dieser Inder nahm ihn als Bruder an, und David hatte nie einen Bruder gehabt. Er bekam Herzklopfen, aber er wußte nicht, was er sagen sollte, und selbst am Tor fiel ihm nichts ein. Während der Türhüter wartend dastand, legte er die andere Hand über ihre verflochtenen Finger. »Ich werde dich nie vergessen«, sagte er.

»Ich dich auch nicht«, erwiderte Darya einfach.

Sie hatten ein neues Zusammentreffen vereinbart, aber das fand nicht statt, und sie gingen auch nicht zusammen nach Benares, denn Davids Vater hatte sich plötzlich entschlossen, Indien zu verlassen. Schon vor vielen Jahren hatte die Mutter David gelehrt, dem Vater niemals zu widerstreben, wenn solche Augenblicke kamen. »Dein Vater ist auf seine Weise ein Genie, und wir beide sind gewöhnliche Menschen. Wir müssen diese Anwandlungen demütig hinnehmen, David.«

Das hatte sie mehr als einmal gesagt, und so hatte er gelernt, still im Hause zu sein, keine Fragen zu stellen, nicht einmal »gute Nacht« zu sagen, wenn er zu Bett ging, und nicht »guten Morgen«, wenn sein Vater ins Büro mußte – wenigstens so lange nicht, bis die schreckliche Energie seines Vaters in einer neuen Schöpfungsexplosion Erleichterung gefunden hatte... Dann hatten die MacArd-Eisenbahnen große Öl- und Stahlindustrien, Kohlen- und Erzbergwerke, Schiffe und Brücken mit ihrem eisernen Griff umklammert, und die wiederum erzeugten mit der Zeit gewaltige Fabrikanlagen und Geschäftsgebäude.

War jetzt Schluß damit? Wohin würde seines Vaters mächtige Phantasie ihn nun führen, fragte sich David. Er seufzte, er fühlte sich hilflos vor solcher Dynamik. Dann zog er aus dem Bücherregal über seinem Sessel ein kleines Buch mit einem Ledereinband hervor. Es war das Neue Testament, das immer auf dem Tisch seiner Mutter gelegen hatte. Als er das letztemal von ihr gegangen war, lag sie tot auf ihrem Bett. Er hatte nicht bei ihr bleiben dürfen. Fremde Menschen kamen auf Zehenspitzen herein und warteten darauf, daß er ging, damit sie ihre Arbeit beginnen konnten. Beim Weggehen sah er das Büchlein und nahm es mit, und als er allein in seinem Zimmer war, versuchte er, darin zu lesen, brachte es aber nicht fertig. So hatte er es in das Regal gestellt.

Jetzt, da einige Zeit verflossen war, konnte er es wieder herausnehmen, aber er fühlte ihre Hand noch auf dem Buch und auf ihm. Er öffnete das Buch und ließ es so liegen. Da fielen seine Augen auf eine Stelle, die sie angestrichen hatte. Sie unterstrich oft Stellen in Büchern und besonders in diesem. »Ehe nicht der Mensch neugeboren ist, kann er das Reich Gottes nicht sehen.«

Langsam las er die Worte. Wiedergeburt. Das waren ja die Worte, die Darya gebraucht hatte!! Aber was bedeuteten sie – nicht in Indien, sondern jetzt und hier, für ihn?

MacArd war wieder in seinem Büro. Hier war er gewohnt, ohne Leila zu sein. Er stürzte sich gleich in die Arbeit, die sich während seiner Abwesenheit angehäuft hatte, in die großen Angelegenheiten, die niemand anderer als er selbst erledigen konnte. Er hatte seine Angestellten dazu erzogen, ihm nur schwierige und wirklich wichtige Dinge vorzulegen, und auch die nur, wenn bereits eine Lösung für sie gefunden war. Er erwartete von ihnen, daß sie ihm zu jedem Problem auch die Lösung lieferten, die er dann billigte oder ablehnte.

»Ich bezahle meine Leute, damit sie die Probleme lösen, anstatt sie mir einfach zu vorzulegen«, war einer seiner beliebtesten Leitsätze.

In dem riesigen Bürohaus stieß man überall auf Plakate, auf denen in großen Buchstaben der Satz gedruckt stand: »Jedes Problem hat eine Lösung - finde sie!«

MacArd stellte Leute ein oder feuerte sie hinaus, je nachdem, ob sie diesen Grundsatz ernst nahmen oder nicht. Niemand durfte sich über dieses wichtige Prinzip lustig machen, ja, sich nicht einmal einen milden Scherz darüber erlauben. Ein junger Mann hatte einmal eine spaßhafte Wortumstellung mit dem Satz vorgenommen, er wurde auf der Stelle entlassen.

»Man muß sich darüber klar sein, wann man lachen kann und wann nicht«, hatte MacArd gebrüllt.

Er kannte seine Bibel und sprach gern in biblischer Sprache. Er dachte gern bei sich und sagte es sogar manchmal, daß er mit Gold und Besitz gesegnet sei, mit Tausenden Hektaren Land im Westen, mit Erz- und Silberbergwerken, mit stählernen Eisenbahnschienen, mit Handelsschiffen auf allen Weltmeeren, mit zahlreichen Banktresoren, gefüllt mit Aktien vieler miteinander verflochtener Industrieunternehmungen. Die Zahl seiner Angestellten ging in die Tausende. Die meisten von ihnen bekam er nie zu Gesicht - jene Männer, die ihr Leben unter der Erde in den Bergwerken verbrachten, die seine großen Maschinen fuhren und aufmontierten, die seine Schiffe steuerten, die in seiner Buchhaltung beschäftigt waren und die Zahlen zusammenrechneten, die ihm Tag für Tag genau seinen Vermögensstand auswiesen. Seine Tage verbrachte er in seinem Büro, von dem er den Hafen und die Freiheitsstatue überschauen konnte, in einem Zimmer, das so groß wie ein Haus war, belegt mit weichen Teppichen, behangen mit Gobelins und möbliert mit Mahagonitischen und -stühlen. Sein Schreibtisch war seine Burg.

Außer seinem Geschäft hatte nur noch seine Frau für ihn existiert. Wenn er heimkam, empfing sie ihn mit ihrer stets gleichmäßigen Heiterkeit und ihrem milden, ironisch gefärbten Humor - eine Frau, die ihn liebte und sich nie vor ihm fürchtete. Er wußte das, und es war gut für ihn. *Ein* Mensch wenigstens, der vor ihm nicht leisetrat und vor dem er seinerseits nicht als Eroberer auftreten konnte – denn er hatte sie nie ganz erobert, sie hatte sich immer selbständig und unabhängig erhalten, und wenn er ihr mit Logik kam, zog sie sich auf ihr Gefühl zurück.

»Aber warum –« Wie viele seiner Sätze hatten so begonnen, wenn er sich mit ihr unterhielt.

Sie ließ ihn dann niemals weiterreden. »Ach, warum, warum, ich pfeife auf das Warum! Darum!« So hatte sie ihn angesungen, bis er nach Jahren hartnäckigen Widerstandes schließlich klein beigegeben hatte; und als sie das erkannte, wurden ihre Beziehungen enger und tiefer als je. Er verliebte sich aufs neue. Er war ein leidenschaftlicher und treuer Mann, insgeheim romantisch veranlagt, und sie wußte das. Sie lenkte ihn mit dem Herzen.

Nach seiner Rückkehr aus Indien überwältigte ihn jetzt manchmal die Sehnsucht nach ihr. Wenn er mitten in der Bürozeit, in der Anspannung seines schnellen Arbeitstempos für einen Augenblick, für zehn Minuten oder sogar für eine Stunde aussetzte, kämpfte er verzweifelt gegen sein Einsamkeitsgefühl. Zu ihren Lebzeiten konnte er sie den ganzen Tag vergessen – jetzt, da sie tot war, kam ihr Geist in dieses Zimmer, wo sie in ihrem Leben nur ein paarmal gewesen war.

»Mir gefällt dein Palast nicht«, hatte sie gesagt. »Du sitzest da wie ein König auf dem Thron. Aber ich bin trotzdem nicht dein Untertan, König David.«

Er konnte sie beinahe lachen hören... An diesem Morgen hätte er schwören mögen, daß er den Nachklang ihres Lachens gehört hatte. Er warf den Kopf hoch. Er war allein und studierte gerade einen seitenlangen Vorschlag für den Kauf neuer Bergwerke in Südamerika, und in der Stille des großen Zimmers hörte er ihr fernes Lachen. Sie war natürlich nicht hier, das war Unsinn, nicht einmal ihr Geist war hier anwesend – aber wußte er das wirklich so genau? Er hatte alles, was nach Spiritismus aussah, immer abgelehnt und besonders die Wunschträume von Menschen, die mit Hilfe von Medien die

Geister ihrer Toten zitieren wollten... Aber gab es, jenseits solcher Experimente, wie immer es damit stehen mochte, nicht wichtige Dinge, von denen er nichts wußte? Jedenfalls glaubte er, daß sie irgendwo lebte, durch eine undurchdringliche Mauer von ihm getrennt... Wer kannte die Dicke der Mauer?

Seit jenem Tage in dem Hotel in Bombay, wo man ihn oder wo er sich selbst - er konnte keine Klarheit darüber gewinnen, wie es eigentlich genau war - an jenes Bibelwort erinnert hatte, wo ihm auf unerklärliche Weise die Worte über das enge judäische Tor, das Nadelöhr genannt wurde, in die Erinnerung gekommen waren, über jenes Tor, das einem Kamel ebenso schwer Zutritt gewährte wie einem reichen Mann das Reich Gottes - seit jenem Tage hatte er sich Leila nicht ein einziges Mal nahe gefühlt. Er hatte versucht, sich vorzustellen, was sie wohl von ihm wünschte; aber sie war weit weg, und er hatte, ohne seine Reise zu beenden, plötzlich Indien den Rücken gekehrt. Jetzt, mitten in seinem Tagwerk, fühlte er sie wieder nahe.

Er saß mit angespannten Muskeln da, die geballten Fäuste auf dem Tisch, und dachte intensiv, daß sie vielleicht näher sein könnte, als er ahnte. Der Schweiß brach ihm aus. Er sah sie beinahe vor sich, einen Augenblick spürte er ganz sicher, daß sie da war... Aber dann reichte es doch wieder nicht zu der unumstößlichen festen Überzeugung, daß dies alles mehr war als die Sehnsucht seines Herzens. Er wurde kalt und nüchtern, der Schweißausbruch hörte auf, er sank zusammen und stützte den Kopf in die Hände. Aus der Tiefe seiner Enttäuschung stieg ein Gebet hoch.

»O Gott«, stöhnte er laut, »o Gott, zeige mir, was sie von mir verlangt. Sie will etwas von mir - aber was?«

Er horchte in die Stille hinein, aber keine Stimme ließ sich vernehmen, bis er seine eigene hörte, die laut weiterbetete - oder war das kein Gebet mehr?

»Du weißt, daß alles, was ich habe, dein ist.«

Das waren die Worte, die er stammelte, sie kamen aus ihm,

sie sprachen sich selbst, als wenn jemand anderer durch seine Lippen spräche, als ob ein Stummer seine Stimme benützte.

Das war ein eigenartiges Erlebnis. Es ging jedoch gleich vorüber, er war fast unmittelbar darauf wieder er selbst, und doch war es ihm, als habe er sich verändert. Er war verdutzt, er war fast sicher, daß mehr als seine Einbildungskraft hier im Spiel gewesen war, und doch hätte er sich geschämt, das zu gestehen – und wenn sich die Tür geöffnet hätte und einer seiner Angestellten hereingekommen wäre, würde er barscher gewesen sein als sonst. War es Leila gelungen, wenn auch nicht die Mauer zu durchbrechen, aber doch sein Gedächtnis aufzurühren und die Worte aus ihm herauszuholen, die er gerade gesprochen hatte? Wollte sie ihm sagen, daß er, bevor sie sich hinter der Mauer wieder vereinigen konnten, Dinge tun mußte, die er noch nicht getan hatte? Sollte er seinen Reichtum auf dem Altar ihrer Liebe zum Opfer bringen? Jetzt war ihm eine Möglichkeit gegeben. Er war ein praktischer Mann; aber wie alle Männer seiner Art, die einen fast unglaublichen Aufstieg genommen und ihre eigenen Wunder gewirkt hatten, hielt er das Phantastische für durchführbar – denn wieviel hatte er nicht schon verwirklicht, das vorher nur Phantasie zu sein schien!

»Alles, was ich habe, ist dein...«

Er hörte noch den Nachklang der Worte, und nach einer Weile schlug er auf den Klingelknopf. Ein in mittlerem Alter stehender Mann kam herein, sein Sekretär. Er hatte die Mode, eine Frau als Sekretärin einzustellen, nicht mitgemacht, er war gegen die geschäftliche Betätigung von Frauen, vielleicht wollte er auch nie eine andere Frau als Leila in seiner Nähe haben...

»Thomas, stellen Sie fest, ob Dr. Barton zu Hause ist, und fragen Sie ihn, ob er mit mir heute um ein Uhr zu Mittag essen will.«

»Gewiß«, erwiderte der Sekretär.

Er ging fort und kam nach ein paar Minuten zurück. Er fand seinen Chef noch in derselben Haltung am Schreibtisch sitzen. »Dr. Barton läßt herzlich danken, Mr. MacArd, und wird der Einladung gern Folge leisten. Soll ich Anweisungen für das kleine Eßzimmer geben?«

»Ja«, sagte MacArd. Wenn er allein war, wurde ihm von der Küche im obersten Stockwerk ein Tablett mit Speisen heruntergeschickt. Wenn er eine Gesellschaftskonferenz hatte, wurde das Mittagsmahl in dem getäfelten Eßzimmer eingenommen, aber es gab auch ein kleines, gläsernes Eßzimmer auf dem Dach, von dem man einen Ausblick auf den Fluß und darüber hinaus auf den Ozean hatte. Nur ganz vertraute Freunde speisten dort mit ihm, und an Tagen, an denen er das Büro abends nicht verlassen konnte, hatte Leila manchmal dort mit ihm gegessen. Ein paar Minuten bevor er wieder zu seinem Schreibtisch und sie nach Hause zurückkehrte, hatte er immer das Licht ausgedreht, so daß sie die strahlende Stadt sehen konnte, die sich zu ihren Füßen ausbreitete.

»Das gehört alles dir, meine Königin«, hatte er dann scherzend gesagt. »Du kannst damit spielen oder dir ein Halsband daraus machen oder es dir als Diadem ins Haar stecken.«

Seit ihrem Tode hatte er das Zimmer nicht mehr benützt. Als Thomas fort war, warf er den Federhalter hin und wirbelte den Drehstuhl herum, so daß er das große Fenster hinter seinem Rücken jetzt vor sich hatte. Er blickte über die Dächer in den milden blauen Himmel und überlegte, was es ihn kosten würde, sich zu den Worten, die ihm vor einer Woche über die Lippen gekommen waren, in ihrer vollen Bedeutung zu bekennen.

Dr. Barton hörte dem reichsten Mann seiner Pfarrei ehrerbietig zu. Er war kein Feigling, und wenn er es als seine Pflicht erkannt hätte, würde er selbst dem großen MacArd offen seine Meinung gesagt haben. Glücklicherweise war es nicht wahrscheinlich, daß er je in diese Lage kommen würde. MacArd war ein höchst ehrenwerter Mann, ohne viel Gnade und Barmherzigkeit vielleicht – aber gut; wenn man von seiner Rücksichtslosigkeit in geschäftlichen Dingen sprach, so nahm

Dr. Barton an, daß eine gewisse Portion von Härte zum großen Erfolg in dieser Welt nun einmal nötig war. Cäsar hatte Eigenschaften, die Christus fremd waren, aber doch gut zu Cäsar paßten. So meinte Dr. Barton.

»Es ist eine ganz erstaunliche Idee, Mr. MacArd«, sagte Dr. Barton tief bewegt.

Das Essen hatte ihm geschmeckt, die Gerichte waren vollendet zubereitet, und er hatte Mühe gehabt, seinen Appetit zu zügeln. MacArd aß schnell, ohne auf die Speisen zu achten, die selbst für einen so gutgestellten Geistlichen wie Dr. Barton ein Festessen waren. Er wußte, daß Männer wie er leicht in das Laster der Gefräßigkeit verfielen, und er kämpfte daher beständig dagegen an. Ein allzu wohlgenährter Mann Gottes, ein ins Wohlleben verliebter Priester war abstoßend, wenn auch nicht gerade sündig. Auch täuschte er sich nicht darüber, daß Gefräßigkeit leicht zu sinnlichen Ausschweifungen führte.

»Sie gefällt Ihnen?« fragte MacArd. »Sehen Sie ein, daß so etwas nötig ist?«

»Es ist eine Idee, die Ihres Organisationstalentes würdig ist«, erwiderte Dr. Barton.

»Sie ist die Frucht meiner Reise nach Indien. Die Inder brauchen eine ordentliche Religion, einen Glauben, der Menschen aus ihnen machen wird, anstatt träge dahinvegetierende Kreaturen. Praktisches Christentum haben sie nötig, Barton, einen lebendigen Missionärsglauben, der ihre Götzen stürzt, ihre scheußlichen Tempel reinigt und sie endlich energisch macht. Ich sage Indien – aber ich meine die ganze Welt. Ich will einen Mittelpunkt tatkräftiger christlicher Erziehung schaffen, von der Männer in alle Welt ausgehen und ein Evangelium des Glaubens und der Tatkraft predigen. Ich will diese Stiftung zum Andenken an meine geliebte Frau errichten. Sie soll ›Hochschule für Theologie der Leila-MacArd-Stiftung‹ heißen. An die Studenten sollen möglichst hohe Ansprüche gestellt werden; auch die Lehrer sollen erste Garnitur sein. Ich möchte, daß Sie mir helfen, den richtigen Platz zu finden und die besten Leute für die Fakultät auszusuchen. Wenn jemand von der MacArd-Schule kommt, muß man sofort wissen, daß er für die Ausbreitung des Evangeliums die denkbar beste Vorbildung erhalten hat.«

Geräuschlos trat ein Butler ein, um das Geschirr wegzuräumen, und der Diener servierte das Sahneeis, Gebäck und Kaffee.

MacArd stieß seinen Teller weg. »Ich möchte Apfelkuchen und Käse«, befahl er.

»Sofort«, sagte der Diener und war gleich mit einem Stück Apfelkuchen wieder da, während der Butler ein Tablett mit verschiedenen Käsesorten reichte.

MacArd zeigte auf einen scharfen norwegischen Käse und sprach rasch weiter, während der Butler ihn bediente. »Zuerst muß der Platz gefunden werden, dann müssen Architekten die bestmöglichen Pläne machen.«

Dr. Barton war überwältigt. »Haben Sie schon an eine Summe gedacht, die dafür in Betracht käme?«

»Zahlen interessieren mich hierbei nicht«, erwiderte MacArd, »mir kommt es darauf an, daß die bestmögliche Leistung erzielt wird.«

»Bewundernswert«, murmelte Dr. Barton. »Es wäre durchaus möglich, daß sich die Welt infolge Ihrer Bemühungen ändern wird.« Nachdenklich aß er sein Sahneeis und knabberte an einem kleinen Kuchen. Er hoffte, daß er nicht an sich selbst dachte, er bemühte sich ernstlich darum – aber es war ja möglich, daß MacArd ihm die Stellung des ersten Präsidenten der MacArd-Hochschule für Theologie anbot. Es sollte natürlich eine Gedächtnisstiftung für Frau MacArd sein, aber unvermeidlich würde man sie die MacArd-Schule nennen. Sie wäre die erste gewesen, diese Notwendigkeit anzuerkennen. Er hatte sie als eine große, schlanke, graziöse Frau in Erinnerung, die einen nur manchmal in Verwirrung brachte, weil man nie sicher war, ob sie nicht plötzlich lachen würde. Manchmal, wenn er mit dem äußersten Ernst predigte und zufällig in die Richtung des großen Kirchenstuhls blickte, des ersten Stuhls in der mittleren Reihe, sah er ihre Augen auf sich gerichtet, und es war ihm, als lachten die Augen. Mit der Zeit hatte er gelernt, immer in eine andere Richtung zu schauen.

MacArd trommelte mit seinen großen Fingern auf das Tischtuch. Zwischen den Knöcheln standen rote Haarbüschel hervor. »Nun, ich glaube, das ist alles«, erklärte er. »Sie wissen, was Sie zu tun haben. Hier im Bürohaus können Sie jede Hilfe haben, die Sie benötigen, auch Laufburschen und so weiter.«

»Danke«, sagte Dr. Barton. »Ich will mich lieber erst mal selbst umsehen. Wir wollen doch nicht schon bestehende Institutionen nachahmen.«

»Eine solche Institution, wie ich sie plane, gibt es nicht«, sagte MacArd mit Begeisterung. »Es ist etwas Einzigartiges, etwas Großes, ein Mittelpunkt missionärer Kraft. MacArd-Leute müssen wissen, daß es ihre Pflicht ist, in die Welt hinauszugehen, nicht sich in eine fette Pfründe zu setzen und Kanzelreden zu schwingen.«

Dr. Barton versuchte, diese Worte von der heiteren Seite zu nehmen. »Hoffentlich haben Sie nicht mich dabei im Auge.«

»Selbstverständlich nicht«, erwiderte MacArd. »Unsere Kirchen müssen mit dem nötigen Geld versorgt werden – und übrigens sind Sie ja kein junger Mann mehr. Was ich im Sinn habe, müssen junge Leute ausführen.«

Dr. Barton fühlte sich erleichtert. Er stand auf, denn er merkte, daß MacArd ungeduldig wurde. »Ich werde in einigen Tagen von mir hören lassen, Mr. MacArd«, sagte er. Er schüttelte seinem Hauptpfarrkind warm die Hand und ging davon, eine rosig rundliche Gestalt.

In schwelendem Hitzedunst kroch der Sommer über die Stadt. Die großen Häuser an der Avenue wurden geschlossen, und die Familien reisten nach Bar Harbor, Newport und an die Küste von Neu-England. In früheren Jahren war David mit seiner Mutter zu einer sich nach Süden öffnenden stillen Bucht in Maine gefahren. In diesem Jahr blieb er natürlich in der Stadt, frühstückte jeden Morgen mit seinem Vater und erwartete ihn abends zum Essen. Er wußte, daß sein Vater sich ab und zu mitten in der Arbeit Sorgen um ihn machte, und er bemühte sich jeden Tag aufs neue, ihm mit fröhlichem Gesicht entgegenzutreten und aufmerksam zuzuhören, wenn sein Vater ihm etwas erzählte. Es fiel ihm nicht ein, seinem Vater etwas von seinen eigenen Gedanken und Gefühlen mitzuteilen – nicht nur, weil er das nie getan hatte, sondern weil das, was er etwa zu sagen hatte, seinen Vater, wie er meinte, nicht interessieren würde. Er war nicht unglücklich. Die Sehnsucht nach seiner Mutter hatte sich in eine träumerische Melancholie verwandelt. Er wurde innerlich immer ausgeglichener und ruhiger, aber er wußte, daß dieser Zustand nicht lange dauern würde. Einmal mußte er sich entschließen, welchen Beruf er ergreifen wollte. Eines stand für ihn fest – daß er nicht in das Geschäft seines Vaters eintreten würde. Aber das wurde auch nicht von ihm erwartet. Seine Mutter hatte in dieser Beziehung gründlich vorgearbeitet und es MacArd klargemacht, daß David nicht wie sein Vater war und daß man von ihm nicht erwarten durfte, er würde in dessen riesige Fußstapfen treten.

»David wird etwas ganz anderes tun als du, König David«, hatte sie gesagt. Der Name, den seine Mutter für seinen Vater gewählt hatte, paßte in gewisser Weise zu ihm, aber sie hatte auch ihren Sohn darauf aufmerksam gemacht, daß der Vater, so autokratisch er auch sein mochte, in tiefstem Grunde ein Romantiker war. »Diese romantische Veranlagung gibt deinem Vater den Wunsch ein, die Welt zu erobern«, hatte sie ihm eines Tages erklärt. »Früher habe ich einmal versucht, ihm ›halt‹ zuzurufen. Wir hatten genug Geld, mehr, als wir jemals ausgeben konnten – aber dann sah ich, daß er nicht noch mehr Geld wollte, sondern größere Träume. Jeder Traum führt nach seiner Verwirklichung zu einem andern. Die Welt ist sein Theater, und er ist Dramatiker, Bühnenbildner, Geldgeber, Direktor und erster Held.«

Sie war den ganzen Tag fröhlich gewesen und wurde plötzlich ernst. »Und vergiß nie, David, daß er wirklich ein König ist. Dein Vater könnte nie eine kleinliche oder schäbige Handlung begehen. Er kann vielleicht in großen, wichtigen Angelegenheiten grausam sein, aber ich habe immer erfahren, daß er jedesmal, wenn er die von seiner Grausamkeit betroffenen Menschen sah, alles stehen und liegen ließ, um sie zu retten – sogar vor sich selbst. Die Schwierigkeit ist nur die, daß er sie nicht sieht, wenn sie ihm niemand zeigt. Das ist meine Aufgabe. Nur finde ich den Betroffenen nicht immer.«

Sie hatte es sich zur Aufgabe gemacht, seinen Vater menschlich zu erhalten, und manchmal in dieser langen, ruhigen Zeit fragte sich David, ob es auch seine Aufgabe sei, seinen Vater auf die Menschen aufmerksam zu machen, die kleinen Durchschnittsmenschen, die er so hoch überragte, daß er sich selten niederbückte, um sie zu sehen. Aber in Indien hatte er sie deutlich genug gesehen, nicht den einzelnen vielleicht, aber die Masse, die elend über die ausgedörrte Erde schweifte – und ihr Elend hatte ihn zornig gemacht.

»Was treibst du, David?« fragte sein Vater ihn plötzlich eines Morgens beim Frühstück.

»Seit Monaten gar nichts«, erwiderte David. »Aber ich hoffe, nun bald so weit zu sein, daß ich weiß, was ich tun werde. Etwas muß man ja wohl tun?«

»Willst du nach Maine gehen?« fragte sein Vater.

»Nein, danke«, sagte David. »Ich möchte lieber hier bei dir bleiben.«

MacArd gab hierauf keine Antwort. Die Worte trösteten ihn; die Gegenwart seines Sohnes machte das Haus immer noch zu einem Heim. Er durfte sich auch nicht zu sehr vor dem Jungen verschließen… Er hatte ihm noch nichts von seinem großen Plan gesagt, aber jetzt fühlte er sich bewogen, ihm davon Mitteilung zu machen. David konnte das Unternehmen vielleicht für unsinnig halten, man wußte nie genau, was die jungen Leute so bei sich dachten, auf den Universitäten wurden viele zu Atheisten… Er hatte David nie nach seiner religiösen Überzeugung gefragt.

»Vielleicht würde es dir Freude machen, Dr. Barton bei seiner Arbeit zu helfen, die ich ihm gerade aufgehalst habe«, sagte MacArd.

»Was für eine Arbeit ist das?« fragte David ohne großes Interesse. Er mochte den Geistlichen ganz gern, ohne eine tiefere Beziehung zu ihm zu haben. Dr. Barton stand der Familie nahe wie der Hausarzt oder dessen Kollege, der Zahnarzt; natürlich in einem etwas höheren Grade als Enderby - aber die Grabrede, die Dr. Barton bei der Beerdigung seiner Mutter hielt, hatte David nicht gefallen. Barton verstand seine Mutter nicht, oder er war nicht in der Lage, ihre Tiefe und Wärme zu würdigen.

»Ich habe den Plan, deiner Mutter ein großes Gedächtnismal zu setzen«, sagte MacArd. »Es soll eine theologische Fakultät werden, eine umfassende Institution, für praktische Missionszwecke bestimmt. Barton sucht eine für das Institut geeignete Lage, und die besten Architekten sollen es bauen. Ich sagte, er könnte Leute von mir haben, wenn er wolle, aber jetzt fällt mir ein, daß es dir vielleicht selbst Vergnügen machen würde, ihm zu helfen. Vergnügen ist wohl nicht das richtige Wort. Ich meine, diese Mitarbeit könnte dich interessieren, dich ein wenig ablenken... Wir würden dann nämlich zusammenarbeiten. Ich werde das zu würdigen wissen.«

David war zu überrascht, um sofort etwas darauf zu sagen. Ein theologisches Seminar zu Missionszwecken? Er war nicht ganz davon überzeugt, daß seine Mutter ein solches Denkmal gewählt hätte. Sie hätte überhaupt kein Denkmal gewünscht. Sie war von einer heiteren Demut, sie setzte ihre eigenen Gaben ständig und unbekümmert herab, alles Denkmalhafte war ihr viel zu feierlich. Doch er kannte sie gut genug, um auch zu wissen, daß sie, wenn sein Vater den Wunsch gehabt hätte, ihr ein Denkmal zu schenken, es auf die liebenswürdigste Weise angenommen hätte. »Wie bezaubernd!« So hatte sie einmal ausgerufen, als sein Vater ihr ein aus seinen südafrikanischen Bergwerken stammendes, plumpes und auffallendes Diamantenhalsband geschenkt hatte. Er konnte die

Worte noch hören. »Warum eine theologische Fakultät, Vater?« fragte er.

MacArd unterzog sich nun ernstlich der Aufgabe, sich seinem Sohn verständlich zu machen. »Die Idee kam mir nach unserer indischen Reise. Ich sah den gewaltigen Gegensatz zwischen den Engländern und den Indern oder auch zwischen uns und diesen elenden Einheimischen. Es muß doch eine Ursache vorhanden sein, daß die westliche Welt reich und mächtig geworden ist. Als gläubiger Christ kannst du die Gnade Gottes dafür anführen oder einen anderen beliebigen Grund, es läuft auf dasselbe hinaus. Tatsache ist, daß die Leute da drüben von dem Gewicht einer üblen und abergläubischen Religion erdrückt werden, wogegen unsere Religion uns zu freien Menschen gemacht hat. Wir haben unsere Tyrannen vertrieben, wir sind durch unseren Glauben inspiriert worden. Sicherlich sind die Menschen nicht so verschieden, daß das, was den einen stark macht, auf den andern nicht dieselbe Wirkung ausüben sollte. Wenn es stimmt, und ich glaube, daß es so ist, dann ist es meine Christenpflicht, die ganze Welt an meinem Besitz teilnehmen zu lassen, und ich bin überzeugt, deine Mutter hätte mir beigepflichtet, wenn sie mit uns in Indien gewesen wäre. Das ist ein logischer Schluß. Der einzige Weg, eine große Idee in großem Maßstab zu verwirklichen, ist die fachmännische Ausbildung einer großen Anzahl Männer, die sie praktisch ausführen. Das will ich mit der MacArd-Hochschule für Theologie erreichen.«

»Ich verstehe«, sagte David. Er hatte aufmerksam zugehört, sein lebhafter Geist, an die knappe Ausdrucksweise seines Vaters gewöhnt, erfaßte jedes Wort in seiner vollen Bedeutung. Er hatte bei sich inneren Widerstand erwartet, aber er spürte keinen. Trotz der unbewußten Anmaßung, die in der Stimme und in dem Gebaren seines Vaters lag, waren die Worte selbst nicht so anmaßend, wie er gefürchtet hatte. Sein Vater verachtete also nicht diese dunklen, hoffnungslosen Leute, die sich an ihr dürres Land klammerten. Im Gegenteil, in seinen Worten lag die Zuversicht, daß kein Grund vorhanden war, warum sie es nicht so weit bringen sollten wie er selbst, wenn sie nur die richtige Anleitung hätten...

»Ich werde über dein Vorhaben nachdenken«, sagte er. »Es ist sehr interessant. Ich sehe ein, daß es von großer Bedeutung sein könnte.«

»Es ist von großer Bedeutung«, sagte sein Vater mit Nachdruck. »Ich will die MacArd-Gedächtnisstiftung zum größten Weltzentrum für ein praktisches, fortschrittliches Christentum machen – mit weitreichendem Einfluß auf die bessere Gestaltung der Welt.« Er stand auf. Eine Antwort war unnötig. Es war Zeit, sich ins Büro zu begeben. »Auf Wiedersehen, Sohn«, sagte er so herzlich, wie er nur konnte. »Überleg dir die Sache und mach mit, wenn du kannst. Ich würde mich sehr freuen.«

David sagte nichts, sondern lächelte nur, wie seine Mutter immer getan hatte. MacArd sah das Lächeln und fühlte die alte Pein im Herzen. Leila hatte ihm viel hinterlassen, als sie starb – und doch würde es ihm nie genügen, weil sie selbst sich ihm entzogen hatte. Er mußte so leben und sich so benehmen, daß die Hoffnung, sie im Jenseits wiederzusehen, in Erfüllung ging, sofern eine solche Hoffnung begründet war, wie er jetzt glaubte. In der Tat, er mußte an diese Möglichkeit glauben. Er versuchte, das Lächeln seines Sohnes zu erwidern, erhob schweigend die Hand zum Gruß und ging fort.

David schenkte sich eine zweite Tasse Kaffee ein. Seine Mutter hatte es ein für allemal als Regel festgesetzt, daß sie bei dieser Mahlzeit ungestört blieben, und Enderby ließ sich nicht wieder blicken, wenn er Schinken, Eier, Semmeln, Röstbrot und Kaffee hereingebracht hatte. Wenn man nicht nach ihm klingelte, würde er erst wiederkommen, wenn er sicher wußte, daß niemand mehr am Tisch war. So saß David da, trank seinen Kaffee und sah in den Ziergarten, auf den die Glastüren hinausgingen. Auf abgezirkelten Beeten blühten Blumen, und im hinteren Teil des Gartens sah man eine italienische Marmorstatue, ein schlankes Mädchen, das aus einem Krug Wasser in einen Teich goß. Auf diese Gestalt richtete David jetzt seine Blicke. Seine Mutter hatte diese Figur sehr gern gehabt – sie sei ein Symbol, hatte sie einmal gesagt, während sie hier zusammen am Tisch saßen, für das aus nie versiegender Quelle sprudelnde, lebenspendende Wasser. Als sie einmal durch die Berge im Norden der Stadt fuhren, waren sie an einen großen, ausgemauerten, bis an den Rand gefüllten See gekommen, eins der Reservoire der städtischen Wasserleitung. Sie hatte ihn mit den Worten darauf hingewiesen: »Das Wasser aus unserer Quelle kommt von hier, in diesen See fließen die Gewässer aller Berge und Täler der Umgebung und werden in ihm gesammelt.«

Er erinnerte sich gut, wie seine Mutter damals an dem Sommertag in ihrem Staubmantel und Schleier ausgesehen hatte; ihr Gesicht hatte einen lebhaften Ausdruck, ihre Augen waren dunkel und voll Feuer, und wieder fühlte er die symbolische Bedeutung ihrer Worte. Gab es in der Tat eine ewige Quelle für das Menschenleben, eine erste Ursache, einen echten Grund für die kurze Lebenszeit? Er hatte den ersten großen Schmerz hinter sich, sein Kummer war nicht mehr so heftig, und seine Melancholie drückte sich jetzt in grüblerischen Fragen aus, auf die er keine Antwort finden konnte. Er fühlte sich einsam und sehnte sich seit einiger Zeit nach gleichgesinnten Gefährten, die so waren, wie er jetzt war, und nicht, wie er auf der Universität gewesen war. Es war unmöglich, zu dem kindischen Sportbetrieb und den oberflächlichen Vorlesungen zurückzukehren. Er mußte weit tiefer in die Wissenschaft eindringen, aber wo und wie sollte er beginnen? Er durchdachte den Plan, den sein Vater entwickelt hatte. Einen Augenblick erschien er ihm lächerlich – er bezweifelte, ob sein Vater die volle Bedeutung seines eigenen Planes erfaßte… Doch eine Schule für Religion konnte die Grenzen der kirchlichen Bekenntnisse weit überschreiten. Wenn eine Anzahl bedeutender Forscher in einem solchen Institut zusammenkam, wer wußte dann, was sie gemeinsam entdeckten konnten? Er ließ seine Phantasie um diese Schule kreisen, entwarf eine Anstalt, die sich erheblich von der unterschied, die sein Vater plante, die ein tieferes Anliegen erfüllte, eine noch nicht in Bewegung gesetzte Energie entfesselte, einen Verbindungskanal zwischen den Religionen und zwischen dem Menschen und Gott herstellte, wie es ihn bis jetzt wohl noch nicht gab – und bei dieser Arbeit mußte sich herausstellen, ob Gott wirklich existierte... Als er diese Grundfrage ins Auge faßte, konnte er fast hören, wie seine Mutter ihm über den Raum hinüber, der sie trennte, zurief. Für sie, die nie theologische Werke gelesen oder sich um die Vernunftgründe von Logikern gekümmert hatte, war das Dasein Gottes die einfachste Erklärung der Schöpfung und alles Geschaffenen. Woher war denn die Erde und das Blühen auf ihr gekommen, wenn nicht von *Jemandem*?

»Es ist so viel leichter zu glauben als zu zweifeln«, hatte sie zu ihm gesagt.

Er trank seinen Kaffee aus, ging zum Telefon und rief Dr. Barton an. »Hier ist David MacArd, Dr. Barton.«

»Ja, David, was kann ich für dich tun?«

»Mein Vater hat mir gerade eine große Idee vorgetragen. Er meint, daß ich Ihnen helfen könnte.«

Dr. Bartons Stimme war von gewohnter priesterlicher Freundlichkeit. »Allerdings. Ich habe mir schon einige in Betracht kommende Lagen angesehen. Das ist erst mal die Hauptsache, nicht wahr? Die Lage ist wichtig. Ruhig, abgelegen und doch nicht zu weit von der Bahn entfernt. Das Praktische verbunden mit dem Geistlichen, nicht wahr? Komm zu mir, mein Junge. Du wirst mich in einem Nebel von Unschlüssigkeit finden. Ich freue mich, dir meine Nöte mitzuteilen.«

»Schön, ich werde nicht lange auf mich warten lassen.« Er hängte ein und stieg dann langsam die breite Treppe hinab. Das Haus war still wie ein Grab. An einem sonnigen Morgen wie heute war er froh, aus ihm herauszukommen.

Die Luft in Dr. Bartons Studierzimmer war warm und leicht parfümiert, als hätte man Weihrauch in ein schon wieder ausgegangenes Feuer geworfen. Der schwache Geruch alter Schweinslederbände und ein mildsäuerlicher Schwaden von Druckerschwärze vermischten sich mit dem Duft einer großen, auf dem Fenstertisch stehenden Vase voll Rosen.

»Der Beitrag meiner Frau zu meiner Tagesarbeit«, sagte Dr. Barton, als er sah, daß Davids Blicke immer wieder zu den Rosen abschweiften.

»Sie erinnern mich an meine Mutter«, sagte David.

»Ah, wir vermissen sie sehr«, erwiderte Dr. Barton. Er dämpfte den Ton gerade noch so, daß die Worte nicht zu salbungsvoll klangen. »Aber es tut nicht gut, wenn du zuviel an das Vergangene denkst, mein Junge.«

»Sie ist nicht vergangen«, meinte David.

»Natürlich nicht, nein«, stimmte Dr. Barton schnell zu. »Sollen wir anfangen, David? Ich möchte dich natürlich nicht zur Eile antreiben, wenn du vorher noch eine Weile von deiner Mutter sprechen willst.«

»Nein, es kam nur von den Rosen.« Er zog seinen Stuhl an den Schreibtisch und nahm die Blätter zur Hand, die Dr. Barton ihm hingelegt hatte.

»Du siehst«, sagte der Geistliche, »daß ich noch nichts Endgültiges gefunden habe. Ein schönes Gelände liegt hier im Nordwesten der Stadt. Es ergäbe gute Bauplätze. Wie wäre es, wenn du heute hinführest und es dir selbst ansähest? Dann könntest du bestätigen, was ich deinem Vater am Freitagmittag sagen will. Er hat mich freundlicherweise wieder zum Essen eingeladen, und ich muß ihm sozusagen einen ersten Rechenschaftsbericht geben. Ich habe eine große Verantwortung zu tragen.«

»Doch, sehr gern. Kann ich mir diese Karte mitnehmen?«

»Aber selbstverständlich«, sagte Dr. Barton. Er war insgeheim froh, einen so ernsten jungen Mann loszuwerden, zu dem er trotzdem herzlich sein mußte, weil er der Sohn des Wohltäters war. Wieso, fragte er sich, war MacArd darauf gekommen, ihm seinen eigenen Sohn als Hilfe zu schicken? Mißtraute er womöglich der Urteilskraft des Geistlichen in praktischen Dingen? Er zog seine Uhr heraus. »In genau drei Viertelstunden fährt ein Zug, mit dem du noch vor Mittag dorthin kämest. Es ist nur eine Stunde Fahrt. In der Nähe ist ein altes Bauernhaus. Frage einfach nach Millers Creek. Um fünf Uhr fährt ein Zug zurück.«

David studierte eine Weile die Karte. Die Verabschiedung war ein bißchen zu schnell. »Was halten Sie von dem Plan meines Vaters, Dr. Barton?« fragte er dann. Er faltete die Karte zusammen und steckte sie in die Tasche.

Der Geistliche blickte überrascht drein. »Eine großartige Idee«, erwiderte er. »Junge Theologen sollen die bestmögliche Ausbildung erhalten.«

»Mein Vater betonte vor allem den praktischen Zweck der Ausbildung von Missionaren.«

»Ja, ja«, stimmte Dr. Barton gleich wieder zu. »Ganz recht. Die streitende Kirche ist eine Kirche von Missionaren. ›Geht hin in alle Welt‹ und so weiter. Eine praktische Anstalt mit stark kultureller Tendenz, Verkündung des Evangeliums, Unterbauung des Lebens durch die göttlichen Sittengebote, Verbreitung des wahren Glaubens. Dies ist ein Zeitalter wirtschaftlicher Ausdehnung, und wenn unser Land das Banner Gottes hochträgt, können wir keinen Mißerfolg haben.«

David lehnte sich in den bequemen Sessel zurück. Die Hände in den Taschen, blickte er nachdenklich in Dr. Bartons glattrasiertes, gutgenährtes Gesicht. Es wäre unklug, wenn nicht unnütz, sich jetzt schon, wo nicht einmal ein Baugrund für die Schule gefunden war, auf lange Erörterungen einzulassen. Später würde er mit seinem Vater reden. Er war wach genug, um instinktiv in Dr. Barton, der zwischen sich und MacArd keinen Sohn eingeschaltet wissen wollte, einen zukünftigen Feind zu wittern. Er stand auf. »Wenn ich den Zug noch erreichen will, muß ich jetzt wohl gehen.«

Dr. Bartons Befürchtung kam nun offen zum Ausdruck. »Erstatte dann deinen Bericht an mich, lieber Junge, ich bin deinem Vater für alles verantwortlich.«

»Gewiß«, sagte David. »Ich weiß ja, daß ich Ihnen helfen soll.«

Sie gaben sich die Hand. David war froh, als er die Treibhausatmosphäre des Zimmers hinter sich hatte und an die frische Luft kam. Es war einer der seltenen Tage, an denen der Seewind den Rauch und Dunst aus den Straßen vertrieb. Auf dem Bahnhof hatte er gerade noch Zeit, sich ein paar belegte Brote zu kaufen, die ihm später draußen als Mittagessen dienen sollten. Zu dieser Tageszeit war der Zug fast leer. Er setzte sich auf einen Fensterplatz und sah die Mietskasernen und schmutzigen Straßen an sich vorbeifliegen. Er verglich sie in Gedanken mit den überfüllten Gassen in Bombay und den schmutzigen indischen Dörfern. Warum träumte sein Vater davon, Missionare nach Indien oder in andere Teile des Auslands zu schicken, da doch hier, keine fünf Meilen vor seiner eigenen Tür, Menschen zu finden waren, wie sie elender auch in Indien nicht sein konnten? Er wußte genau, welche Antwort er darauf erhalten würde. Wie schon so oft, würde sein Vater erklären, daß Müßiggang, die Frucht der Faulheit, die einzige Ursache der Armut in einem reichen Lande sei - und dabei würde er sich selbst als Beweis anführen. War er, der Sohn eines Landgeistlichen, nicht arm gewesen, und hatte er sich nicht ohne Hilfe hochgearbeitet, bis er einer der reichsten Männer der Welt war? Was er fertiggebracht hatte, konnten andere in einem freien christlichen Lande auch tun.

»Aber könnte *ich* es?« fragte sich David. Er glaubte nicht, daß es ihm gelingen würde, wenn er in einem schmutzigen Zimmer im Kellergeschoß geboren wäre. Vom Zug aus blickte er in eine finstere Zelle nach der andern und sah zerlumpte Kinder, schlampige Frauen, unrasierte Männer und zerbrochene Möbel. Wenn er dort geboren wäre, hätte er sich nicht herausarbeiten können. Wenn ihn ein solches Schicksal zu Boden gedrückt hätte, wer würde ihn dann befreit haben? Keiner - denn keiner ließ es sich einfallen, solchen Leuten zu Hilfe zu kommen.

Gequält von diesem Problem, das er nicht lösen konnte,

suchte er seine Gedanken auf etwas anderes zu richten und war froh, als die Häuser weniger wurden und er schließlich in die offene Landschaft hinauskam. Das war allerdings ein anderer Anblick als um Puna... Anstatt dürrer und unfruchtbarer Felder, einer Staubwüste unter einer brennenden Sonne, waren hier grüne Felder, Bäume, Wiesen und behäbige Bauernhäuser, Scheunen, um eine reiche Ernte zu verstauen, und Spielplätze für Kinder. Warum sollte eine praktische Religion nicht die elenden Mietwohnungen zerstören? Sein Vater würde sagen, daß es keinen Sinn hätte, weil an ihrer Stelle andere entstehen würden. Darya und sein Vater trafen sich, wenn auch auf verschiedenen Wegen, in der gleichen Meinung. Darya würde sagen, daß Wohnungen nichts bedeuten. Sie waren des Menschen Schicksal, und es war kein Grund vorhanden, warum eine elende Hütte nicht denselben Zweck erfüllen sollte wie ein Herrenhaus – in beiden konnte ein Heiliger wohnen. Darya würde auch den Einwand nicht gelten lassen, den man hiergegen erheben konnte: »Aber du, Darya, wohnst in einem herrlichen Haus und kannst leicht sagen, daß eine baufällige Hütte denselben Zweck erfüllt... Du wirst nie in so einer Hütte wohnen.«

Darya würde darauf lachend erwidern: »Aber ich bin in einem Palast geboren und wohne eben dort, wo ich zur Welt gekommen bin. Wäre ich in einer Hütte geboren, würde ich eben dort wohnen. Dieser Unterschied, den du machst, ist bedeutungslos, solange ich eins mit Gott bin.«

Sein Vater, das wußte David, träumte nicht von der Vernichtung der Armut, denn die war für ihn nur das Ergebnis sogenannter Untüchtigkeit. Wer sich selbst nicht helfen konnte, mußte dafür eben Strafe erleiden. Sein Vater glaubte, daß durch die richtige Religion ein wirtschaftlicher Aufschwung einträte, der Möglichkeiten für alle böte, und dann würden Männer wie er hochsteigen, was sich ja schon erwiesen hatte, und alle, welche die gegebenen Möglichkeiten nicht ausnützten, waren überflüssig, Abschaum, höchstens noch als Arbeitskräfte zu gebrauchen. Das war in wenigen Worten, dachte David mit Ingrimm, das Evangelium seines Vaters. Für ihn war Gott auf der Seite der Starken.

Vielleicht hatte sein Vater recht? Wer konnte sagen, daß er unrecht hatte? Vielleicht konnten nur die Starken an der Schlacht teilnehmen und am Wettlauf nur die Schnellen...

3

Am Nachmittag stieg David vom Berg in das Tal hinunter, an den Hudson, der breit und ruhig dahinfloß. David hatte es vorgezogen, zu Fuß zu gehen, anstatt einen Einspänner zu nehmen. Die Morgenkühle war längst einer sengenden weißen Hitze gewichen. David freute sich auf ein Bad im Fluß, so unerträglich heiß war ihm. Er hatte das von Dr. Barton vorgeschlagene Gelände gefunden. Es war ein schöner Platz, inmitten höherer Berge auf einem Hügel gelegen, von dem man eine Aussicht in das Hudsontal hatte. Doch die Gegend war sehr entlegen, weitab vom menschlichen Leben. Er hatte sich auf dem grasigen Plateau ausgestreckt und, den Kopf an einen grauen Felsen gelehnt, seine belegten Brote verzehrt. Er hatte versucht, sich die Gebäude vorzustellen, die jungen Leute und ihre Lehrer, die hier wohnen sollten. Das Institut würde hier mehr einem Kloster ähneln, dachte er, es würde sich vielleicht allzusehr von den überfüllten Straßen Bombays und den Elendsvierteln New Yorks unterscheiden. Der ganze Plan der Schule, die zum Gedächtnis seiner Mutter errichtet werden sollte, kam ihm auf einmal nicht recht geheuer vor.

Wie erfuhr man etwas von Gott? Was wußte man von der Wiedergeburt? Erde und Himmel würden hier zwar Gottes Herrlichkeit verkünden, und von dieser Höhe aus konnte einem die Schöpfung leicht göttlich vorkommen – aber würde das, was man in einer so idyllischen Schulzeit gelernt hatte, noch vorhalten, wenn diese Zeit vorüber war? Er versuchte, sich seine eigenen religiösen Erlebnisse zu vergegenwärtigen, die, wie er fürchtete, nicht sehr aufschlußreich waren: der übliche Besuch des Religionsunterrichtes und der

Kirche und auf der Universität die üblichen Gottesdienste. Er konnte nicht sagen, daß er jemals Gott erlebt hatte, obschon er bereits mit sechzehn Jahren sich der Kirche seiner Eltern angeschlossen hatte, weil ihm das das Richtige zu sein schien - oder vielleicht auch nur, weil es sich so gehörte, was aber für normale menschliche Wesen dasselbe sein mochte... Er wußte, daß er von Natur aus kein Rebell war, in seinem Leben hatte es nichts gegeben, wogegen er sich auflehnen konnte, das Leben erschien ihm gut - bis seine Mutter starb. Er verschränkte die Arme unter dem Kopf, nachdem er gegessen hatte, schloß die Augen und dachte an seine Mutter. Er konnte unmöglich glauben, daß sie nicht mehr lebte, in welcher Form sie auch existieren mochte. Sie war ein zu lebendiges, zu lebensfreudiges Geschöpf gewesen, als daß man sie sich tot vorstellen konnte. Man konnte leichter glauben, daß sie lebte und daß sie jetzt in diesem Augenblick ihn von irgendwo beobachtete und seine Gedanken las. Sie hatte immer ein solches Einfühlungsvermögen besessen, daß sie oft genau wußte, was er gerade dachte. Man sprach jetzt viel von Telepathie - aber es konnte auch mehr sein... Das Wissen über diese Dinge war beschränkt, und vielleicht war es noch am leichtesten, zu glauben, wenn sonst nichts anderes übrigblieb als Unwissenheit... Es war ebenso weise, etwas zu behaupten wie zu leugnen, wenn man nichts mit Sicherheit wissen konnte. Selbst die Wissenschaft, soweit er sie kannte, war begrenzt. Bis jetzt hatte er sich fast ausschließlich mit chemischen oder physikalischen Kräften befaßt... Man mußte wählen.

Der Wind hatte sich vollständig gelegt, die Sonne stach. Er schlief eine Stunde und erwachte durstig und schwitzend. Er schritt jedoch gewissenhaft den Hügel ab, bis er zu der Überzeugung kam, daß die Lage gut, ja besonders schön war und daß er sich Dr. Bartons Meinung anschließen konnte. Das aus dem Tal heraufschimmernde silberne Band des Flusses verlockte ihn. Es konnte nicht mehr als zwei Meilen entfernt sein. Die Eisenbahnstrecke lief am Fluß entlang, so daß er ihr nur südwärts zu folgen brauchte, um an einen Bahnhof zu kommen. Er fand einen schmalen Pfad, schlug sich aber, um den Weg abzukürzen, meistens durch die Büsche und gelangte auf eine kleine ebene Anhöhe, die er von oben nicht bemerkt hatte.

Er sah eine große Rasenfläche vor sich, die aber schon seit langem nicht mehr gemäht war, und mitten auf dem Rasen ein großes, prächtiges Haus. Es war bewohnt, denn hinter den massiven, bis zum Dach reichenden Pfeilern der Veranda standen Stühle. Das Haus war im griechischen Renaissancestil des Südens gebaut. Aber trotz seines prunkenden Stils sah es ungepflegt aus. Terrassen führten auf beiden Seiten in Gärten, in denen hohe Rosenbüsche wuchsen. Ein Pfau stolzierte einsam am Rande der oberen Terrasse; er zog den zusammengefalteten Schweif wie eine Schleppe nach.

David ging auf dem Rasen noch ein Stück weiter und sah, daß die Haustür aufstand, obschon weit und breit niemand zu erblicken war. Eine herrliche Lage für ein Haus, dachte er, nur ein paar hundert Fuß über dem Fluß, der hier eine breite Biegung nach Westen machte, wie um dem Ganzen noch mehr Glanz zu verleihen. Da erspähte ihn der Pfau und begann kreischend ein Rad zu schlagen, wobei er den Kopf zurückwarf. Fast gleichzeitig ertönte eine weibliche Stimme aus dem Garten.

»Willst du wohl still sein, Pilatus!«

Jetzt erblickte David ein dunkelhaariges Mädchen, das sich gerade aufrichtete. Sie war hübsch, aber etwas zu schlank für ihre Größe. Sie ging auf ihn zu, als sie seiner ansichtig wurde; in der von Erde beschmutzten Hand hielt sie einen Spaten. Auch ihre Stirn war oben, wo sie sich das Haar zurückgestrichen hatte, schmutzig. »Hallo«, sagte sie, »was wünschen Sie?«

»Wo kommt man zum Fluß hinunter?« fragte David. »Ich möchte baden.«

»Da hinten geht ein Pfad hinunter.« Sie zeigte mit dem Spaten in die Richtung. »Sie finden da eine Treppe mit morschen Holzstufen, die direkt ans Wasser führt. Wenn Sie den Stufen nicht trauen, müssen Sie den Abhang hinunterrutschen. So steil ist er nicht.«

»Danke«, sagte David, blieb aber stehen. Sie machte tiefen Eindruck auf ihn. »Was für ein schönes Haus!« sagte er.

Das Mädchen kam jetzt etwas näher. »Schön, nicht wahr? Es ist mein Heim. Seitdem mein Vater tot ist, wohnen wir im Winter nicht mehr hier, aber im Frühling kommen meine Mutter und ich möglichst früh heraus, so daß ich die Blumenbeete in Ordnung bringen kann, aber es wird Juli, bevor sie einigermaßen so aussehen, wie ich sie haben will.«

Er bezähmte seine Neugier. Warum nahm sie sich keine Hilfe? »Mordsarbeit«, sagte er. »Ich möchte das nicht alles allein tun. Haben Sie keine Nachbarn?«

»Nein«, sagte sie ziemlich barsch. Er war ihr gleichgültig, das war klar. Sie biß sich mit dem Eckzahn in die rote Unterlippe. Ihr Mund war hübsch, fast vollkommen in seiner Biegung, aber zu klein. Sie hatte eine glatte, reine, olivenfarbige Haut und klare, dunkelbraune Augen. Ihre Haare waren von der Stirn aus glatt zurückgestrichen und ziemlich hoch im Nacken in einen Knoten gebunden. Die Hand, die den Spaten hielt, war ebenfalls klein und jetzt böse zerkratzt und sehr schmutzig.

»Der Besitz ist zu verkaufen«, sagte sie plötzlich.

Das hat sie also sagen wollen, dachte David, sie war sich nicht ganz klar darüber, ob sie es fertigbringen würde, mir das zu sagen... Er konnte sehen, daß sie das Haus liebte.

»Es tut mir leid, das zu hören, da es ja Ihr Heim ist«, sagte er ernst.

»Ach, es hat ja keinen Zweck mehr!« Sie schrie die Worte heraus und warf den Spaten hin. »Ich weiß, wir können es nicht halten. Mutter macht die Hausarbeit, und ich versuche, den Garten in Ordnung zu bringen. Aber es ist zuviel für uns. Wir hatten hier früher sechs Bedienstete, und sie hatten immer alle Hände voll zu tun.«

»Das kann ich mir vorstellen«, sagte er und sprach gleich weiter, um sie vom Weinen abzuhalten. »Wir haben einen ähnlichen Besitz in Maine. Seitdem meine Mutter tot ist, zieht mich aber nichts mehr dorthin.«

In diesem Augenblick hatte auch er einen Einfall. Wenn das Haus zu verkaufen war, warum sollte es nicht sein Vater erwerben und zum Mittelpunkt der Schule machen? Eine bessere Lage ließ sich nicht finden, die Bäume waren alt und schön, die Gärten leicht wiederherzustellen, und das Haus hatte trotz seines jetzigen Zustandes eine lebenswarme Atmosphäre. Es war auch nicht zu entlegen, kein Stück Wildnis, sondern ein Ort, wo Menschen gelebt hatten und noch lebten.

»Hören Sie mal«, sagte er. »Was ich jetzt sage, klingt vielleicht unwahrscheinlich, aber mein Vater sucht gerade zufällig ein Gelände, auf dem ein theologisches Seminar zum Andenken an meine Mutter errichtet werden soll, und ich überlege mir gerade, ob dieses Haus nicht der richtige Platz dafür sein könnte – wenn Sie es wirklich verkaufen müssen.«

Das Mädchen sah ihn durchdringend mit ihren dunklen Augen an.

»Nein?« fragte er, schwach lächelnd.

»Sie haben mich erschreckt«, erwiderte sie. »Ich haderte fast mit Gott, ich haßte ihn beinahe, wirklich, weil ich so verzweifelt bin. Ich weiß, dies ist unser letzter Sommer. Meine Mutter kann nicht mehr so weitermachen, und ich allein könnte nicht mit allem fertig werden. Aber was soll man tun? Ich habe nichts gelernt, womit ich meinen Lebensunterhalt verdienen kann. Und gerade sagte ich: ›Gott, wenn du mir jetzt nicht hilfst, werde ich nie mehr zu dir beten oder nie mehr an dich glauben.‹ Da kreischte Pilatus.«

»Ich glaube, viele Gebete sind mit Hilfe eines solchen Zufalls erhört worden«, meinte David zögernd, denn er suchte nach den richtigen Worten. Dieses dunkelhäutige Mädchen war von einer lebensvollen Spannung erfüllt. »Auch mein Gebet, könnte ich sagen, hat Gott erhört, weil er mich den Platz finden ließ, den ich für meinen Vater suchte.«

Sein angeborener Geschäftssinn gab ihm in diesem Augenblick einen Rippenstoß. Der Preis ging ihn nichts an, ihn durfte er nicht erörtern, er durfte auch nicht den Anschein erwecken, als ob sein Vater das Haus um jeden Preis kaufen würde.

»Kommen Sie herein«, sagte das Mädchen. »Sie wollen doch sicher die Zimmer sehen. Es sind zwanzig und alle sehr groß.«

»Ich hätte mich längst vorstellen sollen – David MacArd.«

»Ich bin Olivia Dessard.« Sie streckte ihm ihre schmutzige rechte Hand hin, und er umfaßte sie eine Sekunde lang. »Mutter wird sich freuen, Sie zu sehen. Wir haben schon seit langem keine Gäste mehr.«

Sie ging voraus, den Backsteinweg entlang, die stattliche Treppe hinauf zu der großen Veranda unter den Säulen und dann in eine riesige Halle, die quer durch das ganze Haus lief und sich auf eine breite Terrasse öffnete, von wo man einen schönen Blick auf die Flußbiegung hatte. »Bitte warten Sie hier im Wohnzimmer.« Sie wies auf eine Tür: »Ich will meine Mutter holen.«

Er betrat ein in seiner Pracht schon verbleichendes Zimmer, ein Museum französischer Mahagonimöbel und Gobelins. Es war gut aufgeräumt, auf den Möbeln lag kein Staub, und auf dem Tisch in der Mitte stand eine Vase mit kleinen weißen Lilien. Er setzte sich in einen Lehnstuhl und wartete. Große Fenster reichten von der Decke bis auf den Boden, und auf einem marmornen Kaminsims stand eine Gruppe Watteauscher Porzellanfiguren. Das Haus wurde liebevoll gepflegt, wie er sehen konnte, und je mehr er sich umsah, desto mehr gefiel ihm seine Idee.

Er hörte Schritte, aber keine Stimmen, und dann führte Olivia eine kleine grauhaarige Frau mit müdem, doch gebieterischem Gesicht ins Zimmer. »Das ist meine Mutter, Mr. MacArd.«

»Gnädige Frau«, sagte David und streckte die Hand aus. Die kleine Hand der Frau fühlte sich geschwollen an und war noch seifig vom Abspülen, wie er annahm, oder von einer Schrubbarbeit.

»Olivia ist so stürmisch«, sagte Frau Dessard. »Sie ließ mir nicht einmal Zeit, mir richtig die Hände abzutrocknen – sie sind noch feucht, entschuldigen Sie.«

Er nahm sich vor, ohne lange Umschweife zu sprechen. »Ihre Tochter hat mir erzählt, wie tapfer Sie sind. Ich kann Ihnen nur meine Bewunderung aussprechen, Frau Dessard.«

Frau Dessard setzte sich auf einen mit Satin überzogenen Stuhl. »Olivia sagte mir, Sie hätten Interesse für das Haus wegen Errichtung einer religiösen Anstalt. Das würde mich sehr glücklich machen. Ich war immer religiös, obschon unser Glaube in den letzten Jahren auf eine harte Probe gestellt wurde. Aber Gott wirkt auf geheimnisvolle Weise, und vielleicht lag dies alles in seinem Plan.« Sie brach ab, ihre Augen füllten sich mit Tränen, und kopfschüttelnd fuhr sie fort: »Verzeihen Sie. Der Tod meines lieben Mannes...« Sie konnte nicht weitersprechen.

»Fräulein Dessard hat mir bereits davon erzählt«, sagte David teilnahmsvoll.

»Den Tod Ihrer lieben Mutter haben wir aus der Zeitung erfahren«, sagte Frau Dessard. Sie hatte jetzt ihre Tränen niedergekämpft. »Wir trafen uns einige Male bei Frau Astor, glaube ich. Aber wir haben viel im Ausland gelebt. Mein Mann war Franzose, jedoch kein Katholik. Er stammt aus einer Hugenottenfamilie, die nach Holland auswanderte und dann wieder zurückkehrte. Mein Mann hatte Geschäfte in New York und Paris. Olivia ist unser einziges Kind. Einen Sohn haben wir verloren, als er noch klein war...«

»Mutter, für unsere Familiengeschichte interessiert sich Mr. MacArd sicher nicht«, unterbrach sie Olivia.

Jetzt wurde Frau Dessard lebhaft. »Aber gewiß interessiert er sich dafür, Olivia! Es ist wichtig, daß man weiß, mit wem man es zu tun hat. Er will ja sicher seinem Vater Bericht erstatten. Herr Dessard verlor sein ganzes Vermögen bei einem großen Bankkrach, sonst würde es uns jetzt nicht so ergehen. Wir könnten natürlich in Paris leben, wir haben sogar ein kleines Haus dort, das wir von Olivias Großvater Dessard geerbt haben, aber sie liebt Amerika. Sie will nicht nach Frankreich.«

»Ich liebe dieses Haus«, berichtigte Olivia.

Frau Dessard wurde ungeduldig. Man sah, daß dies eine alte

Streitfrage zwischen ihnen war. »Ich auch«, sagte sie, »nicht nur du. Aber was können wir tun?«

»Dürfen wir mal ab und zu herkommen und Sie besuchen?« fragte Olivia mit flehentlichem Unterton.

Er lachte. »Aber das Haus gehört noch Ihnen. Die Entscheidung muß ich meinem Vater überlassen.«

Es war Zeit zu gehen. Die beiden Damen, von denen jede, wie er sah, ihren eigenen Kopf hatte, durften den Kauf nicht schon als abgeschlossen betrachten. Er stand auf und gab jeder die Hand. »Auf Wiedersehen, Frau Dessard, auf Wiedersehen, Fräulein Dessard.«

»Aber Sie müssen sich doch noch die Zimmer ansehen«, rief Olivia.

Das hatte er ganz vergessen. »Ah ja, obwohl wir damit besser warten würden, bis mein Vater –«

»Nein, jetzt sofort«, erklärte Olivia, »dann haben wir das Gefühl, daß wir unseren Entschluß nicht mehr ändern können.«

Mit diesen Worten ging sie schon voran, er mußte ihr folgen, während Frau Dessard ihnen nachsah.

»Dies ist der Salon«, sagte Olivia und riß eine Tür auf, »und hier ist das Eßzimmer. Auf der anderen Seite befindet sich die Bibliothek und dahinter der Ballsaal. Die Küchenräume sind in Nebengebäuden, und über ihnen befinden sich die Dienstbotenwohnungen, sie sind durch geschlossene Korridore mit dem Hause verbunden.«

Er besichtigte ein großes Zimmer nach dem andern. »Der Baumeister dieses Hauses hatte einen ausgeprägten Sinn für Proportionen«, bemerkte er.

»Sehen Sie das?« fragte Olivia lebhaft. »Es war mein Vater. Er baute dieses Haus für meine Mutter, als sie heirateten. Er dachte damals, daß sie ganz nach Amerika ziehen würden, verkaufte seine Besitzungen in Frankreich und möblierte dieses Haus mit alten Erbstücken. Mutter war Waise und wohnte bei ihrer Großmutter. Kennen Sie –?« Sie nannte einen berühmten alten New Yorker Namen.

»Ja, der Name ist mir bekannt«, sagte er ehrerbietig.

»Sie ist die letzte aus dieser Familie«, sagte Olivia. »Ich bin natürlich eine Dessard. Nun kommen Sie mit nach oben.«

Es war eine Doppeltreppe, die sich spiralförmig, scheinbar ohne Stütze, hochwand. Sie stiegen die rechte Treppe hinauf und kamen in eine kreisrunde obere Halle, von der schwere Türen in die Schlafzimmer führten.

»In diesem Stockwerk gibt es acht Schlafzimmer«, sagte sie, »und sechs sind noch im oberen Stock. Mein Vater wollte eine große Familie haben und hatte gern Gäste. Sie können sich nicht vorstellen, was dieses Haus in meiner Kindheit war. Wir wohnten das ganze Jahr hier. Mein Vater hatte eine eigene Straße zum Bahnhof gebaut. Sie müßte ausgebessert werden, aber der Unterbau ist noch gut.«

Sie war nicht nur hübsch, sondern auch geschäftstüchtig und gescheit, wie er sehen konnte. Obschon sie ein ganz einfaches Wesen hatte, war ihre Haltung stolz, aber sie glich nicht im geringsten den Mädchen, die er in New York kannte, den Töchtern der an der Fünften Avenue wohnenden Familien und den Kindern der Freundinnen seiner Mutter. Sie war vielleicht im Ausland aufgewachsen, aber das wußte er nicht sicher. Vielleicht hatte sie auch immer mit ihren Eltern hier gelebt.

»Dies ist mein Zimmer«, sagte sie und öffnete eine Tür. »Es ist mir lieber als jeder andere Platz auf der Welt.«

Ziemlich scheu blickte er hinein. Er hatte noch nie ein Mädchenschlafzimmer gesehen. Für eine so mit beiden Füßen im Leben stehende junge Dame erschien es ihm sonderbar jungmädchenhaft. Es war ganz in Rosa gehalten. Das Bett hatte einen Baldachin und flamingofarbene Vorhänge, und rosige Netzvorhänge waren vor den Fenstern. Der Teppich war wie ein Blumenbeet.

»Sehr hübsch«, staunte David.

»Ich liebe es – ich liebe es«, sagte sie leidenschaftlich.

»Ich wollte, Sie könnten hier bleiben«, sagte er.

»Aber ich kann nicht.« Sie preßte ebenso leidenschaftlich die Lippen zusammen. Sie warf die Tür zu. »Mutters Zimmer will ich Ihnen nicht zeigen. Sie sähe es nicht gern, weil sie ihr

Bett noch nicht gemacht hat. Sie will nicht, daß ich es tue. Ich mache meins immer, bevor ich in den Garten gehe. Haben Sie gesehen, wie gut aufgeräumt mein Zimmer ist. Ich bin wie das Zimmer.«

»Schön und aufgeräumt«, stimmte er zu, wobei sie ein Lächeln in seinen Augen sah.

Sie schöpfte offenbar Mißtrauen und machte schnell ein ernstes Gesicht. »Die Küchenräume brauche ich Ihnen nicht zu zeigen. Alles ist solide gebaut, und Sie bräuchten sie nicht umzuändern, außer wenn Sie viele Leute hier hätten.«

»Solche Änderungen könnten später getroffen werden«, sagte er.

Sie gingen wieder nach unten. Frau Dessard saß noch auf ihrem Stuhl, sie war jedoch eingeschlafen und hatte den Kopf an das Kissen der Lehne gelegt.

»Arme kleine Mama«, flüsterte Olivia. »Sie ist immer müde. Ja, wir müssen dieses Haus verkaufen. Ich sehe es ein und danke Gott, daß Sie gekommen sind. So wurde endlich ein Entschluß herbeigeführt.«

Sie gingen auf den Zehenspitzen aus dem Haus.

Als er auf der Terrasse stand und den Blick auf den Fluß genoß, fragte Olivia plötzlich: »Sind Sie religiös?«

»Ich weiß es nicht«, sagte er ehrlich.

»Ich weiß es auch nicht. Als mein Vater noch lebte, war ich nicht sehr religiös, aber sein Tod hat in mir den Wunsch geweckt, es zu werden – wenn ich nur wüßte, wie... Das heißt, ich möchte gern an Gott glauben, wirklich glauben.«

»Ja, ich verstehe das«, sagte David. Er sah in ihren dunklen Augen eine aufrichtige Sehnsucht. Er hatte noch nie ein solches Mädchen kennengelernt, eine solche Mischung von Kindlichkeit und grüblerischem Ernst. »Ich wünschte, wir könnten Freunde sein.« Er sagte diese Worte mit einer bei ihm sonst nicht üblichen Wärme.

»Das wäre auch mein Wunsch«, sagte sie offen. »Ich habe noch nie einen Freund gehabt. Als Papa lebte, war ein ewiges Kommen und Gehen. Man hatte nie Zeit.«

Sie verabschiedeten sich mit herzlichem Händedruck. »Ich werde wiederkommen«, versprach er. Sie blieb auf der Terrasse stehen und schaute ihm nach.

Spät und müde kam er heim. »Wo ist mein Vater?« fragte er Enderby.

»In der Bibliothek«, antwortete Enderby vorwurfsvoll. »Er ist nicht gerade gut gelaunt.«

»Ich will gleich zu ihm gehen«, sagte David. Er ging rasch ins Bibliothekszimmer und sah seinen Vater dort regungslos sitzen. Er kannte diese stille Angst... So hatte sein Vater gesessen, als seine Mutter im Sterben lag.

MacArd sah grimmig aus. »So«, brummte er. Er zog das Taschentuch heraus und fuhr sich damit über die Stirn. »Du läßt lange auf dich warten.«

»Schrecklich lange, ja«, sagte David. »Ich hätte telefonieren sollen, aber es stand gerade ein Zug da, als ich zum Bahnhof kam. Der nächste wäre erst um zehn gefahren. Ich sprang also auf und dachte, ich würde schon alles erklären, wenn ich heimkäme.«

»Du solltest dich jetzt lieber zum Essen fertigmachen«, grollte MacArd. »Es wird schon alles eingetrocknet sein.«

»Du hättest nicht warten sollen, Vater.«

Hierauf gab MacArd keine Antwort. Er ging langsam ins Eßzimmer. Er fühlte sich schwach, erschöpft vor Angst. Seine schnell arbeitende Phantasie, die ihm beim Plänemachen so zustatten kam, konnte ein Fluch sein, wenn sie sich mit jemandem beschäftigte, der ihm nahestand, und seit Leilas Tod stand ihm nur noch einer nahe. Er hatte es einfach nicht für möglich gehalten, daß sie starb, und nun, da dies Unfaßbare eingetreten war, schien ihm auch das Leben seines Sohnes nicht mehr sicher. Aber er durfte nicht zu sehr auf David aufpassen, das konnte verderbliche Folgen für den Jungen haben. Er hätte ein Dutzend Kinder haben sollen. Es war unmöglich, für sein eigenes Fleisch und Blut einen Ersatz zu finden. Nun, je eher er seinen Plan in Angriff nahm, desto besser – er würde dann nicht so viel an sich denken und sich so verwundbar fühlen...

Im Eßzimmer zog Enderby den schweren eichenen Sessel oben an den Tisch und klingelte nach der Suppe. Feierlich und entrüstet stand er da; es gehörte sich nicht, daß MacArd noch länger auf die Suppe warten sollte. Sein Herr war nicht mehr so jung wie sonst, der Tod seiner Frau hatte ihn zu schnell altern lassen. Der zweite Diener brachte das Tablett mit der Suppenschüssel. Enderby nahm den silbernen Schöpflöffel, füllte einen Teller und stellte ihn vor seinen Herrn.

Im selben Augenblick kam David herein. Sein Gesicht war noch rot vom schnellen Waschen, sein Haar feucht. »Ich habe mir nicht die Zeit genommen, mich umzuziehen«, sagte er entschuldigend.

»Einmal macht es nichts«, brummte MacArd. Er begann, seine Suppe zu löffeln, eine ausgezeichnete, mit herbem Sherry abgeschmeckte Fleischbrühe – eine gute Stärkung für eine kranke Seele. Er nahm erst wieder das Wort, als der Teller leer war. »Nun?« fragte er.

»Du möchtest wohl gern wissen, was ich den ganzen Tag getan habe«, sagte David lächelnd. »Ich glaube, ich habe den Platz gefunden. Natürlich mußt du ihn erst besichtigen.«

»Barton hat mir schon davon berichtet«, sagte MacArd noch immer in demselben unwirschen Ton.

David suchte jetzt seine Neuigkeit schnell anzubringen. »Ja – den Platz, den er mir bezeichnete, habe ich mir angesehen. Die Lage ist sehr schön, aber ich habe noch etwas anderes, näher am Hudson, gefunden, was mir noch weit besser erscheint. Es geht von dort schon eine Straße zum Bahnhof, der zwei Meilen entfernt ist. Ich bin sie gegangen, und sie ist nicht schlecht. Auf dem Platz steht bereits ein Haus, es ist zu verkaufen, ein Herrenhaus möchte ich sagen, mit zwanzig Zimmern, Säulenveranda und so weiter, du kennst sicher solche Häuser...«

»Langsam, langsam«, sagte MacArd, »du kommst ja ganz außer Atem.«

Enderby nahm die Suppenteller fort, und der zweite Diener brachte ein Fischfilet und gedämpfte Kartoffeln. Enderby stellte andere Teller hin und servierte den zweiten Gang.

»So, jetzt fang noch mal von vorn an und erzähle mir genau, was du gefunden hast.«

Zwischen den einzelnen Bissen berichtete ihm David von dem prächtigen, auf einem abgeplatteten Hügel über der weiten Biegung des Hudson gelegenen Hause. Er beschrieb die Zimmer, die Gärten ringsum, die großen Eichen- und Ahornbäume, die hundert Kilometer weite Aussicht über den Fluß. Es sei noch genug Platz für ein Dutzend Schlafsäle und Unterrichtsräume vorhanden.

»Wie war noch mal der Name des Eigentümers?« fragte MacArd.

Er hatte seinen Fisch gegessen, Enderby nahm die Teller fort, und der zweite Diener brachte Roastbeef mit Gemüse in geschlossenen Silberschüsseln.

»Das Haus gehört einer Frau Dessard und ihrer Tochter«, erklärte David. »Frau Dessard erzählte mir, sie habe Mutter bei Frau Astor getroffen.«

»Dessard... Dessard«, sagte MacArd überlegend. »Wo habe ich den Namen gehört?« Aber er konnte sich nicht erinnern.

»Die Familie ist französischen Ursprungs, jetzt sind sie natürlich Amerikaner«, sagte David. »Herr Dessard hat sein Vermögen bei einer Finanzkatastrophe verloren und ist dann gestorben. Seitdem haben die beiden Damen sich mühsam durchgekämpft. Sie besitzen ein kleines Haus in Paris, aber Olivia –«

MacArd runzelte die Stirn: »Olivia?«

»Fräulein Dessard«, verbesserte sich David schnell.

MacArd saß wieder eine Weile schweigend, und auch David wendete sich jetzt seinem Teller zu. Er aß gern langsam und wählerisch, während sein Vater immer schnell mit dem Essen fertig war und ungeduldig wurde, wenn andere länger brauchten.

»Ich denke, es ist besser, wenn ich Barton noch mal hinschicke«, sagte er schließlich.

»Ich hätte ihm vielleicht zuerst Bericht erstatten sollen«, meinte David.

»Unsinn. Er kann ja heute abend herkommen.«

Enderby ersetzte das Geschirr durch Dessertteller. Der Nachtisch bestand aus Erdbeertorte mit Schlagsahne.

»Wünschen Sie den Kaffee jetzt oder später?« fragte Enderby MacArd.

»Später. Servieren Sie ihn im Bibliothekszimmer. Dr. Barton wird vielleicht noch kommen.«

»Jawohl«, murmelte Enderby.

David sagte nichts mehr. Sie aßen ihren Nachtisch. Dann erhob sich MacArd, und David folgte ihm. Seit dem Tod seiner Mutter hatten sie den Kaffee nicht mehr im Wohnzimmer eingenommen. Sie gingen an den geschlossenen Türen dieses Raumes vorbei in die Bibliothek. Das Tablett stand schon auf dem Tisch, und Enderby servierte den Kaffee.

MacArd nahm den Telefonhörer ab und rief Dr. Barton an. »Kommen Sie doch bitte mal herüber, wenn Sie Zeit haben«, sagte er so barsch, daß es wie ein Befehl klang.

Dr. Barton schien Zeit zu haben, denn gleich darauf erwiderte sein Vater: »Gut – so eilt es nicht, der Kaffee wird schon heiß bleiben, bis Sie kommen.« Er legte den Hörer auf. »Hast du dich nach dem Preis erkundigt?« fragte er.

»Nein«, sagte David. »Das hielt ich nicht für angebracht. Vielleicht bist du nicht einverstanden – oder Dr. Barton nicht.«

»Dessard«, murmelte MacArd. »Dessard? Irgendwo habe ich den Namen schon gehört.«

Schweigend nippten sie ihren Kaffee. MacArd teilte seinem Sohn seine Gedanken nicht mit, und David saß entspannt da und ließ den Tag noch einmal an sich vorüberziehen. Er fühlte sich zugleich ausgeruht und müde, körperlich müde und geistig erfrischt von der Sonne, der Luft und den weiten Ausblicken. Seit seiner Rückkehr aus Indien war er nicht mehr auf dem Lande gewesen. Auf dem Lande bedeutete hier tatsächlich etwas ganz anderes als in Indien. Hier waren Reichtum und Fülle, Zutrauen und Sicherheit. Das gab einem ein tröstliches Gefühl. Er war froh, als Amerikaner geboren zu sein. Dann dachte er an Olivia und ihr reizendes, verwirrtes Gesicht. Sie hatte einen so hübschen Mund, wenn er auch etwas zu klein war, und so prächtige Haare... Wahrscheinlich würden sie ihr bis auf die Hüften fallen, wenn sie sie hängen ließe. Seine Mutter hatte auch so langes und dunkles Haar gehabt, aber nicht so kohlschwarz wie Olivia. Sie waren sich insofern ein wenig ähnlich, als beiden eine gewisse, natürliche Unerschrockenheit zu eigen war... Olivia aber lachte nicht, und Lachen war die Gottesgabe seiner Mutter gewesen. Doch vielleicht hatte sie nur darum nicht gelacht, weil sie von einer so traurigen Sache wie von dem Verkauf des Hauses gesprochen hatten, das sie liebte...

»Dr. Barton«, meldete Enderby.

Der hübsche, grauhaarige Geistliche lächelte über das ganze Gesicht, als er hereinkam. David sprang auf, aber MacArd blieb sitzen, als sie sich die Hand gaben. »Sie kommen nicht nur wie gerufen, Barton, sondern auch gleich, wenn man sie ruft.«

»Wenn Sie mich rufen, Mr. MacArd, komme ich immer so schnell wie möglich.«

Enderby schenkte frischen Kaffee ein. MacArd wandte ihm den Kopf zu. »Sie können jetzt gehen, Enderby. Niemand braucht aufzubleiben. David kann Dr. Barton hinauslassen.«

»Gute Nacht.«

»Gute Nacht«, sagte David, weil sein Vater nicht antwortete. Die Tür schloß sich.

»Nun, mein lieber Junge«, sagte Dr. Barton strahlend zu David, »du bist ja ganz sonnenverbrannt.«

David lächelte verbindlich und blickte dann seinen Vater an, der nun zu reden begann.

»David hat einen interessanten Platz gefunden –«

David beobachtete Dr. Bartons von einem gutgeschnittenen Bart eingefaßtes Gesicht. Es war unmöglich zu sagen, ob der Geistliche erfreut oder unangenehm berührt war. Die hellblauen Augen blieben klar, die würdevolle Ruhe blieb die gleiche.

»Glänzend... glänzend«, murmelte Dr. Barton dann und wann.

David schloß daraus, daß er zufrieden war, vielleicht weil er eher sein Amt antreten konnte, wenn die Schule früher eröffnet wurde. Dann schämte er sich, weil er so rasch bereit war, einen vielleicht völlig unschuldigen Menschen zu verdächtigen, und als sein Vater zu Ende war, sagte er etwas ungeduldig: »Soll ich Fräulein Dessard schreiben, Vater, daß wir nächste Woche kommen?«

»Wenn du willst«, sagte MacArd überrascht. »Ich wollte gerade Dr. Barton bitten, der Mutter zu schreiben.«

»Es wäre wohl in der Tat besser«, sagte der Geistliche gewandt, »wenn wir die jungen Leute vorschicken; das würde die Sache nicht so formell machen.«

David sprach schnell von etwas anderem. »Von der Eisenbahn aus sieht man entsetzliches Elend... Man meint, man wäre in Indien und nicht hier in Amerika.«

»Aber wir sind nicht in Indien«, sagte MacArd. »Das ist ja eben der Irrtum, dem Leute wie Parkhurst verfallen sind.«

Dr. Barton sagte nichts. Parkhurst, Geistlicher an einer sehr besuchten presbyterianischen Kirche in New York, hatte sich durch seinen Versuch, eine Hilfsaktion in den New Yorker Elendsvierteln durchzuführen, in die Nesseln gesetzt. Andere Geistliche ließen sich sein Mißgeschick zur Warnung dienen und hüteten sich davor, sich seinen Anklagen anzuschließen.

»Nur weltfremde Idealisten können glauben«, fuhr MacArd fort, »daß wir die der menschlichen Natur innewohnenden Schwächen, welche die Armut hervorrufen, beseitigen können. Nichts liegt meiner Absicht ferner. Ich will in die MacArd-Hochschule für Theologie die besten und tüchtigsten jungen Leute aufnehmen, die wir finden können, und sie fähig machen, in die Welt hinauszugehen und ein tatkräftiges Evangelium zu verkünden und auszuüben, das ähnliche Männer anziehen soll, wie sie selbst es sind. Ich beabsichtige, für alle einen gleichen Ausgangspunkt zu schaffen, obschon ich genau weiß, daß nur wenige dem Ruf Folge leisten werden –

mag das nun hier oder in Indien oder sonstwo in der Welt sein.«

»Viele sind berufen, aber nur wenige sind auserwählt«, murmelte Dr. Barton.

»Sehr richtig«, sagte MacArd, »aber diese wenigen sind es, auf die es ankommt. Sie sind die Männer, welche die Welt verändern.«

David hob protestierend den Kopf, aber die Augen seines Vaters ruhten nicht auf ihm.

Eine Woche später stand MacArd auf der Terrasse des Dessardschen Hauses. Er war mit der Wahl seines Sohnes zufrieden. Die Lage war schön, das Haus gut gebaut. Dieses Herrenhaus war ein ausgezeichneter Mittelpunkt der Leila-MacArd-Gedächtnisstiftung. Ringsherum konnten neue Gebäude errichtet werden, aber dieses geräumige Haus würde der Mittelpunkt sein.

Er wandte sich plötzlich Olivia Dessard zu. »Ich will das Haus kaufen. Wenn Ihre Mutter einige größere Möbelstücke mitverkaufen will, will ich auch die übernehmen. Meine Anwälte können sie hier aufsuchen, oder die Zusammenkunft kann in New York stattfinden, wie Sie wollen. Der Name Dessard scheint mir übrigens bekannt zu sein, aber ich kann ihn nicht unterbringen. Was für ein Geschäft hatte Ihr Vater?«

Olivia blickte in die tiefliegenden Augen unter den dicken grauroten Brauen. »Er hatte großen Landbesitz im Westen, Mr. MacArd, und darauf eine große Viehzucht. Er wurde ruiniert, weil die Eisenbahn, von der er wegen des Viehversands abhing, die Frachtsätze so erhöhte, daß sich der Versand nicht mehr lohnte.«

MacArd erinnerte sich plötzlich. Es war eine der kleinen Bahnen, die er in sein großes Zentralsystem einbezogen hatte, und zwar dadurch, daß er die Frachtsätze so lange senkte, bis sie nicht mehr wettbewerbsfähig war. Dann hatte er die kleine Bahn billig gekauft. Mit Dessard war er nicht direkt in Berührung gekommen, aber bei dieser Gelegenheit hatte er den Namen gehört. Ein Dessard hatte zu den Grundbesitzern gehört, die seine Hauptgesellschaft auf Schadenersatz verklagt hatten. Sie hatten den Prozeß verloren. Er hätte gern gewußt, ob dieses Mädchen, das hier in ihrer weißen Bluse und ihrem schwarzen Rock so adrett vor ihm stand, diese Geschichte kannte. Wenn das der Fall war, so ließ sie sich jedenfalls nichts davon anmerken, und er wollte ihr Gedächtnis nicht auf die Probe stellen. Das Schicksal brachte ihn hier zu Dessards Haus, man konnte es auch Gottes Fügung nennen, auf alle Fälle war es mehr als nur ein Zufall. Er beschloß, an Dessards Witwe und Tochter großmütig zu handeln, nicht, weil er dazu verpflichtet war, denn er hatte den Prozeß einwandfrei gewonnen, sondern weil… nun ja, weil er eben gern edelmütig war, wenn er es irgend konnte. »Hatte Ihre Mutter uns nicht zum Tee gebeten?« sagte er plötzlich.

»Ja, bitte, im Wohnzimmer«, sagte Olivia.

Sie ging voran, und er fand Frau Dessard und Barton schon am Tisch sitzen und auf ihn warten. Das Mädchen verließ das Zimmer sofort wieder, was ihm auffiel, und ein paar Minuten später sah er David mit ihr von der Terrasse gehen. Er überlegte sich einen Augenblick, was das wohl zu bedeuten hätte, beschloß aber dann, sich nicht ablenken zu lassen.

Er war schließlich hierhergekommen, um ein Geschäft abzuschließen. »Mit Ihrer Erlaubnis, gnädige Frau«, sagte er zu Frau Dessard, »werde ich meine Anwälte beauftragen, sich mit den Ihrigen in Verbindung zu setzen.«

»Gut, Mr. MacArd.« Ihre leicht verwelkten Wangen glühten, aber ihre Hand zitterte nicht, als sie ihm eine Tasse Tee einschenkte.

Er hatte Frau Dessards Einladung zu einer Tasse Tee angenommen, aber er konnte nicht vergessen, daß David, während er hier mit Barton vor dem dünnen, zerbrechlichen Porzellanservice saß, mit dem Mädchen anscheinend spazierengegangen war… Er hörte zu, wie Barton auf Frau Dessards Geplauder umständlich und zeremoniös antwortete, und saß wartend da.

»Wollen Sie mir den Pfad zum Fluß zeigen?« fragte David. Sein Verlangen, mit Olivia allein zu sein, brachte ihn in Verwirrung.

»Er ist leicht zu finden«, sagte sie leichthin und ging voran. Sie kannte den Weg gut, wie er sehen konnte, sie strauchelte nicht, aber er tat so, als müsse er sie führen, und wenn ein Felsblock kam, streckte er die Hand aus, um ihr zu helfen, aber sie berührte sie nur leicht. Sie war noch hübscher, als er sie in Erinnerung hatte, beziehungsweise: sie war nicht so sehr hübsch als vielmehr ungewöhnlich... Die Strenge ihrer weißen Bluse, des schwarzen Rockes und des kurzen Jacketts paßte zu ihren schwarzen Haaren und ihrer weißen Haut. Unerklärlicherweise sehnte er sich danach, sie besser kennenzulernen. Es war leicht, sich mit ihr zu unterhalten, denn sie war offen und durchaus nicht schüchtern. Oberflächlich kannte er viele Mädchen. Er hatte sie auf Geburtstagsfestlichkeiten kennengelernt, als sie noch Kinder waren, später beim Tanzen, bei Weihnachtsfeiern, Universitätsfesten und Parties; hübsche, verführerische, lustige Mädchen, vor denen er sich in acht nahm, weil er der Sohn seines Vaters war. Seine Mutter hatte ihn wegen dieser Vorsicht oft ausgelacht und so getan, als ob sie Angst hätte, er würde ihr nie die entzückende Schwiegertochter bescheren, nach der sie sich angeblich sehnte. Sie machte Davids zukünftige Frau zu einer nachgerade legendären Gestalt, denn so viele Vorzüge hatte kaum jemand in Wirklichkeit - und so war das schon gegangen, seitdem er lange Hosen trug. Wäre sie weniger spöttisch und weniger phantasievoll gewesen, hätte er vielleicht schon früher ein Mädchen gefunden, das Eindruck auf ihn machte.

Er war nicht sicher, ob Olivia ihn nur interessierte oder wirklich anzog. Sie war eine Natur, dem Anschein nach unveränderlich, die ein gegebenes Wort auch hielt - ob es sie nun glücklich machte oder nicht. So schien es ihm jedenfalls. Aber heute brachte sie es sogar ein paarmal zu einem Lächeln, und als er einen Witz machte, lachte sie sogar laut, hörte aber sogleich wieder auf, als ob sie selbst dadurch überrascht wäre. Sie setzten sich auf einen Baumstamm, und er erzählte ihr von Indien und von Darya. Während er sprach, hatte ihr Gesicht einen so abwesenden Ausdruck angenommen, daß er nicht wußte, ob er überhaupt Interesse erweckte.

»Sonderbar, daß mein Vater alle diese Pläne in Indien faßte«, sagte er.

»Wie eigenartig! Mein Großvater Dessard war auch einmal in Indien. Er ging in seiner Jugend dorthin, um die Hindureligion zu studieren. Ich erinnere mich, wie er sagte, daß Indien jeden verändere, der seinen Boden beträte.«

David lachte. »Meinen Vater hat es nicht verändert – es gab ihm lediglich den Wunsch ein, Indien zu verändern.«

In diesem Augenblick hörte er die Stimme seines Vaters. Er sah nach oben und erblickte die große Gestalt und den grauen Kopf seines Vaters auf der Klippe.

»David, wir fahren jetzt!« rief er.

»Ich komme!« rief David hinauf. Er wandte sich an Olivia. »Ich muß gehen. Aber kann ich einmal allein wiederkommen? Dann werde ich so lange bleiben, bis Sie mich fortjagen.«

»Ja, kommen Sie wieder«, sagte Olivia. Ihre schwarzen, von Zweifel und Ungewißheit verschleierten Augen waren forschend auf sein Gesicht gerichtet. Er lächelte. Aber ihr Ausdruck veränderte sich nicht.

4

Er sah sie viele Wochen nicht wieder, teils weil er sonderbar befangen wurde, wenn er sich erinnerte, wie sie ihn bei ihrem letzten Abschied angesehen hatte, teils weil er sich ihr nicht nähern wollte, während sein Vater Besitz von ihrem Hause ergriff.

MacArd ging nämlich mit gewohnter Entschlossenheit und Eile vor, nachdem seine Anwälte den Preis ausgehandelt hatten und er die Summe bezahlt hatte. Er ließ von Architekten den Plan für drei neue Gebäude und die im Haus zu treffenden Veränderungen entwerfen. Das obere Stockwerk sollte zu einer Wohnung für den Präsidenten des Seminars eingerichtet werden, der, wie er annahm, Barton sein würde, da dieser offenbar die Stelle haben wollte und seinen Wünschen bestimmt gefügig sein würde. Er befahl den Architekten, sich nach den Wünschen des Geistlichen und seiner Frau zu richten, und Barton selbst, aus geeigneten Männern einen Aufsichtsrat zu bilden, dessen Vorsitz er sich selbst vorbehielt. Das Seminar sollte im Herbst des nächsten Jahres mit einem feierlichen Einweihungsgottesdienst und einem imponierenden Lehrprogramm eröffnet werden. Er übertrug einigen seiner eigenen Leute die Überwachung der Pläne, da er Bartons praktischen Fähigkeiten mißtraute.

»Sie nützen Ihre Zeit besser«, sagte er zu ihm, »wenn Sie die besten Köpfe für die Fakultät aussuchen. Davon verstehe ich nichts. Zahlen Sie, was nötig ist, um sie von ihren jetzigen Lehrstühlen wegzulocken.«

»Allgemeine Religionsgeschichte«, murmelte Barton, »Hebräisch und Griechisch, Systematische Theologie, Klassische Sprachen, Kirchengeschichte, Exegese...«

»Ja, ja«, unterbrach ihn MacArd, »das ist Ihre Aufgabe. Mir kommt es auf die richtigen Männer an, verstehen Sie, ich möchte Leute von ausgeprägtem Pioniertyp.«

»Wir werden an die Universitäten herantreten müssen, um diejenigen jungen Leute ausfindig zu machen, die auf Grund ihrer Leistungen zu den größten Hoffnungen berechtigen«, sagte Dr. Barton salbungsvoll.

»Ja, tun Sie das«, stimmte MacArd bei, wobei ihm die Ungeduld aus den Augen sprach. »Ich sage Ihnen nur, was ich haben will. Sollten sich finanzielle Schwierigkeiten ergeben, so können Stipendien geschaffen werden, obschon ich nicht einsehe, warum die nicht andere Kirchenmitglieder als ihren Beitrag beisteuern sollen.«

»Oder auch Lehrstühle für Theologie«, sagte Dr. Barton, der beweisen wollte, daß er von praktischen Dingen auch etwas verstand.

MacArd nickte und trommelte mit den Fingern auf den Tisch. Die Unterredung fand in seinem Büro statt. Er hätte sie gern hinter sich gehabt, wenn er auch fest entschlossen war, alles Nötige gewissenhaft durchzuführen.

Doch er hatte ganz andere Sorgen im Kopf, die er einem solchen Einfaltspinsel wie Barton, der keine Ahnung von Geschäften hatte, nicht erklären konnte. Die Golderzeugung hatte in diesem Jahr den größten Tiefstand in der Geschichte des Landes erreicht. Er hatte die Zahlen erst an diesem Morgen von Washington erhalten, sie zeigten ein unglaubliches Stocken in der Produktion dieses wertvollen Metalls an. Gerade jetzt, da das Land unablässig wuchs, da alles andere sich mit größter Schnelligkeit ausbreitete, da aus den neuen Ländereien im Westen sich eine goldene Weizenflut ergoß, Ölquellen wie Fontänen ewigen Reichtums hochspritzten, die Industrie unerhörten Aufschwung nahm, die Gesamtzahl der Eisenbahnkilometer dreimal so hoch wie vor einem Vierteljahrhundert war und selbst die Bevölkerungszahl eine Rekordhöhe erreicht hatte – gerade jetzt wurde das Gold knapp. Das Angebot an Gold konnte bei weitem die Nachfrage nicht befriedigen. Gold konnte einfach nicht so schnell produziert werden, daß die Währungsgrundlage gesichert war. MacArd hatte lange mit dem Gedanken gespielt, ob sich nicht ein Verfahren erfinden ließe, Gold aus geringhaltigem Erz herauszuziehen. Nur durch ein solches Wunder konnte der Wohlstand gerettet werden. Er sah dieses Wunder wie eine Fata Morgana, wie ein herrliches neues Zeitalter, in dem die sozialistischen Ideen der Volkspartei, der Anhänger der Papiergeld- und Silberwährung in Strömen von Gold erstickten, und in dem die unzufriedenen Farmer, die jetzt in Scharen dem langhaarigen William Jennings Bryan nachliefen, zufriedengestellt würden. Eine starke, auf eine gesunde Goldwährung gestützte Regierung würde dann die Grundlage für eine noch nie gesehene geschäftliche Expansion des Landes schaffen.

»Nun, Barton«, sagte MacArd, »ich muß Sie jetzt bitten, sich an Ihre Aufgabe zu machen, damit ich an meine gehen kann. Ich muß nämlich das Geld für Sie herbeischaffen.«

»Seien Sie versichert, daß ich meine Aufgabe als eine heilige Pflicht betrachte«, erwiderte der Geistliche.

Er hatte kaum den Rücken gewandt, als MacArd seine große ausgebreitete Handfläche auf den Schreibtisch fallen ließ und ins Telefon brüllte: »Her mit den Anwälten, aber bitte sofort!«

Während sein Vater sich in Geschäfte stürzte, die er David nicht erklärte, und die der auch nicht zu verstehen versuchte, ging das Jahr langsam zu Ende. Es fanden keine Gesellschaften und keine Bälle statt, denn MacArd hatte ein volles Jahr Trauer angeordnet. David ging müßig, aber er war nicht unzufrieden. Seit acht Jahren war er nur in den Ferien daheim gewesen. Er vermißte zwar noch immer seine Mutter, freute sich jedoch immer mehr der Freiheit, die er in dem großen, stillen Haus an der Fünften Avenue genoß. Im Spätherbst hatte er einen Brief von Darya erhalten. Es drängte ihn, den jungen Inder zu einem Besuch in New York einzuladen. Er hatte diesen Wunsch heute seinem Vater vorgetragen, der auch gleich zugestimmt hatte, obwohl er mit ganz anderen Gedanken beschäftigt war.

»Ich glaube, du fühlst dich einsam«, sagte er plötzlich zu David. Es war ein grauer Morgen, der November stand vor der Tür, im Hause herrschte eine düstere Stimmung. Selbst MacArd konnte sehen, daß einen jungen Mann, der den ganzen Tag über allein war – und das Tag für Tag –, Wärme und Luxus nicht für ein so einsames Leben entschädigen konnten.

»Ich fühle mich nicht einsam«, sagte David mit seiner gewohnten guten Laune, »aber ich möchte gern Darya besser kennenlernen.«

»Dann laß ihn doch kommen, her mit ihm«, sagte MacArd und verfiel wieder ins Brüten. Es hatte keinen Sinn, einen anderen in das Labyrinth seiner Gedanken hineinzulassen. Er machte gerade eine schöpferische Periode durch, darüber konnte er keinem anderen Rechenschaft geben. Er studierte die Tabellen der Goldproduktion, die für ihn allwöchentlich zusammengestellt wurden. Bis jetzt war wenig geschehen. Die nötigen Maschinen mußten erst entworfen und hergestellt werden, es hatte Verzögerungen gegeben, Fehler waren gemacht worden. Er fürchtete, es würde fünf Jahre dauern, bis es so viel Gold gab, daß die Währung des Landes auf eine gesunde Grundlage gestellt werden konnte. Inzwischen würde das Schatzamt von jedem, der einen Silberdollar vorweisen und ihn in Gold umwechseln konnte, bestohlen. Das so erworbene Gold floß nicht den Banken zu, sondern wurde unter Matratzen und in Kaminritzen verborgen oder in alte Strümpfe eingewickelt. Das Gold verschwand tatsächlich aus dem Umlauf, und wenn das noch eine Zeitlang so weiterging, war eine Katastrophe unvermeidlich. Nichts konnte diese Entwicklung aufhalten – die Währung war schon so entwertet, daß bald das Ansehen der Nation im Ausland darunter leiden mußte.

Er stand vom Frühstückstisch auf, wo er diese düsteren Gedanken hin und her gewälzt hatte. »Ja, ja«, murmelte er. »Lad den Kerl nur ein. Schreib ihm, daß er den ganzen Winter hierbleiben kann, wenn er will. Ihr beide könntet dann zusammen eine kleine Reise machen. Ich werde vorerst nicht abkommen können.«

»Ich wollte, ich könnte dir helfen«, sagte David, denn das graue Gesicht seines Vaters machte ihm Sorge.

»Mir kann niemand helfen«, schnitt MacArd ihm das Wort ab. »Aber die Nation geht bankrott, wenn dieser Goldräuberei kein Einhalt geboten werden kann. Wenn wir nicht aufpassen, wird dieser langhaarige Bryan eines Tages Präsident sein.«

David war kaum anders als andere junge Leute, die ihr Universitätsstudium gerade beendet haben. Von Geschäften, Finanzen und Politik verstand er nicht viel. Wenn er sich doch noch entschließen würde, bei seinem Vater zu bleiben, so würde er eines Tages etwas davon verstehen müssen – aber vorerst fühlte er nicht den Wunsch, mit seinem Vater zusammenzuarbeiten. Er sehnte sich nach einem anderen Leben, nach einer anderen Welt, in der Geist und Güte wichtiger waren als Geldverdienen und Politik. Warum fürchtete sein Vater William Bryan so? Vielleicht würde gerade Bryan ein guter Präsident sein... Aber das lag alles noch im Nebel der Zukunft, an die er jetzt noch nicht denken mochte.

»Gib mir ein Jahr, Vater«, sagte er mit seinem jungenhaften Lächeln. »Ein Jahr, dann will ich in mich gehen und versuchen, diese Dinge zu verstehen und dir von Nutzen zu sein.«

»Nimm dir so viel Zeit, wie du willst«, brummte MacArd. In einem Jahr würde sich noch nicht viel verändert haben... Er wischte mit der Serviette seinen ergrauten Schnurrbart ab und begab sich ins Büro.

Es wäre ein Jammer, dachte Darya, als er Davids warmherzigen Brief wieder zusammenfaltete, gerade jetzt, wo die Witterung am schönsten und am kühlsten ist, von Puna fortzugehen. In ein paar Monaten, im Februar oder März, wird die trockene Hitze erdrückend sein, dann wäre es schön, in Bombay ein Schiff zu besteigen, durch das Rote Meer und das Mittelmeer zu fahren und Europa und England in aller Gemächlichkeit zu genießen - so daß man vielleicht im Juni in Amerika wäre... England kannte er gut, aber Amerika hatte er nie gesehen. Sein Vater gehörte zu den Indern, die England bewunderten und ihre Kinder halb englisch erzogen hatten. Darya sprach genausogut Englisch wie sein heimisches Marathi und hatte sein Abschlußexamen in Cambridge mit Auszeichnung gemacht. Damit seine Kinder sich in England gleich daheim fühlten, hatte sein Vater auf seinem Grund in Puna ein englisches Haus gebaut und einen englischen Lehrer, einen Mann aus Cambridge, angestellt, der dort mit den Kindern zusammen wohnte. Seine ganze Jugend hindurch hatte Darya während der Woche Hammelkoteletts, Roastbeef, Yorkshire-Pudding, gekochten Kohl und Kartoffeln und zum Nachtisch Süßspeisen essen müssen... Nach Ansicht seines Vaters würde ihn das am besten auf den Umgang mit den Engländern in Cambridge vorbereiten. Nur an Sonntagen durften er und seine jüngeren Brüder in das große Familienhaus kommen und sich an den phantasievoller zubereiteten, köstlich gewürzten und weit bekömmlicheren Speisen erlaben.

Die Jahre in England waren schnell und angenehm herumgegangen. Das Leben in England gefiel ihm nicht schlecht, obwohl ihm der Unterschied zwischen den Engländern in ihrem Heimatlande und in Indien immer wieder zu schaffen machte. In England waren sie im allgemeinen freundlich und trugen kein besonders hochmütiges Benehmen zur Schau, doch sobald sie als Herrenschicht nach Indien kamen, wurden sie anmaßend und überheblich. Selbst die Eurasier, die nur halbweiß waren, übernahmen dieses törichte Betragen. Eines Tages, sagte sein Vater, müßte das aufhören - aber niemand wußte bis jetzt, auf welchen Wegen das erreicht werden sollte.

In London hatte Darya zu David MacArd eine herzliche Zuneigung gefaßt. Völlige Gleichberechtigung hatte sich zwischen ihnen von selbst verstanden. Aber vor der Zusammenkunft in Indien hatte er zuerst Bedenken gehabt. In Puna war David jedoch genauso reizend, tolerant und ungezwungen gewesen wie in England - ganz anders, als Darya sonst die Weißen in Indien kannte. Er war nun gespannt, wie der junge Amerikaner in seinem eigenen Lande sein würde. Die eigenartige Anziehung blieb bestehen und zog ihn jetzt nach Westen - zu welchem Zweck, das wußte er nicht. Er war sehr in seine hübsche indische Frau verliebt, obschon seine Ehe von seinen Eltern herbeigeführt worden war und er von seiner Frau nicht unbedingt eine Gemeinschaft des Herzens und des Geistes erwartet hatte. Aber das war ja überhaupt nicht leicht zu finden... Die anglisierten jungen Inder stießen ihn ab, und die allzu genügsame und versunkene Weichheit derjenigen, die nie über das »schwarze Wasser« nach England gefahren waren, mißfiel ihm ebenfalls. In seiner gelassenen, doch bisweilen etwas sonderbaren Einsamkeit betrachtete er den jungen Amerikaner als Freund und Bruder.

Im Mai - denn es ging gegen seinen Instinkt, sich trotz

seiner Freude auf ein Wiedersehen jemals zu beeilen – verließ er Indien, und viele Wochen später machte sein Schiff am Dock in New York fest. Es war sein erster Besuch, aber er hatte von der neuen Märchenstadt, die sich hoch auf ihrem Inselgrund erhob, natürlich viel gehört. Er stand mit den anderen Passagieren, ohne auf ihre neugierigen Blicke zu achten, auf Deck, betrachtete die gegen den Himmel ragenden Gebäude und wunderte sich über die Geschicklichkeit der Hände, die sie trotz Sturm und Erdbeben fest und sicher dorthin gestellt hatten. Ihn durchzog eine Ahnung von der zukünftigen Macht dieses Landes und damit des weißen Mannes... Nichts konnte solche Menschen aufhalten, und wieder staunte er, wie schon so oft, welch sonderbarer Geist der Unruhe die weißen Männer des Westens erfüllte und sie in immer fernere Weiten, zu immer größerem Erwerb und immer gewaltigerer Macht trieb – bis sie eines Tages womöglich die Welt erobert hatten... Als das Schiff sich weiter der Küste näherte, wünschte er beinahe, er wäre nicht gekommen, denn er befürchtete, David könnte nicht mehr der bescheidene und sanfte junge Mann sein, als den er ihn in Erinnerung hatte.

Aber diese Befürchtung entschwand bald. Als er, in seinen besten Londoner Anzug und Übergangsmantel gekleidet, einen Stock mit goldenem Knauf in der Hand, den Gangweg herunterkam, hörte er Davids Stimme.

»Darya, wie freue ich mich!«

David war noch derselbe, wie Darya mit seinem sensiblen indischen Instinkt sogleich erkannte. Er gab David die Hand, beide Hände, wobei er den Stock unter dem Arm hielt. Die beiden sahen sich mit lachenden Augen an, ohne auf die Blicke zu achten, die andere Augen auf sie warfen.

»Komm, das Auto wartet schon«, drängte David. Er faßte Darya am Arm und zog ihn fort.

»Aber halt mal, was ist mit meinem Gepäck?«

»Dafür ist schon gesorgt«, sagte David. Sein Gesicht war gerötet vor Freude und guter Laune. Es blies ein frischer Wind, die Sonne strahlte. Er war stolz auf die unter dem leuchtenden Himmel glitzernde Stadt. »Komm«, rief er. »Daheim steht das Essen bereit. Wir sind ganz unter uns. O Darya, ich freue mich so, daß du da bist!«

Noch nie war Darya von einem Weißen so begrüßt worden. Er fühlte, wie ihm das Herz in der Brust vor Liebe und Freude erglühte. Ein wundervolles Land, wo Weiße so sein konnten, wo er geradezu gedrängt wurde, das Haus eines Weißen zu betreten, als ob er zur Familie gehörte!

»Ich kann dir nicht sagen, wie glücklich ich bin«, sagte er leise.

David lachte, aber dann sah er einen Schimmer wie von Tränen in Daryas dunklen Augen. »Was ist mit dir, lieber Freund?« rief er aus.

»Nichts«, sagte Darya. »Vielleicht hatte ich befürchtet, du hättest dich geändert...«

»Ich mich ändern?« fragte David. »Wie käme ich dazu!«

»Ich weiß nicht«, sagte Darya. Aber er wußte es. Er hatte zu oft erfahren, wie Weiße sich änderten, wenn sie ein indisches Gesicht sahen.

»Du solltest heiraten, mein Freund«, sagte Darya. Er war jetzt drei Wochen in dem luxuriösen amerikanischen Haus, er hatte die Stadt besichtigt, viele Läden besucht und Geschenke gekauft – für seine Mutter, seinen Vater, seine junge Frau, seine zwei Kinder, seine drei Schwestern, seine Tanten und Kusinen, seine Onkel und Neffen. Er war mit David in den Theatern gewesen, hatte die neue Musik gehört und war an Sonntagen mit David und dessen Vater in die Kirche gegangen und hatte mit großem Erstaunen Dr. Barton, den er angeblich nicht verstand, predigen gehört.

David lächelte und errötete dann leicht. »Was veranlaßt dich, das zu sagen?«

Die beiden jungen Leute waren inzwischen so vertraut miteinander geworden, daß sie sich alles sagen konnten.

»Dieses große Haus«, sagte Darya und machte eine anmutige Bewegung mit seiner dunklen Hand, die auf die vielen leeren Zimmer hinweisen sollte. »Und dein Vater, der nur dich hat. Es läßt sich viel zugunsten zahlreicher Kinder vorbringen. Ich bin froh, daß ich schon zwei habe.«

»Ich sehe immer meine Mutter hier«, sagte David. »Es wäre schwer, jemanden zu finden, der ihren Platz ausfüllen könnte.«

Darya machte ein verwundertes Gesicht. »Du willst doch sicher nicht den Platz deiner Mutter ausfüllen«, rief er aus. »Du willst doch eine Frau finden?«

»Ich möchte eine Frau finden, die so weit wie möglich meiner Mutter gleicht.«

Darya schüttelte den Kopf. »Nein, nein – die Frau eines Mannes und seine Mutter sollten verschieden voneinander sein. Alles andere grenzt ein wenig an Blutschande.«

David war noch so unschuldig, daß ihn diese scherzhaften Worte entsetzten. »Nach meiner Ansicht ehrt man damit seine Mutter.«

»Durchaus nicht«, behauptete Darya. »Jede Mutter in Indien würde für ihren Sohn eine Frau auswählen, die anders als sie selbst ist, wenn auch von möglichst gleicher Herkunft. Aber das ist auch alles.«

David gab keine Antwort. Er dachte plötzlich an Olivia, die er nie mehr besucht hatte. Er hatte ein sonderbares und vielleicht nötiges Widerstreben gefühlt, zu ihr zu gehen, während sein Vater ihr Haus kaufte. Aber er hatte sie nie vergessen, wie er jetzt merkte.

»Die Beziehung zwischen Mutter und Sohn kann nicht auf Mann und Frau übertragen werden«, erklärte Darya mit großer Bestimmtheit. Sie saßen am späten Nachmittag nach einem ausgefüllten Tage in Davids Wohnzimmer. Den Morgen hatten sie auf Daryas Wunsch in Museen verbracht, hatten bei Delmonico zu Mittag gegessen und waren dann in eine Nachmittagsvorstellung gegangen. Jetzt rauchten sie Zigaretten, woran Darya Geschmack bekommen hatte, und trödelten herum, bis es Zeit war, sich zum Abendessen umzuziehen. Darya legte großen Wert darauf, die Form zu wahren, wenn er mit Davids Vater aß, den er angeblich bewunderte und fürchtete.

»Ein Mann beginnt ein neues Leben, wenn er eine Frau nimmt«, fuhr Darya fort. »Außerdem wünscht eine wirkliche Frau nicht, ihren Mann vorwiegend zu bemuttern. Wenn eine junge Frau zu dieser unnatürlichen Haltung gezwungen wird, empfindet sie das meistens als Last und verachtet insgeheim den Mann. Behalte deine Mutter immer im Gedächtnis, lieber Freund, und tu die Augen auf. Es ist Zeit. Es ist nicht gut für einen jungen Mann, ohne Frau zu leben. Erst später kann das sinnvoll sein – später, wenn er daran denkt, ein Sadhu, ein Heiliger, zu werden.«

David hatte sich schon an diesen melodiösen Wortstrom gewöhnt. Wenn Darya einen Fehler hatte, so war es dieses stete, rasche Sich-Äußern seines wachen und tätigen Geistes, eines durchdringenden Geistes, wie David zugeben mußte, der wie ein funkelnder Scheinwerfer jede Szene und jede Person, die in seinen Bereich geriet, durchleuchtete. Erst heute hatte sich David halb scherzhaft und halb im Ernst beklagt: »Darya, ich habe das Gefühl, daß du mir New York zeigst und nicht ich dir.«

Mit seiner schnellen Auffassungsgabe zog Darya alles in den Bereich seiner prüfenden Kritik, die manchmal humorvoll, verständnisvoll und begeisterungsfähig war, aber oft auch scharf und sarkastisch. Doch obwohl sein Geist zu wach und zu anspruchsvoll war, um sich schnell zufriedenzugeben, war Darya immer heiter und ausgeglichen. In diesen drei Wochen war es David nicht gelungen, den jungen Inder ganz zu verstehen, sondern nur zu bekennen, daß er offenbar der komplizierteste Mensch war, den er je zu Gesicht bekommen hatte – aber andererseits war er auch wieder klar, ausgeglichen und ruhevoll. Vielleicht würde er ihn nie ganz begreifen…

Er tat einen kühnen Schritt. »Du gibst mir den Rat, zu heiraten, und doch hast du mich deiner eigenen Frau nicht vorgestellt.«

Darya riß seine großen, schönen dunklen Augen mit den schweren seidigen Wimpern noch weiter auf. »Ich sehe den Zusammenhang nicht.«

»Für uns im Westen ist das von Bedeutung«, sagte David.

»Für uns im Osten nicht«, erklärte Darya unbefangen. »Meine Frau ist schüchtern, wie es die meisten Inderinnen noch sind, sie wäre in große Verwirrung geraten, wenn ich sie aus ihrem Zimmer geholt hätte, und in noch größere, wenn ich dich zu ihr geführt hätte. Bis jetzt ist das noch nicht Sitte bei uns.«

Zum erstenmal wurde David einer Schranke zwischen ihnen gewahr. »Es täte mir leid, Darya, wenn ich dich beleidigt hätte.«

»Durchaus nicht«, sagte Darya wieder entgegenkommender. »Für Außenstehende ist es schwer, das Verhältnis zwischen Mann und Frau in unserem Lande zu verstehen, aber es ist sehr tief… Unsere Gesellschaft ist auf das große Gleichnis der ehelichen Beziehung zwischen Rama und Sita gegründet. Durch sie wird die Ehe zu einem Ideal erhoben; sie ist daher fast eine religiöse Pflicht…«

»Nun bist du aber sehr indisch, lieber Darya.«

Darya schwankte zwischen indischer Würde und indischer Nachgiebigkeit. Er wählte die letztere und lächelte verschmitzt. »Bei euren scheußlichen westlichen Sitten wirst du doch zum mindesten von einer Frau träumen?«

Es war David unmöglich, Darya anzulügen. Er merkte immer sofort, wenn man nicht so sprach, wie man dachte. »Ich möchte sagen, sie taucht manchmal am Rande meiner Träume auf.« Dann erzählte er Darya von Olivia und warum er nicht wieder zu ihr gefahren war. »Aber ich glaube, ich habe die ganze Zeit gewußt, daß ich sie wieder aufsuchen würde.«

»So«, sagte Darya, »warum nicht gleich? Nimm mich mit. Ich werde Nutzen aus euren westlichen Sitten ziehen und mir selbst ein Urteil bilden, ob sie zu dir paßt.«

David hatte auch von dem Plan seines Vaters erzählt, aus Olivias Haus eine Stiftung zum Gedächtnis für Davids Mutter zu machen, aber darüber ging Darya hinweg und erwähnte die ganze Sache nicht mehr.

David hatte zuerst Daryas Vorschlag lachend beiseite schieben wollen, aber so leicht ließ sich der Inder von einem Vorsatz nicht abbringen, das wußte er jetzt schon. Darya besaß eine liebenswürdige Beharrlichkeit und einen völlig unaufdringlichen Starrsinn, mit dem man rechnen mußte. Sein Vorschlag war ja auch nicht ohne weiteres von der Hand zu weisen, er hatte etwas Verlockendes. David würde Olivia gleichsam mit anderen Augen sehen und um so besser mit seinen eigenen erkennen können, ob ihr Auftauchen am Rande seiner Träume nur etwas Zufälliges oder Belangloses war...

»So sei es«, erwiderte er, als ob er auf einen Spaß einginge, aber so spaßhaft schien Darya seinen Vorschlag durchaus nicht gemeint zu haben. Er machte plötzlich ein ernstes Gesicht, während seine Augen gefährlich funkelten.

»Was für Absichten hat dein Vater in bezug auf Indien?« fragte er gänzlich unvermutet.

Ihre Blicke trafen sich. David nahm seine ganze Willenskraft zusammen, um Daryas forschendem Auge nicht auszuweichen. Er erkannte mit Erstaunen, daß Daryas Frage einen zornigen Unterton hatte. »Ich werde meinen Vater bitten, sie dir zu erklären«, sagte er, indem er Darya noch immer ruhig, aber unverwandt ansah. »Ich fürchte, ich habe mich etwas unbeholfen ausgedrückt.«

Darya stand auf. »Es ist Zeit, sich zum Essen anzuziehen. Ja, ich möchte gern seine Ansichten kennenlernen.«

So gingen sie vorläufig auseinander. David wartete bis nach dem Essen, als der Kaffee wie gewöhnlich im Bibliothekszimmer serviert wurde. Dann faßte er sich ein Herz und wandte sich an seinen Vater. »Darya hat mich gebeten, ich solle ihn mit Fräulein Dessard bekannt machen, und ich habe ihm versprochen, ihn bei ihr einzuführen. Aber zuerst möchte er etwas über die Gedächtnisstiftung erfahren. Ich glaube, Darya, wenn mein Vater dir darüber Auskunft gibt, wirst du den Gedanken, der ihn dabei leitet, begreifen.«

MacArd setzte seine Tasse hin. »Die Stiftung zum Gedächtnis meiner lieben Frau soll eine Schule für angewandtes Christentum werden, das heißt, sie soll junge Leute dazu erziehen, im höchsten Sinne praktische Christen zu werden. Sie werden in alle Welt gehen und das Evangelium verkünden. Nehmen Sie zum Beispiel Ihr eigenes Land. Ich spürte dort das Fehlen einer treibenden Kraft, einer energischen Anstrengung und eines praktischen Zieles. Ihr Volk ist schlaff und teilnahmslos, es läßt sich von den Umständen treiben und überwältigen. Eine wirkliche Religion, ein starker Glaube an den wahren Gott würde es dazu bringen, sich zu bessern.«

Darya hörte sich das unbewegt an. Doch seine Augen begannen zu funkeln. »Ist in Ihrem Gottbegriff mehr Wahrheit zu finden als in unserem?« fragte er mit gefährlicher Ruhe.

Mit kaum minder großer Ruhe, mit geballter Ruhe sah ihn MacArd an. »Ihre Tempel sind voll von abergläubischem Gerümpel«, sagte er grob. »Ihr Volk läßt sich durch alte Legenden verwirren. Ein frischer Wind, eine durchgreifende Veränderung wird ihm neue Kraft geben. Ich glaube, die Gültigkeit unserer Religion wird durch unseren Wohlstand erwiesen. Gott ist mit uns gewesen.«

»Ich gestehe Ihnen selbstverständlich das Recht zu, Ihre eigene Religion für die beste zu halten«, erwiderte Darya mit derselben unheimlichen Ruhe. »Ich habe sogar manchmal daran gedacht, Christ zu werden – vielleicht täte ich es auch, wenn das möglich wäre, ohne daß ich meine eigene Religion aufgeben müßte.«

»Das wäre unmöglich«, sagte MacArd entschieden. »Wenn jemand Christ wird, muß er jede andere Religion aufgeben und nur an die christliche Wahrheit glauben.«

»Damit schließen Sie den größten Teil der Erde aus«, sagte Darya.

»Durchaus nicht«, entgegnete MacArd. »Jeder kann sich bekehren und den christlichen Glauben annehmen.«

»Sie erinnern mich an einen gewissen amerikanischen Millionär, dessen Namen ich nicht nennen will, da Sie ihn gut kennen, Mr. MacArd. Er sagte, er sei nicht für Wettbewerb, sondern für Zusammenarbeit. Darum ging er daran, Gesellschaften, die kleiner sind als seine eigene, in sein Geschäft einzubeziehen. Sie arbeiten nun in der Tat zusammen – und zwar dadurch, daß sie sein Eigentum wurden... Sonderbarerweise wird das ein Trust genannt.«

MacArd war verletzt. »Ich versichere Ihnen, ich habe nur den einen Zweck im Auge, Ihrem Volk wohlzutun. Ich sehe, daß mein eigenes Land wohlhabend, gutgenährt und glücklich ist. Ich sehe, daß Ihr Land arm und elend ist. Aus diesem Unterschied muß ich meine Schlüsse ziehen.«

»Kann das nicht daher kommen, daß Ihr Volk frei ist und meines nicht?« bot Darya als Erklärung an, wobei es in seinen Augen merkwürdig glitzerte.

»Trotz der Vorteile, die Ihnen das englische Weltreich bietet«, fuhr MacArd völlig verständnislos fort, »verharrt Ihr Volk in diesem armseligen Zustand. Darum muß man ihm zeigen, wie es sich selbst helfen kann. Meine Meinung ist, daß es einen neuen Glauben braucht, eine inspirierte und inspirierende Religion, die ich dort nicht gefunden habe, junger Mann, obschon ich in vielen Tempeln war.« Diese Worte sprach er mit so finsterem Ernst und so großem Nachdruck, daß David unruhig wurde.

Aber Darya war ein viel zu höflicher Gast, um mit älteren Leuten und noch dazu mit seinem Gastgeber zu streiten. Er erhob sich. »Diese Stiftung interessiert mich sehr«, sagte er. »Wollen Sie mich jetzt bitte entschuldigen, Mr. MacArd, ich muß noch einige dringende Briefe schreiben. David hat mich so viel herumgeführt, daß ich bis jetzt nicht dazu gekommen bin.« Er verbeugte sich auf seine herzlich-würdevolle Weise vor MacArd, lächelte David zu und verließ unauffällig das Zimmer, wobei er die Tür geräuschlos hinter sich schloß.

David sagte nichts. MacArd goß sich noch eine Tasse Kaffee ein. »Ein gut erzogener junger Mann, aber ersichtlich noch ein Heide«, bemerkte er trocken.

David ging hierauf nicht ein, sondern sagte: »So habe ich

dich noch nie reden gehört, Vater. Ich wußte gar nicht, daß du dazu imstande bist.«

»Ich auch nicht«, erwiderte sein Vater. Er trank den Kaffee, setzte die Tasse hin und sah David schelmisch an, aber auch ein wenig so, als wolle er sich bei ihm entschuldigen. »Ich weiß nicht, was in mich gefahren ist. Aber ich glaube, der Anblick dieses jungen reichen Inders, der so gleichmütig und womöglich selbstzufrieden dasaß. während ich genau weiß, in welcher Verfassung sein Land ist, weckte den Amerikaner in mir – und mit diesem Gefühl mischte sich die Erinnerung an die altmodische Religion meines Vaters. Sie war schließlich gar nicht so übel. Jedenfalls hielt sie mich von vielen Dummheiten ab, als ich heranwuchs. Ich konnte mir nie darüber klarwerden, ob an dem höllischen Feuer nicht doch was dran war, und ich ließ es lieber nicht darauf ankommen. Ich wage es heute noch nicht.« Er lehnte sich auf den Ellbogen vor, und seine Stimme wurde ruhig: »Sohn, weißt du, was deine Mutter wirklich glaubte? So vieles habe ich sie nie gefragt. Ich dachte mir immer, dazu wäre noch Zeit genug, wenn wir zusammen alt würden.« Über sein großes Gesicht verbreitete sich ein Ausdruck einfacher Sehnsucht. Er war gerührt und versuchte zu lächeln, aber seine Lippen schienen zu hart dazu, und so wartete er auf Antwort, seine dicken rötlichen Brauen hingen ihm weit über die traurigen grauen Augen.

»Ich habe sie auch nie danach gefragt«, erwiderte David. Es hatte für ihn etwas Abstoßendes, seinen Vater so weich und so ängstlich zu sehen – ja, er schien wirklich vor unerklärlicher Angst zu zittern. Als er aber in die beschatteten Augen blickte, fühlte er Mitleid mit ihm, weil er in solcher Einsamkeit alt wurde, und dieses Gefühl erhellte sein Verständnis. Er sah einen Augenblick völlig klar, was es für so einen Mann bedeuten mußte, eine Frau wie seine Mutter zu verlieren. Aus diesem Mitleid heraus sagte er: »Aber ich weiß, daß sie an vieles glaubte, worüber Dr. Barton predigt – an Unsterblichkeit zum Beispiel.«

»Meinst du?« rief sein Vater aus. »Das erleichtert mich. Ich habe mir schon Gedanken darüber gemacht, daß ich so viel Geld in diese Stiftung stecke, während sie vielleicht…«

David erwiderte hierauf nichts, und so saßen sie schweigend da, keiner wußte, was er sagen sollte, denn MacArd wollte die Möglichkeit, daß sein Sohn vielleicht einer Meinung mit dem Inder war, gar nicht erst ins Auge fassen. Dann sagte er schließlich äußerst milde: »Ich würde mich freuen, wenn du hinführest und nachschautest, wie die Sache vorwärts geht. Ich bin jetzt zu beschäftigt.«

»Ich wollte wirklich, ich könnte dir helfen, Vater«, sagte David leise. Er hatte schon einmal das gleiche gesagt – und sein Vater antwortete genau wie damals: »Mir kann niemand helfen. Das Land befindet sich auf abschüssiger Bahn. Wenn nicht jemand mit gesundem Menschenverstand die Zügel in die Hand nimmt, rennen wir ins Verderben. Über kurz oder lang werden unsere Gläubiger in Europa und selbst in Asien mißtrauisch werden und Bezahlung in Gold verlangen; aber unser Schatzamt hat nicht genug Gold, um unsere Schulden bezahlen zu können. Das ist die nackte Wahrheit. Wenn die Silberanhänger die Schlacht gewinnen und wir den Bimetallismus einführen, sind wir erledigt. Wenn ich nur einen Chemiker finden könnte, der Gold aus geringhaltigem Erz machen kann –!«

David hörte verständnislos zu. Er schämte sich, seinem Vater zu gestehen, daß er in seiner ganzen langen Schulzeit nicht gelernt hatte, was Bimetallismus war. Er war außergewöhnlich gut in Griechisch und Latein gewesen und hatte sich in englischer Literatur und Philosophie ausgezeichnet – aber er hatte keine Ahnung, was sein Vater mit seinen unheilverkündenden Worten meinte. Die von ihm angedeuteten Folgen konnten tief in sein eigenes Leben eingreifen – doch eben deshalb scheute er sich davor, diese Dinge kennenzulernen. Das Leben war schön und angenehm, wenn auch, nach dem Tode seiner Mutter, gemischt mit Traurigkeit – aber Schönheit mußte Traurigkeit enthalten, wie Shelley, Keats und Browning ihn gelehrt hatten.

»Wenn ich dir jemals von Nutzen sein kann, Vater, brauchst du es mir nur zu sagen.« Er zögerte einen Augenblick, dann setzte er hinzu: »Ich glaube, es ist Zeit, daß ich hinaufgehe.«

»Gute Nacht«, sagte MacArd kurz. Er hob den Kopf und sah seinem Sohn nach, dann saß er lange Zeit grübelnd allein.

Es war der erste heiße Sommertag. Die beiden jungen Leute waren froh, als sie den staubigen Zug verlassen konnten, obgleich die Fahrt nur kurz gewesen war.

Darya nahm die Gegend gleich in Augenschein. »Diese bewaldeten Berge, diese leeren Täler!« rief er aus. »Eine Wildnis – und nur eine Stunde von einer gewaltig großen Stadt entfernt! Weißt du, David, eines Tages könnte die übrige Welt zu der Überzeugung kommen, daß ihr kein Recht auf all diesen leeren Raum habt. Denk nur daran, wie übervölkert Indien ist!«

»Wir haben keine so großen Familien wie ihr«, sagte David. Er war betrübt, weil es ihm vorkam, als sei eine, wenn auch fast noch unmerkliche Veränderung in ihren Beziehungen eingetreten. Darya kritisierte nun fast alles, was er sah, allerdings niemals übellaunig, sondern oft heiter und nicht ohne Verständnis – zumindest aber verhüllte er den Kern seiner Kritik durch seine blumige, von Gleichnissen und bildlichen Ausdrücken durchwirkte Redeweise, wodurch jedes abträgliche Wort seinen Stachel verlor – aber David glaubte doch zu fühlen, daß Darya innerlich über ihn zu Gericht saß. Das verdutzte und reizte ihn – um so mehr, als Darya niemals die einem Gast zukommenden Regeln der Höflichkeit auch nur im geringsten verletzte. Aber er unterzog ihre Freundschaft dennoch einer starken Belastungsprobe – und es war David nicht klar, ob er das bewußt tat oder ob er nur einfach in höflicher Form seine Meinung sagte.

»Ah so«, rief Darya aus, »das alte angelsächsische Argument – der von jedem Vizekönig zitierte angebliche Grund dafür, daß die uns durch die britische Herrschaft gebotenen Vorteile nicht wirksam werden... Was hätte es für einen Zweck, so meinen diese Leute, ein Volk zu füttern, das dadurch nur dauernd wächst? Hungersnöte sind dann unvermeidlich, ja, geradezu wünschenswert, wie unsere Herrscher sagen. Die Leuten bleiben dadurch hilflos und untertänig...«

»Du kannst die Überbevölkerung nicht leugnen«, sagte David.

»Gewiß nicht. Aber jene Schlußfolgerungen daraus sind Argumente von eigensinniger und schon fast verbrecherischer Unwissenheit«, erklärte Darya. »Hast du je einen sterbenden Baum beobachtet? Wenn er weiß, daß das Leben ausgeht, verschwendet er sich in einem Blütenflor und erzeugt mehr Samen als gewöhnlich, weil das Gesetz der Natur, wie ihr es nennen würdet, oder das Karma, wie wir es mit etwas anderer, doch ebenso schicksalhafter Bedeutung nennen, bestimmt, daß die Art erhalten werden muß, wenn auch das Einzelwesen stirbt. Unsere Stärke inmitten einer Schwächeperiode unserer langen Geschichte ist es, daß wir uns noch vermehren können – und darum sind wir vom Angesicht der Erde nicht verschwunden. Wir lernen noch immer, unsere Eltern zu ehren und unseren Einzelwillen dem Besten der Familie unterzuordnen – es mag dies einer der Gründe sein, daß wir nicht ebenso vom Erdboden vertilgt wurden wie so viele andere, uralte Völker...

Du sollst Vater und Mutter ehren, auf daß es dir wohlergehe und du lange lebest auf Erden – das ist doch auch ein christliches Gebot, nicht wahr?«

»Du weißt, Darya, daß ich nicht gegen dich aufkommen kann«, beschwerte sich David. »Du bist mir zu schnell.«

»Aber du stimmst mir trotzdem nicht zu«, sagte Darya.

»Nicht immer«, gab David zu.

»Du bist sehr schwer zu überzeugen...«

»Nicht gegen meinen Willen«, erwiderte David.

»Ach, der Wille! Deine Vernunft!« rief Darya leidenschaftlich. »Gibt es denn keinen Zugang zu deiner Vernunft, weißer Mann?«

Sie vergaßen ganz, daß sie auf dem Bahnsteig einer kleinen

Eisenbahnstation standen. Der Stationsvorsteher, der gerade vorüberging, sah sie erstaunt an – ein Weißer und ein Negermischling, dachte er, die sich gleich in die Haare geraten werden... Es war besser, wenn er sie rechtzeitig auseinandertrieb. Er spuckte Tabaksaft aus. »Kann ich euch irgendwie helfen, Jungens?« sagte er zu David.

David fuhr auf. »O nein, danke. Komm, Darya. Wir geben hier offenbar eine Schaustellung.«

Sie drehten dem Mann schnell den Rücken zu. Der spie wieder aus und kaute dann nachdenklich und kopfschüttelnd an seinem Priem.

»Laß uns zu Fuß gehen«, sagte David. »Es sind nur zwei Meilen.«

Sie gingen das Flußtal hinauf. Jeder begrub für sich das Kriegsbeil und nahm sich vor, den Tag zu genießen. David staunte, wie sehr er sich nach Olivia sehnte. Während der Nacht hatte er viel an sie gedacht.

»Dieser Fluß läßt mich an unseren Ganges denken«, sagte Darya in seinem üblichen liebenswürdigen Ton. »Mein Vater geht jedes Jahr hin und holt in Krügen sein heiliges Wasser.«

»Das verstehe ich nicht recht«, sagte David. »Deinen Vater wohl, aber dich nicht, Darya. Cambridge und der heilige Ganges – das reimt sich nicht zusammen.«

Darya blieb stehen. »Sieh mich an. Siehst du meine Stirn? Da, hier ist eine unsichtbare Linie.« Er zog den Zeigefinger von den Haaren bis zum Nasenansatz. »Auf dieser Seite, der linken, der Herzseite, ist meine Religion. Auf der anderen Seite ist Cambridge, eure moderne Welt, die Wissenschaft.«

»Du hältst sie getrennt voneinander?«

»Streng getrennt – so daß keines von beiden Schaden leidet.«

»Das kann ich nicht begreifen«, sagte David.

»Du brauchst es nicht zu begreifen. Nimm es einfach als eine Tatsache. Eines Tages – aber der liegt noch in weiter Ferne – mag die Linie verblassen und endlich verschwinden. Aber die Wissenschaft ist noch weit hinter den Offenbarungen der Religion zurück – und bis sie den Glauben einholt, bleibt diese Linie unverändert.«

»Damit begnügst du dich?« fragte David.

»Ich muß mich begnügen«, erklärte Darya, »denn ich kann nichts dagegen unternehmen. Wenn ich Wissenschaftler wäre, würde ich daran arbeiten, jene unheilvolle Teilung zu beseitigen, aber ich habe keinen Hang zur Wissenschaft. Ich bin nur ein Mensch, der wartet.«

David erwiderte hierauf nichts. Es war wohl auch keine Erwiderung möglich, denn wie gewöhnlich hatte ihn Darya auf unbekanntes Gebiet geführt… Es kam ihm zum Bewußtsein, daß sein eigener Geist bis jetzt ganz unschöpferisch gewesen war, daß er einfach nur in sich aufgenommen hatte, was ihn gelehrt worden war. Er hatte keine feste eigene Überzeugung, er dachte weit weniger nach als Darya, obwohl sie doch ungefähr im gleichen Alter waren. Er fühlte sich allmählich in Daryas Gegenwart unbehaglich. Es war Zeit, daß der Besuch endete. Trotz des angenehmen Zeitvertreibs wurde Daryas Anwesenheit in gewisser Hinsicht eine Last und auch wohl ein Vorwurf… Er war noch nicht so weit, die großen Schicksalsfragen der Welt und des Weltalls, die letzten Dinge und vielleicht sogar die Liebe zu durchdenken… Er wollte jeden Tag so erleben, wie er sich darbot, und wer weiß, womöglich würde er immer so bleiben: einfältig, unproblematisch und nicht »spitzfindig«. Als Amerikaner mißtraute er dem, was er Spitzfindigkeit nannte, und er fing langsam an, so fürchtete er, jene Problematik, Bewußtheit und Geistesschärfe in Darya zu hassen. Aber war Darya wirklich so, war er nicht gleichzeitig auch ganz unbefangen und harmonisch? Vielleicht hatten sie den Punkt gegenseitigen Verstehens schon überschritten?

Sie gingen schweigend weiter. Es wurde heiß, die Sonne stand bald im Zenit. Sie hatten spät und ausgiebig gefrühstückt. Darya hatte erklärt, er würde bis zum Abend nichts mehr essen. Das tat er oft. Das amerikanische Essen, sagte er, sei zu schwer für ihn. Manchmal fastete er ganze Tage. Es schien ihm gut zu bekommen. Jetzt schritt er schneller aus als

David, mit einer beständigen und offenbar unermüdbaren Leichtigkeit; er schien weder Hitze noch Staub zu spüren. Endlich lag an der Flußbiegung das Haus vor ihnen auf dem Hügel.

»Dort ist es«, sagte David.

Sie blieben stehen und sahen hinauf. »Ein schöner Platz«, bemerkte Darya. »Das soll also die Wiege der Lehrer werden, die nach Indien entsandt werden... So amerikanisch?«

David wurde plötzlich ungehalten. »Ich meine, das Beste, was ein Land dem andern geben kann, sind seine ausgewählten Leute.«

»Ach, soll es etwa ein gegenseitiger Austausch sein?« fragte Darya. »Würdet ihr auch unsere Leute bei euch aufnehmen? Wenn ja, biete ich mich gleich selbst an. Ich werde hierherkommen und unser Evangelium predigen, die Botschaft unseres Glaubens. Meinst du, daß dein Vater mich annehmen würde?«

»Soll das ein Scherz sein?« fragte David.

»Durchaus nicht«, erwiderte Darya. »Ich spreche in vollem Ernst. Wäre es nicht vernünftig, einen Inder anzustellen, der eure jungen Lehrer auf ihre Schüler vorbereitet? Wäre es nicht gut für sie, wenn sie das Land, in das sie geschickt werden sollen, vorher ein wenig kennenlernten? Im Ernst, im Ernst! Wäre ich willkommen?«

Die Waffe traf. Darya wußte, mit wem er es zu tun hatte. David war gerecht und konnte nicht lügen.

Darya hatte seine Frage wie einen Wurfspieß geschleudert und stand nun mit geballten Fäusten und hochgeworfenem Kinn da. David trat zurück. Bevor einer von beiden sprechen konnte, hörten sie eine Mädchenstimme.

Es war Olivia. Sie kam vom Fluß, wo sie gebadet hatte. Der Saum ihres Badeanzuges war naß, die langen, vom Wasser triefenden Haare hingen ihr auf den Rücken. Weil sie allein war, hatte sie nicht die üblichen Badestrümpfe angezogen und trug nur Sandalen. Die Sonne schien auf ihre feuchten Arme und ihren Hals, auf ihr nasses Gesicht und ihre glitzernden Wimpern.

Die beiden jungen Männer dachten nicht mehr an sich. David fand zuerst die Sprache wieder. »Olivia! Dies ist Darya, mein indischer Freund. Darya, dies ist Fräulein Dessard.«

»Olivia«, sagte Darya. »Sie werden mir erlauben, den Namen zu benützen, da David mein Bruder ist.«

Olivia streckte die Hand aus. »Es freut mich, Sie kennenzulernen. Mein Großvater hat mir oft von Indien erzählt. Er war einmal dort. Kommen Sie mit.«

Sie gingen nebeneinander, Olivia in der Mitte, bis sie an den Steilpfad kamen, dann ging Olivia voraus, hinter ihr Darya, während David als letzter folgte. Es war deutlich zu sehen, daß Darya von dem schwarzen, selbstbewußten Mädchen beeindruckt war und daß Olivia durch Darya gleichsam lebendiger wurde. Oben beeilte sich David, wieder neben sie zu kommen, so daß sie nun wieder in der Mitte zwischen ihnen war. Darya und Olivia unterhielten sich lebhaft und ohne Pause, er hatte sie noch nie so sprechen hören und sie noch nie so frei gesehen. Er war plötzlich eifersüchtig. Darya konnte sie also, kaum daß er sie gesehen hatte, so heiter, frei und lebhaft machen, während sie bei ihm schüchtern und fast stumm gewesen war... Sein Herz klopfte. Er wußte jetzt, daß er sie liebte. Hätte er Darya nicht mitgenommen, so brauchte er nun nicht mit anzusehen, wie dessen Gegenwart sie aufweckte, ja geradezu aufrüttelte, wie offen und fast beschwingt sie aus sich herausging, wie sie lachte und mit ihm sprach, als ob sie den Inder schon lange kannte... Er stapfte hilflos neben ihr her. Sie ging ins Haus voran. »Gehen Sie bitte ins Wohnzimmer«, sagte sie mit klarer, gleichzeitig gebieterischer und fröhlicher Stimme. »Mutter wird gleich herunterkommen, ich muß mich erst umziehen. Wir trinken jetzt nicht mehr jeden Tag Tee wie früher, aber auf dem Tisch stehen Wein und Biskuits, bedienen Sie sich bitte.«

Geschmeidig wie eine junge Tigerin lief sie die Treppe hinauf. Darya ging als erster ins Zimmer und schenkte den Wein ein, als wäre er hier ganz zu Hause. Er gab David den Becher und schob ihm dann den Teller Biskuits hin. »Mein Freund«, sagte er leise, aber heftig, »wenn du dieses Mädchen nicht heiratest, bist du ein Narr. Sie ist nicht nur hübsch, sie hat auch einen hellen, guten Geist und ist auf die angenehmste Weise intelligent. Ich beneide dich!«

David nahm den Wein und zerbröckelte ein Biskuit. Dann sagte er – und es war, als erhöbe er zur Verteidigung gegen Darya und seinen magnetischen Zauber einen Wortschild –: »Ich habe die Absicht, sie zu heiraten.« Er erstaunte dabei über die Kühle, mit der er eine so wichtige Entscheidung traf.

Am Abend, als sie heimkamen, war er in einer Art Betäubung. Er hatte nicht viel gesagt, als Olivia wieder herunterkam, er hatte kaum hingehört, wie Darya sie von neuem mit seinen gewandten und herzlichen Worten bezauberte, und er hatte es beinahe übersehen, daß der Inder sich ganz dem schönen Mädchen widmete. Er hatte sich nur flüchtig mit Frau Dessard unterhalten und geduldig zugehört, als sie ihm von ihren Umzugs- und Unterstellungsschwierigkeiten erzählte. Das meiste, was Darya auf der Heimfahrt sagte, hörte er nicht. Der goldene Strom seiner begeisterten Worte floß unaufhörlich fort. Darya war unerschöpflich in seinen Lobpreisungen, er konnte sich nicht genugtun, die Anmut des Mädchens zu rühmen, die Haltung ihres edlen Kopfes, ihre langen schmalen Hände, die geheime Stärke in ihr, eine unvergleichliche verborgene Kraft... »Es gehört Mut dazu, ihr Mann zu sein«, sagte er, »aber was für eine verlockende Aufgabe ist das! Auch du mußt stark sein, David, du mußt eine Quelle der Kraft in dir finden...«

»Nun«, sagte MacArd beim Essen, »machen die Gebäude Fortschritte?«

Die zwei jungen Männer sahen sich betroffen an, und Darya begann zu lachen.

David wurde feuerrot. »Wir haben ganz vergessen, sie anzusehen, Vater.«

»Vergessen, sie anzusehen«, wiederholte sein Vater erstaunt.

»Ja, wir haben uns die ganze Zeit unterhalten... mit...«

»Mit Olivia«, sagte Darya.

»Fräulein Dessard«, hauchte David schnell.

MacArd sah sie unter seinen schweren Brauen her an.

»So«, sagte er, »so, so!«

David gab keine weitere Erklärung ab, und Darya eilte ihm zu Hilfe. »Die Lage, Herr MacArd, ist schon an und für sich herrlich, ein Ort, der die Gedanken der Menschen unvermeidlich ins Grenzenlose führen muß, ein Ort für die Seele...«

»Dafür ist er bestimmt«, sagte MacArd. »Ich freue mich, daß Sie meine Idee verstehen.«

Daryas Instinkt sagte ihm, daß es Zeit für ihn war, von David Abschied zu nehmen und seine Reise westwärts fortzusetzen. Er wollte einige Sehenswürdigkeiten Amerikas besichtigen, auch die Neger des Südens besuchen und dann von Kalifornien aus zurückfahren. Von Olivia wurde nicht mehr gesprochen, denn Darya fühlte, daß David davor zurückscheute, und diese Reserve legte sich wie ein leichter Nebel über ihr ganzes Verhältnis.

»Mein Freund«, sagte Darya eines Morgens, »ich muß nach Indien zurückkehren. Ich bin nun schon wochenlang hier, wie viele es sind, habe ich vergessen. Das Jahr geht zur Neige, und ich muß noch viel tun. Mein Vater bat mich, im Herbst wieder zurück zu sein, und darum darf ich nicht länger bleiben, so glücklich ich mich hier gefühlt habe.«

»Du mußt wiederkommen«, sagte David.

»Du mußt nach Indien kommen«, erwiderte Darya. Er wollte hinzufügen: »Auf deiner Hochzeitsreise«, unterließ es aber. Vertrauen aufzudrängen ist so zwecklos wie das Auseinanderreißen einer Lotosblume. Es kam nichts dabei heraus, weder Duft noch Schönheit.

David nahm die Einladung lächelnd ohne Antwort hin. Er blieb den ganzen Tag bei Darya, während dieser packte.

Darya, der, wenn es ihm beliebte, so faul sein konnte wie eine schöne Frau, wurde immer ein unbeirrbarer Mann der Tat, wenn er einmal einen Entschluß gefaßt hatte. Er brachte seine Sachen rasch und systematisch in Ordnung, all die kleinen, aber teuren Geschenke, die er für seine Familie ausgewählt hatte, ein goldenes Armband mit Diamanten für seine Frau, eine runde Diamantenbrosche für seine Mutter, eine Reihe von Audubon-Drucken amerikanischer Vögel, die so verschieden von den indischen waren, für seinen Vater, und für seine Söhne lustige mechanische Spielsachen. Für Brüder und Schwestern, Vettern und Kusinen, Onkel und Tanten hatte er hauptsächlich Uhren gekauft.

Am Abend des nächsten Tages war er fertig. Die Koffer waren gepackt, und David begleitete ihn zur Bahn. Darya wollte kein sentimentales Abschiednehmen. »Unsere Freundschaft hat weder einen Anfang noch ein Ende«, erklärte er. »Sie bestand, dafür gibt es Zeichen, schon vor unserer Geburt und wird in diesem Leben nicht enden, wenn wir uns nicht freiwillig trennen - was ich nicht tun werde.«

»Ich auch nicht«, versicherte David.

So fröhlich, als würden sie sich am nächsten Morgen wiedersehen, stieg Darya in den Zug, suchte sich einen Platz und winkte aus dem Fenster. Sie tauschten bis zur letzten Minute freundliche, aber keine tiefen Worte aus - als hätten sie beide beschlossen, sich in dieser Abschiedsstunde nichts Neues oder Wichtiges mehr zu offenbaren. Der Zug fuhr bald ab, und David machte sich auf den Heimweg. Sein Vater hatte telefoniert, er würde heute nicht zum Essen heimkommen. David stieg in seine Zimmer hinauf. Das Haus war jetzt sehr leer, die Stille bedrückend. Er hatte so viele Wochen kaum an seine Mutter gedacht, daß er ihren Geist jetzt nicht beschwören konnte; aber er hatte auch kein Verlangen danach. Die Zimmer waren noch erfüllt von Daryas Gegenwart, von seiner wohlklingenden Stimme und seinen klugen, schnell hinfließenden Worten - und doch wünschte er Darya nicht zurück.

Er schloß die Tür. Er dachte an Olivia. Er wollte sie wieder besuchen, er wollte einfach zu ihr gehen - unter dem Vorwand, die Gebäude zu besichtigen -, und dann wollte er die Gelegenheit benützen, sie um ihre Hand zu bitten. Er spürte einen gewaltigen Hunger nach ihr, eine Leere ums Herz, in der nur der eine Name widerklang: Olivia.

Sie war nicht leicht zu finden. Er wanderte um die noch dachlosen Gebäude, während seine Augen unablässig nach ihr ausspähten und sie nicht fanden. Sechs neue Gebäude standen auf dem bewaldeten Plan um das Säulenhaus, geschickt verteilt, so daß jedes allein zu stehen und doch ein Teil des Ganzen zu sein schien.

Der berühmte New Yorker Architekt, dem sein Vater den Bau übertragen hatte, ging in zierlichen Schuhen vorsichtig auf der ausgeworfenen Erde herum, den ausgebreiteten Bauplan in den Händen. Er grüßte David lachend und führte ihn zu einer Stelle, wo man die Gebäude in einer prächtigen Perspektive um das Haupthaus in der Mitte herumgelagert sah.

»Hier ist der zukünftige Eingang«, sagte der Architekt stolz. »Ich habe genau die richtigen Bäume wegschlagen lassen. Die Wirkung ist gut, finden Sie nicht auch? Dem geistlichen Zweck entsprechend und doch auch im weltlichen Sinne repräsentativ. Ich habe mir immer das Ziel vor Augen gestellt, das Ihr Vater mit diesem Institut verfolgt. Das Haus da ist der Mittelpunkt der Stiftung, die Quelle, will ich mal sagen, der Altar sozusagen. Ringsherum gruppieren sich die jungen Leute mit ihren Lehrern. Die Inspiration kommt von der Mitte her.«

Es war ein etwas affektierter, kleiner Mann, der sich knapp und entschieden auszudrücken pflegte; sein Kneifer baumelte an einem schwarzen Band am Knopfloch. Er war mit Freude bei der Sache, und David mußte zugeben, daß sein Plan eine gute Wirkung erzielte und die neuen Gebäude sich eindrucksvoll dem edlen Stil des Haupthauses unterordneten.

»Sehr schön«, sagte er, denn er wußte, daß das von ihm erwartet wurde.

Der kleine Mann war zufrieden. »Bitte sagen Sie das Ihrem vortrefflichen Vater. Mr. MacArd ist schwer zu befriedigen – aber man bemüht sich gern, seinen Wünschen nachzukommen. Er ist es wert.«

»Ich werde ihm sagen, daß ich einen starken Eindruck gewonnen habe.«

»Danke«, sagte der kleine Mann.

David nickte und ging weiter. Es war jetzt bald Mittag, und er hatte Olivia noch nicht erblickt. Er mußte sie suchen. Er ging zum Hause. Die Tür stand wie gewöhnlich auf. In den Zimmern, die er überblicken konnte, war Olivia nicht zu sehen. In den Vasen waren frische Blumen – sie mußte also da sein. Er hob den schweren Türklopfer und ließ ihn dreimal anschlagen. Da hörte er Frau Dessards Stimme aus der Küche.

»Wer ist da?«

Er trat ein und ging in die Richtung, aus der die Stimme gekommen war. »Ich bin's, Frau Dessard. Ich habe im Auftrag meines Vaters die Gebäude besichtigt, und ehe ich wieder gehe, dachte ich…« Er öffnete die Küchentür. »Welch himmlischer Duft.«

»Trauben«, sagte Frau Dessard. Sie stand am Herd, eine lange zierliche Gestalt, und rührte mit einem langen Löffel in einem großen Topf. »Olivia pflückt sie, und ich mache Gelee. Eine Arbeit, die einem heiß macht.«

Sein Herz wurde leicht. »Schade, daß ich Ihnen nicht helfen kann – aber da ich kein Gelee machen kann, helfe ich besser beim Traubenpflücken.«

Frau Dessard antwortete nicht gleich, dann sagte sie, ohne ihn anzublicken: »Olivia wird sicher froh sein, wenn Sie ihr helfen. Jedenfalls nehme ich das an. Man kann aber bei ihr nie ganz sicher sein.«

»Ich werde mein Bestes versuchen«, sagte er.

Er ging schnell wieder in die Halle zurück und von dort durch die offenstehende Hintertür in den kleinen Blumengarten. Olivia hatte hier ein wahres Wunder bewirkt. Die Buchsbäume waren geschnitten, die Blumenbeete gejätet. Frühe Chrysanthemen erschlossen schon ihre roten, weißen und gelben Blüten. Er folgte dem Hauptweg und ging dann durch einen Bogengang aus Eiben in den Küchengarten. Dort sah er Olivia bei den Rebstöcken. Ein großer Strohhut schützte ihr Gesicht vor der Sonne. Der Pfau Pilatus war bei ihr und schlug gerade ein Rad. Sie sah und hörte David nicht. Er betrachtete sie wohl eine Minute, das Bild des Mädchens mit dem Pfau war zu schön… Sie trug ein gelbes Baumwollkleid, der breite Rock umfloß sie, während sie auf dem Boden kniete. Er konnte ihr Profil sehen; sie war emsig bei der Arbeit. Ihre schwarzen Haare fielen ihr in den Nacken, mit flinken Fingern griff sie nach den Trauben, gerade pflückte sie eine große purpurrote und steckte sie in den Mund.

»Schmeckt's?« rief er.

Pilatus kreischte, sie fuhr auf und wandte den Kopf. »Wie lange stehen Sie schon da und beobachten mich?« fragte sie.

»Erst einen Augenblick, ich schwöre es«, sagte er lachend. Er trat näher und sah auf sie hinunter. »Um alles in der Welt hätte ich den Anblick nicht missen mögen.«

Mit großen, vorwurfsvollen Augen blickte sie zu ihm auf.

»Ist das so schlimm?«

»Ja«, grollte sie, »mir ist es nicht angenehm. Ich dachte, ich wäre allein.«

»Ist es ein Verbrechen, wenn man eine Traube ißt?« neckte er sie.

»Ich dachte, ich wäre allein«, sagte sie noch einmal.

Er spürte, daß sie ärgerlich war, und suchte sie aufzuheitern; er wünschte keine Wolken an diesem strahlenden Tag. »Soll ich Ihnen helfen? Es sind ja viel mehr Trauben, als Sie an einem Tage pflücken können.«

»Sie haben Ihren guten Anzug an«, sagte sie, indem sie ihn schnell von oben bis unten ins Auge faßte.

»Auf meinen Anzug brauche ich nicht achtzugeben.« Er stellte sich neben sie und streckte tastend die Finger nach den Trauben aus.

»Die besten wachsen unten«, sagte sie.

»Darf ich die größten essen?« fragte er.

»Alle fünf Minuten nur eine!«

Er war froh, weil er in ihren Augen nur noch Mutwillen sah.

»Ist Ihr indischer Freund fort?« fragte sie plötzlich.

»Ja«, antwortete David kurz. Ihn verlangte nicht danach, von Darya zu sprechen.

»Kommt er wieder?« fragte sie.

»So bald nicht«, sagte er. Von einem geheimen Beweggrund angetrieben fuhr er fort: »Wahrscheinlicher ist, daß ich ihn in Indien besuche.«

»Wann?« fragte sie.

»So bald nicht«, antwortete er. Ein paar Minuten lang pflückten sie die Trauben schweigend.

»Sie pflücken zehnmal so schnell wie ich«, sagte er.

»Ich glaube, dies ist das erstemal, daß Sie sich einer solchen Arbeit unterziehen.«

»Das stimmt«, gestand er. »Ich wußte kaum, wie sie wachsen.«

»Das habe ich mir gedacht.«

»Ist das schlimm?«

»Das hängt davon ab, was Sie sonst können.«

»Nicht viel, fürchte ich.« Jetzt wollte er die Gelegenheit beim Schopfe fassen. »Ich gehöre zu den Menschen, die vor der Arbeit einen Anreiz brauchen.« Er hörte mit Pflücken auf und wandte den Kopf nach ihr, aber sie ließ sich bei ihrer Arbeit nicht stören. »Olivia!«

Sehr ernst sah sie zu ihm auf.

»Olivia, ich bin gekommen, um dich zu sehen, nur dich.«

Sie antwortete nicht und bewegte sich auch nicht. Er blickte tief in die unter den schwarzen, schön geschweiften Brauen dunkel schimmernden Augen.

»Wir kennen uns noch nicht sehr lange«, sagte er unsicher, »aber lange genug, daß ich eins weiß… Ich… Ich, ich liebe dich!« Der Atem ging ihm aus, die letzten Worte wurden nur noch geflüstert.

Sie antwortete sofort und ruhig: »Das tut mir aber leid, David.«

Er hörte die Worte wie aus weiter Ferne. Ihre Stimme klang ihm wie eine Totenglocke in die Ohren.

»Leid?« wiederholte er mit dümmlichem Gesicht.

»Ach, sehr leid, David«, sagte sie, als ob sie sich selbst einen

Vorwurf machte. »Ich habe es eben erst gemerkt, vor ein paar Minuten, sonst hätte ich's nicht so weit kommen lassen. Ich hätte dem gleich im Anfang einen Riegel vorgeschoben.«

Er konnte kein Wort sprechen, keinen Ton herausbringen. Er stand still da und schaute in ihr bekümmertes Gesicht.

»Diese Liebe ist ja erst ganz frisch – deshalb kann sie noch nicht sehr tief sein. Sie werden schnell darüber hinwegkommen.«

»Sie *ist* tief«, rief er. »Du weißt nicht, was du sagst. Ich habe noch nie jemanden geliebt, und ich werde auch niemanden mehr lieben.«

»Ach, sagen Sie das nicht, David.«

Sie senkte die Augenlider ein wenig und sah so seine geballten Fäuste. »Eigentlich müßte ich Sie lieben«, sagte sie kläglich, »fast jede würde das tun. Aber ich kann es nicht.«

»Warum nicht?«

Sie streckte die Hände weit aus und ließ sie dann in einer anmutigen Geste wieder sinken. »Wie kann ich das sagen? Vielleicht, weil Sie nicht stark genug sind? Ich will nicht die Stärkere sein. Ich will zu einem Mann aufschauen.«

»Und zu mir können Sie nicht aufschauen?« sagte er mit Grabesstimme. Gerade in diesem Augenblick schaute sie, mit flehentlichen Augen, zu ihm auf...

»Ich kann nicht«, sagte sie bekümmert. »Sie sind vorerst weiter nichts als MacArds Sohn, der Sohn des großen MacArd!«

Er blickte in ihr erhobenes Gesicht, fühlte Bitterkeit in der Brust und Trockenheit auf der Zunge. Dann merkte er zu seinem Entsetzen, daß er weinen mußte. Er wandte sich ab und ging schnell fort. Er eilte von dem Hause fort, den kleinen Pfad zum Flusse hinab, und warf sich dort an einer versteckten Stelle in ein Farnkrautgestrüpp, vergrub das Gesicht in das frische Grün und weinte – stundenlang, wie es ihm vorkam. Dann stieg aus diesem Weinkrampf ein Gebet auf, das erste wirkliche Gebet seines Lebens. »O Gott, was soll ich nur tun?«

Die Worte brachen aus einem verwundeten Herzen, er hörte sie, als würden sie von einem anderen gesprochen, von einer fremden Stimme, und unter dem wehen Aufschrei begann er zu zittern. Es folgte keine Antwort? Er hörte keine. Er hörte nur die Geräusche des Waldes, das Knacken von Zweigen, das Rauschen der Blätter im Winde, den fernen Ruf einer Wachtel. In der Stille brannte die Sonne auf ihn nieder, er lag mit geschlossenen Augen da und atmete den warmen Geruch der Erde ein, vermischt mit dem Duft zertretenen Farns. Allmählich konnte er wieder klar denken.

Darya war zwischen ihn und Olivia getreten... War es das? Wenn sie ihn nicht in seiner auffallenden indischen Schönheit, im Glanz seiner dunklen Haut und schwarzen Haare gesehen hätte, würde sie vielleicht anders gesprochen haben... Dann hätte sie gar nicht gewußt, daß es einen solchen Mann gab... Es war keine bloße Bezauberung. Er konnte gegen Darya nicht die Anklage erheben, absichtlich sein Zaubernetz über Olivia geworfen zu haben. Nein, Darya war einfach er selbst gewesen - wenn ihn auch vielleicht ihre offen bewundernden Blicke und die ungehemmte Beweglichkeit ihres Geistes gereizt hatten. Auch sie hatte ihn zweifellos bezaubert; denn er war es doch gewohnt, daß indische Frauen bei einer ersten Begegnung scheu und sanftmütig schwiegen.

Er setzte sich auf, legte die Arme um die Knie und blickte auf den glitzernden Fluß hinaus. Sie hatte gesagt, sie müßte zu ihm aufschauen können - sicher nur deshalb, weil sie Darya gesehen hatte. Wie voreilig war er doch gewesen, ihr so schnell seine Liebe zu gestehen, ohne zu warten, bis er ihre Gefühle entdeckt hatte! Er kam sich wie ein dummer, unerfahrener und tölpelhafter Junge vor, das merkte er erst jetzt richtig, weil der Schmerz so heftig gewesen war. Er hatte sie um ihre Liebe gebeten, als handelte es sich um ein Spielzeug oder eine Süßigkeit und nicht um ein ganzes Leben...

So hell der Tag war, so düster war seine Stimmung. Selbst seine Glieder taten ihm weh, Schmerzblitze durchzuckten ihm die Nerven. Er war beinahe seiner Mutter böse, weil sie tot war und er sich keinen Trost mehr bei ihr holen und ihr befreiendes Lachen nicht mehr hören konnte...

Er hörte ihre zärtliche Stimme, durch die in jedem Augenblick Lachen zu klingen schien. »Du Dummkopf - wenn sie zu dir aufschauen will, warum fängst du dann nicht an zu klettern?«

Er legte den Kopf auf die Knie und schloß die Augen, um die klare Stimme zu hören, die er so gut kannte. Es war genauso, als hätte sie mit ihm gesprochen. Vielleicht war es so – vielleicht war es der einzige Weg, auf dem sie ihn erreichen konnte, durch die Erinnerung, die er an ihre Stimme hatte, und durch seine Vorstellungskraft, die ihn erraten ließ, was sie sagen würde...

Sein ganzes Wesen zerschmolz in Sehnsucht, und aus diesem Gefühl stieg ein reiner Wunsch auf und formte sich aufs neue zum Gebet.

»O Gott« - denn jetzt sprach er wirklich zu Gott, nicht mehr zu seiner Mutter –, »sage mir, was ich tun soll.«

Er fühlte sein Herz in der Brust zittern. Denn wenn er Gott als Ratgeber anrief, mußte er auch den Mut haben, dem erteilten Rat zu folgen... Bewegungslos saß er auf der Böschung über dem Fluß. Die Luft war still und heiß, die Sonne brannte. In der Ferne hörte er den Schrei eines aufsteigenden Habichts. Er wartete, sein Geist war leer, sein Bewußtsein gelähmt. Plötzlich sah er Indien vor sich, eine von Menschen wimmelnde Straße. Verwundert und überrascht drehten sich ihm dunkle Gesichter zu, als müßten sie gegen ihren Willen zu ihm aufblicken.

Er erschrak über die Klarheit, mit der er sie sah. Er hob den Kopf, vor ihm waren nur der Fluß, das blaue Ufer auf der anderen Seite und der in den Himmel steigende Habicht. Was konnte es bedeuten, daß er Indien hier gesehen hatte? Hatte er nicht um eine Weisung gebetet? War dies die Antwort gewesen? Er hatte die Scheidelinie zwischen der sichtbaren Welt und dem Unsichtbaren überschritten, der Weg hatte deutlich vor ihm gelegen. Die Aussicht war zu weit, um faßbar zu sein, er versuchte, sie in Worte zu fassen, die seiner Art und seinem Alter angemessen waren... Hingabe, Heiligung, Mission – diese leidenschaftlichen Worte waren Wein für seine Seele. Niemand brauchte ihn hier – aber in Indien war die menschliche Not grenzenlos. Er wußte noch nicht, was er dort tun wollte, aber Gott – er sprach den Namen jetzt mit einer ganz neuen Ehrfurcht –, Gott würde ihm den Weg zeigen. War das, so fragte er sich, unter Wiedergeburt zu verstehen? So natürlich und unerwartet, wie er zum erstenmal aus dem Körper seiner Mutter geboren war, war er jetzt geistig wiedergeboren worden... Die Welt, in der er gelebt hatte, verschwand. Zum erstenmal war er durch den Tod seiner Mutter aus ihr vertrieben worden, dann kam der Eindruck Indiens – und jetzt, durch Olivias Absage, als er ganz hilflos war, hatte sich ihm ein neues Leben enthüllt. Er atmete tief und stand auf.

»Seit wann hast du dir denn das in den Kopf gesetzt?« fragte MacArd barsch. Er hatte schon seit einigen Tagen gesehen, daß der Junge still und geistesabwesend war, und bei der heutigen Mahlzeit hatte David kaum etwas angerührt. Nach dem Essen hatte er dann plötzlich die Mitteilung herausgewürgt, daß er als Missionar nach Indien gehen wollte.

»Ich habe mir nichts in den Kopf gesetzt, es ist eine Überzeugung«, sagte David.

MacArd hob seinen zerzausten Kopf und sah nach Leila hin, die von ihrem Bild über dem Kaminsims zu ihm hinabblickte. »Die kannst du nur aufgeben. Ich baue zwar die MacArd-Gedächtnisstiftung, aber doch nicht für meinen eigenen Sohn! Wer soll nach mir mein Werk weiterführen?«

»Ich beabsichtige, mein eigenes Leben zu führen, unter göttlicher Leitung«, sagte David.

MacArd konnte nicht grob mit seinem eigenen Sohn sein. Er hatte das schon vor langer Zeit erfahren, als er einmal David wegen Ungehorsamkeit verprügelte. Der Junge hatte geschrien wie ein Irrsinniger. Leila war ihm in den Arm gefallen und hatte unter Schluchzen erklärt, daß sie sein Haus verlassen würde, wenn er ihren Sohn noch einmal schlüge. Er hatte es nie wieder getan. Er fuhr fuchtelnd mit den Armen in der Luft herum. »Das ist ein Witz! Wahrhaftig, ein reizender Spaß ist das! Ich habe ein Netz ausgeworfen und meinen eigenen Sohn darin gefangen! Ich machte ein Spielchen mit Gott, mit meinem Sohn als Einsatz, und habe verloren!« Er schnaubte, seufzte und erniedrigte sich schließlich so weit, daß er sich selbst bemitleidete. »Schau mich an, Sohn, ich werde alt. Kannst du wenigstens noch ein paar Jahre bei mir bleiben?«

»Ich habe meinen Entschluß gefaßt, Vater«, beharrte David.

MacArd sprang auf und tobte im Zimmer herum, er stampfte um den großen Tisch und steuerte sich durch die schweren Stühle aus englischer Eiche. »Ich habe einen Haufen Geld für diese Stiftung verschwendet, ich hätte die ganze Geschichte längst aufgegeben, wenn ich gewußt hätte, daß dir dadurch ein solcher Unsinn in den Sinn kommen würde. Was würde deine Mutter sagen, wenn ich dich in dieses elende Land gehen ließe! Schlangen, Heiden und Dreck – es sind doch genug andere da, die dorthin gehen können! Aber doch nicht mein Sohn! Ich werde den ganzen Plunder in Brand stecken und Indien zum Teufel gehen lassen, bei dem es auch nicht viel schlimmer dran ist als jetzt!«

David erwiderte nichts, und MacArd warf ihm von der Seite her verstohlen einen Blick zu. Sein Sohn saß ruhig da und sah ihn an, genau wie Leila ihn angesehen hatte, wenn er aus irgendeinem Grunde vor ihr tobte. Die Ähnlichkeit griff ihm ans Herz, er sank gebrochen in einen Sessel, den Kopf auf die Brust gesenkt.

»Nur los, nur los!« brummte er. »Ich zähle nicht. Das weiß ich. Ich gebe auf. Du hast mir alle Freude an dieser Stiftung verdorben. Ich werde sie zu Ende führen, aber Spaß macht sie mir nicht mehr. Den hast du mir gründlich ausgetrieben.«

»Ich muß tun, was ich für richtig halte«, sagte sein Sohn.

»Dann werde ich die Stiftung in eine Fabrik umwandeln!« brüllte MacArd.

Vater und Sohn sahen sich mit funkelnden Augen an, und keiner gab nach.

Zweiter Teil

5

Die Sonne kroch langsam über die grauen Bergketten, über die Mauern, Kuppeln und Minaretts, durch die weißen Säulenhallen und die großen, grünen Palmen Punas. Auf den Straßen herrschte schon Leben, die Ochsenkarren quietschten, und die Wasserträger betropften den Staub mit flüssigen Kügelchen, die wie schwarzes Quecksilber über den Boden rollten.

In seinem kahlen, stillen Studierzimmer im Missionshaus saß David mit seinem Lehrer. Dieser Teil seiner Arbeit war ihm sehr lieb, das nachdenkliche Verweilen über der spitzenähnlichen Schrift des Marathi-Textes in den Morgenstunden. Zuerst hatte er es für unmöglich gehalten, ein Zeichen von dem anderen zu unterscheiden, aber langsam lernte er jetzt lesen, und das feine Spitzenmuster wurde allmählich eine Sprache. Auf Daryas Rat hatte er mit Sanskrit begonnen. Die Wurzeln des indischen Denkens wären in den alten Sanskrittexten zu finden, hatte er gesagt - aber David hatte in ihnen eine erstaunliche Ähnlichkeit mit christlichen Gedanken entdeckt. An der weißgetünchten Wand, dem Tisch gegenüber, an dem er jetzt saß, hing ein Text, den er sorgfältig auf dickes, cremefarbiges Papier geschrieben hatte, ein Gebet aus den frühesten Schriften des Hindutums.

Vom Unwirklichen führe mich zum Wirklichen.
Aus der Dunkelheit führe mich zum Licht.
Vom Tode führe mich zur Unsterblichkeit.

Sein Lehrer war ein großer, asketischer Marathe, der kein Christ war. Er saß unbeweglich auf einem niedrigen Bambusstuhl, angetan mit einem Baumwollgewand und einem Turban. Mit untergeschlagenen Beinen und nach oben gekehrten Fußsohlen saß er da in jener indischen Ruhehaltung, und seine dunklen Hände ruhten genau auf seinen weißbekleideten Knien. Sein runzliges Gesicht war ernst. Er schloß bisweilen seine kleinen schwarzen Augen, während er zuhörte.

David sah von einer langen Stelle aus der Marathi-Übersetzung des Paulinischen Römerbriefes auf und blickte leicht lächelnd in das dunkle, konzentrierte Gesicht. »Verzeihen Sie, daß ich so lange aus den Schriften meiner eigenen Religion lese.«

Der Marathe schüttelte den Kopf. »Warum sagen Sie das, Sahib? Sie sind Religion und darum gut. Es ist eine tiefe Religion; wir achten ihren guten Geist.« Er deutete mit einem Kopfnicken auf das Sanskritgebet an der Wand. »Alle Religionen sind gut«, sagte er.

Wann endlich, fragte sich David, sollte er diese häufig zu hörende Erklärung angreifen, die er bis jetzt immer schweigend angehört hatte? Wer schweigt, stimmt zu, dachte er, aber er konnte es nicht und durfte diese sonderbar tolerante indische Haltung allen großen Religionen gegenüber nicht einfach hinnehmen. Jede Religion war besser als gar keine, so weit konnte er seinem Lehrer beipflichten, aber es verlangte ihn danach, diesem gütigen und stolzen Manne zu erklären, daß das westliche Christentum sicher bessere Früchte trug als alle anderen Religionen. Während seines Aufenthaltes in Indien war ihm das immer mehr zur Überzeugung geworden, obschon er es, als er vor einem Jahr Amerika verließ, bestritten hätte – vielleicht, weil sein Vater dasselbe sagte.

Sie hatten sich unversöhnt getrennt, obwohl David, weil er es für seine Pflicht hielt und weil seine Mutter tot war, zweimal im Monat schrieb und dafür jeden Monat von seinem Vater einen Antwortbrief erhielt. Aber im Geist waren sie weit getrennt. Sein Vater hatte sein Wort wahr gemacht und die für eine theologische Hochschule geplanten Gebäude in eine Fabrik verwandelt. Keine zukünftigen Verkünder des Evangeliums füllten die Zimmer, sondern an solchen Fragen gänzlich uninteressierte Arbeiter und Arbeiterinnen standen an Maschinen und verfertigten Präzisionsinstrumente für die MacArd-Industrien. Am Fuß des Hügels, entlang der Eisenbahn, wurden Hunderte von kleinen Häusern gebaut, und zu dem Bahnhof kam noch ein Güterbahnhof hinzu. Der bitter enttäuschte Dr. Barton hatte sich nach einer zweistündigen stürmischen Auseinandersetzung mit MacArd um die ganze Sache nicht mehr gekümmert. Wie er David erzählte, hatte ihm Gott den Mut verliehen, mit folgenden Worten dem alten Sünder die Wahrheit zu sagen: »Sie wollten durch die Errichtung einer frommen Stiftung Gott dienen, Herr MacArd. Gott verlangte aber kein Denkmal von Ihnen, sondern Ihren eigenen Sohn, worauf Sie zornig wurden. Glauben Sie, Sie dürfen sogar mit Gott zürnen?«

Worauf MacArd mit rotflammenden Brauen und Bart erwidert hatte: »Ich tue immer, was ich will, Barton, und werde das auch Gott gegenüber tun – wenn es einen Gott gibt!«

Welche Herzenswallung es auch immer gewesen sein mochte, die ihn nach dem Tode seiner Frau zur Religion hingetrieben hatte – was damals, in Indien, in ihm gewesen war, das war jetzt abgestorben. David wußte das. Steiniger Boden vielleicht, auf dem die Saat nicht aufgehen konnte... Er selbst fühlte sich nicht schuldig daran, denn er glaubte nicht, daß der Same aufgesprossen wäre, wenn er seinem Vater gehorcht hätte. Früher oder später wäre die Stiftung auf jeden Fall etwas anderes geworden – und wenn keine Fabrik daraus geworden wäre, dann zweifellos irgendein anderes Werkzeug im Dienste der wirtschaftlichen Interessen seines Vaters...

Seitdem er sich von seinem Vater getrennt hatte, hatte sich sein eigenes inneres Wachstum beschleunigt, das kam ihm jetzt klar zum Bewußtsein. Der mächtige Schatten war jetzt Tausende von Meilen weg, und er war ehrlich genug, sich die Frage vorzulegen, ob seine Berufung nach Indien, die an jenem Tage am Ufer des Hudson direkt von Gott zu kommen schien, nicht zum Teil auch dem Wunsch entsprungen war, möglichst weit von seinem Vater wegzukommen... Aber auch wenn es so war, so verlor doch die Berufung nichts von ihrem Wert, denn Gottes Wege waren geheimnisvoll... Durch vieles Nachdenken war sein Glaube tiefer geworden – und überdies lag in Indien Gläubigkeit gleichsam in der Luft. Glaube war hier etwas völlig Reales und Lebendiges – und manchmal kam es David vor, als wäre der Glaube überhaupt das einzige, was dieses Volk im Innern wirklich bewegte. Als seine Aufgabe und seine Berufung schien es ihm, seine eigene Religion zur lebenskräftigsten von allen zu machen.

Inzwischen floß das Leben angenehm dahin. Das Missionshaus war groß und kühl. Weißgekleidete Diener schwebten durch die Schatten der heruntergelassenen Bambusvorhänge und brachten immer genau dann, wenn er innerlich Ermüdung spürte, heißen Tee und kleine süße Biskuits. Es war erstaunlich. Es gab sogar eine englische Gesellschaft. Beim Gouverneur wurde er regelmäßig eingeladen. An Sonntagen fand in der Kathedrale englischer Gottesdienst statt. Sein Missionsvater, Robert Fordham, sah es nicht gern, wenn er zu häufig an den Festlichkeiten der Engländer in Puna teilnahm; aber man mußte sich doch mit dem Gouverneur gutstellen, denn manchmal mußte man ihn um kleine Gefälligkeiten bitten. Die Missionare mußten zur Regierung halten, betonte Herr Fordham oft, denn die Unterstützung des Empires ermöglichte es ihnen, in Indien nach ihrem Belieben zu leben und im Lande umherzureisen. Ja, Robert Fordham stellte sich oft gegen junge rebellierende Inder, wenn sie ein freies Indien forderten, und manchmal wies er sie mit großer Schärfe zurecht und erklärte, Indien sei unter der britischen Herrschaft weit besser daran als früher, wo es von vielen einheimischen Tyrannen regiert wurde, die das Volk bedrückten.

Das mochte stimmen, dachte David, aber wenn er die dunklen, leidenschaftlichen Augen junger Inder sah, stiegen Zweifel in ihm auf, ob der ältere Missionar, unter dessen Leitung er stand, mit seiner Ansicht recht hatte…

Wenn die Morgenstunden vorüber waren und die Sonne hoch am Himmel stand, glitzerte das Haus, das in der Frühe so kühl und grün aussah, vor Hitze.

David spürte plötzlich Hunger und schloß das Buch. »Ich darf Sie nicht über Ihre Zeit aufhalten«, sagte er zu seinem Lehrer. »Ich vergesse, wie schnell die Zeit vergeht.«

»Für mich gibt es keine Zeit«, erwiderte der Marathe. »Ich habe hier gesessen und Sie betrachtet. Warum sagen Sie mir nicht, was für Gedanken Sie haben?«

Mit der Freundlichkeit, deren er sich immer gegen seinen Lehrer befleißigte, erwiderte David: »Gedanken kann man das kaum nennen. Wirkliches Denken schiebe ich immer noch hinaus, vielleicht weil ich noch nicht weiß, worauf ich es richten soll... Ich habe das Gefühl, daß ich, je länger ich hier bin, Indien immer weniger kenne.«

Der Marathe lachte. »Wenn Sie erst in unserer Sprache denken können, werden Sie uns kennenlernen. Geben Sie noch ein Jahr zu.«

Er erhob sich, und auch David stand auf. Sie schieden wie immer voneinander. Wenn der Marathe ging, mit seinem leichten, raschen Schritt, schlotterten ihm die weiten, weißen Hosen um die Beine.

David legte die Bücher weg und ging in das anstoßende Zimmer, um sich für das Mittagsmahl zurechtzumachen. Das Missionshaus war ein großer, viereckiger Bungalow, von allen Seiten mit einer tiefen Veranda umgeben, damit die heiße Sonne nicht in die Fenster scheinen konnte. Ein breiter Gang teilte das Haus; auf der einen Seite war sein Studierzimmer und gleich anschließend der Schlafraum. Beide Zimmer waren groß. Der unbelegte Fußboden, die Bambusmöbel und die hohe Decke ließen sie kühl erscheinen.

Als er sich gewaschen hatte, ging er über den Gang ins Eßzimmer, wo Frau Fordham bereits am einen Ende des ovalen Tisches Platz genommen hatte und die Suppe auf flache englische Teller schöpfte. »Nehmen Sie Platz, Mr. MacArd«, sagte sie in bester Laune. »Auf meinen Mann warten wir nicht.« Sie senkte den Kopf, so daß man ihre mausgrauen, stets ungeordneten Haare sah, und plapperte schnell ein Tischgebet. »Herr, laß uns dankbar sein für alles, was wir von dir empfangen. Amen. Gehen Sie heute nachmittag zur Bibelstunde, Mr. MacArd?«

»Ich glaube nicht«, erwiderte David.

»Da geben Sie ein schlechtes Beispiel«, sagte sie mit der nötigen Schärfe, die jedoch nicht unangenehm wirkte.

»Das würde mir leid tun«, beteuerte David.

Er war bereits an diese kleinen Scharmützel mit Frau Fordham gewöhnt und bestand sie mit Humor. Sobald Herr Fordham erschien, würden sie aufhören, und die Mahlzeit würde dann einen friedlicheren Fortgang nehmen. Herr Fordham war ein großer, gescheiter Mann, der durch langen Aufenthalt in Indien sehr duldsam geworden war.

Er kam jetzt herein, den schweren, massigen Körper in einen zerknitterten weißen Leinenanzug gehüllt, und setzte sich seiner Frau gegenüber an das andere Ende des Tisches. »Verzeihung, daß ich wie immer zu spät komme. Der Pförtner hat eine Schlange im Vorratsraum gefunden, eine der alten Kobras.«

»Hast du sie getötet?« fragte seine Frau.

»Warum denn? Ich schickte den Pförtner um eine Schüssel Milch, um sie wegzulocken.« Er löffelte hastig seine Suppe und steckte jedesmal den ganzen Löffel mit in den Mund.

»O Robert«, rief seine Frau, »warum bestärkst du sie denn noch in ihrem Aberglauben?«

»Es ist eine sehr alte Schlange«, sagte Herr Fordham milde. »Sie ist schon seit vielen Jahren hier und will nur jeden Tag eine Schüssel Milch haben.«

»Dieses ekelhafte Vieh!« sagte Frau Fordham und schlug mit der flachen Hand auf eine kleine Tischglocke. Ein weißgekleideter indischer Boy trippelte herein und nahm die Suppenteller weg, ein anderer brachte eine Schüssel Ziegenfleischfrikassee und gekochten Reis. Frau Fordham teilte die Gerichte auf Teller aus, und die Boys setzten die Teller den Männern vor.

»Nun, David«, begann Herr Fordham, »wie geht's mit der Sprache? Sie müssen nämlich bald eine Predigt halten.«

David legte die Gabel hin. Die Zeit war gekommen, da er ihnen sagen mußte, daß er nie predigen würde. Die langen stillen Monate, die er allein mit seinen Büchern und auf einsamen Spaziergängen verbracht hatte, waren befruchtend und entscheidend gewesen. Er beabsichtigte, ein neuartiger Missionar zu werden. Er wollte sich nicht damit begnügen, in einer kleinen Kapelle zu predigen oder in weitentlegenen Dörfern ein paar Bibelstunden abzuhalten und halbverhungerte Menschen zu ermahnen, einen Gott zu verehren, den sie nicht begreifen konnten. Statt dessen plante er einen Angriff auf Indien durch Inder – und diese Inder sollten sorgfältig ausgewählte und gründlich geschulte junge Leute sein, Führer ihres Volkes. Auf sie wollte er seinen ganzen Einfluß richten.

»Ich werde keine Predigten halten, Herr Fordham«, sagte er lächelnd.

»Keine Predigten?« rief Frau Fordham aus. »Wie wollen Sie denn das Evangelium sonst zu Gehör bringen?«

»Sei still, Rebekkchen«, sagte ihr Mann. »So erzählen Sie uns doch, David, was Sie im Sinn haben.«

Er sagte es ihnen in ein paar Worten, so schlicht und einfach wie möglich. »Ich möchte mein Leben gut anwenden. Der einzige Weg, in einem so großen und schwer faßbaren Lande wie diesem echte Wirkung zu erzielen, scheint mir darin zu bestehen, nach ein paar geeigneten Menschen zu suchen, Menschen aus diesem Lande... Ein paar hundert Menschen... Wenn ich lange genug lebe, könnten es auch ein paar tausend werden... Sie anzuleiten, andere zu belehren, ist für die hiesigen Verhältnisse die beste Methode. Ich habe vor...«

Er ließ das Frikassee kalt werden, als er ihnen seinen Plan entwickelte, eine Schule mit den höchsten Ansprüchen und Anforderungen zu gründen, die eng mit den englischen Regierungsschulen zusammenarbeitete, ein College und dann eine Universität, die alle möglichst bald ins Leben gerufen werden sollten. Nur die besten und begabtesten Schüler und später vielleicht auch Schülerinnen sollten zugelassen und nicht etwa nach Kastenzugehörigkeit, Herkunft oder Reichtum, sondern nur nach ihren Fähigkeiten ausgewählt werden.

Für die armen unter ihnen sollten Stipendien bereitgestellt werden...

»Aber wo bleibt da Gott?« fragte Frau Fordham.

David lächelte sie gleichmäßig freundlich an. »Ich glaube, Gott ist dort, wo der Mensch sein Bestes tut.«

»Das nenne ich nicht christlich!« rief Frau Fordham.

»Sei still, Rebekkchen«, sagte Herr Fordham. »Wo wollen Sie denn das Geld für das alles hernehmen, David? Das kostet ja Millionen.«

»Meine Mutter hat mir Geld hinterlassen«, sagte David ruhig.

Darauf war nichts zu erwidern. Die Fordhams waren in Armut aufgewachsen, sie hatten in kleinen Städten im Mittleren Westen gelebt und sich mühsam hochgearbeitet. Sie lebten nun von einem bescheidenen Gehalt, und wenn sie daheim statt in Indien gewesen wären, würden sie ein kleinbürgerliches Leben geführt haben – Herr Fordham als Brotverdiener und seine Frau als etwas wie seine treue Dienstmagd. Dieser junge Mann mit dem hübschen, sanften Gesicht und mit einem offenbar zu seiner beliebigen Verfügung stehenden Vermögen versetzte sie in ehrfürchtiges Staunen.

»Es klingt sehr schön«, sagte Herr Fordham schließlich.

Frau Fordham war keines Wortes mächtig. Sie dachte an ihre drei Söhne. Sie hatten nichts, die armen. Daheim in Ohio mußten sie auf der Farm ihres Vaters arbeiten, mühselig mußten sie sich auf den Universitäten Diplome erringen, während hier in der Missionsschule indische Knaben und Mädchen Stipendien bekommen und luxuriös wohnen sollten... Das war ungleiches Maß, Gott war nicht gerecht...

Nach der Mahlzeit verließ David wie gewöhnlich das Missionshaus, um in dem früh beginnenden Zwielicht draußen die kühlere Luft zu atmen, soweit man sie kühl nennen konnte... Heute genoß er sie besonders, denn er war aufgewühlt und tief erregt. Als er aus dem Tor trat, waren die Straßen noch immer voll. Ganz leer waren sie nie. Unablässig ergoß sich ein Menschenstrom in sie hinein, dunkle Gesichter, nackte dunkle Beine, weiße Turbane. Drängend bewegte sich diese Masse, und von ihren Füßen stieg der Staub auf und ließ sich in den offenen Läden und Marktbuden nieder. Die Sonne war bereits im Sinken, aber in den gewundenen engen Gassen ging das Leben weiter. Fuhrleute schrien von ihren Karren, welche die Leute zu zermalmen drohten und sich rätselhafterweise doch immer ohne Unfall durchschlängelten; die warmen, haarigen Schultern der Ochsen preßten sich gegen Menschenleiber, und die Bettler, die Fakire, die Hausierer suchten sich durch den Lärm mit schrillen Rufen verständlich zu machen. Es war Freitag, der Tag, an dem die Leprakranken von den Dörfern zum Betteln hereinkamen. Sie schleppten sich jetzt wieder heim, ihr verfaultes Fleisch, ihre Arm- und Beinstümpfe lagen vor aller Augen bloß, während die Krüppel, die sich nicht mehr selbst fortbewegen konnten, auf Schiebkarren geschoben wurden. Als sie David, einen Weißen, sahen, umheulten sie ihn, um ein Almosen zu erlangen, aber der weiße Mann ging seines Weges.

Er wurde jetzt durch den Anblick nicht mehr überwältigt wie in der ersten Zeit. Jetzt, da er seine Pläne gemacht und sich sein Leben vorgezeichnet hatte, tat es ihm wohl, bei Sonnenuntergang, wenn die Luft kühl war, in diesem Lebensstrom unterzutauchen. Die indische Nacht war schön; gewaltig strahlten die Sterne am Himmel. David ging von der Straße weg und trat in ein Theater, eine große, staubige, wackelige Halle; hoch in Glasbehältern hängende Kerzen beleuchteten sie. Zwei auf handbehauenen hölzernen Säulen ruhende Balkone waren mit Männern in weißen Turbanen gefüllt, auch das Parterre war nahezu voll. Große Dachlücken, die nie ausgebessert wurden, ließen den Nachtwind und das Sternenlicht herein, aber drinnen war die Luft heiß von der Ausdünstung so vieler Menschen. David zögerte, dann fand er einen Platz und setzte sich. Es mußte wohl, statt einer Vorstellung, gerade eine Studentenversammlung stattfinden, denn die Redner machten die üblichen Angriffe auf die Regierung. David beobachtete die Gesichter, die aufmerksam und voll Spannung auf den Redner gerichtet waren. Diese Studenten, sagte er sich, würden eines Tages seine Leute, sein Material sein...

Eine Woche später war er für den Sommer allein im Missionshaus. Puna war kühler als Bombay, obwohl es südlicher lag; aber selbst hier waren die Windströmungen, die gewöhnlich zwischen den beiden Städten herrschten, eingeschlafen. Die Sonnenhitze hatte sich auf das Land gelegt, und die Menschen warteten auf die Monsune, die diesen Teil Indiens davor bewahren, eine Wüste zu werden. Die Winde entstehen in Nordindien, in der Gluthitze Delhis und Agras, wo mehr als fünfzehnhundert Meter über dem Meer die Trockenheit und der heiße Sand die Luft wie Feuer erglühen lassen. Diese Hitze zieht die feuchten Seewinde an, und zwei Monate lang blasen die Winde nach Nordwesten, drehen nach Süden und schlagen einen Kreis, bis Gegenwinde nach Nordosten wehen, so daß zwei Monsune entstehen. In dieser Zeit wird in Puna gesät und geerntet. Wenn die Monsune ausbleiben, können Hungersnöte entstehen.

Dieses Jahr war noch kein Tropfen Feuchtigkeit auf die in der Sonne glitzernde Landschaft gefallen. Die Leute strömten zum Fluß, um zu baden. Die Frauen verbargen sich im Schatten ihrer Behausungen, und nur anrüchige Mädchen der untersten Klassen wickelten sich in ihre Saris und kamen ans Flußufer. Den Sommer über war die Kirche geschlossen. Die Fordhams waren in die Berge gefahren.

David hatte sich geweigert, sie zu begleiten. »Ich möchte sehen, wie es ist«, sagte er. »Die Inder müssen es aushalten, und so werde ich es wohl auch können.«

Frau Fordham wurde deswegen unerklärlich böse. »Die Einheimischen können das Klima vertragen, die Weißen aber nicht! Sie sollten lieber dem Beispiel der Briten folgen. Sie sind lange genug hier und wissen, daß wir uns hier nur halten können, wenn wir vernünftig leben. Sie werden schon sehen – Sie werden zusammenbrechen und krank werden.«

Sie sagte nicht gerade, daß es dann ihre Pflicht wäre, den

angenehmen Luftkurort zu verlassen und zurückzukommen, um ihn zu holen, aber David verstand sehr gut, daß sie das sagen wollte. »Sie haben keine Ahnung, wie die Schlangen und giftigen Insekten hier plötzlich überhand nehmen, wenn der Regen einsetzt.«

»Eben darum will ich hierbleiben und sehen, wie es ist«, erklärte David.

Fordhams waren schließlich mit Dienern und Bergen von Gepäck abgereist. Er hatte ihnen das Geleit gegeben und war dann in das leere Haus zurückgekehrt. Nur der Sohn des Kochs war geblieben, um sich seiner anzunehmen. Er hatte gewartet, daß er sich einsam fühlen würde; statt dessen spürte er den tiefen Frieden, der jetzt das Haus erfüllte. So setzte er sein Leben in gewohnter Weise fort, verbrachte die Morgen- und Abendstunden mit seinem marathischen Lehrer und den heißen Mittag allein mit seinen Büchern. In dieser Zeit besuchte ihn Darya.

Es wurde sofort deutlich, daß er einen bestimmten Zweck mit seinem Besuch verband. »David«, sagte er, »ich habe dich noch nie in den inneren Teil meines Hauses geführt. Komm heute zu mir, mein Freund, und laß mich dir meine Frau und meine Kinder vorstellen. Du bist ein Mensch, vor dem sie keine Angst haben wird – sie hat nämlich noch nie einen Weißen gesehen, weder Mann noch Frau, obgleich ich sie nicht verschleiert halte, wie es ihre Eltern taten. Aber sie ist Fremden gegenüber noch immer sehr schüchtern.«

»Wenn das dein Wunsch ist, so freue ich mich«, sagte David. Hier lag nun Gottes Führung klar zutage. Er hatte geahnt, daß er für seinen Gehorsam belohnt werden würde, wenn er hierbliebe.

»Komm jetzt mit mir«, bat Darya. »Es ist noch früh am Tage. Ich glaube, bei mir ist es kühler als hier.«

David gehorchte. Als sie auf die glutheiße Straße kamen, sagte David: »Ich beneide dich um eure Kleidung, Darya.«

»Warum trägst du sie denn nicht auch?« fragte Darya in seiner lebhaften Art.

»Ich glaube, es ist schon besser, wenn ich meine bleiche Haut bedeckt halte«, sagte David. »Es soll gesünder für uns sein. Wenigstens hat man mir das gesagt. Stimmt es nicht?«

»Wie kann ich das wissen?« erwiderte Darya. »Ich bin braun.«

Es war nur eine Kleinigkeit, ein fast kindischer Gedankenaustausch, und doch spürte David, empfindlich wie er in seiner freundschaftlichen Zuneigung zu Darya war, dadurch eine Schranke zwischen ihnen. Die Wahrheit, die er nicht gesagt hatte, war nämlich, daß es ihm unangenehm gewesen wäre, so wenig anzuziehen – seine Arme, Beine und Füße zu entblößen, ein weißes Tuch um die Lenden zu tragen und ein ähnliches über der Schulter und in Sandalen zu gehen wie Darya. Würden nicht die Leute erstaunt stehenbleiben, wenn sie einen Weißen in solcher Gewandung sähen? Daryas braune Haut sah nicht eigentlich bloß aus, aber eine weiße Haut würde in der Tat entblößt und nackt erscheinen.

Sie hatten das große, mit Skulpturen versehene Steintor erreicht. Darya grüßte den Pförtner mit einer nachlässig-freundlichen Handbewegung und trat ein. David folgte. Der schöne Garten drinnen war herrlich grün.

»Wie hast du das fertiggebracht?« rief David aus.

»Mein Vater beschäftigt viele Wasserträger«, sagte Darya mit derselben höflichen Nachlässigkeit. »Dazu fließt eine Wasserader durch das Haus, eine natürliche Quelle.«

Darya ging durch mehrere andere Tore voran und dann auf gewundenen Pfaden zu einem Teil des Hauses, der ihm und seiner Familie gehörte. Dort öffnete er die Tür zu einer großen Säulenhalle, durch die still ein kleiner, mit grünen Kacheln eingefaßter Bach floß. Eingetopfte Pflanzen, Palmen und Bäume standen an den Wänden und hier und da niedrige Ruhebänke.

Als sie eintraten, kletterten zwei kleine nackte Knaben aus dem Wasser und liefen davon, und eine junge Frau zog ihren Sari über den Kopf.

»Leilamani!« rief Darya auf marathisch. »Bitte, geh nicht fort.«

Sie blieb stehen, hielt aber das seidene Gewand noch über das Gesicht.

David blieb wartend stehen, während Darya zu seiner Frau ging und mit sanfter und liebevoller Stimme sagte: »Leilamani, hier ist mein lieber Freund, bei dem ich wohnte, als ich in Amerika war. Ich war bei ihm, und nun habe ich ihn gebeten, zu mir zu kommen.«

Seine zwei nackten Söhne kamen zurück, klammerten sich an das fließende Gewand ihrer Mutter und lutschten an ihren nassen Zeigefingern, wobei sie den Fremden, den ihr Vater ins Haus gebracht hatte, erstaunt anstarrten.

Die Frau erwiderte nichts, und Darya zog sehr sanft und so, als ob auch sie ein Kind wäre, das seidene Tuch von ihrem Gesicht. Er legte ihr den Arm um die Schultern und führte sie zu David. Einige Schritte vor David jedoch blieb Darya stehen, während seine junge Frau den Kopf senkte und die Augen so niederschlug, daß ihre langen schwarzen Wimpern die Wangen berührten.

»David, dies ist Leilamani, die Mutter meiner Kinder, und dies, Leilamani, ist David. Er ist mein Freund, und du darfst in ihm nicht irgendeinen Weißen sehen, sondern meinen Bruder.«

»Zwing sie nicht zum Bleiben«, bat David leise auf marathisch. Er freute sich, das in ihrer Muttersprache sagen zu können.

»Hörst du?« sagte Darya erfreut. »Er spricht wie wir, Leilamani, hast du jemals gehört, daß ein Weißer unsere Sprache spricht?«

Da hob sie den Kopf und sah David mit scheuem, aber freundlichem Lächeln an, und dann ließ sie den Seidenstoff fallen und legte die Hände ihren Söhnen auf die Schultern. Aber sie brachte immer noch kein Wort heraus.

»Ein anderes Mal«, sagte Darya, »wird sie mit dir sprechen. Für heute genügt die erste Vorstellung. Geh jetzt, mein Täubchen, und sage den Dienern, sie sollen uns Zitronen, kaltes abgekochtes Wasser und Honig bringen. Die Kinder können bleiben und im Wasser spielen. Anderswo ist es zu heiß für sie.«

Sie beugte sich zu den Knaben hinab und befahl ihnen mit leiser Stimme, aber so, daß es David hören konnte, ihrem Vater zu gehorchen. Dann hob sie zum Abschied grüßend die Hände, zog das Seidentuch wieder über den Kopf und ging fort. Geräuschlos glitten die Sandalen über die blanken Fliesen des Fußbodens.

»Setz dich auf diese Bank«, sagte Darya.

David sank auf die niedrige Bank. Die Kinder schlüpften still und flink wieder in das Wasser und spielten mit kleinen Kieseln. Gleich darauf kamen Diener mit Tabletts voll Süßigkeiten, die auf grünen Blättern ausgebreitet waren. Die plötzliche Kühle, das sanfte Plätschern des über die Kiesel gleitenden Wassers schufen nach der Gluthitze und dem beklemmenden Druck der staubigen Trockenheit eine so neue und friedliche Atmosphäre, daß David schläfrig wurde, sobald er sich gesetzt hatte. Er hatte schon viele Nächte nicht gut geschlafen, auch nicht auf der dünnen Strohmatte, die er an Stelle des Leinentuches über seine Matratze gebreitet hatte, weil sie angeblich kühler war.

»Ruh dich aus«, sagte Darya mit seiner melodischen Stimme. »Ich sehe, daß du müde bist. Du bist mager geworden, David. Iß etwas, mein Freund, und trink diesen Fruchtsaft, er ist mit Honig gesüßt und stärkend.« Während sie aßen und tranken, heftete Darya seine klug und verständnisvoll blickenden Augen auf David und sagte: »David, du tust nicht gut daran, wenn du versuchst, ein Heiliger zu werden. Warum heiratest du nicht? Wo ist Olivia? Hast du sie vergessen? Ein Christ braucht kein Sadhu zu sein. Bei uns müssen die Priester allerdings heilig sein und heiraten nicht – aber für dich ist es besser, wenn du eine Frau hast. Du siehst schlecht aus. Du mußt wissen, David, einige Männer können ohne Frauen auskommen, sie tragen genug Leben in sich; aber du, mein Freund, mußt eine Lebensquelle außerhalb deiner selbst suchen. Du hast sie nicht in dir, sondern brauchst die Zufuhr von außen. Olivia könnte dir die rechte Kraft geben.«

»Ich habe sie nicht vergessen«, sagte David. Das Krümelchen Kuchen wurde ihm plötzlich trocken im Munde. Selbst Darya hatte kein Recht, in das Geheimnis seines Herzens einzudringen.

»Hast du sie um ihre Hand gebeten?« fragte Darya mit nicht nachlassendem Interesse.

»Ja«, antwortete David kurz.

»Und sie hat abgelehnt.«

»Ja.«

»Das ist dumm von ihr«, meinte Darya teilnahmsvoll. »Sie hätte nicht nur erkennen müssen, daß du sie brauchst, sondern auch, daß sie dich braucht. Sie kann nur dann hoffen, in Frieden zu leben, wenn sie einen so sanften Mann wie dich heiratet. Du könntest sie Milde lehren, und sie könnte dich lehren, stark durch Liebe zu sein. In meiner Ehe ist es umgekehrt. Ich muß eine sanfte Frau haben, die friedlich und still ist, wenn ich zornig werde. Wie töricht ist doch Olivia! Aber versuch es noch einmal, David. Du darfst nicht so allein weiterleben. Es ist derselbe Fehler, den hier die Engländer begehen, wenn sie ihre Frauen nach England schicken. Dieses Klima ist mehr als heiß, es schreit nach Befruchtung – das gehört zu unserer Schwäche und zu unserer Stärke. Bitte sie noch einmal, deine Frau zu werden, David.«

»Das ist nicht so leicht, wie du glaubst«, sagte David. Er konnte Darya nicht erklären, daß im Westen die Liebe zwischen Mann und Frau etwas anderes war... In mancher Beziehung war Darya sehr indisch, so sehr, daß er ihm gegenüber dann ein Gefühl der Fremdheit hatte.

»Ich kann nicht von ihr sprechen«, sagte er abweisend.

Darya drückte ihm die Hand und schüttelte lächelnd den Kopf. »Dann wollen wir von ihr schweigen. Iß diese kühle Melone, sie ist im Sommer gut für die Nieren.«

Er aß und trank. Er hatte seit Wochen keinen Hunger mehr gehabt; dazu war das abgekochte Wasser im Missionshause zu lauwarm und das Essen zu fade. Dankbar, daß Darya sein Verhör nicht fortsetzte, begann er nun zu sprechen. »Gibt es in Indien viele Häuser wie dieses?«

»Sehr viele nicht«, bekannte Darya. »Du willst sicher fragen, warum wir nicht auf unseren Reichtum verzichten, da doch viele so arm sind... Das habe ich mich auch gefragt, und die Frage setzt mich noch immer in Verwirrung. Manche taten es... Trotzdem kann ich mich nicht zu einem Verzicht entschließen. Meine Eltern sind alt. Ich bin der älteste Sohn, und die Familie hängt von mir ab. Ich weiß zwar, daß Verzicht die höchste Form der geistigen Freude ist, aber mein Vater sagt, daß wir Reichen hier eine nützliche Funktion haben. Für das Volk, sagt er, ist es gut, wenn es weiß, daß es Häuser wie unseres geben kann; es hat auf diese Weise eine Hoffnung auf die Zukunft. Ob mein Vater sich mit dieser Ansicht nicht nur beruhigt, weiß ich nicht. Es sind schwierige Fragen. Auch du bist der Sohn eines reichen Mannes, David, und eure Schriften sagen sogar sehr radikal, daß es für einen Reichen schwer sei, in das Himmelreich einzugehen. Unsere Schriften sagen ähnliches in anderen Worten.«

Dies war der Augenblick, Darya von seinem Plan zu erzählen, und so begann er und entwickelte Darya, wie er sich seine Zukunft gestalten, wie er die besten jungen Inder auf seine große Schule ziehen und sie mit dem besten Wissen ausstatten wollte. Von überall her wollte er die begabtesten und glaubensstärksten Lehrer verpflichten. Was sein Vater nicht zuwege gebracht hatte, wollte er nun ausführen...

Darya hörte gespannt zu. Manchmal flammten seine Augen auf, manchmal blickten sie belustigt, skeptisch oder zärtlich, aber David sprach unverdrossen weiter.

»Und du willst alle diese jungen Inder zu Christen machen?« fragte Darya schließlich.

»Nicht gegen ihren Willen«, sagte David.

»Ah, du willst sie also betören. Ich weiß, wie ihr das macht. Du willst ihnen alle Bequemlichkeiten des Westens verschaffen und ihnen die Überzeugung beibringen, daß euer fließendes Wasser, eure sauberen Zimmer und weichen Betten, eure großen, praktischen Bibliotheken und Säle, eure Technik, eure Hygiene und euer Komfort das Ergebnis eurer Religion seien –

und auf diese Weise willst du Christen aus ihnen machen? Und dann wollen die jungen Ärzte natürlich vorbildlich ausgestattete, große Krankenhäuser und eure elektrischen Apparate haben, und alle wollen in den großen Städten wohnen, und die Lehrer werden nicht in Dorfschulen unterrichten, und die Mädchen wollen Männer heiraten, die ihnen Häuser bauen, wie ihr sie habt - und das werden sie dann für Christentum halten.«

»Kann man etwa deshalb kein echter Christ sein, weil man in einem reinlichen Hause wohnt, das statt Öllampen elektrische Beleuchtung hat?«

»Sicher kann man das. Aber ein Inder muß einen langen Weg zurücklegen«, setzte Darya hinzu. »Er kann nicht aus einem Dorf unvermittelt zu eurem christlichen, technischen Amerika übergehen. Er kann von euch manches lernen. Aber sonst muß er in sein Dorf zurückkehren und es mit eigener Hand bewohnbar machen.«

»Wie du das zweifellos tust«, sagte David mit unchristlicher Bosheit.

»Ich bin kein Dorfbewohner«, entgegnete Darya. »Es wäre falsch, wenn ich so handeln würde, als müßte ich etwas tun, wozu ich nicht geboren bin.«

»Aber ich muß etwas tun, wozu ich nach meinem Dafürhalten geboren bin«, sagte David hartnäckig. »Unter Gottes Führung«, setzte er dann noch hinzu.

»Laß dich nicht daran hindern«, ermutigte ihn Darya. »Wir wollen nicht darüber streiten. Bau deine Schule - ich werde meine Söhne hinschicken... Aber erwarte nicht von ihnen, daß sie in die Dörfer gehen. Sie werden wieder zu mir kommen und mich bitten, dieses Haus elektrisch beleuchten zu lassen. Und ich werde das ablehnen, weil ich elektrisches Licht nicht mag.«

»Wer hat von dir verlangt, daß du elektrische Beleuchtung einrichten lassen mußt?« fragte David.

»Es ist die eine der unvermeidlichen Folgen eurer Art von Christentum«, sagte Darya. Seine Stimmung schlug plötzlich um, im Nu verwandelte er sich wieder in einen herzlichen und liebenswürdigen Freund. »Sei glücklich, David. Mehr verlange ich nicht.«

Das Wortgeplänkel zwischen ihnen hörte auf, und nach einer Weile schlief David ein. Als er erwachte, waren die Kinder nicht mehr da. Darya las, auf Kissen gelehnt, beim Schein einer kleinen, hinter seiner Schulter an der Wand hängenden Messinglampe ein Buch.

»Geh ja nicht heim«, sagte Darya. »Bleib hier, David. Mein Haus ist dein Haus. Du bist zu einsam.«

»Ich habe wunderbar geschlafen«, sagte David, »tief, ruhig und kühl. Aber jetzt muß ich gehen.«

»Bist du also wirklich entschlossen, ein Heiliger zu werden?« neckte ihn Darya.

»Das nicht«, erwiderte David, »nein, das nicht.«

Es war dunkel, und als sie vor die Tür traten, wartete draußen ein Diener mit der Laterne, um aufzupassen, daß bis zum Tor keine Schlange im Weg lag. Als sie den Ausgang erreichten, gab Darya dem Diener den Auftrag, David bis zum Missionshaus zu begleiten.

»In dunklen Sommernächten kommen die Schlangen zum Vorschein, und dir darf nichts passieren«, sagte er.

David ging hinter dem Mann, der Staub stieg ihm prickelnd in die Nase. Die Nacht war schwarz und drückend, das Licht der Laterne schien durch einen goldenen Dunst. Am Tor gab David dem Mann ein Trinkgeld. Der Pförtner zündete eine Fackel an und ging ihm ins Haus voran. Das Haus war still und heiß. David ging, eine Lampe in der Hand, allein nach oben. Seine Schritte hallten auf dem bloßen Boden wider. Er trat ins Zimmer und schaute sich, wie es ihm schon zur Gewohnheit geworden war, um, ob keine Skorpione oder Tausendfüßler da waren. Die Eidechsen waren harmlos und nützlich, sie kletterten die Wände bis zur Decke hinauf und vertilgten die Moskitos. In der Nacht hörte er sie manchmal mit sanftem Plumpsen auf das Baumwolldach des Moskitonetzes fallen. Er zog sich aus, überschüttete sich im Badezimmer mit Wasser und ging nackt zu Bett.

Obwohl er sich gegen die anstürmenden Gedanken mit aller Willenskraft zur Wehr setzte, hatte er in dieser Nacht einen schwülen Traum von Olivia. Er träumte, sie sei gekommen, sie sei bei ihm, und er halte sie in den Armen. Er träumte weiter, daß sie am Morgen nicht fortging, sondern bei ihm blieb, bei ihm wohnte, und daß sie glücklich zusammen waren. Es war das erstemal, daß er in Indien von ihr geträumt hatte, und als er kurz vor der Morgendämmerung erwachte, erkannte er, daß Daryas Frau die Ursache dieses Traumes war. Darya liebte sie. Wie sonderbar ihr Name war: Leila – Leilamani! Er hatte erstaunt aufgehorcht, als er ihn vernahm, aber er hatte Darya nicht sagen wollen, daß Leila der Name seiner Mutter war. Als er an sie dachte, trat ihm sein Heimathaus und seine Kindheit vor Augen – und dann wieder Olivia. Sie kam ihm ganz nahe, und sie hatte genauso dunkle Augen wie Leilamani.

Versuch es noch einmal, hatte Darya gesagt, versuch es noch einmal, David… Er lag in der Dunkelheit ausgestreckt auf der Strohmatte und lauschte auf das fast geräuschlose Huschen der Eidechsen, auf das trockene, kaum hörbare Rascheln ihrer Füße. Weit in der Ferne hörte er das langgezogene Wehklagen einer zu dumpfem Trommelton singenden menschlichen Stimme. Eine ängstliche Frau würde sich nachts vielleicht vor Indien fürchten – aber Olivia war nicht furchtsam… Ja, er wollte es noch einmal versuchen. Darya hatte recht. Es war nicht gut, wenn man in Indien allein war. Er stand in der Dunkelheit auf, zündete die Kerze auf seinem Tisch an, rückte einen Bambusstuhl heran und schrieb den ersten Liebesbrief seines Lebens.

Am anderen Ende der Stadt schrieb auch Darya an Olivia. Leilamani lehnte an seiner Schulter, ihr aufgelöstes Haar floß ihr weich über den Rücken. Sie folgte jeder Biegung der englischen Buchstaben, bewunderte seine Geschicklichkeit und betete seine starke braune Hand an. Erst vor einer kleinen Weile hatte dieselbe Hand mit noch größerer Geschicklichkeit ihren nachgiebigen Körper gestreichelt. Sie hatten sich süßer Liebe hingegeben, und als ihre Herzen wieder ruhig schlugen, hatte Darya wach gelegen und an David gedacht, dem keine solchen Freuden beschieden waren. Dann hatte Leilamani wissen wollen, woran er dachte. Darum erzählte er ihr, daß David, sein Bruder, keine Frau habe, und er berichtete ihr von dem großen stolzen Mädchen, das ihn nicht heiraten wollte. Er mußte ihr erst erklären, daß in dem sonderbaren Land jenseits des schwarzen Wassers die Frauen sehr eigensinnig seien und nur nach eigener Wahl heiraten wollen.

Leilamani lag in Daryas Arm geschmiegt, hörte aufmerksam zu und wurde sehr ernst.

Aus Mitleid mit dem jungen Amerikaner, den Darya liebte, fuhr sie mit sanfter Überredung fort: »Du solltest dem Bruder deines Herzens helfen, Geliebter.«

»Ich?« fragte Darya schläfrig.

»Ja, du mußt dieser Olivia schreiben, daß sie unrecht tut, wenn sie sich weigert, ihn zu heiraten. Sage ihr, wie mager er ist und wie allein er lebt. Mach ihr Herz weich - du weißt ja, wie man das macht, Darya.«

Er lachte leise, zu glücklich, um sich zu rühren, aber Leilamani ließ ihm keine Ruhe. Sie schlug ihn in scherzhaftem Zorn mit ihren zärtlichen weichen Händen, und als er nur noch lauter lachte und sich noch immer nicht rührte, verließ sie das Bett und ging im Zimmer umher, umweht von ihren langen schwarzen Haaren, und sang, so daß er nicht schlafen konnte. Sie dichtete das Lied, während sie auf und ab ging. Der Inhalt war, daß sie nicht wieder ins Bett käme, und wenn er sie noch so oft riefe, sofern er nicht sofort seine Bruderpflicht tue - denn morgen würde er wieder überall und nirgends sein, so daß sie ihn dann nicht mehr dazu bekommen könnte; aber jetzt habe sie ihn fest in Händen. So störte sie ihn singend und unter viel Gelächter in seiner Ruhe und setzte ihm schließlich auch noch mit ernsthaften Worten zu, indem sie ihn daran erinnerte, daß er es selbst schon als seinen Fehler bezeichnet hätte, sich etwas vorzunehmen, um es dann zu vergessen oder immer wieder hinauszuschieben. So stand er schließlich auf, um den Brief zu schreiben. Als er fertig war, las Darya ihn vor, indem er ihn dabei in Leilamanis Muttersprache übersetzte.

»An Fräulein Olivia Dessard: Liebe Schwester! Du wirst erstaunt sein, einen Brief von mir zu erhalten, aber ich schreibe für meinen brüderlichen Freund David MacArd, weil ich glaube, daß Du ihn nicht vergessen hast. Er ist hier in Puna, falls Du das nicht wissen solltest, und wohnt allein in dem Missionshause, da alle anderen Missionare in der heißen Jahreszeit, die wir jetzt durchmachen, in die kühlen Berge gegangen sind. Er ist ein starker, heiligmäßiger Mensch geworden und will die Hitze genauso erdulden wie unser Volk. Aber er ist sehr mager und leidet, weil ihm weibliche Pflege fehlt. Als sein Freund und Bruder bitte ich Dich, seine Lage zu bedenken und zu ihm zu kommen. Wenn er Dich nicht noch einmal um Deine Hand bittet, wie ich ihm geraten habe, laß es mich bitte wissen; ich werde ihm dann zureden, sich ein Herz zu fassen. Ich bin überzeugt, daß Du nirgendwo, wo Du auch Umschau halten magst, einen so guten Mann findest. Erwartungsvoll sehe ich Deiner Antwort entgegen. Dein Freund und Bruder Darya.«

Diesen Brief billigte Leilamani, und als er versiegelt und frankiert war, rief sie einen Diener und befahl, ihn sofort zum Postamt zu bringen, damit er mit dem Frühzug noch fortkäme.

Dann ging sie zu Darya ins Bett, und beide schliefen tief.

6

Durch Leilamanis Drängen erreichte Daryas Brief noch im letzten Augenblick ein Postschiff, wogegen Davids Brief bis zum nächsten Schiff liegenblieb. Durch diese Verzögerung erhielt Olivia Davids Brief zwei Wochen später als den seines Freundes. Olivia hatte also zwei Wochen vor sich, in denen sie zuerst über Daryas Bemühungen lachte, um dann nachdenklich und neugierig darauf zu werden, ob David ihr schreiben würde oder nicht, und wenn, was er ihr zu sagen hätte…

Als sein Brief endlich eintraf, war sie im Herzen vorbereitet, und das hatte sie Leilamani zu verdanken, von deren Existenz sie gar nichts wußte. Sie nahm Davids Brief wieder zur Hand und las ihn noch einmal.

»Du sagst Dir vielleicht, Olivia, daß Du Dich zur Missionsarbeit nicht berufen fühlst. Darüber mach Dir nur keine Sorgen, Liebste. Es ist nicht nötig, daß die Frau eines Missionars ebenfalls eine Missionstätigkeit ausübt. Sie hilft ihm, stärkt ihn, tröstet ihn, sie ist seine Gefährtin. Wenn ich bei diesen Worten an Dich denke, werde ich schwindlig vor Liebe. Kann es so etwas für mich geben?«

Sie ließ die Seiten in den Schoß fallen und sah aus dem offenen Fenster, an dem sie saß, in den Park auf der anderen Seite der Straße. Der Park war nur klein. Sie wohnte mit ihrer Mutter in einem älteren Viertel New Yorks. Auf den Bänken dösten alte Männer im Schatten einiger rußiger Bäume. Es schauderte sie, wie schon so oft… Das Elend, die Armut, die Einsamkeit dieser Leute bedrückten sie. Sie waren einmal jung gewesen, und nun waren sie alt – mehr gab es von ihrem Leben nicht zu berichten. So konnte auch ihr eigenes Leben verlaufen… Sie hatte zwar genug zu tun, sie hatte jetzt noch Freunde und Bekannte, die alle ihrer Familie nahestanden, aber diese Familie bestand eben nur aus ihr und ihrer Mutter, und die konnte mit ihr nach Indien gehen. David hatte ihr ein kleines Fotos des Missionshauses beigelegt, es lag in einem großen, ummauerten Garten, war von tiefen Veranden umgeben und sah behaglich und romantisch aus. Sie stand entschlossen auf. Der Brief fiel von ihrem Schoß auf den Boden. Sie öffnete den Mahagonischreibtisch an der Wand und schrieb schnell und entschieden. Das war das Beste, was sie tun konnte. Sie verstand sich nicht auf den Ton zärtlicher Liebesbriefe; es hatte keinen Zweck, dergleichen überhaupt zu versuchen.

»Lieber David! Ich sitze schon stundenlang mit Deinem Brief in der Hand hier am Fenster und lese ihn immer wieder. Ich wußte zuerst nicht, was ich tun sollte, und nun, da ich einen Entschluß gefaßt habe, frage ich mich, ob ich auch vollständig ehrlich an Dir handle. Denn ich sage ja, David, ich will Deine Frau werden. Ich weiß nicht, ob ich Dich liebe. Wenn ich eine klare Entscheidung darüber treffen müßte, könnte ich gezwungen sein, die Frage zu verneinen oder zumindest zu sagen: jetzt noch nicht. Ich kenne Dich nicht so, wie Du jetzt bist. Aber irgendwie fühle ich, daß ich Dich lieben werde, sobald wir einmal zusammen sind, und daher will ich bald nach Indien kommen…«

Es fiel ihr nicht leicht, sich auszudrücken. Die Worte gingen ihr meistens schwer über die Zunge. So leicht wie mit Darya hatte sie noch kaum je gesprochen – aber das kam daher, daß er sprach, wie er atmete, und daß das Licht in seinen außerordentlichen Augen jedes Wort erhellte… Sie hatte ihn nie vergessen, und sie konnte sich Indien leichter vorstellen, weil er dort lebte.

Wieder saß sie längere Zeit nachdenklich da. Dann schrieb sie noch einen Satz: »Jedenfalls, lieber David, will ich es versuchen, wenn Du es auch willst – und da ich mein Wort einmal gegeben habe, werde ich es nicht zurücknehmen.« Als sie den Brief geschrieben, versiegelt und frankiert hatte, nahm sie Hut und Jackett und warf den Brief in den Kasten an der Ecke.

Sie behielt ihre Verlobung – denn sie nahm an, daß sie jetzt verlobt war – tagelang für sich. Die Frage war nur die: sollte sie Herrn MacArd davon Mitteilung machen oder nicht? Aus Davids Brief ging nicht hervor, wie er sich dazu stellte. Vielleicht sollte sie einen zweiten Brief abwarten oder bei ihm anfragen? Aber ein mit Eigensinn gemischtes Zartgefühl bestimmte sie dazu, ihm nicht eher wieder zu schreiben, als bis sie eine Antwort in Händen hatte, und das konnte Monate dauern. Überdies lag es ihr nicht, ihn selbst hierüber entscheiden zu lassen. Es war wohl besser, sie traf ihre eigene Entscheidung. Jedenfalls würde sie ihrer Mutter nichts erzählen, bis sie wußte, ob sie eine Unterredung mit MacArd herbeiführen sollte.

Leer schlichen die Sommertage vorbei. Ihre Bekannten hatten die Stadt verlassen, während sie mit ihrer Mutter zurückbleiben mußte. Es kam ihr jetzt zum Bewußtsein, daß ihre Mutter sie zu spät geboren hatte... Ihre Mutter hatte bereits ein Alter erreicht, in dem sie sich nur noch nach Ruhe sehnte. Als sie ihr Haus endgültig verlassen hatten, schwand auch der Rest von Energie dahin, den Frau Dessard sich bis dahin noch bewahrt hatte. Sie hatte sich noch bemüht, den von MacArd bezahlten Kaufpreis so anzulegen, daß sie davon leben konnten, und dann hatte sie aufgehört zu denken. Olivia hatte eine nicht zu teure Wohnung gefunden, die Möbel in ihr untergebracht und ein frisches Mädchen für die Führung des Haushalts besorgt. Ihre Mutter hatte zu allem ja und amen gesagt. Es fanden keine hitzigen Debatten mehr zwischen ihnen statt. Zeit und Jugend hatten Olivia zur Siegerin gemacht, aber zu ihrer Überraschung mußte sie feststellen, daß ihr an diesem Sieg nichts lag. Er bedeutete, daß die Kindheit vorüber war und daß sie nun ihr Geschick in ihre eigenen Hände nehmen mußte. Nach vielen Tagen unruhiger Überlegung beschloß sie, MacArd aufzusuchen. Wenn sie diesen Schritt getan hatte, würde sie klarer in die Zukunft sehen... die Zukunft erschien ihr ziemlich nebelhaft, trotz Davids Brief, den sie immer wieder las – denn sie war ungeduldig von Natur aus, und das lange Schweigen, das auf ihren Brief an David folgte, wurde unerträglich, obgleich sie wußte, daß es durch die weite Entfernung bedingt war. Mit ihrer Phantasie konnte sie den Ozean sehen und hinter ihm weite Länderstrecken und hinter diesen wieder das Meer... Inhaltlos schleppten sich die Stunden dahin – und sie wollte doch nun endlich zu leben beginnen!

Eines Morgens, als sie erwachte, wehte draußen eine andere Luft. Ein Wirbelsturm war in der Woche vorher weit im Süden über das Meer gejagt, der nach Norden drehende frische Wind hatte die Hitze und die stickige, über der Stadt lagernde Luft vertrieben. Jeder Nerv in ihr belebte sich, ihre Muskeln spannten sich und verlangten nach Bewegung, ihr Körper trieb ihren Willen an. Sie wollte ins Geschäftszentrum gehen und einfach im MacArd-Gebäude um eine Unterredung mit dem Chef nachsuchen. Seit Tagen war es ihr gleichgültig gewesen, was sie anzog, jetzt aber wurde das ein wichtiges Problem. Sie wählte einen grauseidenen Rock, ein Jackett von gleicher Farbe und eine mattgelbe Bluse. Sie probierte einen Hut nach dem anderen und entschied sich schließlich für einen weichen, breitrandigen Filzhut. Dies war der Tag und die Stunde, dachte sie, da sie sich von ihrer besten fraulichen Seite zeigen wollte – und so vervollständigte sie ihr Aussehen noch durch gelbe Glacéhandschuhe.

So angezogen ging sie nach einem leichten Frühstück ins Schlafzimmer ihrer Mutter, fand sie noch schlafend und schlich dann auf den Zehenspitzen wieder hinaus. Irene, ihrem Mädchen, sagte sie, sie wolle einen langen Spaziergang machen. Leichtfertig, im Gefühl guter Gesundheit, ging sie durch die Straßen, Erregung beflügelte ihre Schritte. Es war ein langer Weg, aber der kühle Wind war wohltuend, ihre Wangen färbten sich rot, ihre schwarzen Augen bekamen einen schimmernden Glanz. In den spiegelnden Eingangstüren des MacArd-Gebäudes erblickte sie ihr Bild, und das Gesicht, das sie sah, gab ihr den letzten Grad von Sicherheit, der ihr noch fehlte. »Ich möchte Mr. MacArd sprechen«, sagte sie an der Portierloge. »Fräulein Olivia Dessard.«

Die gelangweilt aussehende Blondine streifte sie mit einem kurzen Blick. »Sind Sie bestellt?«

»Sagen Sie ihm bitte, daß ich einen Brief von seinem Sohn habe.«

Sie setzte sich in einen roten Ledersessel und wartete ein paar Minuten, dann kam ein Mann herein.

»Mr. MacArd läßt bitten, Fräulein Dessard. Kommen Sie bitte mit mir.«

Sie stand auf und folgte ihm durch Korridore und Zimmer, die mit Männern und Frauen, Schreibmaschinen und anderen

Büromaschinen gefüllt waren, dann ging es wieder durch Korridore, bis schwere Doppeltüren aus Mahagoni Halt geboten. Der Mann öffnete die Türen, neue Korridore und Büroräume taten sich auf, die aber nun mit Teppichen belegt und sehr ruhig waren, bis sie wieder vor einer schweren Mahagonitür standen. Der Mann öffnete auch diese, und vor einem riesigen Schreibtisch sah sie MacArd sitzen, der gerade einen Brief las. Er trug einen Kneifer an einem schwarzen Band und war in einen glatten, wollenen Anzug gekleidet; sein steifer Umlegekragen war weißer als Schnee, seine schwarze Krawatte aus Satin. Sie sah dies alles schnell – es war der Rahmen für sein grimmiges Gesicht mit dem grauroten Bart und den buschigen Brauen. Unter ihnen her starrten seine tiefliegenden grauen Augen sie an. Der Kneifer fiel ihm von der Nase und baumelte an dem Band.

»Fräulein Dessard! Setzen Sie sich.«

Der Mann, der sie hergeführt hatte, ging hinaus und schloß die Tür leise hinter sich. Sie setzte sich auf den hochlehnigen roten Lederstuhl ihm gegenüber.

»Guten Morgen, Mr. MacArd.«

»Guten Morgen. Was kann ich für Sie tun?«

Sie zog ihre gelben Glacéhandschuhe nicht aus, streckte aber die rechte Hand über den Tisch. Das überraschte ihn anscheinend, aber er erwiderte formell ihren Händedruck.

Sie lächelte und lehnte sich mit dem Ellbogen auf den Tisch. »Ich wundere mich nicht, Mr. MacArd, daß sie überrascht sind, mich zu sehen, aber es drängte mich, zu Ihnen zu gehen, obschon ich weiß, daß Sie sehr viel zu tun haben. Ich habe einen Brief von Ihrem Sohn bekommen.«

»So?« Er legte den Brief, den er noch in der Hand hielt, auf den Tisch und sah sie mit zuckenden Brauen an.

»Er hat mich um meine Hand gebeten, Mr. MacArd, und ich habe zugesagt. Es drängte mich, Ihnen das mitzuteilen.« Bewegungslos wartete sie und hielt seinen Blick aus, ohne mit einer Wimper zu zucken. In den tiefliegenden Augen glitzerte es, und plötzlich lachte MacArd.

»So ist er doch endlich vernünftig geworden!« rief er. Sein behaartes Gesicht legte sich in tiefe Falten.

Sie fragte mit den Augen, was das Lachen zu bedeuten habe. »Sie meinen –?«

Mit ausgebreiteten Händen schlug er auf den Tisch. »Ich meine, daß er heimkommt! Er muß doch heimkommen, wenn er Sie heiraten will, nicht wahr?«

»O nein«, entgegnete sie erstaunt. »Daran denkt er vorläufig nicht – und ich auch nicht. Er bittet mich, nach Indien zu kommen.«

MacArd erhob sich und lehnte sich auf seinen geballten Fäusten zu ihr hin. »Was? Sie wollen doch nicht etwa hingehen? Für so dumm hätte ich Sie nicht gehalten!«

Sie neigte den Kopf schräg, um zu ihm hinaufzusehen. »Natürlich gehe ich hin.«

»Waren Sie schon mal dort?«

»Nein. Aber ich habe keine Angst.«

»Warten Sie nur, bis Sie dort sind! Schlangen, Hitze, Bettler, Schmutz und allerlei herumstolzierende, halbnackte Männer, die angeblich Heilige sind...«

»Ich dachte, Sie hätten die MacArd-Gedächtnisstiftung eigenes für den Zweck gebaut, diese Zustände zu ändern?«

»Eine solche Stiftung gibt es nicht!« brüllte er. Er setzte sich wieder, sein schwerer Körper schien zusammenzusacken.

»Wieso, Mr. MacArd?«

»Ich habe alles aufgegeben. Es war Unsinn. Ich habe daraus eine Fabrik für Präzisionsinstrumente gemacht.«

»Eine Fabrik!« sagte sie entsetzt. »In unserem Hause...«

»Nicht gerade im Hause. Das ist das Verwaltungsgebäude. In den anderen Häusern.«

»Davon habe ich nichts gewußt.«

Sie blickte nun von ihm fort, auf das große Fenster. Zu Füßen der Stadt sah sie den Fluß mit mächtigem Gewoge in den Sund strömen. Das Wasser glitzerte wie flüssiges Metall in der Sonne.

»Ja, ich hätte es Ihnen sagen sollen«, gab MacArd zu. »Aber

schließlich habe ich den Platz gekauft. Wenn David hiergeblieben wäre, hätte ich die Idee vielleicht durchgeführt. Aber als er mich allein ließ und als gottverdammter Missionar nach Indien ging, mochte ich nicht mehr. Meine Ansichten änderten sich.«

»Hat es David vor seiner Abreise noch erfahren?«

»Ja. Aber er ließ sich nicht dadurch zurückhalten. Nichts hätte ihn halten können. Sein Entschluß war gefaßt.«

»So«, sagte sie. Während sie auf den Fluß blickte, der in den Ozean mündete, sah sie auf einmal einen Mann, der sich von dem Knaben, den sie in Erinnerung hatte, deutlich unterschied. Er hatte es gewagt, seinem Vater die Stirn zu bieten und seinen eigenen Lebensweg zu wählen! Sie hätte es nicht für möglich gehalten, aber er hatte es fertiggebracht. Er wuchs in ihren Augen – ja, er wurde plötzlich zu einer überragenden Gestalt... Sie heftete ihren Blick wieder auf MacArd. »Und was jetzt?«

Er zuckte die breiten Schultern. »Ich arbeite weiter wie früher. Es gibt eine Menge Dinge, die mich interessieren. Schauen Sie, dieser Brief...« Er nahm den Brief, den er auf den Tisch gelegt hatte, wieder auf und setzte sich mit einer häßlichen Grimasse den Kneifer auf die Nase. »Sie werden wahrscheinlich nichts davon wissen, junge Frau, aber das Land ist gerettet. Dieser widerliche Bryan ist für immer erledigt. Er wird nie Präsident werden! Wissen Sie, warum? Zyansaures Kali! Zwei junge Schotten haben die Lösung gefunden. Hier ist ihr Brief. Ich werde sie mit allen Mitteln unterstützen. Gold in Australien, Gold in Südafrika, Gold in Klondyke, alles schön und gut – aber allein dies kann uns wirklich retten.« Er schlug auf die losen Seiten des Briefes. »Behalten Sie den Namen – zyansaures Kali! Es wird das Gold aus geringhaltigem Erz ziehen. Endlich kann ich es fertigbringen. Bryans freies Silber bedeutet nichts mehr. Wir haben Gold – so viel Gold, wie wir brauchen.«

»Und was bedeutet das, Mr. MacArd?« fragte Olivia.

»Es bedeutet, daß die Leute ihre Schulden bezahlen können, es bedeutet geschäftlichen Aufschwung, es bedeutet, daß die Menschen ins Theater gehen, Geld ausgeben und sich einen guten Tag machen können. Das Land steht wieder fest auf goldenem Boden.« Bei jedem Satz klopfte er auf den Brief.

»Aber was bedeutet es für Sie, Mr. MacArd?« fragte Olivia weiter.

Die ergrauten roten Augenbrauen senkten sich. MacArd blickte unter ihnen hervor auf Olivia. »Nun, junge Frau, für mich bedeutet es Millionen und abermals Millionen.«

Sie fühlte plötzlich, daß ihr dieser große, rothaarige Mann zuwider war, und sie wünschte nur noch, möglichst schnell von ihm wegzukommen. Sie stand auf und streckte ihre behandschuhte Hand über den Tisch. »Auf Wiedersehen, Mr. MacArd. Ich gehe jetzt, denn ich sehe, daß Sie sehr beschäftigt sind.«

»Leben Sie wohl, Fräulein Dessard. Ich danke Ihnen, daß sie zu mir gekommen sind. Ich bin froh, daß mein närrischer Sohn Sie heiratet. Ich werde Ihnen ein Hochzeitsgeschenk schicken. Oder besser vielleicht, ich lege für Sie jedes Jahr Geld auf die Bank. Eine Frau freut sich immer, wenn sie eigenes Geld besitzt.«

»Bitte tun Sie das nicht, Mr. MacArd«, bat sie in plötzlicher Betrübnis.

»Doch, doch. Kein Wort mehr darüber. Ich tue es auf jeden Fall. Warum nicht? Wenn es mir Spaß macht?«

Sie spürte zu ihrem Schrecken, daß ihr Tränen in die Augen stiegen. Sie konnte ihn nicht ändern. Er war auf seine Weise wohl ein großer Mann – und er war so starrsinnig, so abscheulich und so bedauernswert… Er würde niemals sehen, wie eine Sache, die er sich in den Kopf gesetzt hatte, in Wirklichkeit war, und ändern konnte er sich nicht. Das war das Abscheulichste und das Bedauernswerteste – daß man ihn niemals ändern konnte. Sie versuchte zu lächeln, dann kehrte sie sich ab und eilte aus dem Zimmer, denn sie hätte ihm natürlich nie verständlich machen können, warum sie plötzlich weinen mußte. Aber sie mußte weinen.

Die Monsunwinde kamen spät, doch sie kamen schließlich – und tagelang saugte das dürstende Land den Regen auf. Arm und reich schliefen Tag und Nacht, den fernen Donner und das Rauschen des Regens in den Ohren. Die schreckliche Hitze und Trockenheit hatte sie alle erschöpft, sie hatten dagesessen und auf den Regen gewartet, aber nie richtig schlafen können. Die Tiere waren ruhelos über die Felder und selbst durch die Straßen gewandert, auf der Suche nach Nahrung und Feuchtigkeit, und die Menschen waren müßig gewesen, weil es keinen Zweck hatte, die trockene Oberfläche der Felder mit ihren flachen Pflügen aufzukratzen. In Puna stand das Geschäftsleben nahezu still. Außer den Reichen hatte niemand mehr Geld; bis zum Eintritt des Regens lebte man auf Borg. Jetzt, da der Sturm kam und die Wolken über Meer und Berge trieb, schliefen die ermatteten Menschen Stunde um Stunde, ohne wach zu werden. Sobald ein paar regenfreie Tage waren, mußten sie auf die Felder gehen – aber vorerst war es keine Sünde, zu schlafen.

Auch in dem Missionshaus konnte sich David kaum wach halten. Sein marathischer Lehrer blieb eine Woche aus, und er mühte sich allein mit den Büchern ab, die er entziffern lernte. An einem solchen Tage kam völlig durchnäßt der Postbote und überreichte ihm ein in Ölpapier eingewickeltes Bündel Briefe. Einer, das sah er sofort, war von Olivia, und in seiner Aufregung gab er dem Postboten ein großes Geldstück. Der Mann lächelte, daß seine weißen Zähne blitzten; seine dunkle Haut glitzerte von Regen. Dabei zitterte er, denn die Hitze des Sommers war einer feuchten Kühle gewichen, und seine dünne Baumwollkleidung hing wie feuchtes Papier an seinem mageren Körper. »Möge Ihnen der Brief gute Nachricht bringen, Sahib«, sagte er und ging so zufrieden fort, als wäre die gute Nachricht für ihn bestimmt.

David ging ins Haus, gerührt, wie schon so oft, von der warmen Menschlichkeit dieser Inder. Es war bei ihnen keine Entfernung zu überwinden – die geringste Güte überwältigte diese Leute, und schon ein wenig Herzlichkeit genügte, um ihre manchmal fast schwärmerische Zuneigung zu gewinnen. Sie waren immer bereit, zu lieben. Doch sie waren nicht so naiv, wie man meinen konnte, sie waren keine großen Kinder... Es war wohl einfach so: Sie hatten lange in solchem Elend gelebt, daß ihre Herzen nackt zutage und ihre Nerven bloß lagen. So jedenfalls erklärte sich's David.

Hastig und ängstlich öffnete er den Umschlag. Wenn die Nachricht gut war, wenn Olivia bereit war, ihn zu heiraten – welche Freude! Aber wenn es nicht so war? Wochenlang hatte er auf diesen Brief gewartet und seine Ungeduld bezähmt. Er hatte bewußt das Mittel des Gebetes angewandt, um seine Sehnsucht zu unterdrücken, und ernstlich nur gewünscht, daß Gottes Wille geschehe. Wenn sie sich ihm verweigerte, wollte er nie heiraten, sondern sich Indien und seiner Aufgabe widmen. Das Leben in der Einsamkeit, das Studium der alten hebräischen, griechischen und indischen Texte hatte seine inneren Sinne geschärft und ihn Gott nähergebracht.

Er blickte nun gefaßter auf die offenen Seiten und nahm den Brief ganz in sich auf. Dann floß ihm das Herz über. Er hatte nicht recht geglaubt, daß sie wirklich einwilligen würde – aber da waren ihre eigenen Worte... Sie willigte nicht nur ein, sondern sie wollte sofort zu ihm kommen, um seine Frau zu werden. Er las den Brief langsam Wort für Wort, während der Regen klatschend auf das Dach fiel und sich von den Rinnen der Veranden auf die Blumenbeete ergoß. Es war ein kurzer Brief, in ihrer klaren Handschrift; die Buchstaben stachen schwarz gegen das blaßblaue Papier ab. Er hörte nur den Regen fallen und sein Blut in den Ohren klopfen, während die gewaltige Gewißheit sein ganzes Wesen durchflutete. Sein Leben hatte sich verändert, seine Schwierigkeiten hatten aufgehört, die Einsamkeit war vorüber...

Er fiel auf die Knie, hob das Gesicht und hielt den Brief hoch, als wolle er ihn allsehenden Augen zeigen. Dann versuchte er zu beten, konnte aber nicht die rechten Worte finden, da sein Herz überströmte. Indien hatte ihn bereits viel mehr umgestaltet, als er ahnte. Er war durch die Einsamkeit,

Hitze und Not gegangen, sein Glaube war tiefer und seine Sinne waren sensibler geworden. In seinem abgezehrten Körper schien sein Herz empfindsamer und doch ruhevoller zu schlagen. Das Glück war zu plötzlich gekommen und hatte ihn überwältigt. Unter den geschlossenen Lidern fühlte er Tränen aufsteigen.

Er wollte Darya die große Neuigkeit erst später mitteilen, wenn er wieder ruhig war, aber es dauerte nicht lange, bis er seinen englischen Regenmantel anzog und einen großen englischen Schirm nahm, der Herrn Fordham gehörte, und quer durch die Stadt zu Darya stapfte. Er klopfte an das verschlossene Tor.

Endlich rührte sich ein barfüßiger, schläfriger Portier, schaute durch die schräg geneigten Regenschnüre und kratzte sich den Bauch. »Mein Herr schläft, Sahib«, sagte er höflich, aber abwehrend. »Wir schlafen alle. Ich darf meinen Herrn nicht wecken.«

»Geh und schau, ob er wirklich schläft«, drängte David. Er trat in das Pförtnerhaus und wartete, bis der Mann nach langer Zeit zurückkam.

»Er schlief, Sahib. Ich wußte es ja. Aber er drehte sich im Bett um, so daß ich ihm sagen konnte, Sie wären hier. Er bittet Sie, einzutreten. Aber alle anderen schlafen.«

»Ich werde nicht lange bleiben«, versprach David lächelnd. Er folgte dem Mann durch den durchweichten Garten zu jenem Teil des Hauses, den Darya bewohnte, und fand seinen Freund auf einer mit Kissen bedeckten Ruhebank unter einer afghanischen Seidendecke liegen.

Darya streckte ihm lässig die Hand entgegen. »Hat sich etwas Wichtiges ereignet, David?«

»Es trieb mich zu dir.« Er blickte auf Darya hinunter, während sie sich die Hände drückten. »Ich habe einen Brief von Olivia, sie hat eingewilligt, mich zu heiraten.«

Darya sprang hoch und umarmte David. »Liebster Freund. Keine Nachricht wäre mir willkommener gewesen! Nun bekommst du endlich eine Frau.«

»Ich werde hier heiraten«, sagte David. »Ich möchte, daß du mich zum Altar führst – du kennst ja unsere westlichen Sitten.«

»Ich werde alles tun, was du willst«, rief Darya begeistert. »Du bist mein Bruder, und sie wird meine Schwester sein. Komm, wir wollen uns setzen, und nun erzähle mir alles.«

»Das ist alles, was ich zu sagen habe«, bemerkte David, aber er setzte sich, und Darya griff wieder seine Hand und hielt sie einen Augenblick in seiner überschwenglichen indischen Art zwischen seinen beiden Händen. David brauchte gar nichts zu erzählen, denn Darya ließ seinen silbernen Redestrom fließen und sprach begeistert von Olivia – wie er sie in Erinnerung hatte und wie er sie empfangen würde, wenn sie käme. David hörte ihm zu, bald entzückt und bald verlegen. Es war alles sehr indisch. Aber da er mit Darya allein war und kein anderer sie hören konnte, war es ihm nicht peinlich.

Plötzlich machte Darya eine Pause, und in seine dunklen ausdrucksvollen Augen trat ein spitzbübischer Ausdruck. »Darf ich es dir sagen?« fragte er.

»Was sagen?«

Darya zog seine langen Beine an sich und legte die Arme um die Knie. »Versprichst du, mir nicht zu zürnen?«

»Warum sollte ich dir zürnen?«

»Bei euch Weißen kennt man sich nie aus. Ihr werdet plötzlich aus undurchsichtigen Gründen böse.«

David lachte. »Augenblicklich könnte mich überhaupt nichts böse machen.«

»Nun, dann will ich es dir lieber gleich sagen. Ein anderes Mal könntest du vielleicht nicht so milde sein. Ich habe an Olivia geschrieben.«

»An sie geschrieben?«

»Vielleicht vor dir, ich weiß es nicht. Es könnte sein.«

»Aber warum?«

»Ich schrieb ihr, daß du sie brauchtest und daß sie dich heiraten müßte.« Da er sah, wie betroffen David ihn anschaute, berichtete er in aller Eile die mitternächtliche Szene, als Leilamani ihn zu einem guten Werk für seinen Bruder und Freund gezwungen, er den Brief geschrieben und sie für die sofortige Absendung gesorgt hatte.

Er war verdutzt über Davids ernstes Gesicht. »Die kleine Leilamani hatte die beste Absicht dabei, und auch mir schien es etwas Gutes zu sein. Wenn du ein Inder wärest, würde es auch dir als etwas ganz Selbstverständliches vorkommen, als eine freundschaftliche Zärtlichkeit, ein Beweis der Liebe. Ist nicht dein Glück mein eigenes?«

Er legte seine Arme David auf die Schulter und suchte ihn auf jede Weise wieder aufzuheitern. Ja, dies war Darya, wie er wirklich war – sein indisches Selbst, so uralt und tief und doch so nahe an der Oberfläche, so graziös und offen... Der englische Firnis war nun vollständig verschwunden. Er sprach plötzlich Marathisch, seine Muttersprache.

»Ah, mein Bruder, bist du mir böse? Aber höre! Wie sagt unser Tukaram?« Und er zitierte:

»Wie sollte sich mir nicht das Herz bewegen,
wie sollte ich nicht meine Hände regen,
sähe ich Menschen jäh vor mir ertrinken?«

Dann fuhr er fort: »Ich sah dich in Einsamkeit ertrinken, und ich streckte meine Hand aus, um dir zu helfen, so gut ich's konnte – und jetzt willst du mir deswegen zürnen?«

Es war unmöglich, ihm böse zu sein. Als Darya sah, daß Davids Gesicht sich aufhellte, war er sofort wieder der alte, der Zauber erlosch, er sprang von der Ruhebank auf, beugte sich lachend über David, schnippte mit den Fingern und sprach wieder sein vollendetes, leicht ironisches Englisch. »Wir haben es schließlich mit Olivia zu tun!« sagte er. »Kannst du glauben, daß mein Brief sie auch nur im geringsten beeinflußt hätte? Nein, David, sie ist nicht wie meine sanfte Leilamani. Olivia kommt nicht gleich, wenn man es ihr sagt. Und sie geht auch nicht so leicht wieder fort. Sie ist eine edle Frau, eine schöne Frau, eine Frau, auf die man stolz sein kann – aber ich warne dich, sie wird stets ihren eigenen Kopf haben!«

David gab den Widerstand auf. »Darya, du siegst immer. Wahrscheinlich schon deshalb, weil du gar nicht mehr aufhörst zu reden. In meinem Geist wirbelt es wie in einem Kaleidoskop. Wir wollen uns wieder vertragen. Du bist immer gütig, ich weiß es. Wenn es auch unsere Gewohnheit ist, unsere Liebesangelegenheiten selbst zu erledigen, so will ich dir doch gern zugeben, daß du mir helfen wolltest.«

»Und vielleicht habe ich dir sogar geholfen«, erklärte Darya lächelnd.

»Das werden wir sehen«, meinte David, wiederum nachgebend, weil hier jeder Widerspruch sinnlos war. Darya würde seinen Standpunkt mit Vergnügen und Scharfsinn weiterverteidigen und sich niemals geschlagen geben... David wollte auch wieder allein sein und zu Hause Olivias Brief noch einmal lesen. Er wollte sich überzeugen, ob er auch wirklich noch dort war, wohin er ihn gelegt hatte, in der verschlossenen Schublade...

Vor allem aber wollte er ihn sofort beantworten. Die Worte formten sich bereits in seinem Geist, als er durch den Regen wieder zum Missionshaus zurückstapfte. »Komm, Olivia. Nimm das nächstbeste Schiff. Ich habe es nicht gewußt, aber ich habe seit unserem letzten Zusammensein immer auf dich gewartet. Ich kann nicht mehr warten.«

Der Monsun flaute ab, dann und wann schien schon wieder die Sonne. Die wartende Erde erzeugte sofort frisches Grün; Samen, der in den trockenen Boden gelegt war, sproß zu üppigem Wachstum. Die Zeit überschlug sich, die Jahreszeiten schoben sich ineinander, Frühling, Sommer und Herbst folgten sich dicht auf den Fersen. Das wogende Grün auf den Feldern und auf den Bergen versetzte David in eine so freudige Stimmung, wie er sie vorher nicht gekannt hatte. Die Fordhams kamen zurück, und als sie hörten, daß er heiraten wollte, zogen sie aus dem großen Missionshaus in ein kleineres, bislang leerstehendes Gebäude um.

»Sie werden jetzt eine zahlreiche Familie gründen, und wir sind nur noch zu zweit«, sagte Frau Fordham.

Sie half ihm, das Haus für Olivia einzurichten, aber er wollte nur die nötigsten Einrichtungsgegenstände haben. »Olivia hat ihren eigenen Kopf«, sagte er zu Frau Fordham. »Wenn ich sie in Bombay abhole, wird sie sich sicher selbst Sachen kaufen wollen.«

Die Fordhams brachten ihre bescheidenen Bambus- und Rotangmöbel fort, und er stattete nur einige Zimmer mit Möbeln aus, die er in den Läden in Puna kaufte. Manche indischen Gebrauchsgegenstände waren von eigenartiger Schönheit, die ihm erst jetzt richtig aufging, als Darya ihn begleitete und die Verkäufer veranlaßte, ihre besten Sachen zu zeigen. Er kaufte ein paar schöne Teppiche, eingelegtes Silber, eine niedliche Ruhebank und so schwer mit Gold durchwirkten Brokatstoff, daß ihn die Insekten nicht zerstören konnten, dann ein großes englisches Bett aus Teakholz mit einer Roßhaarmatratze, das einen Baldachin aus feinem indischen Musselin anstatt eines Moskitonetzes hatte, und schließlich einige Teakholzstühle mit geflochtenen Sitzen. Teakholz war so hart, daß es die Termiten nicht zerstören konnten. Darya verhandelte mit den Verkäufern und achtete darauf, daß David nur gute indische Ware bekam.

»Nimm das«, rief er. »Wenn es Olivia nicht gefällt, kann sie es zurückgeben. Aber es wird ihr schon gefallen.«

Durch Daryas Mitwirkung bekam das Haus ein anderes Aussehen. Es hatte nun beinahe einen prächtigen Anstrich – und das bereits ohne die Möbel, die Olivia noch in Bombay kaufen sollte. Bis jetzt hatte es nur ein englisches Schlafzimmer, aber Darya erklärte, die englischen Läden in Bombay seien besser als die in Puna und beinahe so gut wie die Läden in London, jedenfalls viel besser als in Kalkutta.

Wenn David abends allein war, kniete er an dem hohen neuen Bett nieder, um sein Abendgebet zu verrichten. Er kniete auf einer Fußbank, weil der Regen Schwärme von Insekten ins Haus gebracht hatte und er sich nicht von Käfern stören lassen wollte, die ihm an den Beinen entlangliefen, oder von einer neugierigen Eidechse, die sanft an seine Zehen stieß. Auch die schrecklichen Tausendfüßler und Skorpione zogen seine Gedanken von Gott ab. Mit großem Ernst und nicht ohne Sorge suchte er sich auf das neue Leben vorzubereiten. Er hatte zwei Anliegen. Olivia mußte glücklich werden, und er mußte sich Zeit nehmen, sie glücklich zu machen. Aber eine weit größere Sorge war diese: sie durfte seinen Geist oder gar sein Herz nicht spalten. Sie mußte an der göttlichen Führung, unter der er lebte, teilnehmen und, wie er es nannte, die Weihe vertiefen. Mann und Frau mußten zusammen für Gott arbeiten. Er faßte den festen Entschluß, seinen bisherigen Weg und seine Gebetsübungen fortzusetzen. Vom ersten Augenblick ihres Zusammenseins an wollte er sein, wie er war – sie sollte in ihm nicht nur den Bräutigam, sondern auch den Missionar sehen.

Und er betete: »Belehre mich, daß ich andere belehren kann, o Gott! Nimm die große Liebe, die ich fühle, in deine Hand und bewahre sie, damit sie nicht mein großes Besitztum werde und mich nicht von dir trenne.«

Sein Gebet stieg zum Himmel. Dann lag er träumend wach und stellte sich vor, wie Olivia aussehen würde, wenn er an der Anlegestelle in Bombay wartete, das Schiff näher kam und er endlich ihr Gesicht sehen konnte.

7

Im ersten Morgengrauen stand Olivia auf dem Deck und blickte auf die Küste Indiens. Der Himmel über Bombay leuchtete tiefrot, die vielen Lichter verblaßten im Schein der aufgehenden Sonne, und der sinkende Mond wurde zur mattsilbernen Schale. Ein leichter Nebel stieg vom Hafen auf und dämpfte die Umrisse der Gebäude. Aus ihm erhob sich der massige Schatten eines alten Forts oder Schlosses, sie konnte nicht genau unterscheiden, was es war. Der rosige Nebel, der zartsilberne Mond, das Glühen des tropischen Sonnenlichts breiteten eine geheimnisvolle Atmosphäre über das fremde Land. Das Schiff warf etwa zwei Meilen vor der Küste Anker, denn der Hafen war seicht, wie ihr der Kapitän sagte. Barkassen holten Gepäck und Passagiere an Land.

Sie hörte die Stimme eines Mannes, der im Vorbeigehen sagte: »Na, landungsbereit, Miß Dessard?« Es war ein Engländer, ein junger Offizier, der eine unausgesprochene Neigung zu der hübschen Amerikanerin zu haben schien, die in Indien einen Missionar heiraten wollte. Bei einem Ball an Bord hatte er so unauffällig, wie es eben ging, das Geheimnis dieser jungen Dame zu erforschen versucht. »Ich kann nur hoffen, daß Sie Ihren Verlobten überreden können, dieses traurige Land zu verlassen«, hatte er gesagt. Er war Oxforder, einer jener unzähligen Söhne, die nach Indien geschickt wurden, um dort ihre Finanzen aufzubessern oder irgendwelchen Ruhm zu ernten.

»Aber Sie gehen ja auch nicht aus Indien fort«, hatte sie ein wenig zu schnippisch gesagt.

»Natürlich nicht, weil mein Beruf mich dort hält«, und dann hatte er noch zögernd hinzugesetzt: »Und übrigens ist es auch ganz hoffnungslos, dort missionieren zu wollen, denn nur die schlechtesten Inder werden Christen. Wir alle wissen das genau.«

Olivia hatte hierauf nichts erwidert. Die Musik setzte wieder ein. Sie stand auf, sie freute sich auf den Tanz, denn sie wußte, daß in Puna dazu kaum noch Gelegenheit sein würde... Es ließ sich so schön auf dem Schiff tanzen, der Boden hob und senkte sich, und dadurch hatte man das Gefühl, man sei leichter als Luft.

»Ja«, sagte sie ruhig, »landungsbereit.«

»Nun, dann leben Sie wohl und viel Glück«, sagte der Offizier und streckte ihr die Hand hin.

Sie hatte das Gefühl, daß es ein endgültiger Abschied nicht nur von ihm, sondern auch von ihrem bisherigen Leben war. »Leben Sie wohl«, erwiderte sie herzlich, indem sie seine Hand leicht berührte.

Eine Stunde später stieg sie mit ihrer Mutter in die Barkasse und ließ das Schiff hinter sich. Die Barkasse fuhr so schnell, daß das Wasser vor ihrem Bug aufschäumte und das kleine Fahrzeug hin und her schwankte.

»Setz dich hin, Mama«, rief sie, und Frau Dessard setzte sich – eine stille, kleine, in Grau gekleidete Gestalt. Das verwelkte Gesicht unter dem weißen Strohhut hatte einen ängstlichen Ausdruck. Nachdem sie sich zuerst mit Händen und Füßen gesträubt hatte, mit nach Indien zu gehen, hatte sie sich im letzten Augenblick doch noch anders entschlossen – denn sie konnte unmöglich Olivia erlauben, eine so weite Reise allein zu machen, um einen Mann zu heiraten, den die kaum kannte... Nicht einen Augenblick hatte sie die angenehme Reise aus ihrer trüben Stimmung reißen können, und auch jetzt zeigte sie keine Spur von Heiterkeit. Sie hatte gehört, daß Indien ein heißes Land sei, und Hitze war ihr von vornherein zuwider. Außerdem hatte sie Angst vor Schlangen. Sobald Olivia verheiratet war, würde sie wieder heimreisen...

Olivia setzte sich nicht, sie stand an der Reling und blickte zum Kai hin, der rasch näher kam.

Wie schnell hatte die Sonne den geheimnisvollen Schimmer der ersten Frühe vertrieben! Die Insel, auf der Bombay erbaut war, erhob sich nun gleißend über dem Wasser und war von vibrierender Hitze umzittert. Rund um die Barkasse, die jetzt nicht mehr weit vom Land war, strich ein böiger Wind, so daß die leuchtendblauen Wellen Schaumkronen bekamen.

Frau Dessard saß still auf einem Deckstuhl und blickte mißtrauisch zur Küste, und auch Olivia schwieg. Noch ein paar Minuten, dann würde sie David sehen. Der erste Augenblick war wichtig – aber sie durfte ihn auch nicht gar zu wichtig nehmen, denn zu einer Änderung oder zur Rückkehr war es jetzt zu spät. Es gab auch nichts, zu dem sie gern zurückgekehrt wäre...

Dann sah sie ihn auf dem Kai stehen. Groß und etwas abseits, regungslos, starr aufgerichtet stand er in seinem schimmernden Leinenanzug und dem Tropenhelm in der lebhaft hin und her wogenden Menge. Sie lehnte sich über die Reling und schwenkte ihren grünseidenen Schal. Er sah sie und lüftete seinen Helm.

Über den immer schmaler werdenden Streifen Wasser sahen sie sich an und suchten nach dem, was sie noch nicht sehen konnten. Hatte er sich verändert? Es kam ihr so vor. Er sah viel größer aus, oder hatte sie es nur vergessen, wie groß er war? Oder kam es von dem ungewohnten weißen Anzug? Er hatte sich einen Bart wachsen lassen, einen kurzen braunen Bart; David sah damit ganz anders aus, als sie ihn in Erinnerung hatte. Er schien viel älter, sein Gesicht war dunkel. Er stand jetzt regungslos, mit gefalteten Händen, während die Barkasse an den Kai heranfuhr. Aber sobald die Landungsbrücke festgemacht war, schritt er rasch vorwärts. Sie stand wartend da, und zum erstenmal bekam sie plötzlich heftiges Herzklopfen. Sie hatte sich selbst und ihr Leben nicht nur David, sondern auch Indien ausgeliefert – und sie kannte weder den Mann noch das Land... Sie drehte der Küste den Rücken zu und lehnte sich gegen die Reling. Es war heiß, der Wind hatte sich gelegt. Ihr grünleinenes Reisekleid schmiegte sich dicht an ihren Körper. Die schmale Krempe ihres Strohhutes schützte ihr Gesicht nicht vor der Sonne. Wenn sie nicht aufpaßte, konnte er sie in der sich plötzlich drängenden Menge verfehlen. Aber sie brauchte nur ein paar Minuten zu warten – sie wäre gern noch länger dagestanden, denn ihr Herz hatte sich noch immer nicht beruhigt. Dann sah sie, wie seine weiße Gestalt sich durch die an Bord strömenden Leute drängte, durch die Gepäckträger und Hoteldiener, durch die Engländer, die Verwandte oder Bekannte abholten.

Er kam ganz ruhig und, wie ihr schien, durchaus nicht verlegen auf sie zu, beugte sich zu ihr nieder und küßte sie auf die Wange. Sie fühlte den Kitzel seines weichen Bartes auf dem Gesicht, sie sah das Aufflammen seiner dunklen Augen. Er nahm ihre Hand und drückte sie fest. »Olivia – Liebste...«

»David!«

Es war unmöglich, in der Menschenmenge mehr zu sagen. Sie standen da und hielten sich bei der Hand, aber sie hatten keine Zeit, sich richtig zu betrachten, denn Frau Dessard kam auf sie zu.

»Ich freue mich sehr, dich zu sehen, David. Es war eine schrecklich lange Reise. Ach du liebe Güte, das ist also Indien!« Sie gab ihm die Hand und deutete dann auf das Land. »Was für eine Menge Leute!«

»Ja, die gibt es überall, wohin man in Indien kommt«, sagte David. »Man gewöhnt sich daran. Die Inder sind aber sehr gute und sehr freundliche Menschen. Wo ist dein Gepäck, Olivia? Ach so, die Zollbeamten müssen es erst freigeben.« Er winkte einem Diener des Grand-Hotel, in dem er Zimmer gemietet hatte.

Der Mann kam her, und David gab ihm ruhig die nötigen Anweisungen. Ja, dachte Olivia, David hatte sich verändert. Er war selbstbewußt, fast ein bißchen zu überlegen; die ehemalige Schüchternheit war gänzlich verschwunden und mit ihr etwas von dem Charme, den er damals gehabt hatte. Er war männlicher geworden – und dagegen hatte sie nichts einzuwenden. Liebte sie ihn? Das war so schnell nicht zu entscheiden... Aber vielleicht war es gar nicht mehr so schwer, ihn zu lieben? Es war wundervoll aufregend, jemanden zu heiraten, den man noch nicht richtig kannte...

»Wir sollten hier nicht so lange in der Sonne stehenbleiben«, sagte er mit ruhiger Bestimmtheit. »Draußen wartet ein Wagen, wir können ins Hotel fahren, und wenn Sie es sich dort bequem gemacht haben, Mrs. Dessard, können wir alles besprechen. Du wirst sicher möglichst bald nach Puna kommen wollen, Olivia. Alle erwarten dich da, obwohl natürlich keinem das Warten so lang geworden ist wie mir.«

»Das müßt ihr jungen Leute entscheiden«, sagte Frau Dessard. Die Sonne war wirklich heiß, sie fühlte, wie ihr Schweißtropfen von der Stirn über das Gesicht rannen.

Sie folgten David. Er hatte ihre Kofferschlüssel dem Hoteldiener gegeben. Den Koffern würde nichts passieren, beruhigte er sie. »Inder sind vielleicht auch nicht ehrlicher als andere Menschen«, bemerkte er. »Aber wenn man einmal einem Inder etwas anvertraut hat, ist er absolut zuverlässig, solange der Auftrag dauert.«

Olivia war ihm etwas fremd, sie kam ihm verändert vor - sie war schöner und älter geworden. Würde er den Mut haben, sie zu küssen, wenn sie allein waren, wie er es sich so oft ausgemalt hatte? Der erste Kuß hätte schon gleich bei ihrer Ankunft gewechselt werden sollen - aber mitten in dieser Menschenmenge war das unmöglich gewesen. Nein, er wollte auch Olivia den ersten wirklichen Kuß nicht vor ihrer Mutter geben - aber er wollte auch nicht warten, bis sie in Puna waren. Frau Fordham hatte ihm darüber strenge Verhaltungsmaßregeln erteilt.

»Die Inder sind an die Freiheit, die bei uns zwischen den Geschlechtern herrscht, nicht gewöhnt«, hatte sie erklärt. »Es ist äußerst wichtig, daß Sie sich in der Öffentlichkeit nie mit Ihrer Verlobten allein sehen lassen. Aus diesem Grunde bin ich der Meinung, die Hochzeit sollte so schnell wie möglich stattfinden. Dann können Sie tun, was Sie wollen. Bis dahin aber bitte keine Schaustellungen, keine Koserei oder gar öffentliche Küsse!«

Er half zuerst Frau Dessard in den Wagen und dann Olivia, neben der er Platz nahm. Das Grün ließ sie kühl und schön erscheinen, die Hitze vermochte ihrer reizvollen Blässe nichts anzuhaben, der Strohhut beschattete ihre dunklen Augen. Es wurde ihm eng ums Herz, als sie Seite an Seite saßen und er den sachten Druck ihres Schenkels spürte. Um nicht von seiner Liebe zu sprechen oder sie allzu ersichtlich zu zeigen, begann er die Straßen zu bezeichnen, durch die sie kamen, oder auf die Leute hinzuweisen, die sie in so verschiedenartigen Gewandungen sahen, Hindus, Moslems, Parsen und Juden im Kaftan. Aber während er das alles Frau Dessard erklärte, streichelte er leidenschaftlich Olivias Hand, seine Finger fuhren über ihre weiche Handfläche und drückten sie. Sie saß regungslos da, hörte nicht, was er sagte, schaute umher und sah trotz aller Aufmerksamkeit nichts. Ihr ganzes Denken war auf ihre verflochtenen Hände und seine tastenden Finger gerichtet, und sie war sich nicht klar, ob ihr das angenehm war oder nicht... Aber sie zog die Hand nicht zurück.

Er fand den Augenblick, auf den er gewartet hatte, als sie oben im Hotel waren und Frau Dessard in ihr Zimmer ging, um nach ihrem Gepäck zu sehen. Er öffnete die Tür zum nächsten Zimmer. »Dies ist dein Zimmer, Olivia. Meins ist ein Stockwerk höher.« Dann zog er die Tür an, schloß sie aber nicht ganz – und schließlich umarmte er sie und küßte sie auf den Mund, und der Kuß war wirklich so lang und tief wie in seinen Träumen. Es war sein erster, richtiger Kuß...

»Olivia!« rief Frau Dessard. »Wo bist du? Der Mann will dein Gepäck hereinbringen!«

Sie riß sich los. »Hier, Mama!«

Aber es blieb ihnen noch Zeit, einen Blick auszutauschen, der so glühend, so voller Verheißung war, daß ihr der Kopf schwindelte. Sie hatte immer eine schnelle Auffassungsgabe gehabt; sie konnte immer gleich das Wesentliche herausfinden... Ja, sie konnte ihn lieben. Alles war gut. Und Indien war herrlich.

Oben in seinem Zimmer, nachdem er den Gepäckträger bezahlt und die Tür verschlossen hatte, fiel David in wortlosem Gebet auf die Knie. Es war keine Sünde, Olivia zu lieben, Gott würde ihn verstehen. Er hatte ja sie und ihn als Mann und Frau erschaffen, er hatte die Menschen zur Ehe bestimmt... Aber würde ein so großes Glück sein Herz nicht völlig ausfüllen? Und durfte das sein? Aber mit der Zeit würde er schon lernen, selbst die Liebe unter Kontrolle zu bringen, um Christi willen... Der Traum war in seiner süßen Gewalt erschreckend gewesen, aber die Wirklichkeit war noch süßer und viel stärker. Olivia war noch liebenswerter, als er sie in Erinnerung gehabt hatte. Er schickte seine wortlose Bitte zum Himmel hinauf, er zwang seine Gedanken, sich auf Christus zu richten, aber dann fiel ihm ein, woran er noch nie gedacht hatte: Christus, eine der drei göttlichen Personen, der einzige von den dreien, der einmal Mensch gewesen war, und an den er so natürlicherweise sein Gebet richtete, war gestorben, war in den Himmel zurückgekehrt, ohne je die Liebe einer Frau kennengelernt zu haben... Sein Gebet schwankte kraftlos einher, verlor die Flügel und sank wieder zur Erde nieder. Nein, er konnte nicht darum bitten, Olivia weniger zu lieben. Er mußte Gott mehr lieben – bis die größere Liebe sein ganzes Wesen durchdringen würde. Das war seine Aufgabe: nicht weniger, sondern mehr Liebe!

Am Abend dieses ersten Tages versuchte er, ihr etwas in diesem Sinne vorzutragen. Sie wollte ausgehen, sie war erpicht, die Straßen zu sehen und die Leute zu beobachten, und so verließen sie das Hotel und gingen zum Strand. Die Sonne war bereits untergegangen, aber am Meereshorizont schimmerte noch ein Streifen Rot. Die graue Flut donnerte gegen die Küste. Die grünen Höhen von Malabar-Hill waren noch klar, verdämmerten aber schnell in dem zunehmenden Zwielicht. Die große Stadtuhr schlug sieben, die Leute verließen allmählich den Strand. Parsenpriester in langen weißen Gewändern starrten regungslos, ohne sich um die Menschen ringsum zu kümmern, in das letzte Licht der Sonne, die Engländer und Engländerinnen gingen am Strand entlang heim, während die weißen Kinder noch spielten und nur mühsam nach Hause zu bringen waren.

»Wenn ich manchmal abwesend erscheinen sollte«, sagte David zu Olivia, als sie Hand in Hand an der Küste standen, das Gesicht dem letzten Abendglanz zugekehrt, »so kommt das nicht etwa daher, daß meine Liebe geringer wird. Es ist darauf zurückzuführen, daß meine Berufung Anforderungen mit sich bringt, die meine Aufmerksamkeit und mein Herz in Anspruch nehmen.«

»Ich werde dich nicht dabei stören«, sagte Olivia.

Über dem wogenden Meer leuchtete plötzlich golden, sanft und klar der Abendstern auf.

Eine Woche später wurden sie getraut. Die kleine Kirche in Puna war voll von flüsternden, neugierigen, christlichen Indern, die wie gewöhnlich auf dem Boden saßen, so dicht gedrängt, daß der Weg zum Altar nur noch eine schmale Gasse war. Olivia ging das Kirchenschiff hinauf, und wenn sie die Gesichter zu ihren Füßen oder an den Fenstern sah, so zeigte sie das nicht. Ihr zur Seite ging ihre Mutter. David wartete am Altar, neben ihm stand Darya und nicht weit von ihnen Herr Fordham in seiner kirchlichen Amtstracht.

Olivia war sehr bleich und schritt würdevoll einher. David hatte ihr, aus Rücksicht auf die Inder, beim Eintritt nur einen schnellen Blick zugeworfen. Auch Olivia hatte man auf die Empfindlichkeit der Inder aufmerksam gemacht, sie hielt daher den Kopf unter dem kurzen Schleier leicht gesenkt. Frau Fordham spielte die Orgel, ließ aber ihre quietschende Musik langsam ausklingen, als Olivia den Chor betrat. Herr Fordham begann mit feierlicher, nasaler Stimme die heiligen Worte zu sprechen. Frau Dessard hielt ihr Taschentuch an die Lippen gepreßt und weinte ein wenig.

»Wer übergibt diese Frau –«, intonierte Herr Fordham.

»Ich«, schluchzte Frau Dessard.

Olivia mußte das mit sich abmachen... Die Fordhams, dachte sie, waren gewöhnliche Leute, bei ihnen kam es nicht darauf an, was sie taten – aber David MacArd und ihre Tochter hatten es wirklich nicht nötig, Missionare zu werden! Der alte MacArd hatte völlig recht. Olivia hatte ihr erregt von jener Szene berichtet. Wenn sie wieder in New York war, würde sie ihm einen Brief schreiben und ihm sagen, er hätte recht gehabt... Indien war ein schauderhaftes Land. Als sie am Morgen den Schwamm ausgedrückt hatte, war ein Tausendfüßler herausgelaufen, so daß sie beinahe in Ohnmacht gefallen wäre, obwohl das Insekt glücklicherweise von ihrer rechten Schulter auf den Boden gefallen und, ohne sie zu stechen, im Ausguß verschwunden war... So hegte sie Aufruhr im Herzen, bis die kleine Orgel plötzlich wieder fröhlich zu spielen begann und David und Olivia zusammen durch das Kirchenschiff schritten; sie mußte hinter ihnen hergehen. In einer Woche, vielleicht schon in ein paar Tagen, würde sie wieder auf einem Schiff sein und gottlob in ein christliches Land zurückkehren...

»Arme Mama«, sagte Olivia plötzlich. Sie waren jetzt vier Tage verheiratet.

»Warum?« fragte David gleichgültig.

»Schau nur!« Sie umriß mit einer Handbewegung das Panorama der Berge rings um Puna. »Wenn sie das nur hätte sehen können! Nun wird sie niemals einsehen, daß Indien nicht so ist, wie sie glaubt.«

»Ein nicht geringer Teil Indiens ist so«, sagte David.

»Ja, aber dieser Teil ist auch da«, setzte Olivia begeistert hinzu. Sie war glücklich, äußerst und vollkommen glücklich. Sie war verliebt – und sie hatte solche Angst gehabt, daß sie vielleicht diesen sonderbaren Mann, der nun ihr Gatte war, nicht lieben könnte! Wenn sie an den schlanken Jüngling dachte, der sich ihr zu Füßen geworfen und den sie so schnell abgewiesen hatte, weil er so kindisch und so dumm verliebt gewesen war, konnte sie nicht glauben, daß aus ihm dieser ruhige, ein wenig arrogante Mann geworden war, der ihr unbekümmert sagte, wenn er allein sein wollte, der sich morgens und abends in sein Kämmerlein zurückzog, um zu beten, den nichts in seinem Entschluß, sein eigener Herr zu sein, wankend machen konnte, und den sie eben darum achten und verehren lernte. Sie unterwarf sich ihm aus eigenem Willen und mit Freude. Sie gehorchte ihm, erstaunt, daß sie das mit Vergnügen tat. Sie war so lange allein gewesen, und so lange hatte sie ihren eigenen Willen gegen ihre Mutter behauptet, daß die eingetretene Veränderung für sie etwas Neues und sehr Erregendes war. Sie verstand vollkommen, daß David sie zwar leidenschaftlich liebte, daß sie aber nicht sein ganzes Leben ausfüllte. Sie war seine Frau und Geliebte – aber die Liebe war für diesen Mann nicht alles. Was alles noch außer ihr in ihm war, wußte sie nicht, und sie hatte genug damit zu tun, darüber nachzusinnen. Ihr gefiel nun sogar sein Bart, denn früher war sein Profil durch das weiche Kinn verdorben worden. Die Augenlider und Nasenflügel hatten noch immer etwas Schlaffes an sich, aber sein Mund war fest – nun, und das Kinn war ja nun verborgen.

»Ich liebe dich!« rief sie, plötzlich entflammt. Die Veranda, auf der sie saßen, ging auf einen so steilen Hang hinaus, daß die Gipfel der Bäume das Geländer streiften. Sie warf sich vor ihm halb schwärmerisch, halb scherzend auf die Knie. Olivia setzte ihn mit ihrer Liebe in Erstaunen – denn es wäre doch leicht möglich gewesen, daß sie ihn überhaupt nicht geliebt hätte... Aber durch Gottes Gnade liebte sie ihn jetzt mit ganzer Seele. Er wußte, daß sie entweder ganz oder gar nicht liebte. Er bebte manchmal vor ihrer Glut zurück, aber er wußte: wenn sie sich nicht so vollständig hingegeben hätte, würde er sie womöglich mit seiner Leidenschaft verfolgt und bedrängt haben – und darüber hätte er Gott vergessen können... Aber jetzt gehörte sie ganz ihm, es war keine Anstrengung auf seiner Seite nötig, er war frei. Er liebte sie glühend, aber dennoch nicht sündig – denn ihre Flamme verzehrte ihn nicht. Das Innerste seines Herzens war ruhig, und dort wohnte Gott. Er fühlte, daß alles so recht war, daß das Gleichgewicht nicht gestört war. »Gott sei Dank, daß du mich liebst«, sagte er, in ihre dunklen Augen blickend.

»Warum Gott sei Dank?« fragte sie.

»Weil ich mich sonst vielleicht verzehrt hätte. Ich hätte meine Seele verlieren können.«

Sie verstand nicht, was er damit sagen wollte, aber sie lauschte aufmerksam seinen Worten. Es war ihr selbstverständlich, daß sie in zweiter und nicht in erster Linie kam, daß sie sein Herz war, aber nicht seine Seele... »Nimm mich in deine Arme«, flüsterte sie.

Er nahm sie in die Arme. Undurchdringlich war die weiche indische Nacht. Das kurze Zwielicht hatte rasch der Dunkelheit Platz gemacht, und die schwere Linie der Berge hob sich kaum gegen den Himmel ab, man erkannte sie nur daran, daß die Sterne hinter ihr verschwanden. Sie waren glücklich. Für Olivia war es genug, es war alles für sie. Für ihn war es nur menschlich, eine süße Befriedigung – es war schön, aber nicht mehr. Nicht alles. Für ihn wohnte das Wunder nicht auf Erden. Er hielt sie an sich gepreßt, aber seine Augen suchten den Himmel über den Sternen. Er war Gott geweiht, er wußte es jetzt und fühlte sich geborgen.

Zu seiner Überraschung gefiel es Olivia in Indien oder wenigstens in diesem Stück Indiens. Morgens brachten ihr die gut erzogenen Diener Tee und Röstbrot. Sie blieb heute liegen, wartete auf die geräuschlosen Schritte und stellte sich schlafend.

»Memsahib!«

Sie hörte das Geflüster, das um Entschuldigung für die Störung bat. Sie schlug die Augen auf und sah die schlanke Gestalt des Boys, eines halberwachsenen Mannes; er war der Sohn des Kochs. Er stellte das Tablett auf den Tisch.

»Danke«, sagte sie schläfrig.

Auf bloßen Sohlen schlich er davon. Träge reckte und streckte sie sich. Vor einer Stunde hatte David das riesige Bett verlassen. Die kühlen Morgenstunden waren die beste Zeit für seine Studien und sein Gebet. Sie rekelte sich aus dem Bett und untersuchte zuerst ihre Pantoffeln, denn ein böses Insekt konnte sie sich zum Nachtquartier erwählt haben. Es war keins in ihnen zu entdecken, und sie zog sie an. Erst vor einer halben Stunde war die Sonne aufgegangen, aber das Zimmer war bereits heiß. Sie kämmte ihr Haar zurück, richtete es frisch her, ging ins Badezimmer und putzte sich die Zähne mit abgekochtem Wasser. Alles Wasser, das man in den Mund nahm, mußte abgekocht sein, das hatte sie gelernt. Dann zog sie ihr Musselinnachthemd aus und übergoß sich aus einem Krug mit lauwarmem Wasser. Es rann über ihren schlanken Körper auf den gekachelten Boden, von wo es in einen Ausguß floß. Diese Art zu baden gefiel ihr, sie war erfrischend und wenig zeitraubend. Sie trocknete sich mit einem weichen Handtuch ab und zog ein Hemd an. Sie hatte bereits gelernt, sich leicht und bequem anzuziehen. Frau Fordham trug ein Korsett, aber sie hatte ihres in die Truhe zu den Kleidungsstücken gelegt, die für Indien unbrauchbar waren. Ein Hemd, ein Unterrock und dann ein Musselinkleid - und bloße Füße in Sandalen. Während sie sich anzog, schlürfte sie den starken Tee und knabberte an dem trockenen Röstbrot. Keine Butter - die Butter kam in Konservenbüchsen aus Australien und wurde zu einem weichen gelben Öl, sobald man sie öffnete. Sie wollte nicht einmal das Gemüse mit Butter gekocht haben. Aber trockener Toast, der schwarze, fast bittere Tee mit Kondensmilch und ein wenig Obst waren die richtige Nahrung nach einer heißen Nacht. Sie aß erst wieder am Mittag, um vier gab es Tee nach englischer Art, und abends wurde die Hauptmahlzeit eingenommen. In diesem Klima mußte man oft, durfte aber niemals viel essen. Sie ließ das Zimmer so, wie es war, die Kleidung blieb liegen, wohin sie sie gerade geworfen hatte. Bedienstete gab es genug, einige waren bezahlt, andere bekamen als Entlohnung nur die Küchenabfälle - sie fragte nie, wie viele es eigentlich waren. Frau Fordham, die von dem kleinen Gehalt eines Missionars leben mußte, würde sicher diese Lebensweise nicht billigen, aber Olivia machte sich nichts daraus. Der alte MacArd zahlte seine Schecks unangekündigt auf ihr Privatkonto bei einer englischen Bank in Bombay ein. Sie fand das sehr angenehm, und David kümmerte sich nicht darum. Er ließ sie tun, was sie wollte. Als Frau Fordham eines Tages andeutete, daß sie keine richtige Missionarin wäre, stimmte er ihr sogar zu.

Er nahm jetzt den Fordhams gegenüber eine feste Haltung ein. »Ich habe Olivia gebeten, meine Frau zu werden und nicht eine Missionarin. Sie zu einer solchen zu machen, steht nicht in meiner Macht.«

Trotzdem versuchte Olivia zuweilen, es diesen eifrigen Christen recht zu machen, So obenhin hatte sie Frau Fordham recht gern, und ihren Mann schätzte sie. Es waren gute Menschen. Aber Olivia erschien es als Zeitverschwendung, sich so viel mit armen Leuten zu beschäftigen... Warum, so fragte sie

David, machten er und die Fordhams sich nicht daran, Inder wie Darya zu bekehren?

Selbst das Ehepaar Fordham hatte von weitem sehnsüchtige Blicke auf den stolzen und reichen jungen Inder geworfen.

»Wenn Sie ihn nur für Christus gewinnen könnten!« sagte Frau Fordham zu David.

»Die Religion eines Menschen ist eine ebenso persönliche Angelegenheit wie seine Ehe«, erklärte Darya. »Es würde mir nicht im Traum einfallen, lieber David, dich zu meiner Hindureligion bekehren zu wollen, und du, mein Freund, bist zu zart besaitet, um den Versuch zu machen, mich zu ändern. Ist es nicht so mit uns?«

Wer konnte seinem Charme widerstehen! Olivia unterlag ihm noch immer. Man mußte Darya seine Wesensart lassen.

»Laß Darya nur seine eigene Religion«, sagte sie zu David, und David erhob dagegen keine Einwendung.

Leilamani hatte sie noch immer nicht kennengelernt. Auch die Begegnungen mit Darya waren höchst selten und beschränkten sich auf den Austausch von Grußworten und einigen Fragen. Sie hatte den Eindruck, daß er jetzt in ihrer Gegenwart fast schüchtern war, zumindest aber sehr zurückhaltend.

»Warten wir, bis du dich hier richtig eingelebt hast und die Flitterwochen vorüber sind«, sagte er. »Wenn du in Puna ganz heimisch geworden bist, werde ich dich einladen, und dann sollst du Leilamani kennenlernen.«

Er hatte sie aber noch immer nicht eingeladen, und erst gestern hatte sie sich über das Hinauszögern gewundert; aber David hatte gesagt: »Darya tut immer, was ihm gefällt. Du mußt warten.«

Seine Haltung war dabei steif und seine Stimme gebieterisch, und ein Blick auf ihn zeigte ihr an, daß sie den anderen David vor sich hatte, den Missionar, nicht den Geliebten. Aber sie war zu glücklich, um sich verletzt zu fühlen.

Sie beendete ihr Frühstück und ging aus dem Zimmer. Im

Hause waren alle Jalousien geschlossen. Wenn der Schatten auch keine Kühle brachte, erweckte er doch wenigstens diesen Anschein. Die teppichlosen Fußböden glänzten, alle Möbel waren abgestaubt, die Vasen mit frischen Blumen gefüllt. Olivia zog keine Blumen, aber die Diener brachten grüne Zweige und unbekannte Blüten und manchmal auch nur große Farnblätter und kleine Palmzweige. Sie ging durch die großen leeren Zimmer, für die sie schließlich in Bombay doch keine Möbel gekauft hatte. Sie hatte keine für ein Haus erstehen wollen, das sie noch nicht gesehen hatte, und so war das Haus geblieben, wie es war. Die paar künstlerisch gearbeiteten Stücke, einige chinesische Schränke und Tische und die über ihre dunklen, schimmernden Flächen geworfenen indischen Brokattücher genügten. Sie hatte auch keine Vorhänge angebracht, die die Zimmer nur noch heißer gemacht hätten. Bilder an den Wänden liebte sie nicht. Die englisch eingerichteten Zimmer waren ihr zuwider; ein nach Londoner Manier möbliertes Zimmer wirkte in Indien muffig. Noch weniger gefielen ihr die billigen Rotang- und Rohrmöbel, mit denen Frau Fordham ihr Heim schmückte. Auch Kissen verschmähte Olivia; sie machten die Hitze drückender und dienten den Insekten als Unterschlupf.

»Das Haus ist ein bißchen nackt«, sagte Frau Fordham.

»Nacktheit gefällt mir«, antwortete Olivia.

Sie machte sich auf die Suche nach David, ohne viel Hoffnung, ihn zu finden, denn zu dieser Stunde konnte er nachgerade überall sein, sofern er nicht mit einem Besucher in ernste Gespräche vertieft war oder mit dem Architekten an den umfangreichen Plänen für seine Schule arbeitete.

Er ging seinen eigenen Weg nun fast so rücksichtslos wie sein Vater für ganz andere Zwecke. Sie wußte, daß er ein großes Institut plante, ein Zentrum religiöser Erziehung und ärztlicher Ausbildung. Eines Tages würde dieses Institut dank der MacArd-Millionen in ganz Indien bekannt sein… Sie fragte sich oft, was wohl aus David geworden wäre, wenn er der Sohn eines armen Mannes gewesen wäre…

Sie fand ihn in seinem Studierzimmer an dem großen Tisch, den er sich eigens hatte anfertigen lassen. Ein junger angloindischer Architekt war bei ihm. Sie saßen beide über Pläne für ein Internat gebeugt, das zu dem beabsichtigten College für Männer gehören sollte.

Der Angloinder sah sie zuerst. Er war ein schlanker, anmutiger junger Mann, dessen dunkle Haut bei hellbraunen Augen und straffem, aber nicht schwarzem Haar den Mischling verriet. Er betonte in seinem ganzen Gebaren, daß er der Sohn eines englischen Vaters war. Er tat, als existierte seine indische Mutter nicht, deren Gesichtszüge er geerbt hatte.

»Guten Morgen, Mrs. MacArd«, rief er mit seinem überbetonten Oxfordakzent und mit den lebhaften Gesten, die sein indisches Blut offenbarten. »Ich habe die ganze Zeit gehofft, daß sie hereinkommen würden. Sie haben einen so außerordentlichen Sinn für Planungen, einen so guten Blick für richtige Maße… Es tut einem immer wohl, wenn man auf so entzückende Weise auf seine Fehler hingewiesen wird.«

Olivia gab ihm lächelnd die Hand. Sie war sich wohl bewußt, wie reizend sie in ihrem weichen, weißen Musselinkleid aussah. Indien hatte ihre Weiblichkeit entwickelt, sie hielt sich nicht mehr so starr, ihre Lippen waren nicht mehr so streng geschlossen, ihre Glieder wurden weicher und voller. Aber das kam vielleicht auch von ihrem ehelichen Leben und von der Gewißheit, daß sie den Mann, mit dem sie verheiratet war, liebte. Religion, die Hingabe an Gott, oder wie man es auch nennen mochte, hatten David stark und überlegen gemacht, und die Liebe hatte sie die Lust der Unterwerfung gelehrt. Die Augen des jungen Angloinders waren unangenehm feucht, als er sie anstarrte, und sie zog ihre Hand zurück.

»Guten Morgen, Olivia«, sagte David. Er achtete sehr darauf, keine eheliche Vertraulichkeit vor Indern oder Angloindern zu zeigen, die seiner Meinung nach fast immer mehr indisch als englisch waren. »Setz dich und gib uns deinen Rat, wie Ramsay meint. Ich will nur zuerst sagen, wie ich mir das vorstelle. Ich wünsche hier«, und dabei legte er den Finger an eine Stelle des Planes, »einen großen, viereckigen Hof und in der Mitte einen Springbrunnen. Es soll etwas wirklich Schönes werden. Ich will damit junge Inder anlocken.«

»Und wenn du sie in deinem Netz gefangen hast?« fragte sie, indem sie sich über ihn beugte. Lustvoll fühlte er, wie ihre Brust sich gegen seine Schulter drückte.

»Wenn sie einmal da sind, werde ich ihre Seelen bestürmen«, erklärte er mit Nachdruck. »Ich werde ihnen zum Beispiel nicht gestatten, daß sie sich auf ihre Kaste berufen.«

Ramsay schüttelte den Kopf und zupfte an seinem winzigen schwarzen Schnurrbart. »Da wird es Schwierigkeiten geben. Auch von Indern ist ja seit jeher viel gegen das Kastenwesen gesagt worden. Aber diese Leute hängen alle an ihrer Kaste. Mr. MacArd, die Marathen sind höchst eigenwillige Leute. Sie werden Ihnen aufs freundlichste entgegenkommen und viel Einsicht und Verständnis zeigen – und plötzlich sind sie wieder schrecklich abergläubisch. Denken Sie nur an den Kult, den die Sekte Baba Jan mit dieser fürchterlichen Alten treibt! Unter ihren Anhängern sind auch gebildete und gut erzogene junge Inder. Da kann man leicht den Mut verlieren.«

Die fürchterliche Alte war eine uralte Bettlerin, die in Puna herumwanderte. Die Leute sagten, sie sei hundertfünfzig Jahre alt und könnte Tote wieder zum Leben erwecken. Es war richtig, daß sogar junge Inder, die in Oxford und Cambridge erzogen waren, mehr oder weniger an ihre besonderen Fähigkeiten glaubten, genau wie übrigens Darya.

»Es ist doch alles Unsinn, wenn man immer wieder sagt, daß die Inder besonders religiös veranlagte Leute seien«, fuhr Ramsay mit der auftrumpfenden Überheblichkeit und dem verachtenden Spott eines Mannes fort, der etwas in seiner Vergangenheit zu verbergen hat. »Inder sind nicht religiös, sondern abergläubisch. Und viele glauben überhaupt nichts. Ich kenne einen Mann, einen sehr reichen Mann, der den Spruch über seiner Tür angebracht hat: Gott ist nirgendwo.«

David hörte wie immer gespannt zu, wenn es sich um religiöse Fragen handelte. »Vielleicht müssen die falschen Götter erst einmal ausgetrieben werden, ehe der Geist des wahren Gottes einziehen kann«, bemerkte er.

»Oh, das werden die Yogis niemals zulassen«, sagte Ramsay mit sonderbarer Heftigkeit. »Sie tun, als wären sie Heilige, aber in Wirklichkeit... Sie sind bösartig!« Seine Stimme klang haßerfüllt.

»Das hängt von der Natur des Menschen ab«, erwiderte David. »Es gibt Yogis, die so voll tiefer Liebe, so gütig, so rein, so über alles Irdische erhaben sind, daß ich sie fürchte... Ich fürchte sie, weil sie Christus ähnlich sind... Aber weil sie so sind, sind sie unsere gefährlichsten Feinde. Der marathische Dichterheilige – kennen Sie Tukaram? –, dessen Gedichte ich neulich las, sagte vom Yogi:

Mitleid zeigt er gegen alle,
allen schenkt er gleiche Liebe.

Ja, das ist der Mann, den ich fürchte. Ein Heiliger ohne Christus. Die unzulänglichen, barschen, selbstgenügsamen Yogis – die fürchte ich nicht. Aus der Dunkelheit führe uns ins Licht – auch das steht in den Handschriften; und in den Herzen dieses Volkes ist noch immer leidenschaftliches Verlangen nach Licht. Ich will ihnen das wahre Licht zeigen.«

Er predigte, wie er selbst merkte, aber Ramsay und Olivia lauschten gebannt, von seiner starken Aufrichtigkeit angezogen. Sie staunte über das, was in diesem Manne, den sie jetzt liebte, schlummerte, und über seine starke Anziehungskraft. Woher kam sie, wenn nicht von dem inneren Quell seines Glaubens? Sie hielt sich auch für eine Christin, aber sie war nicht gläubig im gleichen Sinn wie er. Ihre Religion war nicht so sehr eine Kraft als vielmehr ein Teil der Atmosphäre, in der sie lebte – aber in dieser Atmosphäre gab es auch noch viele andere ebenso wichtige oder fast wichtigere Dinge; wie ihr vermehrtes Interesse am Leben, ihr freundschaftlicher Verkehr mit den hier lebenden Engländern, ihr Mitleid mit der entsetzlichen Armut, die sie überall sah, ihre Freude an der Schönheit der Berge, in die sie mit David zu kurzem Aufenthalt fuhr, oder ihre mit innerer Erheiterung gepflegte Beziehung zu den Fordhams und anderen Missionaren, bei denen sie vorsichtig auftreten mußte, weil sie Vorteile genoß, die sie nicht teilen konnten.

»Was bedeutet dieses Gekritzel?« fragte Olivia, indem sie mit dem Finger auf eine Ecke des Bauplans deutete; aber eigentlich fragte sie das nur, damit sie sich wieder an Davids Schulter pressen konnte.

»Hier soll Ramsay ein Internat für Frauen einzeichnen«, sagte David.

Ramsay griff gleich ein, indem er wie gewöhnlich zu heftig und zu laut sprach: »Ich möchte nicht gern an Ihren wohldurchdachten Plänen Kritik üben, aber das geht denn doch meinem Gefühl nach zu weit, Mr. MacArd. Die meisten Inder werden meiner Meinung nach ihre Töchter wohl kaum in ein Institut senden, in dem gleichzeitig männliche Studenten sind!«

Mit Entschiedenheit erwiderte David: »Wenn ich es mit der neuen Ramakrischna-Renaissance des Hinduismus aufnehmen soll, muß ich den Mut haben, alte Sitten zu beseitigen. Die Ramakrischna-Anhänger sind sich der Gefährlichkeit der alten Sannyasa-Ideen wohl bewußt, die so verstanden wurden, daß sich die Menschen gegen die Leiden der Welt möglichst gleichgültig verhalten sollten, da alles äußere, irdische Leben ja doch nur Illusion sei ... Ramakrischna glaubt, daß Gott in unzähligen Gestalten und Symbolen lebt und daß er überall gegenwärtig ist. In dieser Zeit anwachsenden Unabhängigkeitsdranges der Inder ist das eine sehr verlockende Idee. Sie wollen den alten Hinduismus neu beleben – und ihnen möchte ich entgegentreten, denn sonst könnte Indien für Jahrhunderte den Anschluß an die moderne Zivilisation wieder verlieren. Am meisten hängen wohl die Frauen an uralten, für unsere Begriffe abergläubischen Vorstellungen, und die Frauen will ich gewinnen, indem ich sie wie Männer erziehe.«

Ramsay lächelte skeptisch hinter seinem kleinen Schnurrbart. »Wenn Sie die neuen Lehren fürchten, warum fürchten Sie dann nicht den Nationalismus? Wird nicht in Wirklichkeit die alte religiöse Kraft dorthin abgeleitet werden?«

»Vor dem Nationalismus habe ich in Indien wenig Angst«, erklärte David, »viel mehr vor etwas Gewaltigerem, das der indische Unabhängigkeitsdrang mißbrauchen könnte - vor der Macht der Massen dieses Volkes und vor den Massen in aller Welt, vor Männern und Frauen, die nicht lesen und schreiben können, den armseligen Bauern, die in Indien ihr kleines Stück Land noch mit demselben Pflug bearbeiten wie ihre Vorfahren vor tausend Jahren und dabei halb verhungern, während die Frauen wie in alten Zeiten zu Hause sitzen, unterworfen ›den drei krummen Dingen‹, wie es die Leute selber in indischer Ironie nannten, der Handgetreidemühle, dem Mörser und ihrem krummrückigen Eheherrn.«

»O ihr zwei«, sagte Olivia, »wann werdet ihr jemals einig werden.«

Ramsay lachte. »Glücklicherweise brauchen wir uns nicht zu einigen - über Indien kann man ohnehin nicht einer Meinung sein. Selbst zwei Inder meinen nur selten das gleiche Indien, wenn sie von Indien sprechen. Aber ich bin schließlich nur ein englischer Architekt, ich sollte mich gar nicht dreinmischen. Ich habe auch über Indien nur sehr geringe Kenntnisse, da ich ja den größten Teil meines Lebens in England zugebracht habe.«

Ob er das eigens für die MacArds sagte, war nicht auszumachen. Er rollte dabei die großen Baupläne zusammen. Seine schmalen Hände waren viel dunkler als sein Gesicht, es waren typisch indische Hände.

»Also auf Wiedersehen, Mr. MacArd, guten Tag, gnädige Frau. Ich freue mich, daß Ihnen der Springbrunnen so gut gefällt, Mr. MacArd.«

Er verbeugte sich ein wenig zu tief für einen Engländer und ging fort.

»Armer Kerl«, sagte Olivia, »er gibt sich so große Mühe, als ein Engländer zu gelten.«

»Dumm von ihm«, sagte David. »Er bewirkt damit nur, daß die Inder ihn nicht leiden können, während die Engländer ihn doch niemals für einen vollwertigen Engländer halten werden.«

»Laß ihn sein, was er mag«, sagte Olivia abschließend. Sie zögerte, zu stolz, ihn darauf aufmerksam zu machen, daß er ihr noch keinen Gutenmorgenkuß gegeben hatte. Dann fiel es ihm ein.

Er stand auf und breitete lächelnd die Arme aus, und sie warf sich hinein. Diese ersten Monate ihrer Ehe waren gefährlich lustvoll, sie waren fast zu schön. Beide waren leidenschaftliche Naturen und hatten in sich Bedürfnisse, geheime Wünsche und Triebe entdeckt, die sie sich niemals hatten träumen lassen. Sie glaubten, der auf ihrer Verbindung ruhende Segen Gottes befreie sie in dieser Hinsicht von jeder Notwendigkeit der Selbstbeherrschung. Alles war ihnen nun erlaubt, da ihre Ehe ja heilig war...

Er hielt sie lange umarmt, ihre Lippen öffneten sich, ihre Zungen suchten sich wie korallenrote Schlangen, ihre Körper zitterten in der Vereinigung, obschon sie sich erst in der vergangenen Nacht vollständig hingegeben hatten... Olivia entzog sich ihm schießlich atemlos und keuchend und legte ihm den Kopf auf die Schulter. In diesem Augenblick hörten sie jemanden an der Tür husten. Sie fuhren auseinander, und Olivia sagte heiser: »Wie sie es nur immer wissen!«

Die Störung war aber ohne jede böse Absicht erfolgt. Ein junger, liebenswürdiger Diener brachte auf einem Messingtablett einen Brief.

»Von Darya«, sagte David lächelnd, als er ihn an sich nahm, »ich glaube, es ist unsere Einladung.«

So war es. Sie sollten an diesem Tage zu einem indischen Abendessen kommen. Leilamani erwarte Olivia, die Schwester und Freundin Daryas.

Darya kam ihnen an die Tür entgegen, um sie zu begrüßen, und Olivia sah sofort, daß er heute abend ganz Inder war. Es war nicht so sehr seine Kleidung, die diesen Eindruck bewirkte, obgleich das bunte indische Gewand und der um den Kopf gewundene Brokatturban seine ungewöhnliche Schönheit noch erhöhten. Die ruhige Haltung seiner kraftvollen, im Torweg stehenden Gestalt, der abwesende Ausdruck seiner großen, dunklen Augen, die Würde seines edlen Kopfes machten ihn sehr indisch und fremdartig. Er legte mit der anmutigen Geste seines Volkes die Handflächen zusammen, das Zeichen dafür, wie er einmal gesagt hatte, daß sie in jedem menschlichen Wesen das Göttliche erkannten - aber heute abend ließ diese Geste ihn fern und fremd erscheinen. Olivia wurde schüchtern und hatte ein Gefühl des Unbehagens. Sie versuchte, es zu verbergen, aber es gelang ihr nicht. Dieses Mal kam Darya ihr nicht zu Hilfe.

»Tretet ein«, sagte er feierlich. »Willkommen in meinem Hause.« Er führte sie in ein großes, mit Brokat ausgeschlagenes Zimmer. Auf dem Boden lagen unter Kissen dicke, weiche Teppiche. Er lud sie ein, Platz zu nehmen, setzte sich zu ihnen und klatschte in die Hände. Diener kamen mit Tabletts voll Fruchtsäften, Honigwasser und Süßigkeiten herein. Sie setzten sich vor David und Olivia nieder, aber nicht vor Darya. Er erteilte einem Diener mit leiser Stimme Aufträge und forderte seine Gäste zum Essen auf.

Olivia war überrascht, daß David dieser Aufforderung ohne jede Scheu nachkam, und sie folgte seinem Beispiel. Sie hatte noch nie solche Speisen gegessen und fand sie köstlich: kleine Kuchen, heiße, stark gewürzte Kügelchen aus zerkleinertem Gemüse, Honiggebäck, so zart wie Rosenblätter - und alles anmutig auf frischen grünen Blättern angerichtet.

»Dies geschieht alles dir zu Ehren, Olivia«, sagte David nach einer Weile. »Mit mir hat man sich noch nie so viele Mühe gegeben.«

Verschmitzt sah er Darya an, und der antwortete mit einem Lachausbruch. Er setzte den Turban ab, legte ihn neben sich auf den Boden und nahm von Davids Tablett einen kleinen Kuchen. »Das ist auch ganz in Ordnung«, erklärte er. »Wenn du eine indische Dame wärest, Olivia - eine moderne natürlich, denn sonst kämest du überhaupt nicht zu mir -, würdest du genauso empfangen werden.«

»Schwindle doch nicht so, Darya«, sagte David.

Darya schränkte daraufhin seine Behauptung ein. »Nun, sagen wir, mein Vater würde dich so empfangen... Ich habe das schon fast verlernt. Ich bin auch zu faul dazu. Es macht so viel Mühe, die alten Formalitäten zu beachten. Ich bringe es gerade noch fertig, notdürftig den üblichen Anstand zu wahren. Wie es meine Söhne damit halten werden, wenn sie erwachsen sind, weiß ich nicht...«

Er wurde durch das Geräusch von Kinderschritten unterbrochen, sah zur Tür und stand auf. »Ah, da kommen sie!«

Der Vorhang teilte sich, und in dem Spalt stand Leilamani mit ihren beiden Kindern, an jeder Seite eines. Immer, wenn David später an sie dachte, sah er sie, wie sie in diesem Augenblick war: eine schöne, schüchterne Frau, fast noch ein großes Mädchen... Die Mädchen der Marathen waren meistens groß. Ihre schlanke Gestalt war in einen langen Sari von blassestem Gelb gehüllt, der mit einer schwergoldenen Brokatborte eingefaßt war. Sie hatte das Ende über ihr weiches, welliges Haar gezogen, ihre großen schwarzen Augen blühten aus den goldenen Schatten. Ihre kleinen, vollen Lippen waren scharlachrot bemalt. Von der Mitte ihrer Stirn leuchtete der kleine rote Kreis, das Zeichen ihrer hohen Geburt.

Zuerst erhob sich David und dann Olivia, die unwillkürlich dem schönen indischen Mädchen die Hand hinstreckte.

»Komm«, sagte Darya zu seiner Frau. »Dies sind unsere Freunde. Dies ist Olivia.«

Leilamani kam langsam näher. Ihre bloßen Füße steckten in goldenen Sandalen. Die Kinder klammerten sich an sie.

»Du mußt Olivia die Hand geben, bei David brauchst du das nicht«, sagte Darya. Seine Stimme klang gebieterisch, aber seine Augen waren voll Zärtlichkeit. Leilamani gab Olivia ihre weiche, schmale Hand, an der die Nägel ebenso rot schimmerten wie ihr Mund.

»Sag: Olivia«, befahl Darya.

»Olivia«, sagte Leilamani, indem sie den ersten Buchstaben betonte.

»Leilamani«, erwiderte Olivia. Sie drückte leicht die hübsche Hand und ließ sie dann los.

»Dies sind meine zwei bösen Buben«, sagte Darya scherzend und fuhr ihnen über den Wuschelkopf. »Der ist fünf, und dieser ist vier. In einem halben Jahr werden wir noch ein Kind bekommen...«

Die Kinder ließen den Sari ihrer Mutter los. Der ältere schaute neugierig auf Olivias Tablett, und sie gab ihm einen Kuchen. Darauf streckte der kleinere sofort seine braune Handfläche aus, und Olivia legte ihm ebenfalls einen Kuchen hinein.

»Genug«, sagte Darya mit gebieterischer Stimme. »Geht jetzt fort und spielt!«

Sie gehorchten sofort und gingen Hand in Hand hinaus, wobei sie an den Kuchen knabberten.

Leilamani setzte sich neben Darya. Sie achtete darauf, daß sie ihn nicht berührte, denn in Gegenwart anderer war das nicht gestattet. Liebevoll, besorgt und stolz sah Darya sie an. »Sie macht sich ganz gut, nicht wahr? Meine Frau war bis zu ihrer Verheiratung im Purdah, Olivia. Nie hat sie einen fremden Mann zu Gesicht bekommen. Wenn sie mit anderen weiblichen Familienmitgliedern einen Besuch machte, mußte sie immer in einem verhängten Wagen fahren. Als ihr Vater einen englischen Wagen mit Glastüren anschaffte, wurde das Glas mit Farbe undurchsichtig gemacht, so daß niemand hinein- und niemand heraussehen konnte. Nicht wahr, Leilamani?«

Leilamani nickte lächelnd und sagte kein Wort.

Darya neckte sie. »Leilamani, du mußt jetzt ein bißchen englisch sprechen. Ich habe ihr einige Brocken beigebracht. Ich habe ihr gesagt, daß sie so schnell Englisch lernen muß, wie du Marathisch lernst, Olivia. Wäre das nicht ein hübscher Wettkampf?«

»Ich weiß nicht recht«, sagte Olivia. »Ich glaube, Englisch ist leichter.«

»Sie will sich drücken«, lachte Darya.

Mit solch leichtem Scherzen und Plaudern kam man über die anfängliche Verlegenheit hinweg. David beteiligte sich nicht an der Unterhaltung, hörte ihr aber gern zu. Er verstand sehr gut, daß Darya mit Sanftmut und Geduld seiner Frau helfen wollte, ihre Schüchternheit zu überwinden und sich von ihrer natürlich-fröhlichen Seite zu zeigen. Langsam kam sie seinem Wunsch nach, zuerst durch ungezwungene Gebärden, dann durch Lächeln und leises Auflachen, und schließlich aß sie sogar von den Süßigkeiten, die sie besonders gern mochte; aber als dann Darya zu kühn wurde, legte sie beide Hände auf seine Wange und schob ihn weg.

Olivia war bezaubert. Sie hatte noch nie eine Frau wie Leilamani gesehen, ein so junges, so kindliches und doch so tief weibliches Geschöpf, das sich indessen seiner Weiblichkeit sehr wohl bewußt war.

Leilamani strich plötzlich ganz leicht über ihren kleinen runden Leib und berührte dann mit tastenden Fingern zart Olivias schlanke Taille. »Ja?« fragte sie sanft.

»Nein«, antwortete Olivia kopfschüttelnd.

»Bald?« fragte Leilamani mit reizender Hoffnungsfreudigkeit.

»Vielleicht«, sagte Olivia höchst verlegen.

Darya brach wieder in Lachen aus. »Das darfst du ihr nicht übelnehmen, Olivia. Wie alle Inderinnen, die noch nicht durch die europäische Kultur verdorben sind, ist Leilamani stolz darauf, daß sie Kinder bekommen kann. Die meisten indischen Frauen möchten lieber tot als unfruchtbar sein. Das kannst du sicher nur schwer verstehen, nicht wahr?«

»Ich fürchte, ja«, sagte Olivia. Sie merkte jetzt, daß Leilamani sie mit aufgerissenen Augen ganz ungeniert betrachtete. Sie unterzog nun ganz offen Olivias Gesicht, Haar und Gestalt einer Prüfung. Sie befühlte den Stoff ihres dünnen, blauseidenen Kleides, dann nahm sie Olivias Hand in ihre

Linke und streichelte sie sanft mit ihrer Rechten. Mit liebenswürdigem Lächeln suchte sie Olivia zur Freundlichkeit aufzumuntern.

Es war ein bezaubernder Anblick, und die beiden Männer genossen ihn.

»Sie will dir sagen, daß sie dich wie ihre Schwester lieben wird«, erklärte Darya. »Du darfst nicht verlegen sein, Olivia. Wir glauben, daß es kein besseres Geschenk gibt als Liebe. Leilamani ist sonst gar nicht so freigebig damit.«

»Sage ihr, daß ich mich freue, sie kennengelernt zu haben. Ich hoffe, daß sie mich häufiger zu sich kommen läßt«, sagte Olivia. Das war zu wenig, da Leilamani sie doch mit so warmer Zuneigung und so großem Vertrauen überschüttete – aber Olivia war aus dem Gleichgewicht gebracht. Sie spürte etwas Neues in sich, das Hinschmelzen einer inneren Verhärtung, deren sie sich bis jetzt gar nicht bewußt gewesen war, ein Weicherwerden des Herzens, vielleicht eine neue Auffassung vom Wesen der Frau, denn Leilamani war etwas, was sie, Olivia, nicht war und was sie wohl auch gar nicht sein wollte, was sie aber dennoch stark anzog. Leilamani war eine Mischung von Charme und Weisheit, Jugend und Alter, Einfachheit und Kompliziertheit, Gefühlsbetontheit und Lebensklugheit. Olivia kam sich neben ihr plump, starkknochig und unbeholfen vor. Einesteils wäre sie gern gegangen, andernteils wäre sie gern geblieben, um Leilamani anzusehen. Sie wurde von ihr abgestoßen und sehnte sich danach, sie zu umarmen. Sie war eifersüchtig auf ihre Schönheit und bezaubert von ihr. Es war eine überwältigende, unerklärlich erregende Stunde für sie, und als sie endete und sie fortgingen, war Olivia erschöpft. Sie war sich nicht mehr sicher, ob ihr Indien wirklich ganz zusagte, oder auch nur, ob sie es immer ertragen könnte...

In dieser Nacht, als David gerade einschlafen wollte und das Summen der Moskitos in seinen Ohren erstarb, wurde er von Olivia wieder aufgeweckt, die mit bloßen Füßen an sein Bett kam. Er war sofort wach und sehr erstaunt, denn noch nie hatte sie gewagt, ohne Licht und ohne Schuhe im Dunkeln zu gehen.

»Bist du es, Olivia?« Er setzte sich auf und suchte nach den Streichhölzern und der Kerze, die er immer innerhalb des Moskitonetzes hatte.

»Ja. Laß die Kerze ruhig beiseite.«

»Warum? Was gibt's?«

»Ich weiß nicht. O David, hab mich lieb!«

»Aber ich hab dich doch lieb!«

»O ja, aber mehr, mehr, viel mehr!« Sie schluchzte fast, und er wußte nicht, was er davon halten sollte. Er hob das Netz hoch und zog sie ins Bett. »Komm zu mir, Liebste. Warum weinst du? Bist du krank?«

Auf keine dieser Fragen gab sie eine Antwort. So hatte David seine Olivia noch nie gesehen. Schluchzend und weinend, verlangend und ungestüm klammerte sie sich an ihn.

»Hab mich lieb, hab mich lieb!« rief sie, und schließlich gab er ihr nach. Die Leidenschaft schlug wie eine Woge über sie und verebbte in Erschöpfung. Noch nie hatte er sich so hinreißen lassen, noch nie hatte er seine Selbstbeherrschung so völlig verloren.

Als der Sturm vorüber war, schlief sie ein, aber er konnte kein Auge schließen. Zum erstenmal seit ihrer Verheiratung hatte er ein Gefühl von Sünde… Was er getan, wozu sie ihn gezwungen hatte, war nicht gut. Er hatte dieses gierige Verlangen noch nie so an ihr wahrgenommen, er hatte ihm nachgegeben, aber er empfand das nicht als recht. Er lag tief bestürzt da, und nach einiger Zeit stand er auf, ging in das Badezimmer und wusch sich von Kopf bis Fuß. Dann zog er frische Wäsche an, ging in sein Studierzimmer und schloß sich ein. Er zündete die Lampe an und versuchte zu lesen, aber die Worte waren taub – sie würden taub bleiben, bis er seine Sünde gestanden hätte. Er hatte sich überwältigen lassen. Sie hatte ihn in Versuchung geführt, aber er wollte die Entschuldigung, die so alt wie Adam war, nicht gelten lassen. Seine Seele gehörte ihm, und er hatte seine Seele nicht rein erhalten.

Er drehte die Lampe klein, fiel an seinem Schreibtisch auf die Knie und betete mit gesenktem Kopf, in Scham und Zerknirschung. »O Gott, vergib mir –«

Nach einer Weile fühlte er sich getröstet. Wie das Licht hinter einem Berg aufsteigt, so durchdrang dieser Trost sein Inneres. Doch sein Gebet war noch nicht zu Ende. Er hob den Kopf und flehte: »Gott, gib mir Kraft!«

Und während er betete, schlief Olivia.

8

Das Wetter schlug um, es wurde kühl, soweit es in Puna kühl sein konnte, aber Olivia fühlte sich schlapp und müde. Die Tage verflossenen in ewigem Einerlei, sie waren zwar angenehm, aber ohne Abwechslung, und sie wunderte sich, daß sie das so ruhig aushielt. Sie empfand es als eine große Anstrengung, alle Leute wieder einzuladen, bei denen sie zu Gast gewesen waren. Vor allem mußten sie ein Essen für den Gouverneur und seine Frau geben. Sie unterzog sich der Mühe jedoch, weil David immer darauf hinwies, daß er sich mit der Regierung gutstellen müsse, da er sonst seine Arbeit nicht durchführen könne. Es war eine schwierige Zeit. Der Unabhängigkeitsdrang der Inder wurde immer stärker, die Regierungsstellen waren empfindlich und reizbar. Die Amerikaner standen im Verdacht, mit der nationalen Bewegung zu sympathisieren und im Grunde die Unabhängigkeit Indiens zu befürworten.

»Ich freue mich, daß Sie sich ein gesundes Urteilsvermögen bewahrt haben«, sagte der Gouverneur bei Tisch etwas herablassend zu David.

Olivia, die am anderen Ende des ovalen Tisches saß, war gespannt, was David darauf antworten würde.

»Ich bin gegen Revolutionen, Eure Exzellenz«, sagte David ruhig. »Das heißt aber nicht, daß ich gegen Änderungen bin. Ich tue mein Bestes, junge Inder zu erziehen, die zweifellos später einmal ihr Land selbst regieren wollen – aber das wird sich wahrscheinlich im Rahmen einer langsamen Entwicklung vollziehen –, und wir, ich sowohl wie Sie, werden es vermutlich kaum noch erleben.«

»Ja, was das anbetrifft«, sagte der Gouverneur, »werden wir schon tun, was nötig ist; notfalls werden wir den Indern allmählich Unabhängigkeit geben – wenn sie dafür reif sind... Das ist jetzt bestimmt noch nicht der Fall, denn vier Fünftel des Volkes sind Analphabeten und unwissend.«

Auffallend schnell fiel ihm Olivia ins Wort. »Ich habe mich schon oft gefragt, Eure Exzellenz, warum es mit Indien eigentlich nach hundertjähriger glorreicher britischer Herrschaft noch so steht.« Sie wagte nicht, David anzusehen. Dafür heftete sie ihre Augen unbekümmert und fast herausfordernd auf das würdevolle, vierkantige Gesicht des Gouverneurs.

In äußerst scharfem Ton gab der Gouverneur zurück: »Sagen Sie doch nicht so etwas, Mrs. MacArd. Es wird mehr als ein paar hundert Jahre dauern, um Indien zu wandeln. Bedenken Sie nur, in welcher Lage es sich befand, als wir herkamen – und wie lange wir brauchten, um einigermaßen Ordnung zu schaffen. Hundert Jahre gingen hin, bevor wir wirklich beginnen konnten, hier zu regieren. Selbst jetzt sind wir noch immer nicht für das ganze Land verantwortlich. Die einheimischen Fürsten bilden Staaten für sich. Wir sind keine Tyrannen, wie Sie zu glauben scheinen. Wir zwingen den Indern nichts auf.«

Wie auf gemeinsame Verabredung fingen die anderen Gäste an, sich zu unterhalten, offenbar von der Absicht getrieben, Olivias Bemerkung in dieser Redeflut untergehen zu lassen. Sie sagte nichts mehr, sondern aß lächelnd mit gutem Appetit, denn sie hatte zu ihrer eigenen Überraschung jetzt immer Hunger – und doch gab ihr das Essen keine Kraft.

Der Abend ging vorüber, und als die Gäste fort waren, wartete Olivia darauf, daß David sie wegen ihrer Bemerkung tadeln würde, aber er tat nichts dergleichen. Er schien ganz mit sich selbst beschäftigt, wie immer in der letzten Zeit. Sie führte das darauf zurück, daß ihm die Arbeit über den Kopf wuchs. Die Gebäude schossen schnell in die Höhe, es waren bereits Studenten eingezogen. Ramsay war oft den ganzen Tag mit ihm zusammen, und Olivia bekam ihren Mann kaum zu Gesicht.

Die Diener löschten die Lichter aus, und sie begaben sich auf ihre Zimmer. Auf dem Gang hängte sie sich fest in seinen Arm.

»Bist du müde?« fragte David.

»Ein wenig«, gestand sie. Morgen würde sie ihm sagen, daß sie immer müde sei und daß etwas mit ihr nicht in Ordnung sein könne... Heute abend war sie selbst zu dieser Erklärung zu müde. Er trat beiseite, um sie vorgehen zu lassen.

In der Tür blieb sie stehen. »Habe ich heute hübsch ausgesehen?« fragte sie.

Er zögerte mit der Antwort. Sie sah Mißtrauen in seinen Augen. »Sehr hübsch«, sagte er ruhig.

Sie hatte sagen wollen: Warum gibst du mir keinen Kuß? Als sie das vorsichtige Zögern in seinen Augen sah, lehnte sie sich vor und küßte ihn auf die Wange. »Gute Nacht, David.«

»Gute Nacht, Olivia. Aber warum jetzt schon?«

»Ich werde heute nacht im Fremdenzimmer schlafen. Ich bin so müde.«

Er wartete eine Sekunde, zwei Sekunden, bevor er erwiderte: »Vielleicht ein guter Gedanke. Du siehst ein bißchen bleich aus.«

Sie wandte sich ab und ließ ihn stehen, und zum erstenmal in ihrer Ehe ging sie allein zu Bett.

Es war ihm also gleichgültig. Etwas anderes konnte sie nicht denken. Er rührte sich nicht und rief sie nicht zurück. Er liebte sie nicht so, wie sie ihn liebte... Sie begann, vor sich hin zu weinen. Es fiel ihr auf, daß sie in der letzten Zeit sehr leicht weinte.

Von diesem neuen sonderbaren Einsamkeitsgefühl befallen, dachte sie am nächsten Nachmittag hin und her, welche Bekannten sie wohl aufsuchen sollte. Gewiß nicht Frau Fordham, die ihr immer Vorhaltungen machte, weil sie nie in die

Gebetsstunde und nur selten in die Kirche ging, auch nicht zu einer der vornehmen Engländerinnen, weil diese die Amerikaner nicht leiden mochten. Zu wem denn anders als zu Leilamani? Sobald Olivia an sie dachte, wurde ihr leichter ums Herz. Sie bestellte ihren Wagen, und ohne etwas zu sagen, denn David war nirgendwo zu sehen, ließ sie sich durch die Stadt zu Darya fahren.

Dort erfuhr sie, daß Darya nicht daheim war. Sie sah, daß der Torhüter sie nur ungern eintreten ließ. Er redete lange mit dem Kutscher auf marathisch. Olivia verstand davon nur so viel, daß Leilamani niemals Engländerinnen empfing.

»Aber ich bin keine Engländerin«, sagte sie auf marathisch. Das genügte. Engländerinnen konnten kein Marathisch. Der Torhüter ließ sie sofort ein. Drinnen bat sie einen Diener, sie bei Leilamani anzumelden.

Sie wartete in dem schönen Garten, wo zahme Vögel an langen, kaum sichtbaren Fäden an Äste gebunden waren und so munter wirkten und so süß sangen, als wären sie in Freiheit. Eine zahme Gazelle, die vielleicht von den Vorbergen des Himalaja stammte, tänzelte zu ihr hin und schnüffelte ihr die Hand nach Kuchen ab. Olivia berührte das feuchte, dunkle Maul, die Gazelle sprang zurück und sah sie mit ihren unschuldigen Augen ängstlich an.

Der Diener kam zurück und bat sie, einzutreten. Als sie drei Türen hinter sich hatte, sah sie Leilamani mit ausgestreckten Händen auf sich zukommen. Die Inderin ergriff ihre Hände und hielt sie fest. »Schwester, du bist allein da? Ich freue mich so, daß du gekommen bist, jetzt können wir reden.«

»Sprich bitte sehr langsam«, sagte Olivia. »Mit meinem Marathisch ist es noch nicht weit her.«

»Doch, du sprichst schon gut«, ermunterte sie Leilamani, »aber ich kann noch immer kein Englisch. Ich bin zu dumm dazu. Er will es mir beibringen, aber ich muß bei seinem Unterricht immer lachen, ja, wirklich…« Kopfschüttelnd brach sie in lautes Lachen aus. »Komm herein, Schwester, komm!«

Sie führte Olivia, sie immer noch bei der Hand haltend, in

ein Zimmer, in dem die Kinder spielten. Jedes Kind mußte vortreten und Olivia mit zusammengelegten Handflächen begrüßen. Olivia küßte jedes auf die Wange. Dann folgte sie Leilamanis einladender Gebärde und sank auf die Kissen nieder.

Hier war es angenehm, sie fühlte sich entspannt und wohl. Die Nachmittagssonne schien zur offenen Tür herein, und die zwei Knaben spielten ruhig am anderen Ende des Zimmers. In großen Messingvasen standen duftende Lilien. Es war wundervoll still.

»Es ist so ruhig hier«, sagte Olivia. »Wie kommt es, daß es in deinem Hause trotz der Kinder immer ruhig ist?«

»Wenn er hier ist oder unsere Verwandten kommen, ist es nicht ruhig«, sagte Leilamani. »Es kommt daher, daß ich ruhig bin, weil es mir so gefällt. Ich lasse andere reden und höre lieber zu. Schlaf doch ein wenig, Schwester – du siehst müde aus.«

Olivia lächelte, lehnte sich in die Kissen und schloß die Augen. »Schlafen darf ich doch nicht«, murmelte sie, »aber ich will ein paar Minuten ausruhen.«

Aber sie konnte nicht ruhen, sie öffnete gleich wieder die Augen und sah, daß Leilamani sie aufmerksam beobachtete. Sie blickte weg und tat so, als betrachte sie einen Wandteppich, dann sprach sie mit den Kindern. Diener brachten die üblichen Fruchtsäfte und Süßigkeiten. Olivia aß und trank und suchte ihren ungewöhnlichen Hunger und Durst zu verbergen. Dann aber konnte sie Leilamanis forschendem Blick nicht mehr ausweichen. Sie sah ihr offen ins Gesicht.

Da brach Leilamani in Lachen aus und klatschte in die Hände. »Du auch, Schwester!« rief sie. Sie beugte sich vor und befühlte Olivias Taille mit beiden Händen. Olivia begriff nicht und starrte sie verwundert an.

»Ja, ich weiß, es ist so«, sagte Leilamani halb singend. Sie strich an ihrem eignen schwellenden Leib hinunter. »Es wird wieder ein Junge! Ja, ich weiß es, ich fühle es, wie er sich hochreckt, genau wie die anderen zwei, das tun nur Jungen. In ein paar Monaten kann ich dir sagen, ob auch du einen Jungen bekommst.«

Ein heißes Erröten flog über Olivias ganzen Körper. Sie verstand. Ja, vielleicht... Und wenn es so war, konnte sie sich auch erklären, warum sie so schlaff, so hungrig, so gleichgültig war, warum besonders der Haushalt ihr so lästig wurde. »Ich hatte keine Ahnung«, stammelte sie.

»Oh, es ist gut für mich, daß ich es dir als erste sage. Ich bringe dir eine gute Nachricht. Ich werde es dem Vater meiner Söhne sagen. Er wird sich sehr freuen und es seinem Bruder in deinem Hause sagen, und dann werden wir alle glücklich sein.« Sie setzte sich auf und lauschte. »Ah, da ist er! Ich höre ihn. Ich werde es ihm gleich sagen.«

»Nein, nein, bitte«, flehte Olivia. »Ich muß es zuerst meinem Mann mitteilen. Ich muß jetzt gehen.« Sie zog Leilamanis Zuversicht nicht in Zweifel. Instinktiv fühlte sie, daß sie recht hatte. Es war die Erklärung für alles, was sie nicht verstanden hatte...

»Dann geh nur«, sagte Leilamani freudig. »Geh und komm bald wieder. Ich werde beten, daß es ein Sohn wird.«

Als sie heimkam, wartete David auf sie. Er hielt einen Brief in der Hand. Als sie sein ernstes Gesicht sah, blieb sie stehen. »Ich war bei Leilamani.«

»Das hörte ich vom Pförtner. Dieser Brief ist vom Gouverneur. Er ist sehr ungehalten über deine Bemerkung...«

Sie bekam unerklärlicherweise einen Weinkrampf. »Schimpf nicht, David – jetzt nicht. Ich bekomme nämlich ein Kind.« Sie warf sich ihm an die Brust und fühlte, wie seine Arme sie umschlossen. Der Brief fiel zu Boden.

Er fuhr mit ihr für eine Woche in die Berge, damit sie allein für sich sein konnten. Eine ganze Woche seines Lebens gab er ihr als Geschenk, weil sie ein Kind unterm Herzen trug. Der englische Arzt in Puna hatte es bestätigt. Dann gab er David einen Rat. »Sie ist ein bißchen nervös, Mr. MacArd. Fahren Sie mit ihr für kurze Zeit in die Berge.«

Aus dem flachen Bergtal hörten sie abends ein klagendes Lied, das Lied Indiens, die Stimme des indischen Dorfes.

»Pflüge mein Herz um, Geliebte,
wie ich dieses Land pflüge.
Wie ich dieses Land mir zu eigen mache.
Mache mich dein eigen,
Pflüge mein Herz um, Geliebte.«

Fern in der sinkenden Dämmerung arbeitete noch ein Mann auf seinem Feld und sang bei der Arbeit. Sie hörten seine volle, klare Stimme. David fühlte, wie ihn Olivia schnell bei der Hand faßte.

»Was ist dir, Olivia?«

Sie saßen auf der geschlossenen Veranda des Berghauses, sicher vor den Nachtinsekten. Die kühle Höhenluft war erfrischend. Obschon er diese Woche allein mit ihr verbringen wollte, konnte er seine Gedanken, seine immer mehr wachsenden Pläne, vor allem aber seine Zweifel nicht in Puna zurücklassen... Sein Leben, dachte er manchmal, war eine Reihe kühner Schritte nach vorwärts - und dann immer wieder ein langer, von Zweifeln ausgefüllter Stillstand. War es recht getan, daß er so große Bauten für die Zukunft ausführte? Baute er wirklich von göttlichem Drang befeuert, oder wurde er am Ende nur als Sohn MacArds von ererbter Großmannssucht getrieben? Aber Indien selbst schien ihn zu großzügigen und gewaltigen Plänen zu zwingen, zu weit vorausschauendem Denken. Millionen warteten; er konnte sich nicht mit einzelnen beschäftigen.

»Der Klang dieses Liedes macht mich schrecklich einsam«, sagte Olivia plötzlich.

»Warum?«

»Selbst mit dir bin ich hier einsam. Es ist eine Art Welteinsamkeit, die ich nicht erklären kann.«

»Vielleicht kommt es nur daher, daß du das Gesicht des singenden Mannes nicht sehen kannst«, bot David als Erklärung an.

»Möglich.«

Sie sagten nichts mehr. Die Anstrengung, ihm eine Erklärung zu geben, erschien ihr zu groß. Denn wenn sie eine gab oder geben konnte, würde er sich doch nicht damit beschäftigen. Die Stimme des einsamen Mannes hatte ihn in Bezirke geführt, die ihr verschlossen waren. Er erging sich in seinen unendlichen Traumgefilden. Sie war überzeugt, daß er sie liebte, aber sie wußte, daß sie nicht seine einzige Liebe war, und jetzt war es ihr nicht mehr selbstverständlich. Sie mußte ihn, wie sie nun immer klarer erkannte, mit Millionen Menschen teilen – mit diesen Sängern in der Nacht, deren Gesichter er nicht sah, obwohl er sie ständig vor Augen hatte; sie waren der Stoff für seine Gedanken und Träume. Sie konnte ihn nicht mehr allein für sich besitzen. Diese paar Tage in den Bergen hatten ihr klar genug gezeigt, daß sie ihn nie ganz besitzen würde, weil er bereits besessen war. Sie konnte ihren Einfluß auf ihn, welcher Art der auch sein mochte, nur verstärken, wenn sie ein Teil von dem wurde, was er liebte... Das hieß: auch sie mußte sich Indien widmen. Selbst das Kind konnte ihr David nicht völlig zu eigen machen.

In einem Anfall von Verzweiflung fühlte sie Heimweh nach ihrem eigenen Land, nach ihrer Mutter und nach den Straßen New Yorks. Was tat sie hier in dieser einsamen, von Tigern durchstreiften Gegend, hoch über den Ebenen Indiens? Sie ergriff seine Hand und hielt sie umschlungen, als wäre sie ihr einziges Besitztum. Er erwiderte ihren Händedruck nicht, wenn er die Hand auch nicht zurückstieß. Er ließ sie nur gewähren.

Wenn sie damals hätte David lieben können, als er sich als junger Mann ihr zu Füßen geworfen und sie um Liebe angefleht hatte, ein verwöhnter und fast kindlicher Junge, aber kein Mann für ein Mädchen wie sie, wenn sie aber damals den Mann, der er jetzt war, in ihm vorausgesehen und sich geduldig von ihm hätte lieben lassen, würde er dann nur sie, und zwar mit ganzem Herzen geliebt haben? O nein, denn wenn sie ihn geliebt hätte und sich von ihm hätte lieben lassen, wäre er nie dieser Mann geworden, den sie anbetete, weil er sich ihr nicht beugte. Sie hatte, was sie sich wünschte, einen starken, seiner selbst sicheren Mann, der seiner Arbeit verschworen war, und vielleicht konnte ein solcher Mann nicht nur einzig und allein eine Frau lieben, nicht einmal sie – wenigstens nicht, wenn Indien ihre Nebenbuhlerin war…

»Die Luft wird feucht«, sagte sie.

»Sollen wir hineingehen?«

»Ja, ich bin müde.«

Sie gingen zusammen in das große mittlere Zimmer. Eine schwach brennende Lampe verbreitete trübes Licht. Er legte den Arm um sie, sie lehnte sich an ihn.

»David, ich freue mich auf das Kind.«

Er war plötzlich zärtlich. »Ich weiß, Liebste, es ist Gottes Segen – aber sage mir, weshalb du dich freust.«

Sie konnte ihm nicht die ganze Wahrheit sagen, wie sie plötzlich erkannte. Wenn sie ein Kind hatte, wenn sie mehrere Kinder besaß, konnte sie sich nie ganz Indien widmen. Sie würde keine Zeit dazu haben, die Kinder gingen vor.

»Ich will mindestens vier Kinder haben«, sagte sie. Ihr Gesicht war an seine Brust geschmiegt. »Während du deine Arbeit tust, will ich für sie sorgen. Ich werde dich nicht von deiner Arbeit abhalten. Du sollst ganz frei für sie sein.«

»Meine vollkommene Frau!« murmelte er.

Er fuhr ihr liebkosend über die Haare, sie schloß die Augen und preßte sich wild an ihn. Oh, sie würde ihn ganz mit ihrem Leben umgeben, ihre Liebe würde die Luft sein, die er atmete, und wenn er das auch nicht merkte, so würde er doch auch nicht spüren, daß sein Gott nicht ihr Gott war, ja, daß sie keinen anderen Gott brauchte als Liebe…

Am Ende der Woche fuhren sie nach dem Missionshaus in Puna zurück. Sie entließ ihren marathischen Lehrer. Die Verbindung mit Indien sollte aufhören. Sie wollte nur Davids Frau sein.

Sie benachrichtigte Leilamani, daß sie sich nicht wohl fühle und daß sie ihr keinen Besuch machen könne, und als Darya vorsprach, tat sie sehr fremd mit ihm. Er machte ihr keinen Vorwurf, weil Leilamani ihn schon unterrichtet hatte, und er wußte, daß schwangere Frauen reizbar und launisch sind.

»Das Lernen ermüdet mich«, sagte sie zu David, als sie merkte, daß ihm die Entlassung des Lehrers nicht gefiel.

Die schnelle Ermüdbarkeit in diesem heißen Klima war nun ihre Waffe. Was wollte denn auch ein Mann dagegen sagen! Die Frau mußte sowohl die Last des Kindes als auch ihre eigene tragen. Sie brauchte doppelte Energie, doppelt soviel Schlaf wie früher, dazu hatte sie keinen Appetit mehr. David wollte sie nicht plagen, er wollte mehr Rücksicht auf sie nehmen, denn er dachte an die schwere Aufgabe, die sie zu erfüllen hatte. Er küßte sie zart und verzieh ihr, daß sie ihn plötzlich barsch anfuhr.

»Ich bin nicht aus Glas, David, küß mich nicht, als wäre ich zerbrechlich.« Sie schleuderte ihm diese Worte entgegen, und er erstaunte, welche Wut in ihren dunklen Augen aufflammte.

Dann lachte er. »Versucherin!« sagte er, schloß sie in die Arme und küßte sie heftig und lange. »Ist das besser.«

»Ja... Aber noch einmal...«, flüsterte sie.

Als sie so mit aneinandergeschmiegten Körpern mitten im Zimmer standen, öffnete sich die Tür, und die Aya schaute herein; sie sah sie und machte die Tür gleich wieder zu, Erstaunen und Entsetzen auf dem Gesicht. Sie drehten den Kopf, sie sahen den Blick, und David löste sich von ihr.

»O diese Aya!« sagte Olivia atemlos.

»Schließlich ist es Nachmittag, Olivia, und ich sollte bei meiner Arbeit sein.«

»Seit unserer Rückkehr nach Puna hast du mich überhaupt noch nicht richtig geküßt.«

Er lachte verlegen. »Aber wir sind doch verheiratet und immer zusammen. Ich muß jetzt gehen.«

»Na, schön!«

Er sah, daß sie schmollte, nahm ihr Gesicht in beide Hände, küßte sie herzlich, aber ohne Leidenschaft, lächelte in ihre rebellischen Augen und ging schnell weg.

Sie stand allein mitten im Zimmer und ließ sich den Vorgang zur Lehre dienen. Auch daran war Indien schuld – Indien würde ihr immer im Wege sein und ihn von ihr trennen. Was konnte eine Frau allein gegen dieses ewige Symbol tun?

Es war das Jahr, in dem der Monsun ausblieb. Zuerst trösteten sich die erschreckten Menschen mit der gegenseitigen Versicherung, die heiligen Winde hätten sich nur verspätet. Manchmal kamen sie um eine Woche oder gar um einen Monat zu spät. Diese Verzögerung war schon schlimm genug, denn sie bedeutete eine magere Regenzeit.

Woche um Woche verging, und die schwache Hoffnung wich schließlich unumstößlicher Gewißheit. Die warmen Luftströmungen hatten einen anderen Weg genommen. Der Norden hatte genug Regen, und selbst im Osten waren kurze, aber schwere Regenfälle niedergegangen. Im Westen Indiens, jenseits des hohen Zentralplateaus, blieb der Regen aus. David sah die unvermeidliche Hungersnot kommen. Der Bevölkerung bemächtigte sich dumpfe Niedergeschlagenheit. Ja, die Hungersnot war unausbleiblich. Nahrungsmittel, die jetzt schon spärlich waren, wurden gehamstert. Viele Arme bereiteten sich in seltsamer Gewißheit auf den Tod vor.

Inmitten dieser Not wurde Olivia von ihrem Kind entbunden. Sie hatte sich geweigert, für ihre Niederkunft in das englische Krankenhaus in Bombay zu gehen. Der englische Arzt in Puna hatte sich ihrer angenommen, und eine angenehme eurasische Pflegerin wurde für einen Monat verpflichtet.

Das Kind war ein Junge. Es wurde am späten Nachmittag geboren, während die trockene Hitze über der Stadt flimmerte. Die Luft war so trocken, daß der Arzt, wie er murrend sagte, nicht schwitzen konnte. Er war froh, daß seine Patientin jung und kräftig war. Er entband nicht gern weiße Frauen und riet ihnen immer, nach Bombay zu gehen; aber diese hier war eigensinnig und wollte auf keinen guten Rat hören. Wenn Komplikationen einträten, müsse er die Verantwortung ablehnen, sagte der Arzt. Aber alles ging glatt. Die Mutter war tapfer und vernünftig. Sie hatte gebeten, man möchte ihren Mann herbeiholen, aber als es sich herausstellte, daß er in das

Eingeborenenviertel gegangen war, war sie es auch zufrieden und wurde auch ohne ihn fertig. Der Arzt war ein Gegner der Anwendung moderner Betäubungsmittel bei der Geburt und ließ alles seinen natürlichen Verlauf nehmen. Doch er beobachtete die Mutter dauernd und sprach ihr gut zu.

»Tapfer, tapfer, Mrs. MacArd«, sagte er, »Sie werden leicht gebären.«

Ein paar Stunden später, als alles vorüber war, schnappte sie ein paarmal nach Luft und seufzte dann tief auf. »Ist das Kind gesund?« fragte sie.

»Ein prächtiger Junge«, erwiderte der Arzt. »Herzlichen Glückwunsch.«

Die kleine, dicke, ewig lächelnde Pflegerin hielt den winzigen, in ein blaues Flanelltuch eingeschlagenen Kerl hoch, und Olivia betrachtete ihren Sohn. Dann lachte sie. »Er sieht genau wie sein Großvater aus. Er wird rote Haare und rote Augenbrauen bekommen und bösartig werden.«

Alle lachten mit ihr, der Arzt zwirbelte seinen gefärbten Schnurrbart. Schade, daß der Mann nicht da war, dachte er. Solcher Mut war selten. Weiße Frauen wurden in diesem Klima gewöhnlich empfindlich. Er war sehr stolz auf sich und gab der Pflegerin strenge Vorhaltungsvorschriften, damit sie den Fall nicht am Ende noch verpfuschte. Man konnte diesen Mischlingen nie so trauen wie einer richtigen englischen Pflegerin...

Als David abends heimkam, brannte im ganzen Haus das Licht. Die Diener standen erwartungsvoll da und sprachen nur in Flüsterlauten.

»Sahib...«

»Sahib – ein Sohn!«

»Sahib...«

Sie tuschelten alle zusammen drauflos. Jeder wollte die gute Nachricht zuerst anbringen. Schließlich kam die Pflegerin mit dem blauen Bündel auf dem Arm heraus. David, so überrascht, als ob er nicht schon seit Monaten auf dieses Ereignis vorbereitet gewesen wäre, blickte verwundert in das feste, runde Gesicht seines Sohnes.

»Mrs. MacArd behauptet, er sähe aus wie Ihr Vater«, flötete die Pflegerin.

»Das tut er auch«, rief David. Er war aber nicht ganz sicher, ob das ein Vorzug war. Die Ähnlichkeit war jedenfalls unverkennbar. Mit ruhigen, erstaunten Augen blickte der Sohn seinen Vater an.

»Ich glaube, er mag mich nicht«, sagte David.

Die Pflegerin lachte. »Er kann Sie nicht sehen, Mr. MacArd. Dazu ist er noch zu jung.«

»Das ist ein Trost.«

Trotz des niederdrückenden Tages wurde ihm plötzlich fröhlich zumute. In der Eingeborenenstadt waren die Straßen schon mit Flüchtlingen vom Lande gefüllt. Er hatte sich selbst ein Bild von dem Zustand machen wollen. Er hatte mit den Leuten gesprochen. Alle hatten dasselbe gesagt. Die Vorräte seien erschöpft, die Felder seien dürr und rissig, die Kühe nur noch Skelette, die Brunnen ausgetrocknet… Nur in der Stadt gab es noch Lebensmittel, und dahin strömten die Bauern nun zusammen, Hilfe bei Verwandten zu suchen oder zu betteln. Es blieb ihnen nichts anderes übrig, wenn sie nicht verhungern wollten.

Auf dem Heimweg hatte er sich entschlossen, morgen beim Gouverneur um Hilfe zu bitten, aber er wußte, daß der zurückhaltende und pessimistische Engländer nur die Achseln zucken und ihn an den Generalgouverneur in Bombay verweisen würde. Nun, dann würde er eben nach Bombay fahren… Sonderbarerweise war seine Schule voller denn je. Seine Schüler waren alle Söhne reicher Eltern.

All das war nun vergessen. Er lächelte seinen Sohn an und ging dann in das Zimmer, in dem Olivia lag.

»Sie schläft«, warnte ihn die Pflegerin.

Er ging trotzdem hinein, schlich sich auf den Zehenspitzen ans Bett, neben dem eine Kerze brannte. Durch das neblige Weiß des Moskitonetzes sah er Olivia starr und still daliegen. Die Pflegerin hatte sie hergerichtet, denn ihr dunkles Haar war sorgfältig gebürstet und lag über ihre Schultern gebreitet. Ihre Hände waren auf der Brust gefaltet. Die Decke war straffgezogen und unter den Armen umgeschlagen. Der Spitzenbesatz ihres weißleinenen Nachthemdes rahmte ihr Gesicht ein, das keine Spur von Leben zeigte. Sie atmete tief und ruhig. Erst jetzt bemerkte er, wie lang ihre schwarzen Wimpern waren.

Als er so dastand und sie betrachtete, ohne gesehen zu werden, fühlte er eine neue und unaussprechliche Liebe zu ihr in sein Herz strömen. Wie schön, wie ergeben und wie stark sie war! Eine andere Frau hätte sich beklagt, daß man sie so viel allein ließ, aber sie beklagte sich nie und würde es auch jetzt nicht tun. Er hatte sie nicht genügend umhegt, machte er sich selbst zum Vorwurf, von jetzt an wollte er ihr seine Liebe offener zeigen, während sie mit gleicher Liebe an dem Kind hängen würden... Aber er sehnte sich, ihr jetzt schon zu zeigen, wie sehr er sie liebte. Er hob das Netz hoch, kroch hinein, setzte sich auf den Bettrand und ergriff zart ihre Hände.

Sie öffnete langsam die Augen, als erwache sie aus einem tiefen Traum, und sah dann, daß er es war. »Liebster David«, murmelte sie schlafbefangen.

Er beugte sich über sie und flüsterte: »Ich habe ihn gesehen, Olivia. Ich habe unseren Sohn gesehen!«

Ein Lächeln spielte um ihre Lippen. »Ganz der alte MacArd.«

»Komisch, was? Aber vielleicht ist er innerlich dir ähnlich...«

»Ich möchte, daß er aussieht wie du.«

»Nun, warum nicht? Er wird sich noch ändern...«

»Ach, wie müde bin ich!« Die Worte erstarben ihr im Munde, zitternd fielen ihr die Lider zu.

»Schlaf, Liebste«, sagte er. »Ich hätte dich nicht wecken sollen.«

Ihre Lider hoben sich wieder. Sie warf ihm einen Blick voll tiefem Glück zu und schlief wieder ein.

Er schlich sich aus dem Zimmer, schloß die Tür geräuschlos hinter sich und ging in sein Studierzimmer, um allein zu sein und Gott zu danken.

9

»Hungersnöte sind chronisch in Indien, Mr. MacArd«, sagte der Generalgouverneur in Bombay. Er war ein großer, gutaussehender Engländer, ein stolzer, vornehmer und dazu offensichtlich rechtschaffener Mann.

»Muß das so sein?« fragte David.

»Es ist immer so gewesen«, erwiderte der Generalgouverneur. »Wir haben sie eingeschränkt, wir haben Eisenbahnen und Berieselungsanlagen und sogar große und kleine Wasserspeicher gebaut, um die Wasser des Himalaja abzufangen. Wir geben Millionen von Menschen Nahrung und noch mehr Millionen Arbeit, so daß sie sich eingeführte Nahrungsmittel kaufen können – und trotzdem schätze ich, daß allein in der Präsidentschaft Bombay im nächsten Vierteljahr fünfzehn Prozent der Bevölkerung sterben werden. In einigen Provinzen können es sogar fünfundzwanzig Prozent werden. Statistiken in Indien können niemals genau sein.«

David hörte ihm mit geziemender Achtung zu. Der Generalgouverneur war immer höflich zu ihm, in der ersten Zeit wohl deshalb, weil David der Sohn des großen amerikanischen Finanzmannes war, jetzt aber auch, weil er David schätzengelernt hatte. David hatte immer die Beziehungen zur Regierung gepflegt, und jetzt baute er eine so gut fundierte Schule auf, daß viele der dort erzogenen jungen Männer in Indien Regierungsbeamte werden würden... Seine Schüler mußten vor allem treu zur Regierung stehen, denn gerade in diesen Zeiten war das unschätzbar.

»Mein Vater würde sagen, Indien braucht mehr Eisenbahnen«, erklärte David. »Ich höre, daß es im Norden immer mehr als genug zu essen gibt. Es ist alles nur ein Verteilungsproblem.«

Den Generalgouverneur reizte diese Bemerkung, aber er gab sich Mühe, sich nichts anmerken zu lassen. »So einfach ist das nicht! Das wirkliche Problem ist die Überbevölkerung. Die Zeitungen sind voll von Inseraten, die Mittel zur Schwangerschaftsverhütung anbieten, und doch habe ich, soweit ich mich erinnern kann, noch nie einen unfruchtbaren Menschen, ob Mann oder Frau, in Indien erblickt. Nein, Mr. MacArd, alle Hilfsmittel des Empire können nie mit dieser Fruchtbarkeit der Bevölkerung Schritt halten. Ein Teil ist eben zum Hungern verurteilt.«

David überlegte, was er hierauf antworten sollte. Er wußte genau, was Darya sagen würde, denn er hatte einmal gewagt, diese bekannte, offizielle Erklärung zu zitieren, worauf Darya nahezu in Wut geraten war.

»Ah, wie mich das anwidert! Jede Unterlassung hat die Regierung mit dieser Erklärung entschuldigt. Wenn wir uns zur Freude der Engländer nicht so schnell vermehrten, existierte Indien schon längst nicht mehr... Betrachte unsere durchschnittliche Lebensspanne in diesem Teil des Landes – siebenundzwanzig Jahre! Ist das unsere Schuld? Betrachte unsere Sterbeziffer – fast die Hälfte unserer Kinder stirbt vor Vollendung des ersten Lebensjahres. Können wir es uns leisten, nur wenige Kinder zu haben? Wir stehen dem schlimmsten Klima der Welt und einer im Grunde völlig gleichgültigen Regierung gegenüber.«

Diese Worte konnte David hier nicht wiederholen. Er war klug genug, sich daran zu erinnern, daß er gelegentlich um Vergünstigungen bitten mußte und daher diesen Engländer nicht verärgern durfte. Außerdem konnte Darya vielleicht auch unrecht haben, er traf bei diesen Problemen durchaus nicht immer das Richtige...

Er stand auf. »Ja, Eure Exzellenz, es wird uns wohl nichts anderes übrigbleiben, als diese Hungersnot durchzustehen. Sie berührt mich nicht persönlich, meine Schule ist voller als je.«

»Die reichen Familien werden wohl ihre Söhne an einem sicheren Platz unterbringen wollen, wo sie vor Krankheiten geschützt sind. Das ist meiner Ansicht nach das Schlimmste an der Hungersnot. Die Entbehrungen haben Krankheiten zur Folge. Wir bereiten uns natürlich auf Epidemien vor.«

»Dessen bin ich sicher. Darf ich mich verabschieden, Exzellenz?«

»Auf Wiedersehen, Mr. MacArd. Sie wissen, daß ich alles, was Sie für Indien tun, sehr zu schätzen weiß.«

»Danke, Eure Exzellenz.«

Sie gaben sich die Hand, und der Generalgouverneur unterstrich seine Anerkennung noch durch ein verbindliches Lächeln. Dieser große, ernste Amerikaner war kein gewöhnlicher Missionar. Er hatte Reichtum und Vergnügen verschmäht, um Geistlicher und Lehrer zu werden - eine sehr christliche Tat... »Laß alles im Stich und folge mir nach« und so weiter... So etwas sah man selten.

Draußen vor den Toren des Palastes, wo die großen Sikhs in ihrer scharlachroten Uniform Wache standen, stieg David in seine Mietsdroschke und ließ sich zum Hotel zurückfahren. Er war traurig und verstört. Die staubige, trockene Luft, die über der Stadt hing, schien böse Dinge auszubrüten. Er machte sich Vorwürfe, daß er Olivia und das Kind mit nach Bombay genommen hatte. In Puna war ihm das als das Richtige vorgekommen. Olivia brauchte eine Veränderung, warum hätte er sie ihr verwehren sollen? So waren sie zusammen mit Aya und einem Diener hergefahren. Der mußte einen Schirm über das Kind halten, wenn Aya mit ihm an die Luft ging. Die paar Tage in Bombay hatten Olivia gutgetan.

Als er an diesem Abend in ihr Zimmer kam, war sie in bester Laune. Sie trug ein weiches, weißes Musselinkleid. Ihre Wangen waren sogar etwas gerötet.

»Schläft Ted?« fragte er.

Sie verzog ein wenig das Gesicht.

»Ja, Theodor schläft.«

Sie hatten das Kind Theodor genannt, Geschenk Gottes. Sie wollte von keiner Abkürzung des Namens hören.

»Warte nur, wenn er im College erst Fußball spielt«, scherzte er.

»Ich werde ihn immer Theodor nennen«, sagte sie entschieden. Sie hielt ihm das Gesicht zum Kuß hin.

»Warte, Liebste, bis ich mich gewaschen habe«, wehrte er ab. »Wir müssen uns immer waschen, wenn wir von der Straße heimkommen. Vergiß das nie, Olivia – versprichst du es mir?«

»Ich tue das immer«, schwor sie.

»Dann ist es gut.«

Er wusch sich im Badezimmer Hände und Gesicht gründlich mit Seife. Als er zurückkam, rieb er sich noch immer das Gesicht mit einem Handtuch.

Sie stand vor dem Spiegel und legte ein Halsband um. »Ist es hübsch?« fragte sie, als sie sein Gesicht im Spiegel sah.

»Sehr hübsch«, erwiderte er. »Was ist das?«

»Kristall«, sagte sie. »Ich habe es heute im Eingeborenenviertel gekauft.«

Er ließ das Handtuch fallen. »Im Eingeborenenviertel, Olivia?«

»Ja, man sagte mir im Hotel, dort gäbe es wundervolle Läden – und es stimmte auch.«

Er schluckte den Tadel hinunter, den er schon auf der Zunge hatte. Er hätte sie warnen sollen. Sie war noch immer ein Neuling in Indien und kannte die Gefahren in Zeiten der Hungersnot nicht. Er wollte sie aber lieber nicht erschrecken. Epidemien waren ja noch nicht ausgebrochen; sie waren nur zu befürchten.

»Geh nicht mehr unter so viele Leute«, bat er sie. »Bei einer Hungersnot hält man sich besser von ihnen fern.«

»Du kannst dich darauf verlassen, David, daß ich tue, was du sagst.«

»Dann ist es gut.«

Als er ihr jetzt den Kuß gab, war er froh, daß er sie nicht erschreckt hatte. Ihre dunklen Augen glänzten, und er sah, daß sie schöner war als je. »Das Kristallhalsband steht dir wirklich gut«, sagte er. »Laß uns zum Essen gehen.«

Die Pest kroch in die große Stadt Bombay, ohne von den Weißen bemerkt zu werden, denn in den Elendsquartieren verbargen die Inder ihre Toten. Die Stadt erschien so schön wie immer. Die Weißen hatten sich seit langem daran gewöhnt, über die Sterbenden und Hungernden, denen sie, wie sie meinten, doch nicht helfen konnten, hinwegzusehen. Sie blickten zu dem Berg und zu den Palmenhainen, zu den vielen Schiffen in dem prächtigen Hafen, zu den großen Läden, in denen die reichen Leute aus aller Welt ein und aus gingen. Sie blickten bisweilen in die Vergangenheit und manchmal in die Zukunft, doch die Gegenwart wollten sie nicht sehen. Vor hundert Jahren, als ein paar englische Handelsschiffe in den Hafen einliefen, war Bombay eine Handvoll Inseln gewesen, zwischen denen die Meeresfluten rauschten, eine kleine Anlegestelle und ein idyllisches Fischerdorf. Aber die Engländer waren wiedergekommen, weil der Hafen von Tapti versandete und in Surat keine Geschäfte mehr zu machen waren – und so blieb nur der große natürliche Hafen von Bombay übrig. In den hundert Jahren zwischen der Landung der ersten Engländer und dem Einzug des Generalgouverneurs in Malabar-Point war Bombay zu einer prunkvollen Großstadt herangewachsen.

Die Engländer hatten Bombay geschaffen, aber die Inder besaßen es, und in dem Jahr, als die Monsune ausblieben und die Hungersnot hereinbrach, kroch die Pest in die Viertel, in denen keine Weißen wohnten. Die Angestellten der großen Hotels, die nachts in den pestverseuchten Baracken der Eingeborenenstadt schliefen, erzählten den Weißen nichts von ihren Nächten.

Nach ihrer Rückkehr nach Puna fühlte Olivia eines Morgens Kopfweh, das immer heftiger wurde und zu Schwindelanfällen führte. Sie wachte auf und fühlte sich plötzlich erstaunlich schwach. David war bereits aufgestanden. Sie versuchte, sich zu erheben und nachzusehen, ob das Kind im anstoßenden Zimmer wach war. Sie konnte aber den Vorhang nicht heben und fiel auf die Kissen zurück.

Als David in seinem Arbeitszimmer auf den Knien betete, fühlte er sich auf einmal innerlich aufgerufen. Es war ein Befehl ohne Worte, aber so dringend, daß er ihm nicht widerstehen konnte. Unter diesem Zwang und unwillig darüber stand er auf, durchschritt den breiten Gang, der noch kühl von der Nacht war, und ging in das Zimmer, in dem er vor einer Stunde seine Frau schlafend zurückgelassen hatte. Sie schlief jetzt nicht. Im Nebel des weißen Netzes lag sie mit weit geöffneten und ängstlichen Augen auf den Kissen.

»Olivia!« rief er. »Was ist mit dir?«

»Ich weiß nicht«, flüsterte sie. »Ich bin plötzlich so schwach. Ich habe schreckliche Kopfschmerzen.«

Er warf das Netz zurück und faßte ihre Hände. Sie waren heiß und schlaff.

»Ich werde sofort den Arzt rufen lassen. Bleib liegen.«

Sie lächelte müde; es war doch ganz klar, daß sie nichts anderes tun konnte als liegenzubleiben. Die Lider sanken ihr über die Augen, ihr Gesicht war weiß, David eilte wieder in sein Zimmer, riß an dem Glockenstrang und kritzelte eine Notiz für den Arzt im englischen Krankenhaus. »Bring diesen Zettel zum Krankenhaus und hol den Arzt«, befahl er dem bereits wartenden Diener.

Der Mann schlüpfte aus dem Zimmer wie ein Schatten. Es verging kaum eine Stunde, da kam der Arzt. David saß wartend an Olivias Seite.

Sie konnte ihren Tee nicht trinken, ja nicht einmal den Kopf heben. »Laß mich allein«, keuchte sie.

So saß er da und hielte ihre schlaffe, brennend heiße Hand, und als der Arzt kam, winkte er ihn mit zusammengepreßten Lippen herbei. Der große, magere Engländer in seinem frischen Leinenanzug trat ans Bett und untersuchte Olivia. Sie sagte kein Wort. Wenn er sie etwas fragte, nickte sie nur leicht, und selbst das kostete sie eine ungeheure Anstrengung. Ja, der Schmerz war unerträglich, das Atmen wurde ihr schwer, sie fühlte sich so schwindlig, daß sie das Gesicht des Arztes nicht richtig erkennen konnte.

Der Arzt richtete sich schließlich auf und zog die Decke über sie. Sie war zu gleichgültig, um ihn nach seiner Diagnose zu fragen. Er bedeutete David, ihm auf den Gang zu folgen. »Waren Sie kürzlich in Bombay?« fragte er in seinem ernstesten Ton.

»Vergangene Woche«, sagte David.

»War sie in der Eingeborenenstadt?«

»Einmal«, sagte David.

»Ich fürchte, es ist Beulenpest. Ich habe erst gestern gehört, daß sie in Bombay ausgebrochen ist. Hunderte sterben dort täglich...«

David konnte nichts sagen. Die Pest, die schreckliche Begleiterin der Hungersnot, die fast immer den sicheren Tod bedeutete, streckte die Hand nach seiner geliebten Olivia aus... »Was soll ich tun?« rief er.

»Man kann leider gar nichts tun«, stellte der Arzt fest. »Wir können nur warten. Ich werde eine englische Pflegerin schicken. In achtundvierzig Stunden werden wir Gewißheit haben.«

In diesen achtundvierzig Stunden, in denen David weder schlief noch aß, griff der Tod mit eisiger Hand zu. An Olivias Körper schwollen die Leistendrüsen.

Als der Arzt sie betastete, erkannte er die furchtbaren Anzeichen. »Sie müssen sich vorbereiten«, sagte er ernst zu David.

David stand wartend am Bett, in dem Olivia bewußtlos lag.

»Sie wird den morgigen Tag nicht überleben«, sagte der Arzt. »Nichts kann sie retten.«

»Ich werde die ganze Nacht beten«, sagte David mit trockenen Lippen.

»Tun Sie das«, sagte der Arzt. Er wollte dem eifrigen Christen nicht sagen, daß seiner Ansicht nach das Gebet zwar sicher die Seelen der Lebenden trösten, aber nicht die dem Tode Verfallenen retten könnte. Er gab der aufopferungsvollen englischen Pflegerin ein paar Anweisungen. Die jüngeren wollten keinen Pestfall übernehmen – aber die gute Frau Fortescue ging hin, wohin man sie schickte. »Es ist traurig«, sagte sie jammernd, »sie ist noch so jung, und das Kind ist noch so klein.«

»Das Kind kann davonkommen«, erwiderte der Arzt. »Die Natur sorgt für die Neugeborenen.« Er wandte sich wieder an David: »Mr. MacArd, Sie müssen jetzt für das Kind leben. Legen Sie sich doch hin - oder beten Sie…«

David zögerte, tat dann aber, was der Arzt gesagt hatte. Er ging in sein Zimmer, verschloß die Tür und fiel auf die Knie, um zu beten, aus der ganzen Qual, die sein Herz erfüllte, seine geliebte Frau möge am Leben bleiben.

In der kleinen Kirche, die in der Missionsstation lag, versammelten die Fordhams die paar indischen Christen. David hörte ihre klagenden Gebete durch den heißen Dezembertag und die ganze Nacht hindurch.

Gegen Morgen berührte die Pflegerin ihn an der Schulter. »Sie ist erlöst.«

Er hob den Kopf. Während er um ihr Leben betete, war Olivia gestorben! Er stolperte hoch, er konnte es nicht fassen, sein Herz klopfte so heftig, daß sein ganzer Körper zitterte.

»Sie können jetzt nichts mehr ändern«, sagte die Pflegerin. »Versuchen Sie, Ihre Gedanken auf Ihren kleinen Sohn zu richten.«

Aber er konnte nur an Olivia denken. Er stammelte ein paar Worte. »Ich muß sie wiedersehen…«

»Nein, nein, denken Sie jetzt an den Jungen…« Sie faßte ihn am Arm.

Man hörte einen Klagegesang. Jemand hatte draußen die Nachricht von Olivias Tod verkündet, und die versammelten Christen stimmten die Hymne an: »Näher, mein Gott, zu Dir.«

Für die Inder war das eine fremde Musik. Sie sangen unsicher, und plötzlich wurde das Lied durch ein wildes, die ganze Mission durchziehendes Geheul übertönt. Alle Diener und alle Nachbarn weinten laut, bis das tiefe Menschenleid Indiens sich instinktiv in die jahrtausendealte Musik ergoß.

»Ram ist wahr…«

Der Schrei eines unausrottbaren Glaubens klang in der Gegenwart des Todes durch die Morgendämmerung. Aus dem

Herzen Indiens strömten die uralten Worte. David hörte sie und hob den Kopf nicht.

Die Pest wütete auch in Puna.Auf je zehn Einwohner kam ein Todesfall. Unter den Opfern waren Daryas zwei Söhne, und als sie tot waren, folgten ihnen Leilamani und ihre kleine Tochter. Darya blieb allein in dem schönen Hause, das über einer sprudelnden Quelle erbaut war.

Aber David hatte seinen Sohn.

Dritter Teil

10

Die Sonne sank in dunkler Farbenglut ins Rote Meer. Die Hitze schwelte am Horizont, sie entflammte den halbbewölkten Himmel, und als die Sonne das Wasser berührte, strömte das heiße Licht wie flüssiges Metall über die glatte, träge Wasserfläche.

»Einen solchen Sonnenuntergang habe ich seit meiner Abreise aus Indien nicht mehr gesehen«, sagte er.

»Er erschreckt einen«, sagte die junge Dame nachdenklich.

Sie war eine schlanke, weißgekleidete Engländerin, ihr blondes Haar war von dem bleichen Oval ihres Gesichtes glatt zurückgestrichen. Er war groß und hatte kantige Schultern, sein Haar war dunkelblond mit einem Goldton darin, die Augen grau und tiefliegend. Beide, Ted MacArd und Agnes Linlay, fuhren heim. Sie hatten sich auf dem Schiff kennengelernt, wie man sich dort eben kennenlernt, und fühlten sich zueinander hingezogen, weil sie beide aus Indien kamen und dorthin zurückgingen. Ihr Vater war Generalgouverneur in einer östlichen Provinz, und wenn sein Vater ein gewöhnlicher Missionar gewesen wäre, so hätte sie wohl keinen großen Wert auf die Fortsetzung einer so oberflächlichen und gleich nach der Abfahrt des Schiffes angebahnten Bekanntschaft gelegt. Aber in Indien kannte jeder David MacArd, den berühmten Missionar, der Teds Vater war. Dazu war er der Enkel des großen MacArd, des amerikanischen Finanzmannes. Obgleich er ein angenehmer Mann war, der sich ebensogut im Ballsaal wie unter den ihn umringenden Missionaren zurechtfand, wußte sie nicht recht, ob sie diese Bekanntschaft pflegen sollte oder nicht. Sie hatte das Gefühl, daß es bei ihm ebenso war. Er war nicht hinter ihr her, aber wenn sie nach dem Tee auf Deck kam, stand er dort, als hätte er auf sie gewartet. Sie war jedoch nicht sicher, ob es wirklich so war...

»Was halten Sie von Indien?« fragte er ziemlich unvermittelt.

Sie zog ihre geraden braunen Augenbrauen hoch. »Was meinen Sie damit?«

»Ist es für uns eine Heimat oder nicht?«

Sie dachte ehrlich nach, was sie darauf antworten sollte. »Ich weiß nicht. Ich möchte natürlich meine Eltern wiedersehen – und wo sie sind, ist wohl ein Stück Heimat. Ich bin nicht sicher, ob ich mich nach Indien sehne, und doch muß ich oft daran denken, nicht nur jetzt – ich tat es auch die ganze Zeit hindurch, als ich fort war. An die Morgenfrühe zum Beispiel, wenn es noch kühl ist und der Bülbül im Garten singt, oder an den Abend und den verhangenen Sonnenuntergang oder an die gute Aya, die meine Wäsche zusammenlegt.«

»Und an die klagende Musik in der Nacht«, setzte er hinzu. »Warum man wohl immer nachts Musik hört?«

»So viele Menschen –«

»Ja, ich weiß...«

Dann blickten sie schweigend in den flammenden Himmel, aus dem die Sonne plötzlich verschwunden war. Der feurige Strom auf dem Meer war verblaßt, nur die Kielwasserfurchen des Schiffes leuchteten noch weit im Schein tiefroter Nachglut.

»Vielleicht sind wir nirgendwo recht daheim«, meinte sie. »Wenn wir in Indien sind, möchten wir wieder heimkehren, ich nach England und Sie nach Amerika. Wenn wir aber dort sind – wenigstens ging es mir so, als ich in England war –, müssen wir immer an Indien denken.«

»Genau wie ich, als ich in Amerika war.«

Hinter dem Sonnenuntergang lag das Land, das er verlassen hatte und das ihm besonders lieb war, weil er so viele Jahre seines Exils dort zugebracht hatte. Während seines zehnjährigen Aufenthalts war er nur einmal auf Urlaub bei seinem Vater in Indien gewesen, und zweimal hatte ihn sein Vater in Amerika besucht. Er erinnerte sich gern an seine Schul- und Studentenzeit, wenn er auch mit zwölf Jahren bei der Abreise von Puna insgeheim geweint hatte. Aber das hatte er bald vergessen. Sein alter Großvater hatte ihn sehr gern gehabt und ihm alles gekauft, was er haben wollte. Die Ferien hatte er bei ihm in dem alten Haus in der Fünften Avenue zugebracht, das so altmodisch und doch so bequem war. Als sein Vater kam, waren die drei Generationen der MacArds zusammen, wenn auch die beiden Frauen, welche die Bindeglieder zwischen ihnen gewesen waren, nicht mehr lebten. Ted hatte ihre Bilder oft betrachtet, beide Frauen waren schöne und aristokratische Erscheinungen gewesen, seine Großmutter von sanfter, seine Mutter von stolzer Art.

»Deine Mutter hat sich allerdings geändert«, hatte sein Vater einmal gesagt, als sie zusammen vor Olivias Porträt standen. »Sie war ein stolzes junges Mädchen, aber nach unserer Heirat verschwand auf einmal jener Stolz, und sie war sehr sanft und hingebungsvoll.«

»Hat sie sich geändert oder du, Vater?«

»Ich weiß nicht«, hatte sein Vater erwidert. »Indien läßt niemanden unverändert.«

In jenem Sommer – es war erst zwei Jahre her – hatte sich sein Großvater, dessen mächtiger Körper schon seit einiger Zeit Anzeichen von Schwäche zeigte, überanstrengt. Zwischen ihm und seinem Sohn David hatte sich eine Versöhnung angebahnt. So froh Ted darüber war, hatte er doch jetzt noch größere Bedenken, seinem Großvater zu sagen, daß auch er nach Indien gehen wollte.

Aber der alte MacArd erhob keinen Einwand. »Ich weiß nicht, was ihr in diesem verdammten Lande sucht, aber tut, was euch beliebt.« Das hatte er wie gewöhnlich vor sich hin gemurmelt, aber dann war seine Stimme plötzlich stark geworden. »Das zweitemal tut es nicht mehr weh. Kinder sind nicht dankbar, und ich habe gelernt, allein fertig zu werden.«

Trotzdem war es ein glücklicher Sommer gewesen. Sein Großvater hatte sogar davon gesprochen, das lange geschlossene Haus in Maine wieder zu eröffnen, aber schließlich kam es über den Vorsatz nicht hinaus. Sie waren einfach in dem alten Haus in der Stadt geblieben, und Ted war dort gern mit seinem Vater zusammen. Die älteren beiden Männer hatten sich unterhalten, und er hatte zugehört. Er konnte sich an einer ernsten Unterhaltung nicht gut beteiligen, denn er erging sich meistens in dem oberflächlichen Geschwätz seiner Generation. Vielleicht war aber auch Indien daran schuld. Er trug eine Welt von Erinnerungen in sich, von der andere junge Männer nichts ahnten und die er ihnen auch nicht erklären konnte, weil ihnen jedes Verständnis dafür fehlte – Erinnerungen an die schwülen, schwarzen Nächte seiner Kindheit, wenn er beim Erwachen die kleine Öllampe am Bett seiner Aya brennen sah, die nicht stärker als ein Zündholz flackerte und einem doch das Gefühl der Sicherheit gab, Erinnerungen an den endlosen, langsam fließenden Strom weißgekleideter Menschen in den Straßen außerhalb der Mission oder an die Studenten in der Schule seines Vaters, die bei ihm stehenblieben, ihn streichelten und ihr Englisch an ihm erprobten. Er spürte noch den Geruch ihrer reinen braunen Haut, wenn sie ihn in die Arme schlossen; sie rochen immer so frisch wie das eben gemähte Gras auf dem Rasen, weil sie als Hindus kein Fleisch aßen; er sah noch ihre dunklen Augen, in denen das Weiße einen leicht bläulichen Schimmer hatte. Vor allem aber erinnerte er sich an ihre unendliche Güte. Er hatte die Liebe seiner Mutter nicht vermißt, ebensowenig seinen so oft abwesenden Vater, weil es überall Menschen gab, die ihn liebend umhegten und ihn in die Arme schlossen. Das war seine erste Erinnerung, wenn er an Indien dachte – die grenzenlos strömende Liebe, die ihm zuteil geworden war, nicht etwa, weil er der Sohn MacArds, sondern weil er ein Kind und vielleicht, weil er mutterlos war. Frauen auf den Straßen, alte Großmütter und junge Frauen, die mit Krügen auf dem Kopf zum Brunnen gingen, gleichaltrige Mädchen – alle blieben stehen und sprachen mit ihm, schenkten ihm Obst oder indische Süßigkeiten. Er nahm alles an und aß Sachen, über die sein Vater die Hände über dem Kopf zusammengeschlagen hätte – aber es gab vieles, was er seinem Vater nicht erzählte und was ein Geheimnis zwischen ihm und Indien blieb. Er begriff schon frühzeitig, daß sein Indien und seines Vaters Indien zwei verschiedene Länder waren.

Außer Agnes war er noch keinem Mädchen sehr nahe gekommen. In seiner Kindheit hatte er nie mit Mädchen gespielt. Frau Fordham hatte allerdings, zu ihrem Erstaunen und nicht ohne Verlegenheit, in späten Jahren ein Mädchen zur Welt gebracht, das den Namen Ruthie führte, aber Ruthie war drei Jahre jünger als er und hatte ein Mondgesicht mit Kulleraugen. Er hätte sich ein bißchen geschämt, mit ihr zu spielen. Als er seinen Vater besuchte, war sie bereits auf eine Kirchenschule in Ohio geschickt worden, und Frau Fordham war wieder so lebhaft kinderlos wie je. Es war ihm immer als eine zu große Mühe erschienen, einem der Mädchen, die er in Amerika kennenlernte, zu erklären, warum er wieder nach Indien ging, und da sie es nicht erfuhren und es wahrscheinlich auch nicht verstehen konnten, hatten sie sich trotz der leichten, heiteren Konversation, mit der er sie zu unterhalten suchte, fern von ihm gehalten. Durch ihre Kühle hatte er Hemmungen bekommen, sich zu verlieben – und nicht einmal jetzt hatte er den Wunsch, zu Agnes in Liebe zu entbrennen. Eines Tages mußte er natürlich heiraten und Kinder haben. Sein Großvater hatte ihm das ganz klargemacht.

»Du bist der einzige Sproß der Familie, Ted«, hatte er ihm am Abend vor seiner Abreise gesagt. Der alte Mann lag jetzt meistens im Bett und war sehr mager geworden, nur sein grober Knochenbau ließ ihn noch stattlich erscheinen. Er ermüdete leicht und legte sich früh hin, aber er hatte es gern, wenn Ted noch zu ihm hereinkam. »Dein Vater hat nicht wieder geheiratet«, fuhr er fort, »was ich sehr gern gesehen hätte, aber ich konnte nichts sagen, weil eine zweite Ehe auch mir unmöglich gewesen wäre. Wir MacArds sind unseren Frauen treu.«

Er biß unter seinem großen schneeweißen Bart, den er jetzt nie mehr schneiden ließ, die Kinnbacken zusammen und richtete seine Augen auf das Porträt über dem Kaminsims. Er konnte es jetzt nicht mehr klar erkennen, aber die Erinnerung beleuchtete die Umrisse des geliebten Gesichts.

»Heirate eine gute Frau«, sagte er mit lauter gebieterischer Stimme, »heirate und schaffe dir eine Menge Kinder an. Sie wollte immer viele Kinder, und wir hatten nur eines. Deine Mutter hätte ein Dutzend Kinder haben sollen, sie hatte einen so geschmeidigen und starken Körper, wie er nur selten zu finden ist. Aber Indien hat sie getötet.«

Er schloß die Augen, überwältigt von der Schläfrigkeit, die ihn jetzt ständig überfiel. Ted wartete, und nach einer Weile öffnete der Großvater wieder die Augen. »Warum, zum Teufel, gehst du eigentlich nach Indien?« fragte er.

»Ich weiß nicht«, antwortete Ted. »Ich möchte schon wieder hin, aber vielleicht bleibe ich nicht dort.«

Doch er wußte, daß er bleiben würde. Er war in Amerika nicht heimisch geworden, obwohl es sich dort recht angenehm lebte; jedenfalls wollte jeder sein Freund sein. Wegen seiner Jugend hatte er nicht am Kriege teilgenommen, er hatte diese Jahre in Schulinternaten verbracht, und jetzt, da er die Universität hinter sich hatte, trat er in eine Welt, die er nicht kannte – eine glitzernde, lachende, rücksichtslose Welt, die ihre Fangarme nach ihm ausstreckte. Der Erbe der MacArd-Millionen konnte kaum diesem Griff entgehen. Er hatte sich in den Frieden des alten Hauses geflüchtet, aus dem er sich nur schüchtern hervorwagte, um zu den Einladungen zu gehen, mit denen er überschüttet wurde. Er erschien dort mit einer heiteren Ruhe, die Mütter und Töchter, für die er ein so begehrenswerter Mann war, stets von neuem verblüffte.

Selbst sein Vater hatte ihn nicht gedrängt, nach Indien zurückzukommen. »Du brauchst nicht das Gefühl zu haben, daß du unbedingt kommen mußt«, hatte David geschrieben. »Hier ist immer ein Platz für dich frei, und manchmal hoffe ich sehnlich, daß du wenigstens für ein paar Jahre kommen wirst, damit wir uns wieder kennenlernen. Aber ich konnte meinem Vater auch nicht folgen, und du brauchst mir ebensowenig zu folgen.«

Nicht sein Vater verlockte ihn zur Rückkehr, sondern Indien. Er ging zu etwas zurück, das er bereits kannte, in eine alte, schöne und sanfte Welt, in der zwar häufig Hunger und Not, aber immer Güte und Liebe herrschten. Er hatte das Gefühl, daß er in Amerika unnütz war, aber vielleicht hatte Indien Verwendung für ihn...

Er wußte bereits, daß sein Indien nicht das Indien war, das Agnes kannte, noch weniger, als es seines Vaters Indien war...

Schon nach ein paar Tagen Seereise hatte er herausgefunden, daß er nicht von Gandhi oder der indischen Freiheitsbewegung oder von den Problemen sprechen durfte, über die ihm Onkel Darya geschrieben hatte. Als kleiner Junge hatte er Darya nur selten gesehen. Wenn Darya ins Missionshaus kam, stritten sich er und sein Vater immer, wenn sie miteinander diskutierten, wenigstens war es ihm wie ein Streit vorgekommen, und einmal hatte er seinen Vater gefragt: »Ist Onkel Darya ein böser Mann?«

Doch da hatte sein Vater sofort und überzeugend geantwortet: »Aber nein! Er ist ein guter Mann, ein besonders guter, und ich glaube, er wird auch einmal ein sehr großer Mann werden.«

»Warum könnt ihr euch denn nicht verstehen?«

Sein Vater hatte ihm das zu erklären versucht. »Wir leben in sonderbaren Zeiten, Ted, und niemand kann sie ganz begreifen. Vieles ist nicht in Ordnung, und gute Menschen versuchen, es wieder in Ordnung zu bringen. Ich glaube, daß der Weg, den ich gehe, der beste ist, aber Onkel Darya hat eine andere Ansicht und hält einen anderen Weg für besser.«

»Aber ihr bleibt Freunde?« – »Ich hoffe es«, hatte sein Vater sehr nüchtern geantwortet.

Vor ein paar Monaten hatte Darya ganz unerwartet damit begonnen, ihm zu schreiben.

»Lieber Ted! Dein Vater hat mir erzählt, daß du nach Indien zurückkommst. Ich schreibe Dir mit seiner Erlaubnis. Ich finde, Du solltest das Indien, zu dem Du zurückkehrst, richtig kennenlernen, denn es ist nicht mehr so, wie Du es verlassen hast.«

Von da an waren Daryas Briefe regelmäßig eingetroffen. Er hatte Ted die Veränderungen erklärt, die er sehen würde. Das alte Indien der Dörfer sei natürlich fast unberührt geblieben.

Es wären Jahre der Unabhängigkeit nötig, um dort Verbesserungen einzuführen - und vielleicht müsse erst ein neuer Weltkrieg kommen, so schrecklich das sei, bevor Indien frei sein könnte. Aber die Waffen der Unabhängigkeit würden geschmiedet, auf indische Weise, und Gandhi zöge die Dörfer mit in den Kampf hinein, wie das vor ihm noch niemand vermocht hätte. Man brauche die Hilfe der Bauern, da die dörfliche Bevölkerung überwiege, und Gandhi habe großen Einfluß auf sie.

Dies klang Ted alles unwirklich. Es paßte nicht zu dem Indien, wie er es in Erinnerung hatte, aber er war neugierig darauf und hatte hierüber mit Agnes gesprochen. Zu seiner Überraschung, obschon er das, wie er sich selbst später sagte, hätte erwarten können, war sie plötzlich kühl zu ihm geworden. Als sie abends tanzten, fühlte er diese Kühle bei ihr sogar körperlich. Mitten im ersten Tanz brach sie ab und fragte: »Haben Sie etwas dagegen, wenn wir uns setzen?«

Sie setzten sich und beobachteten die Tanzenden. Nach einer Weile wandte sie ihm ihr hübsches, bleiches Gesicht zu.

»Ich kann nicht vergessen, was Sie mir nach dem Essen über diesen scheußlichen kleinen Gandhi sagten. Vielleicht wissen Sie gar nicht, wie böse er in Wirklichkeit ist und wie sehr er den Frieden Indiens stört. Wenn ich an meinen Vater und all die Opfer denke, die er für das Weltreich gebracht hat und wie gut er zu jedem Inder ist, gütiger als zu seinen englischen Angestellten, erscheint mir der Widerstand dieser neuen Inder gegen die Regierung als die größte Undankbarkeit.«

Er hatte in versöhnlicher Weise geantwortet: »Ich kann Ihre Gefühle gut verstehen. Sollen wir jetzt wieder tanzen?«

Sie verzieh ihm, und er hütete sich, wieder von Gandhi oder von seinem Onkel Darya zu sprechen. In ihrer reservierten Art nahm sie die freundlichen Beziehungen zwischen ihnen, die einen solchen Stoß erlitten hatten, wieder auf. Trotzdem gefiel sie ihm, weil sie einfach und unumwunden war, mit der Wohlerzogenheit einer jungen Engländerin aus gutem Hause. Sie gefiel ihm, weil sie nicht kokett und dennoch sehr weiblich war. Er empfand ihre Nähe als so erregend, wie er das noch nie bei einem anderen Mädchen gefühlt hatte. Es war etwas Bezauberndes an ihr – oder vielleicht war es überhaupt bezaubernd, so nahe mit einem Mädchen zusammen zu sein. Es war ein Anreiz für ihn, daß sie in ihrer ganzen Rede- und Denkweise so verschieden von ihm war. Sie betrachteten dieselbe Szenerie, und sie sah sie mit anderen Augen als er. Er wußte nie genau, was sie fühlte, und so gab es immer Überraschungen. Jeden Morgen zeigte sie sich ihm in einem neuen Licht, und er erwartete sie jedesmal sehnsüchtig. An diesem Tag betrachteten sie zusammen den Sonnenuntergang

»Da«, sagte sie, »die Sonne ist ins Meer gerollt. Bald wird in England der Morgen dämmern.«

»Was sehen Sie, wenn Sie an die Morgendämmerung in England denken?«

»Gelbes Licht über den Cotswold-Bergen. Vom Haus meiner Großmutter habe ich es oft beobachtet. Das Licht kommt über die Berge wie ein Strom, der sich in die Täler ergießt. Was sehen Sie in Amerika?«

»Die hochgetürmten Wolkenkratzer in New York, die das Licht zuerst bestrahlt, aber es ist silbern. Gelb läßt mich eher an den Abend denken.«

Schnell kam das Zwielicht, die Strahlen des vollen Mondes warfen einen bleichen Schimmer über das dunkel werdende Wasser. Der erste Gongschlag, der sich in einer Reihe musikalischer Schwingungen fortsetzte, rief zum Abendessen. Ungern löste sie sich von der Reling.

»Tanzen Sie heute?« fragte er fast drängend.

»Und Sie?«

»Ja. Sollen wir uns an unserem üblichen Platz treffen?«

»Ja.«

Ihre Augen trafen sich für einen Augenblick, sie verabschiedeten sich mit einem kurzen Nicken. Sie ging, er blieb noch stehen.

Er konnte sich von dem ruhevollen Meer und dem Himmel, der blaugoldnen Frieden ausströmte, nicht losreißen. Das Leben, das vor ihm lag, war ihm so vertraut wie seine Kindheit, und doch würde es neu sein, denn er war kein Kind mehr, sondern ein Mann, zwar jung noch, aber doch ein Mann. Als Mann mußte er seinem Vater gegenübertreten und seine Unabhängigkeit wahren. Bei seinem Großvater war das nicht der Mühe wert gewesen, er mußte nicht dauernd mit ihm in demselben Haus leben; er hatte die Launen und herrischen Forderungen des alten Mannes ertragen und sich insgeheim ein wenig lustig über sie gemacht. Er wollte in der Schule seines Vaters unterrichten, er durfte sich deshalb von ihm nicht beherrschen lassen, selbst wenn der Vater das mit seiner starken Überredungsgabe auf die höflichste Weise versuchte. Er liebte seinen Vater – aber er wußte, daß sie verschieden waren.

Der zweite Gongschlag ertönte, und er ging zu seiner Kabine hinab. Das Schiff war nicht voll besetzt, er hatte den kleinen Raum für sich. Er zog seinen Abendanzug an, schwarze Hose, weiße Jacke, schwarze Krawatte und den breiten schwarzen, in den Tropen üblichen Leibgurt, der einem großen, schlanken jungen Mann gut stand. Er sah aus wie sein Großvater, doch dämpfte der dunkle Typ seiner Mutter das feurige Rot des MacArdschen Haares. Er war immer glattrasiert, aber im Laufe dieses Tages waren seine Wangen etwas stoppelig geworden, und er rasierte sich noch einmal.

Trotzdem war er noch vor dem letzten Gongschlag fertig, denn in seinen Schuljahren hatte er gelernt, sich schnell anzuziehen, und durch den Sport hatte er sich angewöhnt, seine Bewegungen mit möglichst geringem Zeitverlust auszuführen. Es war ihm zur Gewohnheit geworden, wenn ihm ein paar Minuten übrigblieben, in einer Taschenbibel zu lesen, die er auch jetzt zur Hand nahm. Er schlug das Johannes-Evangelium auf. Sein Vater hatte in religiösen Dingen nie Zwang auf ihn ausgeübt, aber als Ted Indien verließ, hatte er ihn gebeten, jeden Tag im Neuen Testament zu lesen. Er hatte es ihm versprochen und dieses Versprechen auch gehalten, so unbequem das manchmal war. Die Gnadenworte hatten sich mühelos in seinem Geist festgesetzt. Während sie ihm in früheren Jahren oft keinen Sinn ergeben hatten, empfand er sie jetzt, da seine jugendliche Männlichkeit jeden Nerv und jedes Gefühl in ihm geschärft hatte, als tief bedeutungsvoll und poetisch zugleich.

»Viele glaubten«, hatte Johannes geschrieben, »aber Jesus vertraute sich ihnen nicht, denn er kannte sie alle, und bedurfte nicht, daß jemand Zeugnis gäbe von einem Menschen, denn er wußte wohl, was im Menschen war.«

Wie gewöhnlich befeuerten die scheinbar ganz einfachen, tiefgründigen Worte seine Phantasie. Er schloß das Buch nachdenklich und steckte es wieder in seine Hosentasche, aber die Worte verfolgten ihn, als er in den Speisesaal ging. Er hatte einen Platz am Tisch des Kapitäns, weil er der junge MacArd war, aber er ließ sich nicht dadurch beeindrucken und nahm in freimütiger Weise an den Tischgesprächen teil – denn auch er suchte herauszufinden, was in den Menschen war.

Inzwischen befand sich David MacArd bereits in Bombay, um an dem Durbar für den Prinzen von Wales teilzunehmen und dann zwei Tage später seinen Sohn vom Schiff abzuholen. Es war eine schwierige Zeit für ein Durbar. Indien siedete vor Unruhe. Darya war vor einigen Monaten auf einem seiner seltenen Besuche nach Puna gekommen, um gegen die Veranstaltung dieses Durbars zu protestieren und David zu veranlassen, dem Vizekönig davon abzuraten.

Ihre Wege hatten sich vor fünf Jahren getrennt. Darya war ein Anhänger Gandhis geworden und hatte seine eigene, starke Persönlichkeit jenem kleinen, noch stärkeren Manne untergeordnet, den David ablehnte.

Durch den Besuch waren sie sich beide nicht nähergekommen. David hatte sofort gesehen, daß Darya Körper und Seele nur noch für einen einzigen Zweck, die Unabhängigkeit Indiens und die Ideale Gandhis, einsetzte. Er hatte sein Vaterhaus verlassen und sein Erbteil an seinen Bruder abgetreten. Durch den Tod Leilamanis, seiner zwei Söhne und seiner kleinen Tochter schrecklich erschüttert, war Darya in den ersten Jahren von Dorf zu Dorf gewandert, ein Sadhu und ein Bettler. So hatte er sein eigenes Volk und die Bitternis seines Lebens tiefer kennengelernt. Aber er hatte im Grunde kein Talent für das Leben mit dem einfachen Volk, auch wenn es sich um seine Landsleute handelte, die ihm vertraut, aber dennoch von ihm entfernt waren. Er war ein Aristokrat - ein gebildeter, kultivierter Mann, dem man den Reichtum noch anmerkte, als er ihn nicht mehr besaß. Die einfachen Leute hatten eine gewisse Scheu vor ihm und manchmal Furcht. Nur sehr schwer konnte er die Armen und Unwissenden dazu bringen, ihm Vertrauen zu schenken - aber ohne Vertrauen würden sie ihm nicht folgen. So war er aus den Dörfern abgezogen, um Gandhi aufzusuchen, und in diesem dürren und sonderbaren Menschen hatte er den Führer erkannt, den Indien brauchte. Mit völliger Selbstlosigkeit, die Gandhi übrigens für selbstverständlich zu halten schien, unterwarf sich Darya ihm. Er beugte seinen regsameren und komplizierteren Geist vor diesem gleichzeitig vergeistigten und praktischen Mann, der weder Aristokrat noch Bauer war und dennoch beide verstand.

»David«, hatte Darya gesagt, »du mußt deinen ganzen Einfluß auf den Vizekönig aufbieten, um diesen Besuch des Prinzen von Wales zu verhindern. Die Engländer können in dieser Zeit nicht mehr mit dem Gepränge ihres Reiches auftreten. Ich sage dir, die Anhänger der Unabhängigkeitsbewegung werden es nicht dulden. Sie sind noch erbittert, weil wir gegen unseren Wunsch und Willen zur Teilnahme am Weltkrieg gezwungen wurden, wodurch sich unsere schreckliche Armut noch verschlimmert hat. Ich sage dir, überall werden Massenaufstände ausbrechen, und der Prinz wird in Lebensgefahr geraten. Ich warne dich, der Kongreß wird das Durbar boykottieren. Wir werden in Bombay zum Boykott aufrufen, wenn der Prinz dort landet.«

Es war Herbst, die Hitze ließ langsam nach. David hatte wohl die Unruhe unter seinen Studenten bemerkt, aber sie absichtlich übersehen. In den Jahren, in denen er junge Männer und Mädchen herangebildet hatte, lernte er den Wert von Ordnung und Disziplin schätzen. In den hemmungslos begeisterten Massen, die Gandhi umgaben, konnte er keine Ordnung erblicken. Er schätzte Gandhis Führung nicht. Er unterdrückte die gandhistische Bewegung in seiner Schule und bewunderte die feste Haltung der Regierung, während er die Anwendung von Gewalt ablehnte. Die Bombardierung von Pathandörfern beunruhigte sein christliches Gewissen, auch dann, wenn die Einwohner vorher gewarnt worden waren. Er hatte mit dem Vizekönig eine Auseinandersetzung gehabt, weil das Militär in die Massen gefeuert hatte. Doch ganz Indien war in Aufruhr, und das hatte dieser seltsame Gandhi mit seinem passiven Widerstand angerichtet, den der Kongreß schon vor einem Jahr als seine Politik übernommen hatte. David war mit sich im Zwiespalt, denn als Christ konnte er die Militärherrschaft im Pandschab nicht billigen, wo Tausende unschuldiger Menschen von englischen Soldaten erschossen worden waren. Besonders entsetzt war er wegen des Gemetzels von Amritsar, wo die Toten und Sterbenden von General Dyer und seinen Soldaten einfach liegengelassen wurden. Selbst für die Verwundeten hatte man nichts getan. »Das geht mich nichts an«, hatte der General erklärt.

»Du weißt, ich bin mit dem Vizekönig darin einig, daß Indien für die Unabhängigkeit noch nicht reif ist«, hatte David in scharfem Ton zu Darya gesagt. Sie saßen an jenem Tage in seinem Arbeitszimmer zusammen, zwei Männer in der Mitte des Lebens, sehr verschieden von den zwei jungen Menschen, die sich einst als Brüder gefühlt hatten. Nach der Tragödie hatten sie sich eine Zeitlang eng aneinander angeschlossen. David hatte sogar jetzt noch immer etwas wie ein Schuldgefühl, weil er noch einen Sohn hatte und Darya nicht.

»Du weißt, daß ich nach Amritsar zum Vizekönig gegangen bin«, fuhr David gereizt fort. Er nahm seine Brille ab und fuhr sich durch seinen ergrauenden Bart. »Der Vizekönig hatte für meine Beschwerde nichts übrig, denn ich bin nur ein Amerikaner.«

»Du bist der Sohn MacArds«, hatte Darya grimmig erwidert.

»Ich bin Missionar«, entgegnete David. »Wir sind alle verdächtig.«

»Wer kann dich verdächtigen?« hatte Darya erklärt. »Du bist konservativ und reich – und ein Christ; du bist ein Anhänger der herrschenden Macht. Niemand könnte dir nachsagen, daß du Sympathien für uns hättest.«

Das hatte David tief verletzt. Eine Weile lang konnte er nicht antworten. Dann hatte er sehr gefaßt gesagt: »Du bist aufgebracht, Darya, und deshalb ungerecht. Ich habe nie gesagt, daß ich keine Sympathien für euch hätte, sondern ich sage nur, daß ihr durch eine Revolution nichts erreichen könnt. Ihr müßt zuerst zeigen, daß ihr für eine Selbstregierung reif seid.«

Darya war aufgesprungen, eine große, magere, flammende Gestalt, von der Sonne schwarz gebrannt. Diese dunkle Farbe wurde durch seine weiße Kleidung und die kleine, weiße, baumwollene Gandhimütze noch mehr hervorgehoben. Mit bebender Stimme hatte er David entgegengeschleudert: »Wie kann mein Volk reif werden, wie du das nennst? Ausgehungert und ausgeplündert, getreten und geschlagen! Die ganzen Jahre hindurch haben die Engländer hier als unsere Herren gelebt, aber sie haben uns niemals kennengelernt, sie haben nie versucht, uns geistig oder seelisch zu verstehen. Sie haben mit Gewalt regiert und nur mit Gewalt! Sie haben sich auf ihre große Militär- und Polizeimacht verlassen. Sie haben nie versucht, unsere Liebe oder Anhänglichkeit zu gewinnen, obwohl wir bereit waren, sie zu lieben – ja, selbst ich habe in meinen Cambridger Jahren England geliebt. Sie hätten uns durch Liebe gewinnen können, aber sie haben sich auf ihre Gewehre verlassen. Nun entrüsten sie sich über unsere angebliche Untreue. Ja, du hast recht, sie handeln jetzt in Notwehr, aber warum fürchten sie uns? Weil sie in Indiens Massen Haß erzeugt haben. Indien neigt gar nicht zum Haß. Aber sie brachten es fertig. Es ist zu spät, David! Was begonnen hat, kann nicht mehr aufgehalten werden. Vielleicht werden es Jahre des Kampfes und der Unruhe werden, aber wir werden gewinnen!«

In stolzer Haltung hatte er das Missionshaus verlassen, und David hatte lange in trüben Gedanken dagesessen. Wenn Gesetz und Ordnung der britischen Herrschaft zerstört wurden, würde dann nicht das Chaos kommen? Die Missionsuniversität, sein Lebenswerk, die Mutter der vielen Schulen, die er im marathisch sprechenden Teil Indiens errichtet hatte, das schöne Krankenhaus - konnten sie in einem plötzlich gesetzlosen Lande noch funktionieren? Zeit war nötig, vor allem Zeit, und wenn die jungen Männer und Frauen, die von diesen Lehrsälen ins Land gingen, zahlreich genug wären, um als Sauerteig zu wirken, wäre die Unabhängigkeit sicher das logische Ende einer friedlichen Entwicklung. Aber Darya, von Gandhis glühendem Eifer irregeleitet, so meinte David, versuchte, der Entwicklung vorzugreifen... So hatte er zweifelnd und seufzend dagesessen, sich dann aber plötzlich ein Herz gefaßt, einen Bogen Papier genommen und dem Vizekönig in kurzen Worten von der Abhaltung des Durbars abgeraten. Er erhielt keine Antwort. Das Durbar wurde abgehalten.

Am Morgen des 17. November sah er sich das Schauspiel an. Die Dämmerung war kaum angebrochen, und der nicht ganz volle Mond stand niedrig über dem Horizont. Starke Scheinwerferstrahlen von der Küste stachen spielerisch durch das rosige Licht der aufgehenden Sonne und fielen auf das Schlachtschiff *Renown* und auf die Barkassen, die mit den offiziellen Persönlichkeiten, sowohl Engländern wie Indern, ausfuhren, um den Prinzen von Wales willkommen zu heißen. Unter dem Dröhnen der Salutschüsse waren sie im Zwielicht von der Küste abgefahren, zuerst der Vizeadmiral und dann der Vizekönig, der auf seinem grauen Morgenanzug nur den Orden des Sterns von Indien trug. Mit ihnen fuhren die höchsten der regierenden Fürsten Indiens, drei Maharadschas und zwei Nabobs, die den Prinzen auf seiner Reise begleiten sollten. Nach dem Programm sollten später an der Küste noch drei weitere zu ihnen stoßen, der Radscha Sir Hari Sing von Kaschmir, der Maharadscha Kumar von Bikaner und Nawasada Hadschi Hamidullah Kahn von Bhopal.

Es ließ sich nicht leugnen, daß es ein prächtiges Schauspiel war. In herrlicher Klarheit stieg die Sonne auf, und ein frischer Wind peitschte im Hafen kleine Wellen auf. Die *Renown* lag zu weit draußen, als daß David sehen konnte, was an Deck vor sich ging, aber er konnte ihre flatternde Flagge erkennen. Jedes Schiff im Hafen hatte über die Toppen geflaggt. Nur Schwärme indischer Fischerboote zogen wie gewöhnlich ihres Weges. Die bereits über dem Wasser liegende flimmernde Hitze warf einen magischen Schimmer über die Szene, einen leuchtenden, zitternden Lichtnebel. Es wurde bald zu heiß, um noch länger dazustehen, und David machte sich auf den Weg zu dem riesigen Amphitheater, das für die große Versammlung hergerichtet worden war. Ein langer, mit roten Teppichen belegter Weg führte zum Eingang, wo ein Empfangspavillon mit einem Dach von goldenen Minaretts und Kuppeln errichtet war. Auf der mittleren Kuppel leuchtete das königliche Wappen.

Er zeigte seine Eintrittskarte vor und wurde eingelassen. Vor sich sah er einen großen Platz, der von flaggengeschmückten Türmen flankiert war. In dreißig übereinander ansteigenden Bankreihen hatten bereits Tausende von Personen Platz genommen. Weitaus die meisten von ihnen waren Inder, offizielle Persönlichkeiten und reiche Männer; ihre hellen buntfarbigen Gewänder leuchteten in der Sonne, ihre Turbane blitzten von Edelsteinen. Hier und da saßen Europäer in nüchternen dunklen Anzügen. Nur die blauen, scharlachroten und goldenen Uniformen der englischen Offiziere konnten es mit der indischen Pracht einigermaßen aufnehmen.

David, ebenfalls in einfachem dunklen Anzug, wartete mit der Menge in der heißen Sonne. Eine Stunde vor Mittag zeigte ihnen das Dröhnen der Salutschüsse an, daß der Prinz mit seinem Gefolge an Land gekommen war. Bald darauf erhob sich

David mit der Menge und sah den jungen Prinzen von Wales an der Seite des Vizekönigs, in einer stattlichen Prozession, auf den fahnenumrauschten Pavillon zuschreiten. Er nahm dort unter einem vergoldeten Baldachin Platz und empfing die herrschenden indischen Fürsten, die in der englischen Verwaltung tätigen hohen indischen Beamten und schließlich die Mitglieder des Stadtrats.

Trotz der Warnungen Daryas nahm alles einen ruhigen und eindrucksvollen Verlauf. Doch David wurde ein Gefühl des Unbehagens nicht los, denn zwischen den prächtigen Turbanen sah er auch die einfachen Gandhimützen aus daheim gewebtem, weißem Baumwolltuch, das Kennzeichen der Rebellen. Draußen auf den Straßen hatte sich das Volk in erdrückender Menge versammelt.

David war froh, daß die Rundfahrt durch die Stadt nicht durch das Byculla-Viertel ging, wo die Ärmsten wohnten. Wenn Unruhen ausbrächen, würden sie dort ihren Brennpunkt haben. Aber man konnte schon jetzt sagen, daß der Boykott, den Darya angedroht hatte, ein Fehlschlag war. Die Märkte waren zwar geschlossen, was er am Morgen mit bangem Vorgefühl bemerkt hatte, denn wenn Boykott erklärt war, hatten die Leute die religiöse Verpflichtung, trauernd zu Hause zu sitzen. Aber die neugierigen Massen hatten die Aufforderung der Rebellen nicht beachtet. Die Entfaltung königlichen Gepränges war zu verlockend.

Auch David mußte nicht nur den sorgfältig vorbereiteten Prunk bewundern, mit dem das Empire seine Macht zeigte, sondern auch die tadellose Haltung der an dem Durbar beteiligten Personen und besonders die Anmut des jungen Prinzen. Zur festgesetzten Zeit trat der schlanke, junge Mann vor und las mit außerordentlicher Ruhe und Klarheit die Denkschrift des Königs vor. Es war unmöglich, nicht an seinen guten Willen zu glauben und nicht von seiner Jugend gerührt zu werden. Mit der gleichen natürlichen Anmut nahm er die Begrüßung der Stadt entgegen, die Sir David Sassoon überbrachte, und antwortete darauf so einfach und mit ernster

Würde und solcher Aufrichtigkeit, daß David wünschte, Darya wäre zugegen und könnte ihn hören. »Ich möchte Sie kennenlernen«, sagte der junge Prinz, indem er auf die Menge der versammelten Inder blickte, »und ich möchte auch, daß Sie mich kennenlernen.«

Die Schönheit der Ordnung, die Kraft der Selbstbeherrschung, die Macht des Gesetzes kamen kräftig und klar zum Ausdruck, und David hoffte zuversichtlich, daß sie den Sieg davontragen würden.

Die große Versammlung war vorüber, Musik erfüllte die Luft. Das königliche Gefolge schickte sich an, von dem erhöhten, baldachinüberdachten Platz herabzusteigen. Die Menge erhob sich.

In diesem Augenblick hörte David leise seinen Namen rufen. Er wandte den Kopf und sah Darya in einer Gruppe Inder direkt hinter sich stehen.

Darya sagte etwas, aber die Musik übertönte seine Stimme. Dann lehnte er sich mit seinem sieghaften Lächeln vor, um sich Gehör zu verschaffen. »Schau mich an, David – du wirst mich jetzt lange nicht mehr erblicken.«

»Ah, Darya«, sagte David ängstlich, »was planst du?«

Wie war Darya hierhergekommen? Er mußte das Gedränge ausgenutzt haben und eingedrungen sein... Unter den leuchtenden Seidengewändern des Gefolges der indischen Fürsten, unter den prächtigen scharlachroten, blauen und goldenen Turbanen war er in seinem weißen Baumwollanzug und seiner kleinen Gandhimütze gefährlich sichtbar. »Gleich wird man mich verhaften«, sagte er mit ruhigem und stolzem Blick. Er stand erhobenen Hauptes und mit verschränkten Armen da.

Fast gleichzeitig traten zwei britische Polizisten vor und legten ihm die Hand auf die Schulter. »Folgen Sie uns bitte«, sagten sie höflich, aber bestimmt.

Darya blickte sich nach allen Seiten um und begegnete furchtlos den neugierigen Blicken der Umstehenden. Er sah noch einmal lächelnd nach David hin und ging dann würdevoll zwischen den zwei großen Beamten auf dem mit Teppichen belegten Weg dem Ausgang zu. Einen Augenblick stockte das königliche Gefolge, aber es entstand keine Verwirrung – dann fiel die Kapelle rasch mit einem neuen Marsch ein, und der königliche Festzug ging weiter.

Ted sah seinen Vater zuerst, den großen sehnigen, bärtigen Mann, dessen Augen unter dem ovalen Rand des Tropenhelms im Schatten lagen. Er stand nahe dem Fallreep, um als erster an Land zu gehen, und während er den letzten Augenblick abwartete, erspähte ihn sein Vater und hob die Hand. Ted nahm den Hut ab und schwang ihn in der Luft, aber fast im selben Augenblick wurde das Fallreep von den geschickten Händen der Deckmatrosen mit Stricken festgemacht. Ted sprang die paar Meter Brett hinunter und ergriff die Hand seines Vaters. »Papa, herrlich, daß du da bist…«

»Freue mich, dich wiederzusehen, mein Sohn!«

Sein Vater war so braun gebrannt, daß er fast aussah wie ein Inder. Sein grauer, an den Wangen kurzgeschnittener Bart stand in auffallendem Gegensatz zu der braunen Haut und den traurigen dunklen Augen. Es war kein lächelndes Gesicht, aber das fiel Ted nicht auf, denn er hatte seinen Vater nur selten lachen sehen. Sein Gesicht war gütig, in Geduld gefaßt, von einer fast erschreckenden Stille. Ted erinnerte sich jetzt an den feierlichen Ernst, der beim Beten oder Nachsinnen immer auf ihm gelegen hatte.

»Wir bleiben besser nicht hier in der Sonne stehen«, sagte David. Sein Sohn sah so jung und so zart aus, daß David sofort wieder von der Furcht befallen wurde, die ihm in Teds Kindheit so zugesetzt hatte – der Furcht, Ted könnte dieses höllische Klima nicht ertragen. Mit zweiundzwanzig war man noch zu jung, um das Leben hier zu beginnen, aber was sollte er tun? Ted hätte in Amerika Fuß fassen können und hatte Indien gewählt.

»Ich werde mich schon wieder dran gewöhnen«, sagte Ted fröhlich. Diese jugendliche Fröhlichkeit lag in allem, was er sagte und tat. Obschon er recht stattlich aussah, war er doch nicht so groß wie sein Vater oder Großvater. Seine auffallend helle Haut, seine grauen Augen und sein rötlich-dunkelblondes Haar ließen seine natürliche Lebendigkeit gleichsam elektrisch knistern. So schlank wie er waren weder Vater noch Großvater gewesen. Er hatte diese schmale, drahtige Gestalt und die schnellen Bewegungen, die durch ihre Eckigkeit nicht gerade anmutig wirkten, von Olivia geerbt. Quecksilbrig, dachte David bedauernd, vielleicht zu feinherzig, zu gespannt, zu sensibel für das Leben in Indien… Obschon Ted keine äußere Ähnlichkeit mit Olivia hatte, war in ihm doch etwas von ihrem innersten Selbst.

»Wir wohnen im Hotel und können das Gepäck dorthin befördern lassen«, sagte David. Sie stiegen in einen Wagen und setzten sich Seite an Seite in den Schatten des Verdecks. Langsam trappelten die Pferde über die Straße.

»Hast du vor, morgen direkt nach Puna zu fahren?« fragte Ted.

»Wenn du nicht aus irgendeinem Grunde länger hierbleiben willst«, erwiderte David.

Ted zögerte, dann beschloß er, Agnes nicht zu erwähnen. Wenn er ihren Namen nannte, könnte sein Vater vielleicht denken, ihre Freundschaft sei tiefer, als sie in Wirklichkeit war. Sie wohnte nicht im Hotel, sondern im Regierungsgebäude, er hatte nicht gebeten, sie dort aufsuchen zu dürfen. Sie hatten sich heute morgen nach dem Frühstück verabschiedet.

»Wir werden uns wiedersehen«, hatte er mit schnellem, nervösem Händedruck gesagt.

»Natürlich«, hatte sie erwidert.

»Und darf ich schreiben?«

»Ich hoffe, Sie werden von sich hören lassen.«

Er schaute eine Weile tief in ihre schönen, blauen Augen, die warmen, treuen Augen einer vornehmen Engländerin von guter Rasse, und prägte sich das sanfte Oval ihres Gesichts ein, den ernsten Mund und das feste Kinn, die frische, verführerische Hautfarbe, die schlanke, elegante Gestalt in weißem Leinen, die leise, schöne englische Sprechweise. Es zitterte etwas in ihm hoch, Worte drängten sich ihm auf die Lippen, aber er hielt sie zurück. Es war noch zu früh, er wußte noch nicht, was er aus seinem Leben machen wollte, er konnte ihr noch nicht vorschlagen, es mit ihm zu teilen, bevor er wußte, was daraus werden würde.

»Ich schreibe Ihnen, wenn ich wieder daheim bin«, sagte er. »Schreiben Sie mir bitte auch, erzählen sie mir, wie die ersten Stunden verlaufen sind.«

»Ich glaube, wir werden wohl dasselbe fühlen«, erwiderte sie.

So waren sie auseinandergegangen, kurz bevor er seinen Vater sah. Er erblickte sie noch einmal, und zwar mit einem großen, gelblichblassen Engländer und einer mageren, bleichen, sehr vornehmen Frau in grünem Kleid. Er nahm an, daß es ihre Eltern waren, die zum Durbar gekommen waren und sie abholten, aber sie stellte ihn nicht vor. Deshalb konnte er auch jetzt nicht von ihr sprechen und hatte auch nicht die Absicht, ihr im Regierungsgebäude einen Besuch abzustatten. Das wäre zu auffällig gewesen, besonders jetzt, zur Zeit des Durbars.

»Ich möchte gleich heimfahren«, sagte er zu seinem Vater.

Sie schwiegen eine Weile, und er betrachtete das ihm so vertraute und doch so neue Straßenleben, die dichtgedrängten Menschenmassen, die dunklen, liebenswürdigen, anmutigen und stolzen Gesichter der Inder, die Turbane jeder Form und Farbe und die Frauen in ihren leuchtenden Saris – es waren jetzt weit mehr von ihnen auf der Straße als früher –, auch die paar europäisch gekleideten Engländerinnen, die ebenso gewandeten Mischlinge und die unvermeidlich zerlumpten und abgezehrten Bettler, deren laute, um Almosen bettelnde Stimmen den üblichen Tageslärm durchdrangen, denen jedoch fast niemand Beachtung schenkte.

»Ich muß doch staunen«, sagte Ted, »daß noch nichts unternommen wurde, um den Hunger der Bettler zu stillen und sie von der Straße wegzubringen.«

»Das ist wohl genauso wie zur Zeit Christi«, sagte David. »Armut wird es immer geben.«

Sein Vater sagte das, so kam es wenigstens Ted vor, mit völliger Gleichgültigkeit – als ob das Mitleid und Erbarmen, aber zum mindesten die Hoffnung ausgelöscht wären, daß sich dies je ändern würde. Er empörte sich innerlich dagegen. Solange er lebte, würde er sich nie gestatten, gleichgültig zu werden – er wollte sich immer ein mitfühlendes Herz bewahren.

Sie blieben also nicht in Bombay. Ted hatte kein Verlangen, das Durbar zu sehen. Sie fuhren mit dem nächsten Zug ab. Er saß ruhig an dem staubigen Fenster und sah die vertraute Landschaft vorbeifliegen. Dies war mehr als eine Heimkehr – denn jetzt begann endlich sein eigenes Leben.

11

»Da sind wir«, sagte sein Vater.

Die Eisenbahnfahrt war lang und heiß gewesen, der feine graue Staub drang durch die geschlossenen Fenster, kroch aus den schattigen Ecken der Wagen, sickerte durch die Ritzen der Holzwände und Decken. Das grüne Gras, die kletternden Ranken, die breitästigen Bäume und die großen Backsteingebäude ließen die Missionssiedlung in der allgemeinen Dürre wie eine Oase erscheinen.

»Was du hier alles fertiggebracht hast!« rief Ted aus.

»Ich habe die Pläne vollendet«, sagte sein Vater mit feierlichem Ernst, »die ich schon vor deiner Geburt gefaßt hatte. Das Chemieinstitut drüben war der letzte Bau. Die Internate sind alle fertig und bezogen. Die ganze Präsidentschaft ist mit einem Netzwerk von Schulen überzogen, die von unseren Zöglingen geleitet werden und alle wieder hier in die Universität münden.« Er zeigte mit dem Kopf auf ein niedriges, schönes Gebäude im Süden der Siedlung, eine geglückte Nachahmung indischer Bauweise. »Das ist die Haushaltsschule für Frauen. Ich habe sie zum Andenken an deine Mutter die Olivia-MacArd-Gedächtnisstiftung genannt.«

In diesem Augenblick ertönte eine Glocke, und eine Schar Mädchen in weichgetönten Saris strömte lachend und schwatzend aus den Türen. Als sie die zwei Männer erblickten, zogen sie die schalähnlichen Enden der Saris über den Kopf. Sie wußten alle, daß der Sohn des Direktors als Lehrer herkam. Sie warfen schnelle, verstohlene Blicke auf den jungen Mann, der gar nicht so aussah wie sein Vater, und wandten ihr Gesicht ab, bevor er hineinschauen konnte; aber ihre Neugier konnten sie doch nicht ganz unterdrücken. Er würde ja wohl eines Tages der Nachfolger seines Vaters als großer christlicher Erzieher werden. Gandhi und MacArd waren keine Freunde, und die Studenten waren alle oder fast alle insgeheim Anhänger Gandhis, aber aus Rücksicht auf MacArd unternahmen sie keinen offenen Versuch, sich der passiven Widerstandsbewegung anzuschließen. Wie der blonde, junge Mann sich ihr gegenüber verhalten, ob er seinem Vater folgen würde oder nicht, mußte sich erst herausstellen. Sie eilten weiter, denn die Abendmahlzeit wartete auf sie, und sie hatten Hunger.

»Hatte meine Mutter Interesse für dies alles?« fragte Ted.

Sein Vater zögerte wie immer, wenn jemand eine direkte Frage über seine Mutter an ihn richtete. Dann sagte er, indem er sich sichtlich überwand: »Deine Mutter ist so jung gestorben, daß sie keine Zeit hatte, sich zu vollenden. Du bist ein Jahr nach unserer Heirat geboren. Sie mußte sich zugleich an Indien und die Ehe gewöhnen. Ich denke, daß sie sehr interessiert gewesen wäre, wenn sie länger gelebt hätte. Sie sprühte vor Energie und Lebenskraft und hatte große Geistesgaben.«

»Und schön war sie auch«, sagte Ted wie für sich.

»Ja«, sagte sein Vater und schnitt damit die weitere Unterhaltung ab. Er ging auf das Haus zu. »Wir müssen jetzt hineingehen, uns waschen und dann essen.«

Auf der Veranda hatten sich die Diener versammelt, um den heimkehrenden Sohn des Hauses zu begrüßen. Sie hielten Blumengewinde in den Händen, und einer nach dem anderen trat lächelnd und in demütiger Haltung vor und legte ihm die Girlanden um die Schultern. Dann bückten sie sich, staubten ihm die Schuhe ab und führten ihn wie einen Fürsten ins Haus.

Sein Vater nahm dies alles geduldig und ein wenig geistesabwesend hin. Auf dem Gang nahm er einen Brief vom Tisch und las ihn laut vor. »Von den Fordhams«, sagte er.

»Willkommen daheim, lieber Ted. Wir lassen Dich den ersten Abend allein, freuen uns aber auf morgen…«

Sie gingen nach oben in die Zimmer, die er so gut kannte, wo er einsam und doch nie allein aufgewachsen war, geliebt und verwöhnt von all den dunkelhäutigen Menschen, die ihn sogar gegen seinen strengen Vater in Schutz nahmen – und doch hatte er seinen Vater immer von allen am meisten geliebt.

»Ich bin in einer halben Stunde unten«, sagte sein Vater fast konventionell.

Ted fühlte, daß sein Vater sich ihm entfremdet hatte, daß er nun nach einer neuen Beziehung zwischen ihnen suchte, die nicht mehr so sehr auf Vater und Sohn, sondern auf Mann zu Mann, Direktor zu Lehrer, auf den Kameraden in Christo abgestellt war. Ted wurde es plötzlich weich ums Herz, sein altes Leiden. Er war immer zu leicht bewegt und gerührt.

»Ich habe dir übrigens«, sagte sein Vater und blieb stehen, »ein anderes Zimmer zuweisen lassen. Das alte kam mir zu klein vor. Ich habe dich in dem Vorderzimmer einquartiert, das ehemals das Fremdenzimmer war, du wirst dich wohl erinnern.«

»Danke«, sagte Ted, doch er war sehr erstaunt. Sein altes Zimmer war zwar klein gewesen, doch grenzte es an das seines Vaters an. Jetzt wollte der Ältere dem Jungen vielleicht nicht mehr so nahe sein…

»Ich werde dich sicher vermissen«, sagte sein Vater mit einem scheuen, halb in seinem grauen Bart verlorenen Lächeln. »Aber du mußt Platz zum Wachsen haben.«

»Danke, Papa«, erwiderte Ted.

Aber dann war er schließlich doch froh, daß er nicht in das kleine Zimmer zu ziehen brauchte. Das Vorderzimmer war groß und angenehm, es war jetzt fast kühl, da die schattige Veranda die Sonnenglut abhielt. Es waren keine Blumen da, nie hatte er, soweit er zurückdenken konnte, in diesem Hause Blumen gesehen, nur Grünes, Farne, Palmblätter, welche die Diener aufstellten.

Ein Zimmerfächer über seinem Kopf schaukelte langsam hin und her. Ein sonderbares Einsamkeitsgefühl, ein geistiges Heimweh umhüllte ihn mit der Erinnerung an vergangene Tage, als diese Welt die einzige war, die er kannte. Es hatte ihn sogar in Amerika überfallen, wo er doch in seinem eigenen Lande war und sich auch als Amerikaner fühlte. Dort hatte er Indien vermißt. Hier, inmitten der vertrauten Vergangenheit, spürte er plötzlich Sehnsucht nach dem Hause seines Großvaters, nach der sauberen Avenue, den Taxis, den gutgekleideten Leuten seines eigenen Volkes und nach der kühlen, scharfen Luft. Wenn er jetzt in New York wäre, würde dort vielleicht Schnee liegen, es waren nur noch zwei Wochen bis zum Danksagungstag. Er hatte den Weg vom Bahnhof nach Hause mit seinem Vater in dem alten Ochsenkarren schweigend zurückgelegt und auch nicht von der Straße gesprochen, die er so gut kannte. Sie waren die ganzen Jahre hindurch unverändert geblieben, es war dasselbe Straßenleben, das sich offen vor aller Augen abspielte; die meisten Häuser waren immer noch ohne Anstrich, die Zimmer der Armen immer noch ohne Möbel. Da waren sie wieder, die mit Fahrzeugen, Ochsen und Menschen vollgestopften Straßen, die Priester und die Bettler und an die Mauern gedrückt die Gewürz- und Getreidehändler, die mit gekreuzten Beinen im Staub saßen, die Frauen mit den Wasserkrügen auf dem Kopf und die Färber, die ihre leuchtenden grünen, orangefarbenen und purpurnen und gelben Stoffe jedem in den Weg breiteten. Hinter den dünnen Wänden hörte man das Geräusch der Webstühle. Auf den Straßen umschwärmte ihn wieder das ganze Indien – und wenn er nun auch in dieser friedvollen Oase war, Indien pochte draußen an die Tore, Indien war immer gegenwärtig.

Er faßte in die Seitentasche und zog die kleine Bibel heraus.

Ihr Ledereinband war feucht von seinem Schweiß. Er öffnete sie und las: »Denn Gott hat seinen Sohn nicht in die Welt gesandt, um die Welt zu verdammen, sondern damit durch ihn die Welt errettet werde.«

Es war außerordentlich. Da stand es, wie die Antwort auf seine unausgesprochene Frage. Indien sollte nicht verdammt, es mußte gerettet werden. Seine Angst schwand plötzlich, es wurde ihm sogar leicht ums Herz. Er war hierhergekommen, um zu arbeiten, und es gab Arbeit genug. Das große alte Haus an der Fünften Avenue war Tausende von Meilen weg, und es würden Jahre vergehen, bevor er es wieder beträte.

»Wo ist Onkel Darya?« fragte Ted.

Er und sein Vater saßen allein wie immer – nichts erinnerte ihn so sehr an seine Kindheit – an dem englischen Mahagonitisch; aber jetzt saß er an dem anderen Ende des Ovals anstatt an der rechten Seite seines Vaters, denn er hatte ihm das Fleisch geschnitten, als er ein kleiner Junge war. Diese neue Sitzweise hatte wohl sein Vater angeordnet. Der Diener in schneeweißem Baumwollanzug servierte Hühnerfrikassee und Reis, der mit Safran hellgelb gefärbt war.

»Darya wäre sicher erschienen, um dich zu begrüßen, wenn er sich nicht hätte verhaften lassen. Er ist im Gefängnis.«

»Im Gefängnis!« rief Ted aus.

»Darya hat sich mit Haut und Haaren diesem Gandhi verschrieben.« Sein Vater sagte das mit ruhiger Stimme, aber Ted kannte ihn gut genug, um in seinem Blick, an seinen unter dem Bart zusammengepreßten Lippen die Anzeichen der Besorgnis, wenn nicht des Zorns zu sehen.

»Aber, daß sie ihn ins Gefängnis werfen!« protestierte Ted.

»Darya wollte ins Gefängnis. Ich kann nicht verstehen, was heute in Indien vorgeht. Es ist vollkommen verrückt, aus eigenem Willen ins Gefängnis zu gehen, sich freiwillig zum Märtyrer zu machen... Das heißt denn doch die Opferbereitschaft bis zur Perversität zu treiben... Der Vizekönig ist in großer Sorge, denn er ist immer für das Recht Indiens auf spätere Unabhängigkeit eingetreten. Es handelt sich nur um die Frage, wann das Volk dafür reif ist... Aber Darya ist ebenso fanatisch wie Gandhi selbst. Er hat sich sogar gegen das Durbar aufgelehnt.«

»Aber ich habe Onkel Darya nie für einen Fanatiker gehalten«, sagte Ted. »Er war immer gerecht und gelassen und ein bißchen melancholisch - wenigstens habe ich ihn so in Erinnerung.«

»Vielleicht. Aber er ist ein anderer geworden, seitdem er seine Familie verloren hat. Ich habe wenigstens dich - aber er hat nur noch seine Brüder und deren Kinder. Wie alle Inder ist er sehr liebebedürftig. Die Anpassung an die neuen Verhältnisse fiel ihm wohl äußerst schwer. Ein gewöhnlicher Inder würde einfach wieder geheiratet haben, aber Darya scheint seine Frau geliebt zu haben. Wußtest du, daß sie Leilamani hieß? Deine Großmutter hieß Leila.«

»Ich weiß. Und was wird jetzt geschehen?«

Der Diener brachte Spinat und schwarzgepfefferte Erbsen. Er hatte diese auf indische Art zubereiteten Gemüse ganz vergessen gehabt. Sein Vater aß sie seit langem und nahm von beiden reichlich.

»Früher oder später muß Gandhi zur Vernunft gebracht werden«, erklärte sein Vater mit voller Überzeugung. »Die Regierung kann diese Vorgänge nicht mehr dulden. Gandhis Lehre von der absoluten Gewaltlosigkeit klingt sehr friedlich und milde, aber der passive Widerstand, bei dem diese Leute wirklich nie Gewalt anwenden, kann die größten Störungen und Unruhen hervorrufen. Diese Leute legen sich zum Beispiel in Massen auf die Schienen, ohne Rücksicht auf Lebensgefahr, sie sind immer bereit, zu sterben - und natürlich kann man sie dann nicht einfach überfahren... Was soll man gegen sie tun? Überfährt man sie doch, würde vielleicht das ganze Land in weit schlimmeren Aufruhr geraten... Es ist sehr indisch. Es würde mich gar nicht überraschen, wenn morgen oder übermorgen wegen der Anwesenheit des Prinzen von Wales Unruhen ausbrächen...«

»Hast du jemals diesen Gandhi gesehen?« fragte Ted.

»Einmal, aber nur aus der Ferne«, erwiderte sein Vater. »Ein unbedeutend wirkender, häßlicher, kleiner Mann. Ich weiß nicht, was Darya an ihm findet.«

»Ich möchte gern einmal mit Gandhi sprechen«, sagte Ted hartnäckig.

»Ich rate dir dringend, dich von ihm, seinen Ideen und seiner Tätigkeit fernzuhalten«, bemerkte sein Vater schroff.

Sie aßen schweigend weiter. Irgendwann, dachte Ted, mußte er seinem Vater sagen, daß er jetzt ein Mann war, zwar noch jung, aber trotzdem sein eigener Herr, der selbst entscheiden konnte, was er tun oder wen er aufsuchen würde.

»Du hättest aber doch wohl nichts dagegen, wenn ich Onkel Darya im Gefängnis besuchte?«

David zögerte mit der Antwort. »Ich glaube nicht... Übrigens wird er sicher nicht lange dort sein. Die Regierung will nur ein Exempel statuieren. Ich habe mich mit dem Vizekönig lange über die zu befolgende Strategie unterhalten.«

»War es nicht unklug, gerade zu einem solchen Zeitpunkt das Durbar abzuhalten? England wollte doch damit nur seine Macht zeigen!«

Sein Vater korrigierte ihn. »Nicht seine Macht, sondern seine Stärke, und die ist gewaltig.«

Jetzt oder nie, dachte Ted. Gleich am Anfang mußte er den Mut haben, eine andere Meinung zu vertreten als sein Vater. »Selbst wenn es so ist, bezweifle ich, ob es klug war«, sagte er fest, aber ohne jede Heftigkeit. »Die Bevölkerung scheint mir zu extremen Maßnahmen geneigt. Es ist kein Wunder. Die Leute haben wenig zu verlieren – eine Lehmhütte, zwei Längen Baumwolltuch, eine Handvoll Hülsenfrüchte oder Getreide. Sie fürchten den Tod nicht! Er kommt ohnehin früh zu ihnen – siebenundzwanzig Jahre ist hier ihr Durchschnittsalter, nicht wahr?«

»Ich gebe zu, daß sie zu wenig haben«, erwiderte sein Vater. »Ich habe mich mein ganzes Leben darum bemüht, junge Leute heranzubilden, welche die Verhältnisse bessern können. Ich glaube, ich habe den größtmöglichen Beitrag zu ihrer zukünftigen Unabhängigkeit geleistet, indem ich gebildete Inder, möglichst Christen, heranziehe, die dem Volk als Führer dienen können. Um so eher kann dann die Unabhängigkeit verwirklicht werden. England wären solche Führer willkommen, aber nicht ein Fanatiker, der darauf besteht, einen Lendenschurz zu tragen, und die Hälfte seiner Zeit darauf verwendet, an einem primitiven Rad zu spinnen, so daß die Leute kein gutes englisches Tuch mehr tragen.«

»Ich verstehe davon noch zu wenig, um mir eine eigene Meinung darüber zu bilden«, sagte Ted aufrichtig. »Aber ich werde auf jeden Fall Onkel Darya besuchen.«

Sein Vater gab ihm keine Antwort. Die Teller wurden abgeräumt, und der Diener brachte einen zitternden Block Flammeri, umgeben von einem Kreis dicken, gelben Eierrahms. Ted nahm von dem vertrauten Gericht und brachte es ohne besonders große Schwierigkeiten hinunter.

»Geh in die Dörfer«, sagte Darya.

Die Wache hatte dem rothaarigen jungen Amerikaner eine besondere Gunst erwiesen. Er brauchte mit dem Gefangenen nicht durch das Gitter zu sprechen. Sie schloß ihm die hölzerne Tür auf. Ted betrat den leeren Raum, der sich auf einen kleinen, staubigen Platz öffnete. Hier saß Darya allein und schrieb an einem Tisch. Pfosten waren in den Boden getrieben, und darauf lagen zwei Bretter, das war der Tisch. Darya hatte erstaunt aufgeblickt und eine ganze Sekunde lang den Besucher nicht erkannt. Dann sah er, wer er war, sprang auf und schloß ihn in die Arme. »Ted, mein Freund, mein Sohn...«

»Onkel Darya! Als ich erfuhr, daß du hier bist, mußte ich natürlich sofort kommen.«

»Hatte dein Vater nichts dagegen?«

»Nein.«

So begannen sie ihre Unterhaltung. Ted saß mit gekreuzten Beinen auf der Erde, er wollte sich nicht auf den Schemel setzen, den Darya ihm anbot. Er fragte: »Wie bist du hierhergekommen, Onkel Darya?«

»Ja, das mußt du wissen«, begann Darya, und dann erzählte er die Geschichte seines Lebens von dem Augenblick an, als sein kleiner jüngerer Sohn und nach ihm sein älterer Sohn und dann Leilamani und dann das kleine Mädchen starben und er allein zurückblieb.

»Ich hatte vor, ein Sadhu zu werden«, erklärte Darya. Seine großen Augen wurden noch dunkler, sein bewegliches Gesicht versteinerte sich. »Ich übergab meinen Besitz meinen Brüdern, zog einfache Kleider und Sandalen an und wanderte zu Fuß durch die Dörfer. Ich bettelte – aber nicht, wie das wirkliche Sadhus tun, denn ich wußte, daß ich immer noch mehr hatte oder haben konnte als die Dorfbewohner. Meine Familie war ja reich... Ich ernährte mich selbst, als ich ihre Not sah, und gab ihnen lieber meinerseits von den Vorräten, die ich mir beschaffen konnte. Ted, diese Menschen verhungerten! Ich sah sie sterben... Ja, Ted, wenn du Indien kennenlernen willst, geh in die Dörfer!«

Ted saß schweigend da, die Hände um die Knie geschlungen, und sah in das schöne, müde Gesicht dieses Inders, der der Freund seines Vaters war.

»Dann zog ich nach Norden, und von Norden wandte ich mich nach Süden«, fuhr Darya fort, »und von Osten nach Westen – allein und immer zu Fuß. Nachts schlief ich bei den Bauern, aß mit ihnen, hörte ihnen zu, blieb manchmal Tage und Wochen an einem einzigen Ort, bis ich die Leute kannte wie mich selbst. Ich begrub meinen Kummer in ihrem Kummer, ich vergaß den Tod in meinem eigenen Hause, weil sie zu Tausenden und Hunderttausenden dahinstarben. Ich lernte mein Indien kennen, ein armes, hungriges, geduldig leidendes Volk, das auf einem reichen Boden lebte, der ihm nicht gehörte, ausgebeutet von gierigen Grundbesitzern, erdrückt von Schulden und Steuerlasten. Das ganze Land bebt von der Unruhe dieses elenden Volkes, und ich vergaß alles, was ich früher war. Ich bin ein anderer Mensch geworden, eine einzige Flamme brennt hier...« Er legte die Hände über der Brust zusammen. »Und dann fand ich Gandhi!«

Seine Hände sanken herab. »Verstehe, ich bin kein blinder Anhänger dieses Mannes. Nein, ich sehe deutlich, daß er auch Schwächen hat, aber ich folge ihm, weil es der beste Weg für Indien ist und weil er nicht für sich selbst lebt. Er ist kein Mann der Macht, sondern des Gewissens. Ted, ich sage dir, die letzte Probe ist immer der Verzicht. Wenn ein Mensch auf alles, aber auch wirklich auf alles um anderer willen verzichtet, dann kann man ihm vertrauen. Traue keinem, der nicht Verzicht leisten kann.«

Die Hitze in dem kleinen Raum lag wie ein Bleigewicht auf ihnen. Die hohe Mauer sperrte jeden Luftzug ab, und der staubige Fleck Erde vor der Tür, wo nicht einmal Unkraut wachsen konnte, warf die Sonnenhitze noch heißer zurück. Man konnte sich nicht gegen sie schützen.

»Wie willst du es hier aushalten?« fragte Ted schaudernd. »Es wird noch heißer werden, bis der Monsun kommt, und das kann noch Monate dauern.«

»Ich schaue die Wolken an«, sagte Darya. »Morgens und abends ziehen die Wolken über das Stück Himmel, das ich sehe, und dann stehe ich auf dem staubigen Fleck da und schaue nach den Wolken, und meine Gedanken ziehen mit ihnen. Sie kommen vom Norden, dem Himalaja, von den schneebedeckten Bergen. Ich sehe sie vor mir. Hast du sie je erblickt? Ihre Täler sind voll von Blumen, die der schmelzende Schnee sprießen läßt.«

Seine Stimme, die noch vor einem Augenblick so hart und leidenschaftlich gewesen war, wurde plötzlich weich und zart, eine wundervolle, biegsame Stimme, langsam und weich, schnell und mächtig, die sofort jeder Stimmung und jedem Gedanken folgte. Ted hörte sie, aber er durfte sich durch diese schöne Stimme, durch das schöne Gesicht und den bezaubernden Geist dieses Mannes, durch die Magie des Verzichts, durch den Rausch der Gerechtigkeit nicht rühren lassen. Die Versuchung, seinerseits sein ganzes Selbst hinzugeben, war da, wie er spürte. Auch die Lehren Christi hatten bei ihm zu ähnlichen Gedanken geführt. Es gab eine Wonne der Hingabe, die er schon gefühlt, obschon er sich gegen sie gesträubt hatte – denn er fürchtete sich vor der Unendlichkeit der Gefilde, in die sie ihn führen konnten... Er betrachtete prüfend Daryas Gesicht und entdeckte in ihm keinerlei Spur von Bitterkeit, Zorn und Kummer, nur ruhige Freude und hingegebene Begeisterung.

»Was ist deine Hoffnung, Onkel Darya?«

»Mein Volk frei zu sehen«, sagte Darya, »und es dann in einem Zustand zu sehen, in dem es sich helfen kann, in dem es Grund und Boden besitzt, seine eigene Regierung wählt und anständig, friedlich, mit Achtung vor sich selbst und vor andern in Eintracht dahinlebt.« Er hob sein Gesicht zu dem Viereck schwülen weißen Himmels, in dem das Licht wie flüssiges Metall glühte. »Und eines Tages werde ich es so sehen. Ich werde Fleisch auf den Knochen meiner Landsleute sehen, und die Kinder werden nicht mehr vor Hunger wimmern. Niemand wird mehr hungern müssen.«

»Durch die Gnade Gottes?«

Daryas Gesicht veränderte sich. Mit weit geöffneten Augen sah er den jungen Weißen an. »Nein... Durch die Gnade der Menschen! Dies sind Dinge der irdischen Ordnung. Das sagt ihr Christen immer: Gott! Gott! Wie wagst du es, so leicht seinen Namen zu nennen! Schau doch in eure heiligen Bücher: ›Nicht jeder, der Herr, Herr ruft...‹ Erinnerst du dich?«

Die sanfte Stimme schwoll an. Ted konnte nichts erwidern. Es stimmte. Und wie durfte gerade er, angesichts einer solchen Selbstlosigkeit, den Namen Gottes im Munde führen! Er hatte kein Recht dazu. »Ich muß gehen, Onkel Darya.« Er stand auf und streckte seine Hand hin. »Du hast mich erschüttert, ich gestehe es, nicht durch deine Worte, sondern durch deine Taten. Du hast recht. Ich bin nicht würdig, vor dir den Namen Gottes auszusprechen. Ich bitte dich um Verzeihung.«

Darya faßte mit beiden Händen seine Hand. »Nein, nein!

Zorn hat mich übermannt, und Zorn ist niemals gut. Du bist nicht schuldig, du bist unschuldig wie ein Kind. Ich dachte an andere Weiße, die allzuoft Gott sagen und etwas ganz anderes meinen. Verzeih. Komm wieder, mein Sohn, komm, ich freue mich darauf.«

»Ich komme gern, Onkel Darya, wenn es mir auch nicht oft möglich sein wird; Puna ist zu weit von hier entfernt... Aber mein Vater sagt, der Vizekönig würde dich nicht lange gefangenhalten. Er habe nur ein Exempel statuieren wollen.«

»Er hat seine Macht zeigen wollen«, sagte Darya, »aber ich werde ihr Widerstand leisten. Wenn er mich freiläßt, werde ich mich wieder und wieder verhaften lassen – bis er erkennt, daß es zwecklos ist. Auch wir haben Macht, eine ganz andere Macht, und niemand kann sie uns nehmen. Du wirst sehen, Ted, über kurz oder lang wird auch Gandhi im Gefängnis sein.«

»Gandhi im Gefängnis? Hoffentlich trifft deine Voraussage nicht ein!«

»Hast du ihn schon gesehen?«

»Nein.«

»Wenn du ihn siehst, wirst du verstehen, warum wir ihm folgen müssen. Er ist der einzige, der uns einen gangbaren Weg zeigt.« Er breitete seine schönen dunklen Hände aus. »Wir sind Menschen ohne Waffen...«

»Ich muß gehen, Onkel Darya.«

»Geh und komm wieder!«

Auf der Heimfahrt kam es ihm sonderbar vor, daß Darya sein Leben so ganz und gar Gandhi geweiht hatte. Vielleicht hatte er Darya in den Tagen seiner Kindheit nicht richtig ein geschätzt... Damals liebte der schöne und elegante Mann noch das Leben, er war körperlichen Genüssen nicht abgeneigt, er war wählerisch und weltklug... Und diese ganze, reiche Menschlichkeit wurde nun dem häßlichen kleinen Mann geopfert, dem es gleichgültig war, was er aß, nur durfte es nicht von getöteten Tieren stammen und nicht besser als eine Bauernmahlzeit sein, der als Kleidung einen Fetzen selbstgesponnener Baumwolle trug – diesem rätselhaften Asketen, der aus freier Wahl in einer Lehmhütte wohnte und barfuß ging... Darya war doch kein Mensch, den man leicht beeindruckte, und den selbst Dinge wie Verzicht, Ehrlichkeit, Reinheit oder wie immer man das nennen mochte, derartig verzaubern konnten... Er kannte England von der besten wie von der schlechtesten Seite, er konnte sich kleiden wie ein Gentleman, er trug nicht nur gern gestreifte Hosen und einen seidenen Zylinder, sie standen ihm auch gut... Er gehörte seiner Geburt nach in einen Palast, wie es das Haus seines Vaters gewesen war... Jetzt hatte er Gefängnis, Armut und Verzicht gewählt, und der Verzicht war ihm teuer, und nicht allein um Gottes, sondern um der Menschen willen...

Es zitterte in Teds Herzen, eine flackernde Flamme, ein wunderbares Licht, aber er wandte sich davon ab. Er wollte in diesem Augenblick nicht seine Seele prüfen. Er war jung, sein Leben war angenehm, der Horizont seiner Zukunft hell, denn Agnes Linlay beschäftigte alle seine Gedanken. Er mußte ihre Stimme hören und sie in ihrer Umgebung sehen und endgültig ausmachen, was zwischen ihnen war und sein konnte, bevor er seine Seele prüfte.

Jede Woche oder alle zwei Wochen beantwortete Agnes seine fast täglich abgehenden Briefe. Er schrieb so häufig, weil er das Bedürfnis hatte, sich auszusprechen. Wenn er auch seinen Vater liebte und verehrte, so kam er ihm doch selten nahe, denn David MacArd war jetzt ganz Missionar und mehr als das, ein Missionsfürst, den der Vizekönig um Rat anging, wenn die Kirche der Regierung zu Hilfe kommen mußte. Herr und Frau Fordham waren zwar nette Leute, aber zu alt und ein wenig lächerlich. Sie sprachen dauernd von Ruthie, die nun bald zurückkommen wollte. Sie zeigten ihm sogar ihr Bild: ein einfaches, nettes Mädchen mit rundem Gesicht, in dem jedoch der kleine Mund mit den zu vollen Lippen nicht gerade hübsch wirkte.

Außer diesen war nur noch ein armes, altes Fräulein namens Parker in der Mission. Ted ging ihr, wenn er eben konnte, aus dem Wege, obwohl er wußte, daß sie sich dadurch verletzt fühlen mußte, aber er konnte nicht anders. Sie hatte ein merkwürdig schimmeliges Aussehen. Sie trocknete nicht ein, sondern wurde säuerlich, und bei der Hitze verriet ein penetranter Geruch ihre Anwesenheit in jedem Zimmer. In seinem jugendlichen Reinlichkeitsgefühl konnte er nur bedauern, daß sich alte Leute wie sie in tropischer Hitze nicht sauberhalten konnten.

In seiner Einsamkeit las er Agnes' Briefe immer wieder durch, aber diese Lektüre endete stets mit einer leichten Enttäuschung. Sie kam ihm durch den Gedankenaustausch nicht näher. Er strömte in seinen Briefen seine Gedanken und Gefühle aus, aber sie wurden nur mit freundlicher Kühle und milder Heiterkeit erwidert. Zweimal hatte er sie um ein Zusammentreffen gebeten, und zweimal hatte sie ihn vertröstet. Als er das erstemal Darya besuchte, wäre er gern ostwärts weitergefahren, aber sie schrieb ihm ab, weil sie mit ihren Eltern nach Kaschmir fahren wollte, wohin ihr Vater häufig auf die Jagd ging, und zum zweitenmal gebrauchte sie die Entschuldigung, alle seien zu sehr mit Vorbereitungen für den Besuch des Prinzen von Wales beschäftigt, der am Weihnachtsabend eintreffen sollte.

Man erwartete Unruhen, wie sie ihm schrieb, denn es ging das Gerücht, die Unabhängigkeitsbewegung wollte die unzufriedenen Arbeiter der Jutefabriken zu Demonstrationen veranlassen, angeblich, indem sie jedem täglich sechs Annas bezahlte. Aber die Regierung habe vorsorglich mehr als dreitausend Rebellen ins Gefängnis gesteckt...

»Ein vollständig durchgeführter Boykott«, schrieb sie, »würde uns sehr zustatten kommen, denn die Leute würden dann zu Hause bleiben. Sonst könnten viele auf den Straßen zu Tode gedrückt werden.«

Ihre Briefe strömten von Begeisterung über, als der Prinz von Wales eintraf. Sie stimmten Ted nachdenklich, denn er dachte dabei an den im Gefängnis sitzenden Darya. »Alles ist aufs herrlichste gelungen«, schrieb sie im Januar. »Am eindrucksvollsten war das große Fest, das von den Indern zwei Tage nach Weihnachten veranstaltet wurde. Es spielte sich im Freien auf dem Maidan ab, und die Zuschauer zählten nach Tausenden. Wie jubelten die Leute, als der Prinz langsam hindurchfuhr! Es war ein großer Trost für uns. Dann nahm er auf dem prächtigen Podium unter dem Baldachin Platz, erhob sich aber wieder bei Beginn des Programms, um die auf silbernen Tellern überreichten Gaben entgegenzunehmen. Er wurde schließlich mit Blumen bekränzt und konnte sich wieder setzen. Dann kamen drei große Prozessionen. Dann dreizehn Ochsenkarren, jeder mit einem gestellten Bild aus dem Leben Indiens. Die Gestalten verhielten sich so regungslos, daß man sie für Bronzefiguren statt für Menschen aus Fleisch und Blut hätte halten können. Natürlich war auch noch alles mögliche andere zu sehen – junge Tänzerinnen, hübsch anzusehen in ihren steifen, golddurchwebten Röcken und dunklen Miedern, und auch ein furchterregender historischer Aufzug aus der Mogulenzeit. Aber das Schönste von allem war, als nach Beendigung der Feier die Menge wie ein brandendes Meer auf den Prinzen losstürmte, ihm ihre Liebe zu zeigen! Und selbst bei seiner Abreise am Neunundzwanzigsten versammelten sich große Menschenscharen längs des Flusses, um ihm zuzuwinken, obschon die *Pansy* bei Outram Ghat vor Anker lag und die Abreise privat sein sollte. Die meisten Leute waren aus dem Bürgerstand, aber es waren auch Arbeiter unter ihnen. Ein großer Triumph für das Empire! Mein Vater ist wie wir alle hochbefriedigt.«

Ted legte den Brief hin. Sie war noch nie so warmherzig und aufgeregt gewesen, aber er war nicht die Ursache dieser Gefühlsaufwallung. Es wurde Zeit, zu ihr zu fahren.

12

Er erreichte Kalkutta an einem bereits heißen Morgen und ging sofort zum Hotel. Sein Träger hatte seinen Koffer und sein Bettzeug geholt und war nun dabei, ihm Tee zu kochen und das Bad zu bereiten. Er ging in die Halle zur Anmeldung, in der Hoffnung, einen Brief von Agnes vorzufinden. Es war ein Kärtchen da, keine Einladung zum Mittagessen, sondern zum Nachmittagstee und Tennis, eine kurze, kühle Mitteilung, nicht unfreundlich vielleicht, aber vorsichtig – oder kam ihm das nur so vor? Auf dem dicken, hellgrauen Papier war in erhabenem Druck das Amtszeichen des Gouverneurs. Sie wohnt eben in der Regierung, beruhigte er sich. Er durfte nicht erwarten, daß sie sich so frei und ungezwungen gab wie auf dem Schiff. Sie war die Tochter des Gouverneurs und eine Engländerin in Indien... Er ließ das Kärtchen durch die Finger gleiten, das Blut stieg ihm in den Kopf, denn er erinnerte sich, wie offen er ihr geschrieben hatte. Seine Briefe hatten sich von Liebesbriefen kaum noch unterschieden. Er hatte sich einsam gefühlt, die Nächte waren heiß, die Sehnsucht nach einer mitfühlenden Seele war zu groß gewesen.

Nun, dann würde er also schlafen, ruhen und lesen, vielleicht sogar ein wenig Sprachstudien treiben, denn er war entschlossen, nicht nur das literarische Altmarathische, sondern auch das lebende, das Hindostanische und den Volksdialekt Gujerati zu beherrschen und nach ihnen womöglich auch noch die anderen Hauptsprachen Indiens, so daß er überall, wohin er kam, sich mit den Leuten unterhalten konnte. Denn in Puna, davon war er jetzt schon überzeugt, würde er nicht immer bleiben – aber die Zukunft war natürlich erst klar, wenn er mit Agnes gesprochen hatte. Er ging die Marmortreppe zu seinem Zimmer hinauf. Dort hatte sein Diener bereits das Moskitonetz herabgelassen, die Jalousien geschlossen und den Windfächer in Bewegung gesetzt.

»Englisches Bad, Sahib«, sagte der treue Diener lachend, so daß die weißen Zähne in seinem dunklen Gesicht blitzten. Er meinte damit, daß es hier ein Röhrensystem, eine große Porzellanwanne und fließendes heißes und kaltes Wasser gab.

»Ausgezeichnet«, sagte Ted. »Nun bring mir was zu essen,

und dann leg auch du dich hin. Ich werde den ganzen Morgen schlafen.«

»Ja, Sahib.«

Die Gärten um das Regierungsgebäude waren so prächtig angelegt, wie es sich für eine Weltmacht gehört. Wegen der reichlichen Bewässerung hatte die Hitze den Blumen nichts anhaben können. Englischer Rittersporn stand zwischen üppigen indischen Blumen; Rosen und Orchideen wuchsen im Schatten langgestreckter Kalthäuser. Inmitten weiter, grüner Rasenflächen erhob sich das Regierungsgebäude wie ein großes englisches Herrenhaus. Der Mietwagen fuhr vor der Eingangstür vor, der Diener sprang behend von seinem Sitz neben dem Kutscher, und Ted stieg aus.

»Du kannst in zwei Stunden wiederkommen oder hier warten«, sagte Ted zu ihm.

»Ich werde warten, Sahib«, antwortete der Diener würdevoll. In seiner frischen, weißen Livree sah er hübsch aus und war sich bewußt, daß er seinem Herrn Ehre machte, selbst hier.

»Gut«, sagte Ted. Er stieg die Stufen zum Eingang hinauf. An der offenen Tür hinter den Moskitovorhängen wartete ein großer, bärtiger, in eine blau-goldene Livree gekleideter Diener, ein Sikh, auf ihn.

»Zu Miß Linlay«, sagte Ted.

»Man erwartet Sie, Sahib«, sagte der Sikh und führte ihn in das Empfangszimmer auf der linken Seite der großen viereckigen Eingangshalle.

Er brauchte nur einen Augenblick zu warten, denn sie erschien fast sofort. Schön und kühl sah sie aus in ihrem weißleinenen Tenniskleid, ihr glatt zurückgestrichenes blondes Haar lief im Nacken in einen dicken Knoten aus, ihr blasses Gesicht war von einer schwachen Röte überhaucht. An ihrem Ausschnitt hatte sie eine gelbe Rose befestigt.

»Agnes!« Er ergriff ihre beiden Hände und blickte in ihr lächelndes Gesicht. Wie blau ihre Augen waren, dachte er, viel blauer, als er sie in Erinnerung hatte – und ihre Lippen waren noch weicher und voller. Er hatte plötzlich das Verlangen, sich niederzubeugen und diese Lippen zu küssen, es war so stark, daß er es nur mit äußerster Willensanstrengung niederzuzwingen vermochte. Er wußte, daß man sie leicht verletzen konnte, und dieses Wagnis wollte er nicht eingehen.

Sie blieb zwar lächelnd stehen, aber trotzdem in einer Abwehrstellung. Sie kam ihm jetzt verändert vor, weniger frei als auf dem Schiff – aber darauf war er vorbereitet.

»Meine Mitteilung haben Sie ja erhalten, wie ich sehe, da Sie so pünktlich kommen. Ich fürchte nur, es ist noch zu heiß zum Tennisspielen. Kühler jedenfalls als hier ist es nirgends.«

Sie setzte sich auf einen ziemlich hohen Teakstuhl, der durch seine glänzende Politur Kühle auszuströmen schien. Er zog einen kleinen goldglänzenden Sessel in ihre Nähe und betrachtete sie mit unverhohlenem Entzücken, entschlossen, sie daran zu hindern, von ihm wegzurücken.

»Ich habe eine lange Reise gemacht, um Sie zu sehen, und ich habe lange gewartet. Ich wollte schon im vergangenen Herbst kommen, als ich in die Vereinigten Provinzen fuhr, um einen alten Freund aufzusuchen, aber Sie wollten mich nicht hierhaben, und dann wieder…«

Sie unterbrach ihn schnell. »Und wer ist der alte Freund?«

»Ein indischer Freund meines Vaters, ich nenne ihn Onkel. Er heißt Darya Sapru.«

»Den Namen kenne ich«, bemerkte sie. »Wie mein Vater mir sagte, hätte er im vergangenen Jahr den Titel Sir erhalten können, wenn er sich nicht Gandhi angeschlossen hätte.«

»Wirklich? Ich glaube nicht, daß er ihn angenommen hätte.«

Er sah die lieblichen, klaren blauen Augen härter werden und beeilte sich, das Thema fallenzulassen. »Jedenfalls sind mein Vater und Darya lebenslange Freunde gewesen, obschon sie sich jetzt entfremdet haben, weil mein Vater Gandhis Standpunkt nicht für richtig hält.« Heiße Scham stieg in ihm auf, weil er das gesagt hatte.

»Ich freue mich, daß Ihr Vater diese Meinung hat«, bemerkte sie.

»Aber ich will mich nicht hinter meinem Vater verstecken«, sagte er entschlossen. »Ich weiß nicht, ob Gandhi recht oder unrecht hat. Es gibt so vieles, worüber ich mir nicht im klaren bin. Das alte Indien war leicht zu verstehen – so scheint es mir wenigstens, vielleicht weil ich damals noch ein Kind war –, und jetzt ist alles unklar und verwirrt... Ich wollte natürlich Daryas Ansicht kennenlernen. Es war sehr betrüblich, ihn im Gefängnis zu sehen.«

»Warum?« fragte sie. »Er hat während des Durbars in Bombay gegen die Regierung demonstriert.«

»Ich möchte über Sie sprechen«, sagte Ted. »Nicht über den Prinzen und nicht über Darya und nicht über Gandhi und nicht über Politik, nicht einmal über Indien – nur über Sie.« Er nahm ihre schmale weiße Hand, die auf ihrem Knie lag. Er hielt sie lange genug, daß er auch den sanftesten Gegendruck hätte spüren können, aber es erfolgte keiner, und er ließ sie wieder los.

Sie stand fast sofort auf. »Wir wollen jetzt zum Tennis gehen, die Plätze liegen im Schatten, und wenn die Sonne untergegangen ist, wird es so schnell dunkel. Mein Vater wird wohl bald kommen.« Sie schaute schnell an ihm hinunter – bis auf die Schuhe.

»Ich bin bereit«, sagte er. Lächelnd nahm er die Besichtigung hin. »Weißer Leinenanzug, weiße Schuhe.«

»Sehr hübsch«, sagte sie, und ihr gefrorenes Gesicht taute wieder zu einem Lächeln auf.

Sie schlenderten über den grünen Rasen zu den Tennisplätzen. Es wurde bereits gespielt. Damen saßen unter den grüngestreiften Schirmen, und indische Diener in Livree boten Tee, belegte Brote und kalte Getränke an. Agnes stellte ihn schnell und unauffällig vor.

»Lady Fenley – Ted MacArd aus Puna, Sir Agnus – Ted MacArd, Lady Mary Fenley – Ted MacArd, Frederick Payne – Mr. MacArd, Bart Lancester und Mr. und Mrs. Oscar Wayne...«

Händedrücken, Lächeln, Namen und wieder Namen. Sie schüttelte alle Gäste ab, indem sie ihm vorschlug, sofort auf einem leeren Platz mit ihr zu spielen. Er probierte einige Rackets und wählte ein ziemlich schweres; sie losten ums Anspielen, und sie gewann.

Er hatte von vornherein angenommen, daß sie gut spielte, aber nicht geahnt, daß sie eine Meisterin war. Sie schien sich kaum zu bewegen, und doch kamen seine Bälle schnell und genau und an den ungelegensten Stellen zurück. Sie spielte ohne Tricks und Finessen einfach drauflos, aber um so härter und zermürbender war ihr Spiel. Er mußte sich erst in ihre Technik einfinden und verlor die ersten drei Spiele haushoch. Dann raffte er sich zusammen, vergaß, wer sie war, und daß er fast, wenn auch nicht ganz, verliebt in sie war, betrachtete sie nur noch als Gegner und gewann knapp zwei Sätze von den dreien. Geschlagen kam sie ans Netz, und sie gaben sich höflich die Hand. Ihre glatte Haut war rosarot, und die kurzen Haarsträhnen an ihrer Stirn waren feucht.

»Sie spielen zu gut für mich«, sagte er.

»Unmöglich, Sie haben mich ja geschlagen.«

»Ich hatte aber schwer zu kämpfen.«

»Macht das etwas?« fragte sie.

Sie gingen Seite an Seite zu den Sonnenschirmen. Sie trank heißen Tee. »Trinken Sie nicht das kalte Zeug«, sagte sie mißbilligend, als er Limonade nahm. »Es ist gefährlich, wenn man erhitzt ist.«

»Nicht für einen Amerikaner«, erwiderte er, aus einem ihm unverständlichen Grunde dazu getrieben, ihr nicht nachzugeben. »Wir sind daran gewöhnt, Kaltes und Heißes zusammenzutrinken.«

»Da ist mein Vater«, sagte sie, mit dem Kopf auf die Rasenfläche deutend.

Er sah den großen Engländer über den Rasen langsam auf sie zukommen.

»Er sieht müde aus«, setzte sie hinzu. »Nach dem Durbar ist alles wieder so schwierig.«

Alle erhoben sich, als der Gouverneur herankam. Sie stellte Ted feierlich vor. »Vater, hier ist Mr. MacArd. Ich habe dir erzählt, daß wir Reisegefährten waren. Er ist aus Amerika, erinnerst du dich?«

»Ah ja.«

Der Gouverneur tauschte mit ihm einen schlaffen Händedruck. »Ich glaube, ich habe Ihren Vater schon mal getroffen. Von Ihrem Großvater habe ich natürlich gehört.«

»Danke, Euer Exzellenz«, sagte Ted.

Als der Gouverneur Platz genommen hatte, setzte auch Ted sich wieder. Er unterhielt sich mit Lady Fenley. Unruhig blickte er ein paarmal nach Agnes hinüber – bis er begriff, daß dies sein Besuch sein sollte... Kein Spaziergang zu dem großen Feigenbaum am anderen Ende des Rasens... Sie hatte nicht einmal die Gelegenheit ergriffen, als er bescheiden davon sprach, daß er gern einmal den Rosengarten gesehen hätte. Verärgert stand er nach etwa einer halben Stunde auf. »Ich muß jetzt gehen«, sagte er, ohne ihren Namen hinzuzusetzen.

»Müssen Sie wirklich?« fragte sie ziemlich gleichgültig.

»Ich werde erst übermorgen aus Kalkutta abreisen«, fügte er hinzu. In Wirklichkeit hatte er noch gar keinen Plan gefaßt, aber er sagte nicht morgen, weil er ihr noch einen Tag zur Überlegung lassen wollte. Sie sollte jedoch wissen, daß es sich nur um einen Tag handelte. Ein Tag würde genügen, um herauszubekommen, ob sie ihn wiedersehen wollte oder nicht. Sie erwiderte nichts darauf. Sie gab ihm die Hand, er drückte sie und ließ sie gleich wieder los. Er verbeugte sich vor der Versammlung unter den grüngestreiften Schirmen und ging fort. Die Sonne versank blutrot hinter dem großen Kalitempel, als er in den Wagen stieg. Der Kutscher fuhr ihn über die berühmte Straße des Ostens, die Chowringhi, in sein Hotel. Er war noch immer verärgert, seine zusammengepreßten Lippen waren fast weiß.

Er konnte nicht einschlafen. Es war die innere Hitze, die ihn wach hielt, nicht die dicke schwarze Schwüle der Nacht. Er warf sich unruhig hin und her, setzte sich auf und warf die Kissen auf den Boden. Dann stand er auf, zündete die Tischlampe an und nahm einige Bogen von dem Hotelbriefpapier. Sie waren schon an den Ecken verschimmelt, obwohl man sie erst gestern frisch hingelegt hatte. Dann begann er, sich den ganzen Ärger von der Seele zu schreiben, den er schon vorher in der Dunkelheit, als er nicht schlafen konnte, in Worte geformt hatte.

»Warum haben Sie mich herkommen lassen?« fragte er sie. »Warum haben Sie mir auf dem Schiff nicht einfach gesagt, daß wir Freunde sein wollten und nicht mehr? Warum haben Sie meine Briefe in Empfang genommen? Warum haben Sie mich so weit gehen lassen, daß mir nur noch übrigbleibt, Ihnen zu sagen, daß ich Sie liebe und Sie heiraten möchte? Ich sage es Ihnen jetzt. Ich liebe Sie und möchte Sie zur Frau haben. Es liegen weite Entfernungen zwischen uns, vielleicht sogar ganz Indien – aber ich liebe Sie. Wenn Sie mich lieben können, kann uns nichts trennen, weder Indien noch der weite Ozean zwischen Ihrem und meinem Lande. Sie werden mir sagen, ich sei zu ungeduldig, das haben Sie mir auf dem Schiff schon immer gesagt. Ja, das bin ich – ich bin wie mein Großvater, und er ist der ungeduldigste Mensch, den ich je gesehen habe; und mein Vater ist der eigensinnigste; und von beiden habe ich etwas. Ich werde deshalb morgen nachmittag um vier Uhr zu Ihnen kommen und mir Ihre Antwort holen. Nichts soll mich daran hindern, zu kommen.«

Die ersten Anzeichen der gewitterschwangeren Morgendämmerung machten sich in dunkelroten Streifen am Himmel bemerkbar, als er sich den Ärger vom Leibe geschrieben hatte. Er versiegelte den Brief und weckte dann seinen Diener, der draußen vor der Tür schlief, indem er ihn leicht mit dem Fuß berührte. Sofort war der Mann wach und sprang hoch.

»Bring das zum Regierungsgebäude«, befahl Ted. »Bleib dort, bis man dir eine Antwort in die Hand gibt, dann bringst du sie mir sofort. Ich bin hier in meinem Zimmer.«

Der Diener wickelte sich schweigend in das lange Baumwolltuch, das seine einzige Bekleidung war, setzte seinen Turban zurecht, nahm den Brief und ging.

Auf dem silbernen Tablett zwischen dem Tee, dem Röstbrot und den reifen, gelben Mangofrüchten sah Agnes den Brief und wußte sofort, von wem er war. Aber sie nahm ihn nicht gleich zur Hand. Sie setzte sich im Bett auf, und die Aya legte ihr die Kissen in den Rücken und gab ihr Bürste und Kamm. Sie bürstete das lange, blonde Haar. Dann tauchte sie die Hände in die Schüssel kühlen Wassers, die ihr die Aya ans Bett brachte, nahm das im Wasser liegende Leinentuch heraus, drückte es halb aus und rieb sich damit Gesicht und Hals ab. »So, jetzt will ich meine Chota hari haben«, sagte sie.

»Der Mann wartet auf Antwort, meine Rose, mein Liebling«, sagte die alte Aya mit zärtlicher, singender Stimme.

»Den Brief lese ich, wenn ich meinen Tee getrunken habe«, sagte Agnes. »Dann werde ich dir läuten.«

»Ich bin im Augenblick da«, sagte die Aya.

Sie ging still aus dem Zimmer, und Agnes stellte die Tasse hin und nahm den Brief zur Hand. Sie hatte ihn erwartet. Es war nicht wahrscheinlich, daß Ted einfach fortgehen würde, sie wollte das auch nicht. Ihre Eltern hatten viele Fragen über den Amerikaner gestellt. Sie hatten es nicht gern gesehen, daß sie ihn kommen ließ, aber sie liebten sie aufrichtig und wußten, daß man sie gewähren lasen mußte.

»Die Amerikaner sind so sonderbar«, hatte ihre Mutter gesagt. »Man weiß nie, woran man mit ihnen ist. Einige von ihnen ermutigen sogar Gandhi! Stell dir nur vor, mein Kind, in welche Verlegenheit das deinen Vater bringen kann. Wenn die Weißen nicht zusammenhalten, was soll dann –«

Ihre Mutter beendete selten einen Satz, er schwebte in der Luft, nicht ganz eine Frage, etwas mehr als eine Andeutung. Die Zeiten waren allerdings wirklich gefährlich. Agnes glaubte zwar nicht, daß diese Gefahr auch ihr eigenes Leben betreffen könne, aber wer konnte das wissen… Indien hatte immer etwas mit ihrem Leben zu tun gehabt, weil sie die Tochter ihres Vaters war. Sonst wäre es auch nicht so wichtig gewesen, wen sie heiratete. Sie hätte sich dann ohne weiteres in Ted verlieben können, als wäre er ein Engländer. Es war natürlich ungeheuer wichtig, daß er ein MacArd war, in erster Linie der Enkel des alten MacArd, dann der Sohn David MacArds. Auch David MacArd war auf seine Weise berühmt. Ihr Vater sagte zwar, es sei eine Schande, daß er Missionar geworden war, es müsse eine große Enttäuschung für seinen mächtigen Vater gewesen sein, der bestimmt gehofft habe, sein einziger Sohn würde seine gewaltigen, sich fast in jedes Land erstreckenden finanziellen Interessen wahrnehmen... Der Vizekönig war jedoch der Meinung, daß die Studenten der MacArd-Universität in Puna sich unter den jüngeren Indern am relativ loyalsten verhielten, und dafür müsse man MacArd sicher dankbar sein.

Nachdenklich las sie Teds Brief, und als sie damit zu Ende war, las sie ihn noch einmal sehr langsam. Dann lehnte sie sich in die Kissen zurück und ließ Tee und Röstbrot kalt werden, so kalt, wie hier überhaupt etwas werden konnte. Es war in der Tat sonderbar, daß man sich hier rein zum Kontrast auch ab und zu nach etwas sehr Heißem sehnte, denn alles war langweilig lauwarm... Vielleicht fand sie deshalb diesen Amerikaner so faszinierend. Die meisten Engländer wurden nach ein paar Jahren in Indien lauwarm, vielleicht war das der einzige Weg, das Klima auszuhalten, aber man konnte fast erraten, was sie sagen würden, wenn sie den Mund öffneten, besonders in ihrer Gegenwart. Manchmal wünschte sie, sie hätte in England bleiben können, und doch gefiel es ihr dort nicht. Ihre Eltern wohnten auf dem Land, und alles verlief dort in einem abgesteckten Rahmen, der nicht überschritten werden durfte. Wenn man in Indien gelebt hatte und dazu noch als Tochter eines Gouverneurs, war jener Rahmen ziemlich schäbig. Hier war man natürlich auch eingeengt, und zwar durch die Unterströmungen der Politik und die Ruhelosigkeit des Landes. Das Fundament blieb immer unsicher.

Nichts war mächtiger und ewiger als das Britische Empire, und es war einfach eine Frage der Zeit, wenn man die Anhänger Gandhis unterkriegen würde. Männer wie ihr Vater würden das in humaner und gerechter Weise besorgen, aber man konnte trotzdem nicht vergessen, daß nur so wenige Weiße im Lande waren und so viele von den anderen. Selbst hier im Hause der Regierung gab es nur eine Handvoll Engländer, umgeben von Indern, die natürlich treu waren und ihre Herren auch auf ihre Art liebten, aber jemand, der in Indien aufgewachsen war, bemerkte dennoch das Beben und Zittern des Fundamentes. Ihre Eltern hatten ihre Wurzeln noch in England, aber sie war hier verwurzelt. Sie hatte Dinge gesehen, die sie nie gesehen hatten, Dinge gehört und verstanden, weil sie die Landessprache konnte, von denen sie keine Ahnung hatten. Kinder hören und sehen viel. Darum fühlte sie sich bei Ted so sicher. Auch er war hier aufgewachsen, ein weißes Kind in einem dunklen Lande.

Sie stand auf, ging zu ihrem kleinen Rosenholzschreibtisch und schrieb: »Lieber Ted! Ich erwarte Sie um vier. Agnes.«

Das große ovale Wohnzimmer lag auf einer Seite so im Schatten, daß er zuerst nichts sah, dann bemerkte er eine Gestalt in fließendem Weiß, die sich von einer Couch erhob und auf ihn zukam.

»Dies ist das kühlste Zimmer im ganzen Haus«, erklärte sie. »Wir benützen es selten, außer für große Gesellschaften. Es wird uns also niemand stören.«

»Da bin ich aber froh«, sagte er ernst, »denn was ich zu sagen habe, duldet keine Unterbrechung.«

»O Ted«, seufzte sie ein wenig zu tief, »müssen Sie es denn jetzt schon sagen? Wir sind noch so jung...«

»Ich weiß«, sagte er. »Aber wir sind weit über unser wirkliches Alter hinaus, Agnes. Wir haben darüber schon auf dem Schiff gesprochen. Erinnern Sie sich? In Indien wächst man schnell heran.«

Sie wandte sich plötzlich um und setzte sich wieder auf die

Couch, und er nahm neben ihr Platz. Die mit Daunen gefüllten Kissen waren unerwartet weich, und der dicke Goldsatin auf der Couch fühlte sich bei der Berührung fast kühl an.

»Aber nicht darum allein handelt es sich«, fuhr er fort, ohne die Hand auszustrecken und ihre zu ergreifen. »Ich glaube, es besteht noch ein Zwang in anderer Hinsicht. Unsere Väter haben ungefähr die gleichen Ansichten und stehen beide auf einer Seite, aber es kann sein, daß ich die entgegengesetzte wähle. Ich möchte wissen, ob Sie dann mit mir gehen können.«

»Was meinen Sie damit?« fragte sie. Ihre Augen waren fest auf ihn gerichtet, ihre Stimme war ruhig.

»Sie wissen, was ich meine«, entgegnete er.

»Ich möchte es von Ihnen hören.«

»Ich sage es nicht gern, aber ich muß es sagen. Ich muß Sie zuerst und vor allem darauf aufmerksam machen, daß trotz des Besuches des Prinzen ein unerbittlicher Kampf bevorsteht. Darya ist auf der Seite Gandhis, und unsere Väter sind auf der anderen Seite. Ich weiß noch nicht, wo ich stehe, Agnes, ich brauche Zeit, um mir darüber klarzuwerden. Was ich wissen muß, ist dies: Werden Sie mit mir gehen, wohin es auch sein mag?«

»In was für eine sonderbare Form Sie diese Frage kleiden!« sagte sie erstaunt.

»Sonderbar?«

»Man könnte bald denken, Sie planten etwas Furchtbares.«

»Für Sie wäre es vielleicht furchtbar.«

»Ich kann mir nicht vorstellen, daß Ihnen etwas sehr Furchtbares passieren kann«, sagte sie und begann zu lächeln. Sie wollte sagen: Was kann einem großen, gut aussehenden Mann aus der Familie MacArd schon Furchtbares passieren? »Werden Sie nicht zu dramatisch?« fragte sie.

»Und wenn?« fragte er zurück.

»Es könnte mich zum Lachen reizen.«

Er seufzte unwillkürlich auf. »Sind wir hier auf dem Fechtboden? So sieht es aus. Wir reden aneinander vorbei. Lassen Sie uns offen sprechen, Agnes. Lieben Sie mich?«

Sie senkte ihren blonden anmutigen Kopf. »Ich weiß es nicht.«

»Wenn Sie es nicht wissen, lieben Sie mich vielleicht doch!« drängte er.

»Es gibt noch mehr als nur Liebe«, sagte sie.

»Nur Liebe?« wiederholte er vorwurfsvoll.

»Man entscheidet sich nicht nur nach dem Gefühl.«

»Ich schon!«

»Aber eine Frau nicht.«

»Eine Engländerin vielleicht nicht«, sagte er mit aufsteigender Bitterkeit.

Sie ging ruhig auf diese Bemerkung ein. »Ja, eine Engländerin, besonders hier in Indien, hat eine größere Verantwortung.«

»Warum? Es handelt sich doch nur um Sie und mich.«

»Ich kann mir vorstellen«, sagte sie nachdenklich, »daß sich für mich, falls Sie sich auf Gandhis Seite stellen, eine besonders schwierige Lage ergeben würde, wenn ich Ihre Frau wäre. Es würde mich von der Welt, der ich angehöre, gänzlich trennen und von meinen Eltern ganz bestimmt. Das muß ich mir natürlich überlegen.«

»Wird es Sie nicht von mir trennen, wenn Sie es sich überlegen?« fragte er.

»Ja, vielleicht«, gab sie zu, »aber dann liebe ich Sie eben nicht genug. Ich möchte keinen unüberlegten Schritt tun.«

Sein Herz schlug schneller, denn hier war eine Möglichkeit. Wenn sie ihn noch nicht genug liebte, war sie sicher auf dem Wege, ihn zu lieben, allerdings nicht mit der Glut und dem Ungestüm seiner eigenen Natur, denn sie war kühl wie ein Brunnen, aber das gehörte zu ihren vielen liebenswerten Eigenschaften. Er hatte etwas von der Hitze Indiens mitbekommen, aber sie war, im Gegensatz dazu, durch Indien nur kühler und stiller geworden.

»Dann haben Sie mich wenigstens ein bißchen lieb!« rief er aus.

»Ich weiß, daß ich Sie lieben könnte«, sagte sie aufrichtig. »Ich möchte Sie lieben, Ted, wenn ich sicher sein könnte –«

»Wessen sicher? Meiner?«

»Sicher, daß ich nicht alles aufgeben müßte, was ich bin, wenn ich Ihre Frau werde.«

Sie sahen einander mit einem langen, halb prüfenden, halb sehnsüchtigen Blick an – sie mehr prüfend und er mehr sehnsüchtig.

»Ist der Grund der, daß ich Missionar bin?«

Sie zögerte, suchte sich über ihr Gefühl klarzuwerden und drängte das Verlangen zurück, sich in seine Arme zu werfen und sich ganz ihrer Liebe zu überlassen, was ihr sicher nicht schwergefallen wäre. »Wenn es nur das wäre«, sagte sie, »würde ich nicht zögern, weil Sie ja außerdem noch Sie selbst sind, Ted. Es gibt viele Arten Missionare, und manche sind widerwärtig, das kann ich Ihnen sagen, unwissend und anmaßend und dergleichen. Aber Ihr Vater ist ein wirklicher Gentleman, und Sie sind sein Sohn. Nein, nein, das ist nicht der Grund.«

»Was dann, Liebste?« Er wurde jetzt zärtlich, weil es offenbar war, daß sie volle Aufrichtigkeit wünschte.

Unerwartet sagte sie: »Ich glaube, man kann es am besten so ausdrücken: Wenn Sie Engländer wären, würde ich nicht zögern – aber Sie sind Amerikaner.«

Jetzt wußte er nicht mehr, woran er war. »Was hat das damit zu tun? Sie setzen mich in Erstaunen, Agnes. Ich dachte, Sie wären von solchen Vorurteilen frei!«

»Es ist kein Vorurteil, Ted. Es ist einfach so, daß Sie als Amerikaner den englischen Standpunkt nicht leicht verstehen können. Sie sehen nicht, daß wir hier eine große Verantwortung tragen. Sie könnten wütend auf mich sein, selbst wenn ich Ihre Frau wäre, wenn Sie sähen, daß ich zu meinem Vater halte, besonders wenn Sie glaubten, er sei im Unrecht. Wenn eine Krise käme, Ted, müßte ich zu meinem Volk halten, denn es hat meiner Ansicht nach recht.«

»Ich verstehe.« Er verstand wirklich. Sie konnte ihn nie um seiner selbst willen heiraten, aus eigenem Entschluß. Dazu hatte sie ein zu starkes Klassenbewußtsein. Alle Engländer hier hielten zusammen und verfochten ihre Sache gemeinsam. Er mußte zugeben, daß darin ein Zug von Größe lag, ein selbstverständliches Solidaritäts- und Traditionsbewußtsein, so unsinnig seinem Gefühl nach auch die damit verbundene Selbstherrlichkeit und Kritiklosigkeit sein mochte.

»Ich habe das Verlangen, dich in die Arme zu schließen, Liebling. Darf ich das?«

Sie schüttelte den Kopf. »Bitte nicht, Ted. Es ist zu früh. Bitte! Ich möchte mich nicht gegen Sie entscheiden, und ich glaube, ich würde das tun, wenn ich… wenn ich die Gewalt über mich verlöre.«

»Also gut.« Er stand auf, ergriff aber ihre schmale Hand, und sie entzog sie ihm nicht. »Sollen wir unsere Freundschaft so fortsetzen, wie sie bisher war – oder soll sie ganz aufhören?«

»Nein, aufhören nicht, Ted! Ich möchte nur nicht weitergehen – nicht eher, als bis alles klarer ist.«

»Alles in der Welt?« fragte er.

»Alles klarer mit Ihnen und mir – und mit Indien«, antwortete sie.

13

So fuhr er wieder heim nach Puna, aber auf einem anderen Wege, als er gekommen war. Er nahm keinen Schnellzug, der ihn rasch von Stadt zu Stadt geführt hätte. Er dachte daran, was Darya zu ihm gesagt hatte: »Geh in die Dörfer.«

Er fuhr mit einem Personenzug ein paar hundert Meilen westwärts, nur begleitet von seinem einheimischen Träger, dem ein solches Verhalten bei einem Sahib gefährlich und verrückt erschien. In der Mitte der Vereinigten Provinzen verließ er ihn, und Ted setzte seinen Weg allein fort – zum erstenmal in seinem Leben stand niemand zwischen ihm und Indien, nicht einmal ein Inder.

Er erkannte jetzt, warum Darya nicht versucht hatte, ihn zu überreden, sondern nur sagte: »Geh in die Dörfer.« Die Dörfer in ihrem stummen Elend sprachen zu ihm – die paar Dutzend, die er sah, und die Zehntausende, die er nicht zu Gesicht bekam. Sie klammerten sich an die Berghänge Nordindiens, sie lagen auf dem Zentralplateau und auf den tiefliegenden südlichen Ebenen. Sie waren wie Maulwurfshügel, die Menschenhände aus dem Staub der indischen Erde geschaufelt und zu dunklen Verliesen ausgehöhlt hatten, die kaum Schutz vor den Platzregen und der sengenden Sonne, vor der bitteren Kälte und den eisigen Bergwinden gewährten. Generationen hatten in ihnen gehaust, die nichts von ihren Vorfahren wußten, ohne Hoffnung, daß es den Nachfahren besser gehen würde. Er sah in die Gesichter eines ausgehungerten Volkes, in die Gesichter der zu zahlreich Geborenen; ja, die Natur selbst förderte hier die Geburten, weil sie allzu frühzeitigen Tod voraussah. Nicht die plötzlichen Hungersnöte waren daran schuld, sondern die allmähliche, langsame Aushungerung, denn diese Menschen hatten niemals genug zu essen... Es war ein Indien, das genauso weit von dem Missionshaus wie von dem Regierungspalast entfernt war - und sein Vater war genauso schuldig daran wie der Gouverneur...

Erst nach vielen Wochen kehrte er nach Puna zurück. Sein Herz brannte ihm wie Feuer in der Brust. Er hatte seinen Entschluß gefaßt, ohne Rücksicht auf seine Liebe.

Sein Vater empfing ihn wortkarg wie immer, aber er machte ihm keine Vorwürfe. »Ich habe deine Stunden unter den an deren Lehrern aufgeteilt, jetzt wirst du sie wohl wieder übernehmen wollen.«

»Ja, Vater«, erwiderte Ted.

Er wußte, daß es nicht für lange sein würde, aber davon wollte er jetzt noch nicht sprechen. Nach ein paar Minuten entschuldigte er sich und ging auf sein Zimmer. Er hatte während seiner Wanderzeit nicht an Agnes geschrieben, erwartete auch keine Briefe von ihr, und es waren tatsächlich keine angekommen. Die lange, einsame Wanderung unter fremden Männern, Frauen und Kindern hatte ihn von allen Bekannten abgeschnitten, und selbst Agnes war nun weit entfernt. Allein war er gewandert, und allein wollte er jetzt entdecken, wohin er gelangt war und wohin er gehen mußte. Wie Paul von Tarsus war er auf der Straße bekehrt worden.

In der Stille der Missionssiedlung tat er seine tägliche Arbeit, während es Sommer wurde. Er las immer wieder die Heilige Schrift, besonders das Johannes-Evangelium und Christi kurze, sanfte Reden. Er las auch die Psalmen der indischen Heiligen und besonders immer wieder diesen einen:

Wie kann ich das Rechte wissen,
ich Hilfloser!
Stolz auf mein Wissen, o Gott,
bin ich nicht.

Im Juni erreichte die Hitze ihren Höhepunkt. Die Stadt wartete von Stunde zu Stunde auf die Nachricht vom Einsetzen des Monsuns. Er mußte zuerst an der Ostküste kommen, wo das Hochplateau in weiten Flächen zum Meer abfiel. Während dieses stickigen Monats, in dem man kaum atmen konnte und die Windflächen kaum mehr die heiße Backofenluft bewegten, erfolgte Teds Auseinandersetzung mit seinem Vater. Aus der gleichmäßigen Ruhe ihrer Tage stieg dieser Streit so plötzlich auf wie der Taifun aus einem stillen tropischen Meer.

Den Anlaß gab ein junger Sikh, Jehar Singh, den sein Vater, ein sehr reicher und ehrgeiziger Mann, auf die MacArd-Universität geschickt hatte, wo, wie man allgemein wußte, die Fortschritte westlicher Bildung allen zugänglich gemacht wurden. Sirdar Singh wollte seinen Sohn nicht in der englischen Tradition aufwachsen lassen und hatte ihn daher nicht nach England geschickt. Obschon er sich nicht an der gewaltlosen Widerstandsbewegung Gandhis beteiligte, sah er voraus, daß es mit dem Empire im alten englischen Sinn zu Ende ging, daß die englische Herrschaft in Indien, wenn nicht durch den gewaltlosen Gandhi, dann durch den gewaltigen und gewaltsamen Druck des russischen Kommunismus zum Tode verurteilt war. Er fürchtete und verabscheute alles, was er von Rußland hörte. Er ließ seine klugen Augen über die Welt schweifen, und sein Blick blieb auf den Vereinigten Staaten haften – der einzigen Macht, die wahrscheinlich fähig wäre, dem neuen Rußland die Stirn zu bieten, wenn die kritische Stunde, die nach seiner Ansicht nicht zu vermeiden war, herannahte. Deshalb beschloß er, Jehar, seinen geliebten einzigen Sohn, von Amerikanern unterrichten zu lassen. Bei ihnen konnte man sich wenigstens darauf verlassen, daß sie an dem Privateigentum, von dem er einen so großen Teil besaß, festhalten würden... Er hatte allerdings Bedenken, weil die MacArd-Universität eine christliche Missionseinrichtung war und weil das Christentum zum Besitz eine mindestens unklare Stellung einnahm, ähnlich den indischen Religionen, aber Dr. MacArd, der Präsident, offenbar ein sehr wohlhabender Mann, hatte ihm in diesem Punkt beruhigende Zusicherungen gegeben. Dr. MacArd war zwar Christ, aber dabei auch der Sohn eines der größten Kapitalisten Amerikas, durch dessen reichlich fließende Spenden der Aufbau der Universität überhaupt ermöglicht worden war. Darum war sie auch mit allen amerikanischen Bequemlichkeiten ausgestattet und ganz auf amerikanische Denkweise eingestellt. Wenn Jehar hier erzogen wurde, war es nicht wahrscheinlich, daß er sich nach vollendetem Studium mit so alten indischen oder christlichen Idealen wie Verzicht auf Eigentum abplagte... Gandhi, dieses lebende Gerippe, verkündete solche Ideale vermutlich nur, um damit die jungen indischen Idealisten einzufangen. Denn darauf pflegten Hindus und Buddhisten ebenso wie radikale Christen zu reagieren... Sirdar Singh war sehr beeindruckt von MacArd, der gewiß nicht radikal war und mit dem er eine lange Unterredung hatte, wobei der Sirdar ihm vor allem einprägte, daß sein Sohn nicht nur der Erbe eines der größten Vermögen Indiens, sondern auch der einzige Sprößling einer sehr berühmten, mächtigen und alten Familie war. Der Präsident hatte die Verantwortung auf sich genommen und den großen, träumerisch aussehenden Jüngling, als er am Beginn des nächsten Semesters erschien, herzlich willkommen geheißen.

Der junge Jehar war die erforderlichen vier Jahre bei Mac-

Ard gewesen und gehörte nun zu denjenigen, die ihr Examen mit Auszeichnung bestanden. Wie groß war aber Sirdar Singhs Entsetzen, als er im Juni an den Universitätsfeierlichkeiten zu Ehren der scheidenden Studenten teilnahm und entdeckte, daß sein Sohn Christ werden wollte. Er hörte das erst am Abend dieses wichtigen Tages, denn Jehar hatte bis dahin geschwiegen. Als nun sein Vater mit ihm stolz und erfreut vom Heiraten, von Geschäften und Außenhandel und ähnlichen wichtigen Dingen sprach, die einem Vater immer im Sinn liegen, wenn er an seinen Sohn denkt, hob Jehar seinen hübschen Kopf und sagte: »Für mich sind diese Dinge unwichtig, Vater. Ich will ein Sadhu werden.«

Selbst dann begriff Sirdar Singh noch nicht ganz den Entsetzen erregenden Inhalt dieser Worte. Ein Sadhu war ein Hinduheiliger. Um ein solcher Sadhu zu werden, mußte man arm werden und auf alles verzichten – was für einen reichen Mann schrecklich klang. Aber was Jehar dann anschließend sagte, war noch furchtbarer.

»Ich meine keinen Hindusadhu, sondern einen christlichen Sadhu.«

»Was ist ein christlicher Sadhu?« fragte Sirdar Singh. Er war früher ein großer stattlicher Mann gewesen, wie fast alle Sikhs, aber in den letzten Jahren war er durch Wohlleben außerordentlich dick geworden, ein massiger Fleischkoloß.

»Ich werde zu Fuß durch Indien ziehen«, erläuterte Jehar, »und lehren und predigen, wie es Christus getan hat, aber ich werde Inder bleiben. Ich will das Beispiel und Vorbild eines indischen Christen geben – so wie Er es hätte sein können, wäre Er unter uns geboren worden.«

»Wer hat dir diese verrückte Idee eingegeben?« fragte Sirdar Singh in großem Schrecken. »Von Dr. MacArd hast du sie sicher nicht!«

»Ich habe sie von niemandem«, erwiderte Jehar. »Sie kam mir, als ich die heiligen Schriften der Christen studierte.«

Obschon es bereits nach Mitternacht war und alles schlief, konnte Sirdar Singh nur einen Gedanken fassen.

»Laß uns zu Dr. MacArd gehen«, ächzte er. »Er muß mir helfen.«

So geschah es, daß die Ruhe des Missionshauses unterbrochen und alle Bewohner von dem Pochen und Hämmern der Diener des Sirdar und von des Sirdars lautem Brüllen aufgeweckt wurden. Der Pförtner öffnete die Tür und lief sofort zu seinem Herrn.

»Sahib! Sahib!« schrie er an Davids Tür. »Der Sirdar ist da und bittet um Hilfe. Mit seinem Sohn stimmt etwas nicht.«

Auch Ted hörte das in seinem Zimmer, weil er die Tür wegen der Hitze aufgelassen hatte. Er stand auf, zog seinen seidenen Schlafrock an und ging zum Zimmer seines Vaters. Dort brannte bereits Licht. Sein Vater zog sich ebenfalls an.

Inzwischen warteten die Sikhs, Vater und Sohn, unten.

»Soll ich mitkommen, Vater?« fragte Ted.

David warf einen Blick auf ihn. »Ja, aber zieh dich richtig an.«

»Ja, Vater.«

Als er nach ein paar Minuten nach unten kam, fand er die Wohnzimmertür geschlossen, alle Diener und Träger standen draußen auf der Veranda. Er öffnete die Tür und trat ein. Der Sirdar saß auf der langen Couch und auf einem Stuhl daneben Jehar, der zwar ohne Anzeichen von Reue, aber doch mit schuldigem Respekt anhörte, was sein Vater ihm sagte.

Ted kannte den jungen Mann, da er ihn in englischer Literatur unterrichtet hatte. Er erinnerte sich besonders deshalb an ihn, weil Jehar poetische Begabung, eine schnelle Auffassungsgabe und viel Sinn für künstlerische Form gezeigt hatte.

Der Sirdar unterbrach seinen Wortstrom, als sich die Tür öffnete.

»Mein Sohn«, sagte David. »Er ist Jehars Lehrer gewesen, und ich habe ihn gebeten, an unserer Unterredung teilzunehmen.«

Der Sirdar seufzte tief auf. »Ist er Christ?« fragte er.

»Natürlich ist er Christ«, erwiderte David.

Der Sirdar wandte sich an Jehar. »Da siehst du's, der junge

Mann ist Christ, aber er denkt nicht daran, ein Sadhu zu werden. Nein, er gehorcht seinem Vater und ist ein Trost für ihn. Er lehrt an der Universität seines Vaters, und sein Vater schenkt ihm volles Vertrauen.«

Jehar wandte den Kopf, sah Ted an und lächelte scheu zu ihm hin. »Sind Sie Christ?« fragte er. Die Frage war mit solcher Aufrichtigkeit gestellt, daß Ted sich ganz klein vorkam.

»Ich möchte einer sein und hoffe, daß ich einer bin«, sagte er.

Sirdar Singh hörte sich das an, seufzte tief und wandte sich an den anderen Vater. Er begann sofort wieder mit seinen eindringlichen Anklagen. »Ich habe meinen Sohn in Ihre Hände gegeben, Dr. MacArd, er sollte bei Ihnen lernen, wie die Amerikaner bei allem zu Werke gehen. Die Amerikaner sind stark und reich und mächtig und werden noch viel mächtiger werden. Sie sind die einzigen, die gegen Rußland kämpfen können, wenn der Tag kommt, der einmal kommen muß. Wir haben einen Weltkrieg gehabt, und es wird noch einer kommen. Jeder fühlt das. Nach dem nächsten Weltkrieg werden die Engländer schwach, die Amerikaner stark sein. Ich möchte dann auf der Seite der Amerikaner stehen. Darum habe ich meinen Sohn zu Ihnen geschickt. Ich habe nicht daran gedacht, daß er Christ werden könnte. Das war nicht mein Wunsch.« Der Sirdar sprach ein ausgezeichnetes Englisch.

»Wenn Sie Ihren Sohn auf eine Missionsuniversität schicken, Sirdar, müssen Sie das Risiko auf sich nehmen, daß er Christ wird. Sie können nicht erwarten, daß ich Ihrer Ansicht beistimme, Christ zu sein, wäre ein schreckliches Los. Eine große Anzahl unserer Studenten werden vor ihrem Abgang von der Universität Christen. Wenn wir uns auch jeder aufdringlichen Propaganda enthalten, hoffen wir doch, daß die ganze Atmosphäre der MacArd-Universität in ihnen den Wunsch weckt, Christen zu werden. Es besteht jedoch kein Zwang. Wir sind für Freiheit.«

»Ich auch«, stimmte der Sirdar eifrig zu. »Ich habe meinem Sohn immer Freiheit gegeben. Außer der einzigen, daß er sich als mein Sohn fühlen muß und nicht so handeln darf, wie mein Sohn nicht handeln soll. Er kann nicht auf seinen ererbten Reichtum verzichten und ein Sadhu werden.«

David konnte seine Überraschung nicht verbergen. »Ein Sadhu? Ich denke, er will Christ werden?«

»Ja, er will ein christlicher Sadhu werden!« schrie der Sirdar aufgeregt.

»Aber das ist unmöglich!« erwiderte David. »Ein Sadhu ist ein Hindu, kein Christ.«

»Ein Sadhu ist ein Heiliger«, sagte Jehar. »Ich will ein christlicher Sadhu werden.«

»Ich habe noch nie von solchen Leuten gehört«, sagte David.

»Dann werden Sie von mir hören«, sagte Jehar mehr ehrerbietig als stolz.

»Da sehen Sie's!« rief der Sirdar. Er breitete seine großen, fetten Hände aus. »Was wollen Sie tun, Dr. MacArd? Mein Sohn ist ein Eigenbrötler. Ich weiß das, von früher Jugend auf ist er das gewesen. Und seine Mutter ist tot, sie kann mir nicht helfen.«

Was würde sein Vater nun wohl tun? dachte Ted. Er war durch den Vorgang plötzlich tief erregt. Der junge Inder war ein außerordentlicher Mensch, sein edel geschnittenes Gesicht nahm in dem Lampenlicht einen fast überirdischen Schein an. Er saß in seiner weißen Gewandung in stiller Anmut da, die Hände leicht auf den Knien gefaltet.

»Willst du dasselbe tun wie die Sadhus?« fragte Ted. »Willst du von Dorf zu Dorf wandern, Jehar?«

»Wie es Jesus getan hat«, antwortete Jehar, und seine dunklen Augen leuchteten in stillem Frieden.

»Da sehen Sie's! Da haben Sie's!« jammerte der Sirdar.

»Sirdar Singh«, sagte David entschlossen. »Überlassen Sie die Sache ruhig mir. Es ist klar, daß Jehar nicht versteht, was er sagt. Er hat zwei Religionen, den Hinduismus und das Christentum durcheinandergeworfen. Man muß sie aber streng getrennt halten. Sie werden wohl keinen Einwand dagegen erheben, wenn er nur den Wunsch hat, Christ zu werden?«

»Nein, das gewiß nicht«, sagte der Sirdar, der plötzlich Licht in der Finsternis sah. »Wenn er will, soll er Christ werden – aber ein Christ wie Sie, Dr. MacArd! Er soll Christ werden, aber dabei vernünftig bleiben – mehr verlange ich nicht. Er soll mein Sohn bleiben, was unmöglich ist, wenn er ein Sadhu wird, ob christlich oder hinduistisch.«

»Dann überlassen sie ihn mir«, sagte David. »Es ist sehr spät. Sie sind müde, und Jehar ist durch diesen Tag etwas aufgeregt. Morgen werde ich mit ihm sprechen und ihm erklären, was es bedeutet, Christ zu sein. Ein Sadhu kann er bestimmt nicht werden. Die christlichen Kirchen würden ihn nicht anerkennen.«

»Ich danke Ihnen sehr, Dr. MacArd, ich danke Ihnen von ganzem Herzen«, rief der Sirdar mit großer Wärme. Er legte die Hände auf die Brust. »Wenn Sie nur wüßten, daß meine einzige Hoffnung auf Ihnen beruht! Ich weiß jetzt, daß dieser Sohn nicht mehr auf seinen alten Vater hört. Ich habe alles für ihn getan. Wieviel Geld hat es mich gekostet, ihn vier Jahre lang hier zu lassen! Und am Ende will er ein Sadhu werden! Das ganze Geld wäre verschwendet! Wirklich, Sie tragen doch eine gewisse Verantwortung, mein lieber Mr. MacArd.«

»Ich übernehme sie«, sagte David fest. »Gehen Sie jetzt in das Gästehaus zurück, Sirdar. Reg deinen Vater heute abend nicht mehr auf, Jehar. Komm morgen früh um neun in mein Arbeitszimmer.«

Jehar stand auf. »Ich danke Ihnen, Mr. MacArd. Meines Vaters wegen will ich kommen.« Er bot seinem Vater den rechten Arm. Der faßte ihn und zog sich so vom Sofa hoch. Nachdem sie gute Nacht gewünscht hatten, gingen sie fort, der Vater noch immer am Arm seines Sohnes.

David drehte die Lampe aus, als Ted sagte: »Einen Augenblick, Vater.«

Sein Vater hielt die Hand still und blickte ihn an. »Was gibt's?«

»Ich muß dir etwas sagen.«

»Ja?«

»Ich hoffe, du wirst nicht versuchen, Jehar von seinem Vorsatz abzubringen.«

»Was willst du damit sagen?« fragte sein Vater.

In festem, bestimmtem Ton sagte Ted: »Jehar hat eine ungeheure Idee – eine Idee, die das ganze Christentum in Indien zu neuem Leben erwecken kann.«

»Ich verstehe nicht, worauf du hinauswillst –«

»Auf ein indisches Christentum, Vater.«

»Das ist ein gotteslästerlicher Gedanke – oder würde es sein, wenn er nicht zu lächerlich wäre!«

»Weder gotteslästerlich noch lächerlich!«

Mit klaren Augen sah er seinen Vater an, sein Herz begann zu brennen. »Ich wollte, ich wäre auf diesen Gedanken gekommen! Aber ich bin kein Inder. Ich wollte, ich wäre einer! Den Geist Christi in einem Inder wiedergeboren zu sehen –«

»Ich will nichts mehr hören, Ted.«

»Aber Vater...«

»Es ist sehr spät, und ich bin außerordentlich müde.«

»Gut, Vater, aber ich muß dich warnen – auch ich werde morgen mit Jehar sprechen.«

»Ich muß dich bitten, das zu unterlassen. Ich habe eine Verpflichtung gegen Sirdar Singh. Es ist sehr betrüblich für einen Vater, seinen einzigen Sohn...«

»Willst du vielleicht versuchen, Jehar davon abzuhalten, Christ zu werden?«

»Das natürlich nicht. Wie käme ich dazu, der ich mein ganzes Leben der christlichen Erziehung gewidmet habe? Ich will nur versuchen, ihm verständlich zu machen, daß er Christ sein muß an dem Platz, an den Gott ihn gestellt hat, nämlich im Hause seines Vaters, und welchen großen Einfluß er dort als Christ ausüben kann. Er wäre verrückt, wenn er das alles aufgeben würde.«

»Aber Vater!«

»Kein Wort mehr, bitte!«

Sein Vater löschte das Licht aus und ging nach oben. Ted blieb allein in der Dunkelheit zurück. Lange stand er da und dachte an Jehars Gesicht. Dann hob er die Augen – undurchdringliche Nacht. Er betete, wenn auch ohne Worte. Seine Seele hob sich aufwärts und suchte Trost und Licht. Woher kommt der Trost für die menschliche Seele – und wo ist die Quelle des Lichts? Woher war das Licht gekommen, das auf Jehars Seele fiel?

Es blieb dunkel wie zuvor. Er ging in sein Zimmer, schlug die Bibel auf und betete, wie er noch nie gebetet hatte. Er betete um Erleuchtung in der Finsternis. Aber noch immer wurde es nicht hell, und schließlich ging er zu Bett. Noch vor Morgengrauen, als an dem schwülen, dunklen Himmel sich der Rand einer Wolke zartblaß färbte, stand er auf. Er wusch sich und ging in die kleine Kapelle, wo manchmal die christlichen Studenten beteten. Der junge Inder stand still und erhobenen Hauptes vor dem Altar.

»Jehar!« rief ihn Ted an.

Jehar wandte sich um, sah ihn und lächelte. »Mein Lehrer!« sagte er.

»Ich dachte mir, daß ich dich hier finden würde«, sagte Ted. »Gut, daß ich dich treffe. Laß uns über das Geschehene sprechen. Warum hast du mir nicht dein Herz geöffnet?«

»So gut kenne ich Sie nicht«, sagte Jehar unbefangen. »Es ist mir nicht eingefallen, daß ich mit Ihnen sprechen müßte.«

Ted war verletzt. »Habe ich mich so verhalten, daß einer meiner Schüler sagen könnte, sein Zustand sei mir gleichgültig? Komm, setz dich hier mit mir auf diese Bank.«

Jehar kam durch den Gang auf ihn zu, sehr anmutig in seinem frischen weißen Gewand. Er setzte sich, noch immer lächelnd. Seine großen dunklen Augen waren klar, sie zeigten keine Spur von Schlaflosigkeit oder von Furcht. Friede war in ihm.

»Du fährst heute nicht mit deinem Vater heim?« fragte Ted.

»Doch, ich werde mit ihm heimfahren und eine Weile dort bleiben, bis er mein Herz versteht.«

»Und wenn er es nicht versteht?«

Jehars Gesicht war ruhig, seine Haltung würdevoll. »Dann muß ich mein Vaterhaus verlassen.«

»Du bist noch sehr jung, Jehar.«

»Nicht zu jung, um zu wissen, was ich tun muß. Wenn ich nicht wüßte, was ich tun muß, würde ich mich für einen anderen Lebensberuf vorbereiten, entweder die Verwaltung der Güter meines Vaters übernehmen oder Rechtsanwalt werden oder etwas Ähnliches. Aber ich kenne meinen Beruf.«

»Du kannst doch nicht um Nahrung betteln wie ein Sadhu. Das geht doch nicht, Jehar. Schließlich wissen doch die Leute, wer du bist.«

»Ich brauche nicht zu betteln. Gott wird mir geben, was nötig ist.«

»Mir erscheint das gefährlich und sonderbar.«

»Weil Sie aus dem Westen kommen.« Jehar sprach höflich, aber in bestimmtem Ton. »Es ist nichts Sonderbares, wenn jemand ein Sadhu wird. Es gibt viele Sadhus, wie Sie wissen. Niemand wundert sich über sie. Indien ist das Land der Sadhus. Aber ich werde ein christlicher Sadhu.«

»Welcher Kirche willst du dann beitreten.«

»Keiner – denn wenn ich einer beitrete, kann ich nicht zu den anderen gehören, jedenfalls nicht nach christlicher Auffassung. Ich habe das von meinem Religionslehrer, Herrn Fordham, erfahren. Ich entnehme seinen Worten, daß für viele eine einzige Kirche gut ist, aber für mich ist sie nicht gut, denn ich will überall hin und jedem gehören – und in erster Linie Christus und nur Christus.«

»Weiß Herr Fordham, daß du ein Sadhu werden willst?«

»Ich habe ihm nichts davon gesagt«, antwortete Jehar.

»Und wie kamst du zu der Meinung, daß du am besten weißt, wie man Christus nachfolgen soll?«

»Das weiß ich nur für mich«, sagte Jehar. Er lachte auf einmal. Es war ein helles, knabenhaftes Lachen. »So dumm bin ich nicht, daß ich glaubte, ich könnte Entscheidungen für andere treffen! Ich weiß es nur für mich.«

»So willst du eine Schüssel und eine Decke nehmen –«

»Ich werde meine Schüssel und meine Decke nehmen und mein safrangelbes Gewand tragen, so daß alle Leute wissen, daß ich ein Sadhu bin, aber ich werde Christus predigen.«

»Jehar, du machst mir angst, deine Entscheidung ist so absolut.«

»Warum sind Sie so ängstlich? Ich tue nur, was viele vor mir getan haben, nur bin ich dabei ein bewußter Jünger Christi. Ich verdamme die tiefen, alten Religionen Indiens nicht. Ich verdamme keine echte Religion. Aber Christi Religion ist für mich die schönste, und ich will sie verkünden.«

»Laß mich dir nur noch dieses eine sagen. Du verzichtest auf ein ganzes Leben, ehe du weißt, was es ist. Ich kenne Inder, die auf das Leben verzichtet haben. Ich habe Darya im Gefängnis gesehen.«

Ganz Indien kannte den Namen Darya, und Jehar hob interessiert den Kopf. »Sie haben ihn wirklich besucht?«

»Ja. Auch er hat auf alles verzichtet, nur auf sein Land nicht, wie er glaubt. Aber er ist kein junger Mann wie du. Er war verheiratet und Vater, und erst, nachdem er seine ganze Familie verloren hatte, verzichtete er.«

»Ich brauche nicht zu warten«, sagte Jehar zuversichtlich. »Ich hatte eine Vision. Einen Anruf. Vielleicht hatte Darya keinen, bis ihm Gott seine Frau und seine Kinder nahm…«

»Was für eine Vision hast du gehabt?« fragte Ted. Man konnte mit Jehar nicht anders als ganz sanft umgehen.

»Ich sah Christus in Person«, sagte Jehar. »Verstehen Sie, es war keine geistige Vision, die gibt es auch… Ich sah ihn mit diesen meinen Augen.« Er berührte seine Augen mit seinen zwei Zeigefingern. »Ich kann die Bhagavad Gita auswendig. Damals lebte meine Mutter noch, sie lehrte mich, daß das Beste, was ein Mensch werden kann, ein Heiliger ist – aber ich glaubte nicht, daß ich je ein Heiliger werden könne, und darum war ich unglücklich. Wie unglücklich war ich, als ich auf diese Universität kam! Ich wollte nichts von der neuen Religion hören. Sie schien mir nicht so gut wie unser viel älterer Glaube. Einmal riß ich sogar die Bibel in Stücke, die

Herr Fordham uns als Schulbuch gab. Ich wollte sie nicht lesen, ich wollte mich nicht dazu zwingen lassen. Und dann sah ich plötzlich, als ich allein in meinem Zimmer war, Christus.«

Ted wußte nicht, was er hiervon halten sollte. »Du willst doch nicht dein ganzes Leben ändern – nur wegen dieser Vision?«

»Ich habe mein Leben bereits geändert«, erwiderte Jehar ruhig.

Was konnte man da noch sagen… Eine so einfache, reine und ruhevolle Natur wie Jehar konnte man nicht umstimmen. Die Sonne färbte die Säume des Horizonts goldrot, die Kühle der Luft schwand schnell. Der Tag hatte begonnen. Die zwei jungen Männer standen auf und trennten sich draußen auf dem Rasen mit einem Handschlag, ohne ein Wort zu sagen.

An diesem friedlich begonnenen Tage zog ein Ungewitter heran, nicht zwischen Sirdar Singh und Jehar, sondern zwischen Ted und seinem Vater, die noch nie einen ernstlichen Streit gehabt hatten. Ted hatte im stillen gehofft, zu der Konferenz mit Jehar und seinem Vater zugezogen zu werden. Um sieben Uhr wurde die erste leichte Mahlzeit serviert, die Chota hari, die man aß, wo man sich gerade befand. Sein Vater war bereits in seinem Arbeitszimmer. Ted nahm das Tablett an einem der kleinen Verandatische in Empfang, wo er in einem Rohrstuhl saß, und aß sein Morgenmahl. Jehar kam vorüber und hob grüßend die Hände, Handfläche auf Handfläche, aber er blieb nicht stehen, sondern setzte seinen Weg zum Arbeitszimmer fort. Die Tür schloß sich, und Ted wartete, während er seinen Tee trank und zum Röstbrot die Mangofrucht aß. Er hoffte noch immer, daß sein Vater ihn rufen würde.

Der Ruf kam nicht. Nach mehr als einer Stunde öffnete sich die Tür wieder. Bleich und müde kam Jehar heraus. Wieder ging er grüßend an Ted vorbei, stieg die Stufen hinab und war verschwunden. Dann stand Ted auf und ging zu seinem Vater.

David saß mit ernsten Gesicht an seinem Schreibtisch und las irgendwelche Schriftstücke durch.

»Vater?«

David blickte auf. »Ja, Ted?«

»Wie ist es ausgegangen?«

»Du meinst diese Konferenz? Ich bin überzeugt, daß Jehar sein geistiges Gleichgewicht verloren hat. Er erzählte mir etwas von Visionen.«

Mut, dachte Ted, Mut zu reden, Jehars Partei ergreifen und echte Visionen als möglich erklären! »In der Heiligen Schrift gibt es genug Beweise für Visionen, Vater.«

»Die Heilige Schrift wurde von unwissenden Leuten geschrieben, wie du längst wissen solltest«, entgegnete sein Vater. »Sie brachten ihre Gefühle in möglichst anschaulicher Form zum Ausdruck – aber so etwas erwarte ich nicht von Studenten meiner Universität!«

»Wie dem auch sei – ich frage mich, ob Jehar nicht den Entschluß zu einer hochherzigen Tat gefaßt hat.«

»Was soll das heißen?« fragte sein Vater.

»Seit Hunderten von Jahren haben wir versucht, hier das Christentum zu predigen, und zu diesem Zweck Kirchen, Krankenhäuser und Universitäten gegründet – aber aus allen diesen Bemühungen sind keine Christen hervorgegangen!«

»Hier schon«, sagte sein Vater ärgerlich. »Nach der Statistik wächst die Anzahl der Christen in Indien jedes Jahr.«

»Das ist kein wirklicher Gewinn«, sagte Ted. »Die Dörfer hier sind genau noch so wie vor Hunderten von Jahren, in keinem einzigen habe ich eine Spur von Christentum gefunden. Statt dessen fand ich Armut, Elend, die Gier der Grundbesitzer, die Rücksichtslosigkeit der Reichen gegen die Armen, die Herrschaft des Bösen über das Gute –«

»Das ist immer so gewesen und wird immer so bleiben«, sagte sein Vater.

»Was für einen Zweck hat dann in dieser Welt das Christentum?« rief Ted leidenschaftlich. Er sah in die erstaunten Augen seines Vaters und bemerkte die Betroffenheit in ihnen, aber das hielt ihn nicht davon ab, den Standpunkt seines Vaters anzugreifen. »Jehar hat recht!« rief er. »Ich wollte, ich hätte solchen Mut wie er! Ich wollte, ich könnte alles aufgeben und Christus folgen!«

Er sah nun wirkliches Entsetzen in den Augen seines Vaters. Das aber konnte er nicht mit ansehen. Er ließ ihn sitzen und ging fort.

Was hatte er gesagt? Er hatte gesagt, er wünsche, er könne alles aufgeben und Christus folgen... Aber was war das –? Er blieb in dem großen leeren Wohnzimmer stehen. So klar, wie es Jehar angesagt hatte, sah er das Antlitz Christi, er sah es vor seinen Augen. Es war das Gesicht eines Bauern, ein namenloses Gesicht, wie er es in einem der Dörfer erblickt hatte. Er hatte es gesehen und bald vergessen. Aber es hatte sich in den Schächten seines Unterbewußtseins verborgen, ein von Schmerz, Mühsal und Hunger gezeichnetes Gesicht, doch mit suchenden, brennenden Augen, denen kein Tod etwas anhaben konnte – und diese Augen hatten ihn gefragt: »Gibt es keine Hoffnung für mich?«

Er starrte auf dieses Antlitz, und während die Augen erneut die Frage an ihn stellten, hörte er, wie sein Vater die Tür zu seinem Zimmer schloß.

Als David in diesem Zimmer allein war, fiel er auf die Knie. Aus Scham oder vielleicht nur aus Verlegenheit hatte er den Schlüssel umgedreht, damit er nicht zu dieser Stunde beim Gebet entdeckt würde. Aber er wurde zu diesem Gebet getrieben, denn nun fürchtete er für seinen geliebten und einzigen Sohn. Das ganze Jahr, seitdem Ted zu ihm zurückgekehrt war, hatte er auf den Augenblick gewartet, da er frei mit ihm sprechen, da er ihm von seinen Problemen und dem drückenden Gewicht seiner Aufgabe berichten konnte. Aber er hatte nicht gesprochen. Erinnerungen hatten ihn daran gehindert. Wenn er Ted ansah, erblickte er seinen eigenen Vater, wie er gewesen sein mochte, als er jung war – und doch war Ted wie Olivia; er hatte Olivias Art, ihre plötzlich aufflammenden Gefühle... Und so verwirrt und an Einsamkeit gewöhnt, hatte er nicht einmal von seinen Befürchtungen und seiner Last mit seinem Sohn gesprochen.

Und dazu nun diese Sache mit Jehar!

Wenn das indische Volk, dachte er, so wenig der Wirklichkeit ins Auge sehen konnte, daß es einem Fanatiker wie Gandhi nachlief, steckte es in erschreckender Unwissenheit – und so war alles, was er tat, zu spät. Das Land würde kaum dadurch gerettet werden, daß Gandhi dieses Feuer der Begeisterung angezündet hatte...

Und nun noch Jehar!

Mit dem Empire, dachte er, würde auch sein Werk zusammenfallen. Die Millionen unwissender Bauern konnten nicht schnell genug unterrichtet, ihre Armut konnte nicht bald genug behoben werden, um Indien noch für das Empire zu retten. Die Aufgabe hätte vor dreihundert Jahren beginnen müssen... Er wußte jetzt, daß auch seine eigenen Studenten von dieser Krankheit befallen waren. Er hatte es nicht wahrhaben wollen, aber die geheimen Zusammenkünfte, die Schlagwörter, die unter ihnen umgingen, die Gandhimütze und das selbstgesponnene Tuch ließen sich nicht übersehen... Wenn Gandhi gewann, war dann nicht das Christentum, auf das er sein Leben aufgebaut hatte, nur Treibsand? Gandhi war kein Christ, obschon er sich manchmal auf christliche wie auf hinduistische Grundsätze berief... Und Ted hatte ihm heute getrotzt wie gestern Jehar seinem Vater! Wie grausam die Söhne gegen ihre Väter waren!

Auf den Knien liegend, während seine Gedanken ihn am Beten hinderten, erinnerte er sich plötzlich an seine eigene Jugend. Genauso hatte auch er seinem Vater getrotzt – und sein eigenes Leben war nichts als Trotz gewesen und war es noch! Er hatte den alten Mann, der jetzt in seinem Hause in Amerika krank im Bett lag, auf seine Art verlassen... Die Tränen stiegen ihm in die Augen.

»Gott, laß mich zu meinem Vater zurückkehren und ihm erklären –«

Es war nun auf einmal ein ganz anderes Gebet geworden, als er beabsichtigt hatte.

»Habe ich unrecht getan, o Gott? Hätte ich meinem irdischen Vater gehorchen sollen anstatt dir? Werde ich nun in meinem eigenen Sohn bestraft? Gib mir Klarheit, damit ich weiß, was ich tun soll!«

Lange kniete er dort und wartete auf Antwort, aber es kam keine, und so stand er schließlich auf. Es war nun schon lange her, daß er auf ein Gebet eine Antwort erhalten hatte. Ohne es recht zu merken, hatte er das Gefühl von der Gegenwart Gottes verloren – und dabei hatte er doch sein ganzes Leben in seinem Dienst zugebracht... Wieder überwältigte ihn das Gefühl der Einsamkeit, einer schrecklichen geistigen Einsamkeit. Er hatte es gespürt, als Olivia starb – und eigentlich hatte er nie recht gelernt, ohne sie zu leben... Aber jene Einsamkeit war doch nicht so vollständig gewesen wie diese jetzt... Er hatte sich Olivia nie so hingegeben wie Gott. Unwillkürlich stöhnte er jetzt den Schrei heraus, den einst Christus getan hatte: »Mein Gott, mein Gott, warum hast du mich verlassen!«

Ted ging auf sein Zimmer, schloß leise die Tür und blieb bewegungslos stehen. Sein Herz schlug vor Freude. Wie in Wellen fühlte er diese Freude kommen und sein ganzes Wesen durchdringen. Wie Luft durchzog sie ihn, kühl und erfrischend. Er lachte laut, er fühlte, wie seine Kopfhaut prickelte und die Fingerspitzen glühten... Er hätte laufen, springen und tanzen mögen. Er hatte seine Vision gehabt, er war zu einer Entscheidung gekommen – und diese Entscheidung war so klar, daß es ihm beinahe lächerlich vorkam, sie nicht schon früher als unvermeidlich erkannt zu haben. Er mußte Puna verlassen und in einem Dorf leben. Was für ein einfacher Entschluß! Aber er hatte die ganzen Monate, seit seinem Besuch bei Darya, dazu gebraucht, sich zu ihm durchzukämpfen – und nur Jehars Zielstrebigkeit und kindliche Reinheit hatten ihn ans Ende geführt...

Warum soll ich in meines Vaters Fußstapfen treten? Ich

muß ihn verlassen, auf daß ich allein mit Indien und mit mir selbst leben kann. Das kleine Dorf im Norden hat mir damals so gut gefallen – dort will ich leben!

Der Gedanke überwältigte ihn. Hinduheilige kannten genauso wie die ersten Christen die mystische Ekstase – und dies mußte wohl der Zustand sein, den sie damit meinten... Wenn ein Entschluß richtig war, weil er den Willen Gottes oder vielleicht auch nur die tiefste, unaussprechliche Sehnsucht der Seele erfüllte, dann war eine solche Ekstase die Bestätigung – ein überwältigendes Glück, ein vollständiger Zusammenklang von Erstrebtem und Erreichtem...

Ruhig geworden, setzte er sich hin, voll Staunen und Dankbarkeit. Nach einiger Zeit verebbte die Freude, und an ihre Stelle trat Frieden. Er machte Pläne, er dachte an das Dorf Vhai und an alles, was er dort tun – ja, aber auch, was er dort empfangen konnte. Er war noch am Anfang des Weges. Er wollte ebenso demütig lernen wie predigen.

14

»Ich kann dich nicht verstehen«, sagte David.

»Das erwarte ich auch nicht, Vater«, antwortete Ted.

Sie saßen beim Essen. Sein Vater sah erschöpft aus. Die Hitze war an diesem Tage unerträglich gewesen, der Monsun mußte nun jede Stunde einsetzen, wahrscheinlich noch vor Mitternacht. Inzwischen war die Luft giftschwanger. Sie konnten beide nicht essen und machten auch keine Anstalten dazu. Der Diener nahm mit schlaffer Hand die Teller fort und brachte Kaffee.

»Soll dieser Entschluß bedeuten, daß du den Gedanken an eine Heirat aufgegeben hast?« fragte David.

»Wenn Agnes mit mir auf das Dorf gehen will, dann nicht«, sagte Ted.

»Hoffentlich wirst du nicht die Torheit begehen, sie darum zu bitten«, erwiderte sein Vater entrüstet.

Ted lachte. Trotz der Hitze war er heute den ganzen Tag

fröhlich gewesen. Er hatte sich damit beschäftigt, ein paar Sachen zu packen, Kleidung, Bücher, Kochgeschirr, ein Feldbett und ein Moskitonetz. Wenn er nach Vhai kam, wollte er sich ein Haus mit Lehmwänden und einem Strohdach bauen. Das Schuljahr war jetzt vorbei, und er brauchte nicht mehr zu zögern.

»Erscheint dir das etwa lächerlich?« fragte sein Vater verärgert. Zwischen zwei Generationen war wahrscheinlich ein humorvoller Gedankenaustausch unmöglich. Ted erinnerte sich an die Witze, die sein Vater zu erzählen und über die er laut zu lachen pflegte, die ihm aber schon in seiner Jugend etwas kindisch und jedenfalls nicht besonders komisch vorgekommen waren.

»Durchaus nicht«, sagte Ted heiter, »aber damals, als meine Mutter herkam, um dich zu heiraten, muß auch Puna ziemlich entlegen gewesen sein…«

»Es war nicht dasselbe«, entgegnete sein Vater, erklärte aber nicht, wie es war. Statt dessen beschäftigte er sich in Gedanken mit einem Einfall. Warum sollte er nicht Agnes Linlay schreiben und sie bitten, seinen törichten Sohn vernünftig zu beeinflussen? Es konnte ja ein Geheimnis zwischen ihnen bleiben. Wie, wenn er ihr taktvoll zu verstehen gäbe, wie glücklich er wäre, wenn sie seine Schwiegertochter würde? In verschiedener Hinsicht konnte er seinen Sohn ehrlicherweise loben, aber dann konnte er andeuten, daß er natürlich noch sehr jung wäre und um so mehr von einer vernünftigen Frau lernen könne. Er habe das Gefühl, könnte er schreiben, daß sie ihre Wahl nie zu bereuen brauche, wenn Ted jetzt von dem unklugen Entschluß abgehalten werden könne, in ein indisches Dorf zu ziehen, was seine Familie und seine Freunde unbedingt verhindern müßten. Es gäbe genug vernünftige Lebensmöglichkeiten für einen jungen Mann in Indien, sie würde das vielleicht besser als andere junge Damen wissen und könne dazu mithelfen, Ted vor einer törichten Handlung zu bewahren…

»In ein paar Tagen werde ich mich auf die Socken machen«, sagte Ted fröhlich.

»Ich bin überrascht«, sagte David, »daß du dich so von Jehar hast beeinflussen lassen.«

»Nicht nur von Jehar allein, zum Teil auch von Darya. Aber in der Hauptsache ist es mein eigener Wunsch, alles abzustreifen, was du und Großvater mir gegeben haben, obwohl ich euch beiden dankbar bin und immer bleiben werde. Aber ich habe einfach das Verlangen, für eine Weile wenigstens ich selbst zu sein – nicht nur ein MacArd...«

David antwortete nicht. Er hatte erst heute morgen über seine eigene Jugend nachgedacht und konnte nicht reden, weil seine Worte nur ein Echo jener Vorhaltungen sein würden, die ihm sein Vater vor fünfundzwanzig Jahren gemacht hatte. Er mußte sich auf Agnes Linlay verlassen.

Ihre Mahlzeit wurde durch eine Unruhe auf der Veranda unterbrochen. Ein Diener kündigte an, daß Fordham Sahib und Memsahib draußen warteten.

»Bitte sie herein«, sagte David zu dem Diener.

Sie kamen nicht zu zweit, sondern zu dritt. Die dritte Person war ein junges Mädchen, ein Mädchen mit einem Gesicht, das so frisch war wie ein Stiefmütterchen und in der Tat auch einem Stiefmütterchen ähnelte, mit großen, sanften, braunen Augen, den dicken, weichen, braunen Augenbrauen, dem vollen roten Mund und einem entschiedenen Kinn, kurz, das alle Merkmale dieser einfachen Blume in sich vereinigte. Sie war sehr hübsch und einfach, und Frau Fordham stellte sie mit überquellendem Stolz vor. »Unsere Tochter Ruthie, Dr. MacArd. Und das ist der junge MacArd, Ruthie. Verzeihen Sie bitte, aber wir konnten nicht warten.«

»Sie ist also da«, sagte David und versuchte ein Lächeln hervorzuzaubern. Er hatte vergessen, und wie er annahm, hatte auch Ted nicht daran geglaubt, daß Ruthie heute abend ankommen sollte.

»Ja, sie ist endlich da – und Glück haben wir gehabt, daß wir noch vor dem Monsun eingetroffen sind; in strömendem Regen wäre die Reise nicht angenehm gewesen. Es wird aber nicht mehr lange dauern.«

»Ich bin nach Bombay gefahren, um sie abzuholen«, sagte Herr Fordham, und seine Augen glänzten hinter dem Stahlgehäuse seiner kleinen Brille. »Ist sie nicht hübsch geworden?« setzte er stolz und etwas neckisch hinzu.

»Papa!« rief Ruthie mit heller, lauter Kinderstimme.

»Papa hat sich gar nicht geändert, liebes Kind«, sagte Frau Fordham schwärmerisch.

»Schrecklich ist er!« sagte Ruthie zu allen, die es hören wollten. Sie öffnete ihre roten Lippen und lachte, weiß blitzten ihre Zähne. Sie fühlte sich offenbar wohl und gab sich gar keine Mühe, ihrem etwas plumpen, jungen Körper eine straffe Haltung zu geben. Sie trug ein rosarotes Kleid mit kurzen Ärmeln. Frau Fordham fühlte sich veranlaßt, auf diese Ärmel aufmerksam zu machen, indem sie ihretwegen um Entschuldigung bat.

»Ruthie, deine Ärmel sind aber doch ein bißchen zu kurz, findest du nicht? Denk doch, wir sind Missionare und müssen ein gutes Beispiel geben.«

»Meinst du?« fragte Ruthie in aller Unschuld.

Alle blickten auf Ruthies feste, hübsche Arme, besonders Ted. Er hatte sie kaum noch in Erinnerung gehabt, und es war erstaunlich, zu sehen, wie sie jetzt war. Dieses rundgesichtige, rundäugige, lästige kleine Mädchen, das immer hinter ihm hergelaufen war, seit es gehen konnte, und dem er, wenn irgend möglich, immer weit aus dem Weg zu gehen pflegte, war zu dieser frischen Naturblume geworden... Sie mochte vielleicht ein bißchen dümmlich sein, aber dafür hatte sie ein sanftes und heiteres Naturell, wovon sich jeder sogleich überzeugen konnte. Sein Großvater hatte einmal zu ihm gesagt: »Heirate eine Frau von guter, ruhiger Gemütsart! Deine Großmutter hatte sie – es ist die wichtigste Mitgift, die eine Frau ins Haus bringen kann. Ich habe Männer gekannt, die durch die Bösartigkeit ihrer Frauen ruiniert wurden.«

Als die Gäste Platz genommen hatten, fragte Ted: »Soll ich es den Fordhams sagen?«

»Wenn du ihnen gleich dazu sagst, daß ich nicht einverstanden bin«, sagte David.

»Was gibt's denn?« fragte Frau Fordham mit ihrer üblichen lebhaften Neugierde.

»Ich werde auf ein Dorf gehen und dort leben.«

»Für immer?« fragte Frau Fordham.

»Das weiß ich noch nicht.«

»Wie sonderbar!« rief Frau Fordham. »Wie können Sie nur Ihren Vater und dieses reizende Haus verlassen und alles andere – wozu denn?«

»Na, wenn der Sommer vorbei ist, ist er wieder da«, meinte Fordham. »Ich hatte auch solche Ideen, als ich noch jung war. Das Leben in einem Dorf kann sehr unbequem sein.« Dann wurde er ernst, und alle sahen ihn an. »Was die Behörden wohl dazu sagen werden! Sie könnten das gerade jetzt als eine revolutionäre Handlung auslegen.«

»Ich werde die Sache dem Vizekönig selbst erklären«, sagte David.

»In diesem Fall...« Mehr sagte Fordham nicht.

»Das muß doch ganz lustig sein«, bemerkte Ruthie. »Die Leute auf dem Lande haben mir immer gefallen. Sie schätzen einen und sind nicht so stolz wie die Gebildeten. Wir hatten eine Inderin auf der Schule in Amerika, sie war die Tochter eines indischen Fürsten, eines der kleinsten, aber meint ihr, sie hätte mit mir gesprochen? Sie sah auf Missionare herab!«

Niemand sagte etwas hierauf, bis Frau Fordham mit frommem Augenaufschlag bemerkte: »Hoffentlich hast du ihr das verziehen.«

»Ich ließ sie ihrer Wege gehen und kümmerte mich nicht mehr um sie.«

»Du hättest für sie beten sollen«, sagte Frau Fordham.

»Ist mir gar nicht eingefallen«, erwiderte Ruthie.

Ted lachte. Ruthie gefiel ihm plötzlich, obwohl er sie nicht im geringsten bewunderte. Sie war sicher als Kind verwöhnt worden, wie so viele Missionarskinder, von Ayas verhätschelt wie er selbst.

Es fiel ihm plötzlich ein, daß er das Dorf vielleicht als eine Art Zufluchtsstätte betrachten konnte, als einen Ort, wo keine Forderungen an ihn gestellt wurden, wo die Menschen einen schätzten, wie Ruthie sagte, und einem dankbar waren. Dankbarkeit wurde leicht zu einem Rauschmittel, an das man sich immer mehr gewöhnte... Er hatte Weiße gesehen, die immer mehr davon brauchten, um zufrieden zu bleiben, bis sie von falscher Selbstzufriedenheit lächerlich aufgeblasen wurden.

»Wir müssen gehen«, sagte Frau Fordham. »Die Herren wollen ihre Mahlzeit beenden.«

»Hört!« rief Ruthie. Ihre Augen weiteten sich. Sie lauschte, und alle lauschten mit. In der Ferne vernahmen sie das Heulen eines nahenden Sturmes, es kam immer näher, und schon hörten sie aus dem rotleuchtenden Himmel die ersten Regentropfen fallen.

Der Monsun war da.

»Lauft, was ihr laufen könnt!« brüllte Fordham. Sie rannten aus der offenen Tür davon, und Ted sah ihnen nach. Fordham sprang voraus, seine Frau zog sich den Rock über den Kopf, ihr weißer Unterrock flatterte im Winde, nur Ruthie beeilte sich nicht. Sie ging langsam, mit erhobenem Kopf, damit ihr der Regen voll ins Gesicht klatschte, sie streckte ihre dicken, kleinen Handflächen hoch. Der Wind spielte mit ihren losen Haarsträhnen und riß an dem Haarknoten in ihrem Nacken, bis er sich auflöste und ihr das Haar über die Schultern fiel. Der Regen peitschte ihr die Wangen. Sie fürchtete sich nicht – und auch das gefiel Ted.

»Ich bewundere Ted«, schrieb Agnes Linlay in ihrer steilen, großen Handschrift nach Verlauf einiger Wochen. »Gleichzeitig sehe ich aber auch, wie unmöglich es ist, irgend etwas durch ein solches Beginnen ausrichten zu wollen. Glauben Sie mir, Dr. MacArd, ich fühle mich durch Ihr Vertrauen geehrt. Ted und ich haben uns nicht verstanden, ja, ich möchte fast sagen, es war das gerade Gegenteil davon. Wir trennten uns in Uneinigkeit. Ich bin als Engländerin in Indien aufgewachsen, ich kann mir nicht helfen, das Gefühl der Verantwortlichkeit ist zu stark in mir. Wir können wohl nichts anderes tun als abwarten, ob Ted wieder zur Vernunft kommt. Inzwischen besteht keine Bindung oder Verpflichtung irgendwelcher Art zwischen uns. Wenn er mir schreibt, werde ich ihm gegenüber meinen eigenen Standpunkt vertreten.«

Eine würdige junge Dame, dachte David, geradeso, wie ich sie mir als Schwiegertochter gewünscht und wie Ted sie als Frau gebraucht hätte... Er schrieb ihr eine sorgfältig überlegte Erwiderung und drückte, in seiner ziemlich feinen und gedrängten Handschrift, die Hoffnung aus, daß sie sich eines Tages mündlich über Ted unterhalten könnten. Inzwischen würde er ihr sehr dankbar sein, wenn sie Ted ihren eigenen Standpunkt vollständig klarmachen würde. Was ihn selbst anbeträfe, so schätze er außerordentlich, was das britische Empire für die Inder tue, damit sie eines Tages unabhängig sein und ihren Platz in der Familie der modernen Nationen einnehmen könnten; er bedauere die Undankbarkeit der jungen Intellektuellen und ihrer Führer, unter welchen, wie er leider sagen müsse, sich auch Inder fänden, die er als alte Freunde betrachte.

Er schrieb ihr nicht, daß er sich einsam fühlte, seitdem sein Sohn ihn verlassen hatte. Denn Ted war fort. In strömendem Regen war er nach Nordosten zu dem Dorf Vhai aufgebrochen. Wie er in seinem ersten Brief schilderte, war das ganze Land dort ein See, in dem sich die Wolken spiegelten, wenn die Sonne dann und wann für ein paar Stunden durchbrach. Aber Vhai selbst lag auf einem kleinen, abgeplatteten Berge, und die Straßen waren nicht sehr schmutzig. Er hatte ein kleines Haus gefunden und seinen Haushalt eingerichtet. Bis jetzt hatte er allerdings nur erreicht, daß die Einwohner ihn verwundert anstarrten – wozu sie hinlänglich Zeit hatten, weil sie während der Regenzeit nicht arbeiten konnten. Er war froh, daß er ihre Sprache gelernt hatte; er tauschte gern Witze mit ihnen aus, aber als der größte Witz erschien ihnen seine Erklärung, obschon sie sich dadurch geschmeichelt fühlten, daß er zu ihnen gekommen wäre, um von ihnen zu lernen.

Das ganze Dorf war nur ein Haufen Lehmhäuser, und in diesen Häusern wurden alle möglichen Industrien betrieben. Es gab dort Spinner und Weber, Töpfer und Schreiner und vor allem Handmühlenbetriebe. Die Leute waren an der Grenze des Verhungerns, aber jetzt waren sie fröhlich, weil so reichlich Regen fiel. Es gab einen kleinen Tempel für Ganescha, den Gott mit dem Elefantenkopf, den die Leute besonders verehrten, weil er als Gleichnis des Friedens, der Ruhe und der Weisheit galt und weil er ihnen angeblich Glück brachte.

Ted war glücklich, er war frei. Die ekstatische Freude hielt noch immer an. Er lebte zufrieden in den Tag. Der Regen würde bald aufhören, der See eintrocknen und zu Reis-, Senf- und Bohnenfeldern werden... Nach Puna würde er so bald nicht zurückkehren, schrieb er seinem Vater. Er lerne viel, und die Leute hätten keine Angst mehr vor ihm.

Viele Monate schrieb er Agnes nicht. Er wartete, bis die Winde von den Vorbergen des Himalaja kühl herabwehten, bis er sich in seinem Lehmhaus eingerichtet hatte und sein Alltag regelmäßig verlief. Am frühen Morgen stand er auf und hielt Schule für jeden, der lesen und schreiben lernen wollte. Dann gingen seine Schüler an die Arbeit, und er stellte eine kleine Apotheke unter dem überhängenden Strohdach auf. Aus einem immer größer werdenden Gebiet kamen die Kranken zu ihm. Einige heilte er, anderen, die er selbst nicht kurieren konnte, riet er, in das nächste Krankenhaus zu gehen. Er litt mit jenen, die heimgingen, um zu sterben. Den Nachmittag brachte er oft damit zu, kleine, meist sehr harmlose Streitigkeiten zu schlichten, die in Vhai an der Tagesordnung waren, und so verging mit bescheiden erteiltem Rat und gutem Zureden der Tag und der Abend kam. Es war ein einfaches Tagewerk, das bei weitem noch nicht alles umfaßte, was er sich für die Zukunft vorgenommen hatte – aber er hatte nun endlich seine Arbeit gefunden und konnte Agnes schreiben.

»Sie und ich hatten überhaupt keine Gelegenheit, diese Leute kennenzulernen. Ich wollte, ich könnte Sie an den Ereignissen teilnehmen lassen, die jeden Tag hier in Vhai passieren, den ungewöhnlichen, den traurigen und den lustigen Begebenheiten eines Dorfalltags. Das Leben hier ist viel interessanter und aufregender als jenes, das wir in der Abgeschlossenheit unserer Siedlungen führten. Hier auf der Dorfstraße und in den kleinen Gärten hinter jedem Hause, die gegen die neugierigen Blicke der Nachbarn durch eine Erdmauer geschützt sind, sehe ich das menschliche Leben, wie es ist, in seiner Gesamtheit. Liebste« – das war der einzige zärtliche Ausdruck, den er gebrauchte –, »entsetzt es Sie, daß man jetzt ein Bild Christi im Tempel aufgestellt hat? Er sieht aus wie Jehar, der ein christlicher Sadhu ist – vielleicht sah Jesus wirklich so aus. Er steht neben Ganescha, aber sie haben von Christus ein größeres Bild gemacht.«

Ein Wort in diesem Briefe veranlaßte sie, ihm sofort zu schreiben. »Ted, ich kann es nicht dulden, daß Sie mich ›Liebste‹ nennen. Ich weiß nicht, wie ich es Ihnen sagen soll, und so will ich es Ihnen ganz einfach und ohne Umschweife sagen. Ich habe Ihrem Vater die Ehe versprochen.«

Nach Vhai drangen keine Neuigkeiten, und die Briefe seines Vaters hatten ihn nicht im geringsten vorbereitet. Er verstand diese Zurückhaltung oder sogar Feinfühligkeit, die es nötig machte, daß Agnes ihm zuerst schrieb. Wäre er noch im Missionshaus gewesen, hätte er die Entstehung dieser sonderbaren, ungleichartigen Freundschaft zwischen ihr und dem Mann, der sein eigener Vater war, beobachten können... Aber er hatte nichts gesehen. Er hatte zufrieden im Dorf gelebt, und diese Zufriedenheit ließ ihn, wenigstens für seine Zeit, nicht an Liebe denken, so daß er Agnes nicht eher geschrieben hatte. Er mußte sich alles aus ihrem Briefe und aus dem seines Vaters, der bald darauf folgte, zusammenreimen, und so entdeckte er, daß er sie zusammengeführt hatte. Sie hatten Briefe über ihn ausgetauscht, und im September war sein Vater nach Kalkutta gefahren, um sie zu besuchen. Sein Vater war über seine neuen Gefühle selbst betrübt. Er ließ offen durchblicken, daß er betrübt war...

»Ich habe nie daran gedacht, daß eine andere Frau an die Stelle Deiner Mutter treten könnte, aber die Einsamkeit, die mich seit Deinem Fortgang überfallen hat, trieb mich dazu, und aus ihr heraus hat sich eine Freundschaft mit Miß Linlay entwickelt.« Das war seine kurze Erklärung.

Ted verließ das Dorf nicht, um zur Hochzeit zu fahren. Die Hochzeitsreise, die nach China und Japan hätte gehen sollen, führte sie statt dessen nach New York. Der alte MacArd, Vater und Großvater, der bereits die Sprache verloren hatte, lag im Sterben.

David und seine junge Frau erreichten New York an einem schönen, hellen Tage, als die Stadt sich von ihrer besten Seite darbot. Vom Meer her blies ein frischer Wind, der Himmel war von leuchtender Klarheit. David war glücklich, nie hätte er gedacht, daß er noch einmal so glücklich sein könnte. Die blonde englische Dame an seiner Seite war ihm Frau und Tochter zugleich, er hatte sie für sich gewonnen, und Stolz und Zufriedenheit erfüllten sein Herz. Er liebte sie nicht, wie er Olivia geliebt hatte, aber doch mit zärtlicher Schwärmerei und mit ab und zu aufblitzender Leidenschaft. Glücklicherweise war auch sie recht kühl. Vor der Heirat hatte er Bedenken gehabt, ob die langen Witwerjahre eine zärtliche Annäherung nicht verhindern würden – aber dem war nicht so. Sie war gut erzogen, von feinem Empfinden, verständnisvoll und entgegenkommend. Es waren keine Komplikationen zwischen ihnen eingetreten. Als sie endlich verheiratet waren, schwand die letzte Spur seines Einsamkeitsgefühls und mit ihr das leichte, aber andauernde Schuldgefühl seinem Sohn gegenüber. Obgleich sie beteuerte, sie wüßte jetzt, daß sie nie einen so jungen Mann wie Ted hätte heiraten können, obgleich sie ihn ihrer Liebe versicherte, hatte David dieses Schuldgefühl gespürt, bis die Ehe sie ihm ganz zu eigen machte.

In seine alte Heimat führte er nun seine englische Frau. Sie wohnte in den Zimmern, die einst seiner Mutter gehört hatten. Er war stolz, als er sah, daß sie sich in ihnen wohl fühlte.

»Es könnte ein altes Londoner Haus sein«, sagte sie, als sie umherging und sich alles ansah. Der französische Taft und der Satin, die seine Mutter vor einem Lebensalter ausgewählt hatte, waren kaum verblichen und wie neu. »Es sind sehr schöne Stoffe«, sagte Agnes. »Ich liebe alte Sachen.«

Er umarmte sie zärtlich, und weil sie ebenso scheu war wie er, schloß er sie um so zärtlicher an seine Brust. Hier war kein Zurückweichen nötig. Olivia hatte Forderungen gestellt, das brauchte er von dieser Frau nicht zu befürchten... Sein Leben hatte eine angenehme Wendung genommen. Gott war gütig.

»Geh jetzt zu deinem Vater«, sagte sie verständig. »Ich warte hier.«

Sein Vater erkannte ihn nicht. Er stand an dem massiven Bett und sah auf ein großes, langes, unbewegliches Skelett nieder. Die grauen Augen waren geöffnet und sahen nichts, alle Anstrengung richtete sich darauf, mit jedem Atemzug Leben einzuziehen.

Die große, ruhige Pflegerin sagte seufzend: »Lange kann es nicht mehr dauern, es kann jetzt jeden Tag, jede Stunde geschehen. Ich bin froh, daß Sie endlich da sind, Mr. MacArd.«

»Hat er nach mir gefragt?«

»Er fragt nach niemandem. Er hat genug damit zu tun, Atem zu holen.«

»Rufen Sie mich, wenn es nötig ist. Ich werde das Haus nicht verlassen.« Er ging auf den Zehen wieder hinaus und zu den sonnigen Zimmern zurück, in denen Agnes auf ihn wartete. »Ich möchte nicht, daß du ihn so siehst, wie er jetzt ist.«

Sie lag auf einer Chaiselongue, auf der seine Mutter immer zu ruhen pflegte. Sie hatte die Satindecke über sich gezogen und ein Buch in der Hand. Sie legte das Buch beiseite, und er nahm ihre Hand.

»Es kann nur noch ein paar Stunden dauern, höchstens einen Tag. Dann, wenn er in den Frieden eingegangen ist...«

»Danke, Liebster«, sagte sie. »Sehr rücksichtsvoll von dir.«

Als er am vierten Tage wie üblich seinen Vater besuchte, hörte er draußen seine Stimme, die immer noch sonderbar stark war. Er trat ein und sah, daß die Pflegerin den alten Mann an den Schultern ins Bett drückte.

»Bleiben Sie liegen, Mr. MacArd. Sie werden sich weh tun.«

»Was bedeutet das?« fragte David.

»Er ist ganz plötzlich zu sich gekommen«, sagte die Pflegerin.

Von seinem Kissen aus starrte MacArd seinen Sohn an. Seine trockenen Lippen standen offen. Die Pflegerin hatte den berühmten Bart geschnitten. Das vorspringende Kinn und der bleiche Mund lagen offen.

»Wo ist Olivia?« fragte er.

David war froh, daß er Agnes nicht mitgenommen hatte. »Olivia ist vor mehr als zwanzig Jahren gestorben, Vater.«

»Auch Olivia ist tot?«

»Schon lange, Vater.«

»Leila«, murmelte der alte MacArd. »Leila, Leila, Leila.«

»Pst!« sagte die Pflegerin. »Jetzt fangen Sie schon wieder an!«

Die schneeweißen Augenbrauen zogen sich mit alter Wut nach oben.

»Halt's Maul!« brüllte der alte MacArd. »Halt dein Maul, Weib!«

Aber diese Anstrengung war zu groß. Mitten in seinem Zorn wurde er mit plötzlichem Erstaunen steif, warf sein nacktes Kinn hoch und starb.

»Ich möchte gern hier wohnen«, sagte Agnes. Das alte viktorianische Haus erinnerte sie, obschon es jetzt von Geschäftsgebäuden und Wolkenkratzern umgeben war, immer wieder an London.

»Das können wir ja eines Tages tun«, sagte David. »Jetzt muß ich noch an meine Arbeit denken.«

»Natürlich«, sagte sie schnell. »Ich denke mir das nur so aus... Wir werden in Indien glücklich sein – obgleich ich nie eine richtige Missionarsfrau sein werde! Das weißt du doch, nicht wahr?«

Er hätte sie beinahe mit denselben Worten beruhigt, die er

vor langer Zeit zu Olivia gesagt hatte – daß er dies auch nicht von ihr erwarte... »Sei glücklich, sonst nichts«, sagte er statt dessen. Er war erleichtert, daß sie entschlossen schien, glücklich zu sein, trotz der unangenehmen Entdeckung, die ein amerikanischer Arzt vor kurzem gemacht hatte. Sie konnte kein Kind bekommen. Er hatte schon befürchtet, er könne trotz seines Alters noch Kinder in die Welt setzen... Diese Möglichkeit hatte ihn beunruhigt, ja, er hatte sich sogar ein wenig geschämt, weil seine Würde vielleicht bedroht werden konnte, zumal in Indien, wenn sein geschlechtliches Wiedererwachen so deutlich in Erscheinung träte...

Sie hatte darauf gedrungen, sich einer ärztlichen Untersuchung zu unterziehen, solange sie in einer Stadt wäre, wo es so ausgezeichnete Ärzte gäbe. Nach dem Begräbnis in der St.-James-Kathedrale, die von schwarzgekleideten, weißhaarigen Männern und Frauen in Satinkleidern gefüllt war, erhielt sie die Nachricht, daß keine Kinder zu erwarten seien. Erben des MacArdschen Vermögens mußten also von Ted kommen. David hatte nichts dagegen, im Gegenteil, er war froh. Zweifellos würde Ted heiraten, junge Leute in Indien heirateten unvermeidlich. Eine Frau würde Ted aus dem Dorf herausholen und ihn wieder zur Vernunft bringen.

15

In dem Dorf erwartete Ted seinen ersten Besuch. Darya war aus dem Gefängnis entlassen worden und kam nach Vhai. Im Gefängnis hatte er von dem unternehmungslustigen weißen Mann gehört – der sein Vaterhaus verlassen hatte und nach Vhai gegangen war, um dort wie ein Inder zu leben, obgleich er Christ war. Sein Vater sollte sogar ein reicher Mann sein.

»Wie heißt dieser reiche Mann?« hatte Darya gefragt, der gleich ahnte, wer es war.

»MacArd, Sahib.«

»Aha!« sagte Darya. »Diesem jungen Mann habe ich nämlich den Rat gegeben, in die Dörfer zu gehen.«

»Und er hat gehorcht«, sagte der neue Leidensgenosse, der seine Gefängniszelle teilte, voll Bewunderung.

Nach seiner Freilassung ging Darya sofort nach Vhai. Er suchte Ted auf. Dessen weiße Haut war nun von der Sonne geschwärzt, seine blauen Augen glitzerten wie Lampen im Dunkeln. Das ganze Dorf war auf den Beinen, weil Darya kam, dessen Name fast so berühmt war wie der Gandhis. Teds Ansehen stieg.

»Nun«, sagte Darya, indem er den großen jungen Mann betrachtete, der von der ländlichen Kost außerordentlich dünn geworden war, »du bist ja nun ein echter Inder! Mit deinen blauen Augen könntest du aus Kaschmir stammen. Ah, selbst ein Dhoti trägt er, und sogar sehr geschickt.«

»Danke«, sagte Ted. »Es ist kühler.«

Die Menge umstand sie staunend.

»Und dies ist dein Haus«, fuhr Darya fort und sah sich das reinliche Lehmhaus an, das inzwischen um zwei Zimmer vergrößert worden war. Es hatte sogar eine aus rohen, behauenen Pfosten gezimmerte Veranda und war mit Stroh gedeckt. »Wovon lebst du?«

»Immer noch aus der alten Schatztruhe, muß ich leider sagen.«

»Teure Armut, nicht wahr?« scherzte Darya. »Die Sadhutradition ist gut, aber du wanderst ja nicht.«

»Ich habe hier noch nicht alles gelernt, was ich wissen will«, sagte Ted. Er machte mit den Händen eine weit ausholende Geste auf die Menge zu, die um einige Fuß zurückwich und bescheiden und verlegen grinste.

»Die besten Lehrmeister«, erklärte Darya und machte damit den Leuten ein Kompliment.

Dann gingen sie in das kleine Haus, setzten sich auf Matten auf den Lehmboden und sprachen. Nach vielen Monaten des Schweigens sehnte sich Daryas Zunge, wieder einmal tüchtig loslegen zu können, und Ted sehnte sich ebenso, einem älteren und erfahrenen Manne zu lauschen und zu empfangen, anstatt zu geben. Die Dorfbewohner waren gute Leute, und er lernte viel von ihnen, aber sie sprachen wie Kinder, während sich Darya auf hindostanisch, marathisch, gujerattisch, englisch, französisch und deutsch gleich glanzvoll, hinreißend und präzise ausdrücken konnte.

»Gandhi ist im Yarvada-Gefängnis«, begann er. »Es geht ihm nicht gut, und ich hörte, daß eine Operation erforderlich ist. In diesem Fall wird er freigelassen. Ich kann meinen nächsten Feldzug erst planen, wenn ich mit ihm gesprochen habe. Ohne Gewalt Widerstand zu leisten, stellte die größten Anforderungen an Klugheit, Vorsicht, Phantasie und Ausdauer. Gewalt ist leicht – sie ist das Schwert der Dummen. Und sie hinterläßt immer Chaos. Eine echte, eine gute Revolution ohne jede Gewalt durchzuführen, das fordert unseren ganzen Mut und unsere ganze Intelligenz.« Man merkte Darya an, wie gern er sich aussprach. Sein mageres Gesicht hatte einen freudigen Ausdruck. Die lange Haft hatte seinen Geist geschärft und mit unbezähmbarer Energie geladen.

»Ist Gandhi euer absoluter Herrscher?« fragte Ted.

»Geistig, ja«, erwiderte Darya. »Bevor wir nicht genau seine Absichten wissen, handelt keiner von uns. Die Lage wird mit jedem Tag verwickelter. Hoffnung und Freiheit klingt ganz einfach, nicht wahr? Aber diese Hoffnung löst alle möglichen Kräfte aus, und mit ihnen fertig zu werden, ist nicht immer einfach. Es genügt nicht, von Indiens Freiheit zu träumen – es werden auch noch alle möglichen anderen Freiheiten gefordert. Die Mohammedaner wollen nicht nur frei, sondern vor allem freie Mohammedaner sein, und ebenso ist es mit den Hindus und sogar mit den Sikhs. Aber das ginge noch an, wenn nicht die Arbeitskraft geteilt wäre. Einige tendieren zu weit nach links und erhoffen sich Hilfe von Rußland, andere wieder neigen zu sehr nach rechts, zu überspitztem Nationalismus. Die Arbeiter wollen möglichst frei von den Kapitalisten sein – aber siebenundachtzig Prozent allen Kapitals in Indien gehört den Briten, und das indische Kapital möchte wiederum frei von dem englischen Kapital sein… Für das alles einen maßvollen, friedlichen und vernünftigen Ausgleich zu schaffen, ist schwierig. Aber wir werden auch das ohne Gewaltlösung bewältigen. Die Hauptsache aber, für die ich mein Leben lang kämpfen werde, ist die Freiheit dieser Bauern. Sie werden von den Grundbesitzern und Geldverleihern beherrscht – und diese beiden wachsen sich jetzt zu einem großen Übel aus. Immer mehr Land fällt in ihre Hände. Sie wohnen in den Städten und schicken ihre Agenten aus, die den Bauern, wenn sie ihre Pachten und Schulden nicht bezahlen können, das Land wegnehmen.«

So war es. Geldverleiher und Grundbesitzer arbeiteten immer mehr Hand in Hand, und durch sie wurde der Bauer vom Boden vertrieben. »Eine gefährliche Propaganda kommt von Rußland aus über die Grenzen«, fuhr Darya fort, »verlockende Aufforderungen, den Grundbesitzern das Land mit Gewalt wegzunehmen und es dem Volk zurückzugeben. Während Gandhi auf gewaltlosem Widerstand besteht, murmelt es im Volk von Gewalt… Ich habe Gandhi gefragt, was er tun wird, wenn die Bauern gewalttätig werden. Wir werden sie bändigen müssen. Wir müssen sie vor Gewaltsamkeit bewahren, auch vor ihrer eigenen…«

Ted wußte keine Antwort auf alle diese Probleme. Erst jetzt lernte er die tiefe Unruhe Indiens ganz kennen. Während der nächsten Tage setzten sie die Unterredung fort, wurden jedoch oft unterbrochen, denn als die Leute von Daryas Anwesenheit hörten, kamen sie oft viele Meilen weit her, um seine Stimme zu hören, seine Hände zu berühren und ihn zu fragen: »Wann werden wir frei sein, Punditji, wann werden wir unser Land wiederbekommen?«

Nachts konnte Ted englisch sprechen, ohne befürchten zu müssen, daß er Befremden erregte. Er hatte die Rücksicht so weit getrieben, daß er tagsüber nicht in einer Sprache redete, welche die Dörfler nicht verstanden. Darya fand das übertrieben. Wie Ted bald sah, gehörte er trotz seines leidenschaftlichen Bestrebens, ihre Lage zu verbessern, nicht zu ihnen. Er sprach zu ihnen mit einer ihm nicht bewußten Arroganz, wogegen Ted, der Amerikaner, überhaupt keinen Unterschied zwischen einem Bauern und einem anderen Menschen kannte. Er staunte über diesen Mangel Daryas, denn Verständnis für andere Menschen gehörte zu Daryas besonderen Gaben – doch er besaß sie nicht jedem gegenüber. Das war der Fehler und die Schuld der Intellektuellen Indiens, und vielleicht, dachte Ted, würde die Revolution ihretwegen Schiffbruch leiden – denn niemand bemerkte anmaßende Haltung schneller als der Bauer.

Darya blieb nicht lange. Mit hocherhobenem Kopf, voll von Plänen für die Freiheit des Volkes, fuhr er ab.

Am nächsten Tag erhielt Ted einen Brief, der wie gewöhnlich durch einen Landbriefträger überbracht wurde. Ein großer Umschlag und billiges rosarotes Papier. Als Absender war Fortham angegeben, es war aber nicht Herrn Fordhams Schrift, und sicher würde ihm Frau Fordham keinen rosaroten Brief schicken... Er öffnete ihn und fand darin zwei Doppelbogen, die in einer Kinderhandschrift mit roter Tinte beschrieben waren. Am Ende des Briefes las er den Namen Ruthie, und nun war er ebenso überrascht wie verwirrt. Sie gestand offen, daß sie ohne Kenntnis ihrer Eltern schrieb, und zwar, weil sie sich einsam fühle. Es wäre kein gleichaltriges europäisches Mädchen in Puna, und ihre Eltern verwehrten ihr den Umgang mit den jungen Engländern, die in Geschäftskontoren oder bei der Regierung beschäftigt waren, damit es unter den Christen kein Gerede gäbe.

Es war ganz offenkundig, daß sie einfach Verbindung mit einem jungen Mann suchte, und sie hatte *ihn* gewählt; warum, wußte sie wahrscheinlich selbst nicht – aus einer Wallung des Blutes vielleicht, die er nicht ermutigen durfte, wenn er sie auch reizend und rührend fand.

Er hatte Agnes zwar geschrieben, aber nur einen kurzen Brief, in dem er ihr Glück wünschte. Es war ihm jedoch unmöglich, wieder in die Mission zurückzukehren, solange sie dort war. Sein Vater hatte ihm geschrieben, er wolle nach seiner Rückkehr für sich und Agnes ein Haus außerhalb der Missionssiedlung bauen, so daß Ted das alte Haus beziehen könne. Agnes, sagte er, wollte unter anderen englischen Familien wohnen, wogegen er nichts einzuwenden habe; er habe der Mission gegenüber keinerlei Verpflichtung. Es wäre sogar möglich, daß er die Leitung der Universität aufgäbe, um nur der Mittelmann zwischen der Kirche und der Regierung zu sein. Der Vizekönig habe den Wunsch geäußert, er möge diese größere Aufgabe übernehmen, und Agnes sei damit einverstanden, weil sie dann nicht mehr in Puna zu bleiben brauche. Ted konnte diesen Namen nicht ohne Schmerz lesen, aber sein Vater gebrauchte ihn, als sei gar nichts dabei. Er nahm es offenbar als selbstverständlich an, daß sein Sohn schon selbst wissen würde, wie er sich verhalten und mit welchen Gefühlen er seiner Stiefmutter gegenübertreten müßte.

»Wie ich Sie beneide!« schrieb Ruthie nun in großen runden Buchstaben. »Ich möchte auch gern in einem Dorf leben. Ich esse gern indische Kost und liebe indische Kinder. Ich könnte die Säuglinge baden und den Müttern Vorträge über Säuglingspflege halten. Ich habe mich in letzter Zeit eingehend damit beschäftigt und viel Fachliteratur durchgearbeitet. Es ist ein Jammer, daß man immer Rücksicht darauf nehmen muß, was die anderen Leute sagen.«

So begann eine freundschaftliche Verbindung, die er zuerst nicht sehr ernst nahm. Sie schickte ihm ihr Bild, eine im prallsten Sonnenschein aufgenommene Momentaufnahme. Ihre runden Arme waren bloß, die Haare eine Masse kurzer Locken. Sie hatte sich die Haare schneiden lassen, weil es zu heiß war, wenn auch ihre Mutter wütend darüber war. Aber sie konnte doch nicht immer auf ihre Mutter hören.

»Mutter will noch immer Ihre Briefe sehen, denn sie hat natürlich unsere Korrespondenz entdeckt, weil mir sonst nur eine Schulfreundin aus Ohio schreibt, aber ich zeige sie ihr nicht. Sie könnte sie ja ruhig lesen, aber ich muß etwas ganz für mich haben.«

Sie gab Stunden in der Vorbereitungsschule, wie sie ihm berichtete, aber sie unterrichtete nicht gern ältere Kinder. Eigentlich habe sie nur die ganz kleinen gern.

»Und Sie kommen nicht einmal Weihnachten nach Puna?« fragte sie.

»Nicht einmal Weihnachten«, schrieb er zurück. »Vhai ist jetzt meine Heimat.«

Ja, eine Heimat war Vhai, die Heimat seines Geistes. Sein Vater glaubte sicher, er würde eines Tages nach Puna oder in die Mission zurückkehren. Er konnte aber dort in den großen, bequemen Häusern nicht lehren oder predigen, weit entfernt von diesen Millionen, die das eigentliche Indien waren – und nicht nur Indien... Es waren Menschen wie überall auf der Welt, die Welt war voll von ihnen, und ehe sie nicht gerettet waren, ehe sie nicht gesund wurden, ehe ihre ausgehungerten Körper nicht genügend Nahrung bekamen, ihre Unwissenheit nicht behoben war, hatte es keinen Zweck, von Christus zu predigen. Wenn sie Christen werden sollten, mußte man ihnen ihre Aufrichtigkeit, ihre Liebe und Güte lassen, denn niemand war so liebevoll wie sie, die nichts als Liebe zu geben hatten... Daher konnte er nie nach Puna, Bombay oder New York gehen, nie nach Kalkutta oder London oder Paris. Sein Platz war hier.

Langsam fand er in Ruthies Briefen einen gewissen stillen Trost, und die Beschäftigung, ihr wieder zu schreiben, wurde immer angenehmer. Er schrieb ihr gern, weil sie keine Forderungen stellte und mit allem zufrieden war, was er ihr mitteilte. Er unterrichtete sie über die kleinsten Vorfälle und die unbedeutendsten Begebenheiten. Darya hatte ihm erzählt, daß er sich im Gefängnis die Zeit mit Insekten und anderen kleinen Tieren verkürzt hatte. In den Ritzen der Wände spiele sich ein geheimnisvolles Leben ab. Um nun einen Stoff zu haben, der Ruthies jugendliche Phantasie beschäftigen konnte, begann Ted nun, die Gegenwart anderer Lebewesen in den zwei Räumen seines Lehmhauses zu beobachten. Durch die sengende Sonne waren Rissen in den Wänden entstanden. In ihnen wohnten flinke Echsen, von denen einige leuchtendblaue Schwänze hatten. Sie flitzten vorbei, aber manchmal hingen sie stundenlang bewegungslos an einer

Stelle der Wand oder Decke, und wenn eine Fliege oder eine Motte in ihre Nähe kam, schnellte eine spitze Zunge aus ihrem Maul, und das unvorsichtige Insekt verschwand in ihrem Rachen. Tausendfüßler und Skorpione verbreiteten in kleinem Maßstab dieselben Schrecken wie Tiger in dem nahen Dschungel, aber den eigentlichen Spaß und die richtige Aufregung brachten doch die Affen. Die mit einem blauen oder roten Hinterteil waren meistens Einzelgänger, aber die gewöhnlichen Horden bestanden aus kleinen braunen Kobolden und machten dauernd einen heillosen Lärm. Ein solches Mitleben anderer Geschöpfe in einem Haushalt war einem in einer Missionssiedlung aufgewachsenen Mädchen nicht fremd, und um die Sache noch lustiger zu machen, gab er seinen häufigsten Gästen Namen und scharf umrissene Charakterzüge. Er tötete keines, außer in Notwehr. Der alte Moosrücken, der Stammvater der Eidechsen, war sein nächtlicher Gefährte, ein graues Reptil, harmlos und ohne Falsch, außer wenn es um Beute ging. Einen jungen Affen, den seine Mutter hatte zu Boden fallen lassen und der sich dabei ein Bein gebrochen hatte, heilte er und machte ihn zum Spieltier. Er klammerte sich wie ein Kind an seine Hose und wimmerte kläglich, wenn er ihn entfernte. Er nannte ihn Luise, nur um ihm einen Namen zu geben.

So beschrieb er den einfachen Verlauf seiner Tage. Er erzählte ihr, wie abends im Zwielicht die Dorfbewohner sich um seine Tür versammelten und wie er ihnen aus der Bhagavad Gita, dem Koran, dem Alten und Neuen Testament vorlas oder ihnen Geschichten von anderen Ländern erzählte, die jenseits des schwarzen Wassers lagen, wie sie das Meer nannten. Manchmal erzählte er ihnen auch Begebenheiten aus ihren eigenen Geschichtsbüchern, die keiner von ihnen lesen konnte. Am Ende sagten sie dann ihre Meinung oder stellten Fragen oder holten aus dem Hintergrund ihres Gedächtnisses eigene Geschichten, Erlebnisse und Wunder. Nachdem nun alle, die das Wort ergreifen wollten, gesprochen hatten, brachte er in unauffälliger Weise, indem er das Ergebnis ihrer

Unterhaltung zusammenfaßte, die Rede auf Gott, auf den einen und einzigen Gott, in welcher Form oder von wem er auch verehrt wurde – und schließlich schloß er die Versammlung mit Gebeten, die sie alle verstanden, Gebeten um Nahrung, Gesundheit und Sicherheit.

»Selbst nachts«, schrieb er, »ist das Dorf nicht ruhig. Manchmal höre ich die Schreie der Dschungeltiere, manchmal weint ein krankes Kind, aber wenn wir im Dunkel auseinandergehen, sind wir alle voll Frieden.«

Solche Briefe gingen zwischen ihnen hin und her, bis er eines Tages – als er über ein Jahr in Vhai gewesen war und dabei wußte, daß noch Jahre verstreichen konnten, ehe er das Dorf verlassen würde – einen Brief von ihr bekam, den er vorausgeahnt, gefürchtet, halb erwartet und doch aus seinem Bewußtsein immer verdrängt hatte, weil er nicht wußte, wie er ihn aufnehmen sollte.

»Laß mich in Dein Dorf kommen«, schrieb Ruthie. »Laß mich kommen und Deine Frau werden. Ich verlange nichts, Du brauchst mich nicht einmal zu lieben. Aber ich liebe Dich.«

Wie kommt eine Ehe zustande? Er wußte es nicht... Die Forderungen seines jungen Körpers waren stark, aber er hatte sie durch Gebet und physische Anstrengungen bekämpft. Es gab Zeiten, da er nicht schlafen konnte – dann stand er auf, zündete seine Lampe an und las, obschon das die Leute anlockte, freundliche Nachbarn, die wissen wollten, ob er krank war, oder die selbst krank oder schlaflos waren.

In diesem Teil Indiens kann man nicht lange schlafen, selbst in pechschwarzer Nacht nicht. Die dauernde Hitze, die Ruhelosigkeit des Nachtgetiers, das Aufschreien der Kinder im Traum oder ihr Wimmern, wenn sie Hunger hatten – diese Geräusche unterbrachen gewöhnlich Teds Ruhe, wenn er nicht erschöpft von der Tagesarbeit war, worum er sich immer bemühte. Selbst im ersten Schlaf war er meist halbwach – und wenn seine eigene Ruhelosigkeit hinzukam, konnte er kein Auge zumachen. War er aber wach, so konnte er nicht allein sein.

Jedermann in Vhai kümmerte sich um ihn, alle verließen sich auf ihn. Was sie denken würden, wenn er heiratete, war ihm nicht klar. Niemand hatte ihm je von Heirat gesprochen, denn er war für sie beinahe ein Sadhu, außerdem aber ein Sahib, obgleich er weder das eine noch das andere sein wollte.

Er konnte sich nicht vorstellen, daß eine andere weiße Frau in Vhai leben konnte als Ruthie - aber er liebte sie nicht. Er fühlte eine sonderbare Zärtlichkeit für sie, die ihm oft lächerlich vorkam, er konnte sich aber nicht denken, daß er sie je lieben würde, und er wollte nicht heiraten, nur um verheiratet zu sein. Überdies wäre das Leben, das er sich erwählt hatte, durch Liebe völlig aus dem Gleichgewicht gebracht worden. Jehar fiel ihm ein, von dem er nichts mehr gehört hatte. Er hätte gern gewußt, ob Jehar geheiratet hatte oder nicht. Er war zwar ein Sadhu - aber hatte nicht am Ende das erste Bedürfnis des Menschen den Heiligen in ihm überwunden? Aber Jehar war nicht zu erreichen, und es war niemand in der Nähe, an den er sich um Rat wenden oder nach dessen Beispiel er sich richten konnte.

Der Brief mußte freilich beantwortet werden. Es war nicht so, daß ihm der Gedanke, Ruthie würde sein Haus mit ihrer fröhlichen Kindlichkeit erfüllen, etwa zuwider gewesen wäre. Auch konnte er sich nicht damit entschuldigen, daß sie das Leben hier nicht ertragen würde. Sie konnte es ebensogut und vielleicht noch besser als er. Ihr fester, gedrungener Körper war wohl jetzt gegen alle Ansteckungskeime Indiens wie auch gegen die Hitze immun geworden... Er suchte Trost im Gebet und im Lesen der Heiligen Schrift, aber wenn er sie aufschlug, stieß er auf Stellen, in denen das natürliche Leben des Menschen gepriesen wurde. So sang Salomon:

»Komm, Geliebte, laß uns auf das Feld gehen,
Laß uns in den Dörfern wohnen.«

Und selbst im Sanharatshara las er:

»Denn nur wo eins als zwei erscheint,
Und zwei sich wiederum zu eins vereint,
Ist Wahrheit leicht zu finden.«

Er suchte nach einer Lösung und fand sie schließlich nicht in einer fremden Stimme oder Lehre, sondern in der langsam wachsenden Überzeugung seines eigenen Herzens. Er hatte dieses bescheidene Haus gebaut, und Ruthie war die einzige Frau, die in ihm wohnen wollte, und er hatte noch nie ein eigenes Haus und eine Frau gehabt, die ihm gehörte. Seine Großmutter war lange vor seiner Geburt gestorben, an seine Mutter hatte er keine Erinnerung, und in seines Vaters Haus konnte er nicht zurückkehren. Als Antwort schrieb er den kürzesten seiner Briefe: »Wenn Du mich so nehmen willst, wie ich bin, dann laß uns heiraten...«

»Ted und ich«, sagte Ruthie zu ihrer Mutter, »könnten gleich heiraten.«

Sie wohnten wieder in dem Missionshaus, wo Ruthie geboren und aufgenommen war. David MacArd war noch nicht zurückgekehrt, und Frau Fordham hatte bereits bei sich entschieden, daß er die Reihe der Missionare verlassen hatte, aber Herr Fordham, der nicht so in hohen Sphären wandelte, hatte ihr klargemacht, welch ein Vorteil es sei, daß die neue Frau MacArd die Tochter eines englischen Regierungsbeamten war.

Sie waren jedoch verblüfft über das kleine, alte Fräulein Parker. Die hatte sie beide plötzlich angeschrien: »Verehrer des Mammons, weiter seid ihr nichts! David MacArd war nie ein Missionar, was ihr ebensogut wißt wie ich. Er war auf nichts aus als auf seinen eigenen Vorteil. Ein demütiges und zerknirschtes Herz, o Gott –« Sie war plötzlich in heiseres Schluchzen ausgebrochen, so daß die gute Frau Fordham ganz entsetzt war.

»Sie ist übergeschnappt«, erklärte Frau Fordham.

»Es wird wohl so sein«, stimmte Herr Fordham zu.

Er nahm sich dieser schluchzenden Seele an, und ein paar Tage später brachte er sie selbst nach Bombay auf einen Dampfer, der sie heimführte. In einer kleinen, ruhigen Anstalt in New Hampshire vollendete Fräulein Parker ihr Leben. Sie sprach zu den Wärterinnen nur marathisch. Selbst die Fordhams hatten sie bald vergessen.

»Nach meinem Dafürhalten solltet ihr nicht heiraten, bis Teds Vater zurückkommt«, sagte Frau Fordham zu Ruthie.

Sie hatte ein zwiespältiges Gefühl, wenn sie ihre hübsche Tochter erblickte, die sie nicht im geringsten verstand. Als sie selbst in einer kleinen Stadt in Ohio aufwuchs, war sie ganz anders gewesen. Sie fürchtete, Ruthie wäre weder religiös noch gewissenhaft – und doch beteten die Inder das Mädchen an. Sie konnte nicht verstehen, warum.

Ruthie lag nichts daran, andere besser zu machen. Sie war sanft und mild, sie war gütig – weil das am leichtesten war, nicht weil sie damit gute Werke vollbringen wollte. Sie war leichtsinnig und fürchtete weder Staub noch Schmutz, sie war so sorglos, daß sie alle indischen Speisen aß, mochten sie noch so sehr gewürzt und gepfeffert sein. Sie hatte kein Schamgefühl, und obschon sie die feinsten Kastenunterschiede verstand und niemanden beleidigte, verkehrte sie doch mit Brahmanen und Unberührbaren auf dieselbe Weise, wenn auch nicht zur selben Zeit. Kinder hingen an ihr – sie ließ ihnen völlig freien Willen, weil sie nicht herumstreiten wollte. Sie war überall zu Hause. Frau Fordham wußte, daß die Damen von Rang in der Abgeschlossenheit des *Purdah* die Tage zwischen Ruthies Besuchen zählten, weil sie mit allen schwatzte und plauderte, alles erzählte und das Wort »Geheimnis« nicht kannte. Sie berichtete ihren Eltern unaussprechliche Dinge von dem Leben hinter den hohen Mauern, wo sie eine gerngesehene Besucherin war – und wie schrecklich die Geschichten auch waren, sie brachte sie in dem gleichen unbekümmerten Ton und mit der gleichen kindlichen Stimme vor, mit der sie nach ein paar Mangoschnitten verlangte. Sie fürchtete keine Insekten oder anderen Tiere, ging ohne Hut in die Mittagssonne, stand früh auf und verbrachte die vier mittleren Stunden des Tages schlafend, und zwar ohne Zimmerfächer, weil ihr der Junge leid tat, der den Fächer mit einer Schnur in Bewegung halten mußte. Sie war keine gute Lehrerin, weil sie die Kinder lachen und schwätzen ließ und es ihr gleichgültig war, ob sie etwas lernten oder nicht. Wenn ein Mädchen in den Internaten krank war und die Familie zu weit weg wohnte, um sie besuchen zu können, rief es nach Ruthie. Und Ruthie setzte sich an sein Bett, nahm seine Hand und sagte, es brauche die Medizin nicht zu nehmen, wenn es nicht wolle, und dabei sprach sie mit jeder Kranken in der Sprache, welche diese am besten verstand. Indessen sagte Ruthie nie ihr Nachtgebet, und nicht nur das brachte Frau Fordham zu der Überzeugung, daß sie niemals eine Missionarin werden würde. Soweit Frau Fordham wußte, sprach Ruthie mit den Inderinnen nie von Jesus, und wenn sie ihrer Tochter klarmachte, welche Gelegenheiten sie damit versäumte, sagte Ruthie, sie verstände selbst nicht genug von diesen Dingen.

»Aber du könntest sie endlich lernen, Ruthie«, ereiferte sich Frau Fordham dann.

»Wenn ich wollte, sicher«, sagte Ruthie, immer ohne jede Heftigkeit. Jetzt sagte sie sogar ganz unbekümmert: »Ich glaube nicht, daß Dr. MacArd es gern sieht, daß ich Ted heirate.« Sie verriet niemandem, daß sie dem großen, anbetungswürdigen Mann, in den sie sich auf den ersten Blick verliebt hatte, selbst die Heirat vorgeschlagen hatte. Es gab doch ein paar Dinge, die sie niemandem sagte...

»Dann sollten wir sicher warten«, sagte Frau Fordham mit einiger Besorgnis.

»Warum?« fragte Ruthie unschuldig. »Es ist doch besser, wir bringen das hinter uns, bevor er kommt.«

Als diese Frage Herrn Fordham vorgelegt wurde, stellte er sich auf die Seite seiner Tochter, nicht um MacArd eins auszuwischen, sondern weil er unwillig darüber war, daß seine Tochter für irgend jemanden nicht als gut genug angesehen werden könnte... »Wir sind alle Christen«, sagte er, »und selbst für die MacArds sind wir gut genug.«

So wurde es beschlossen. Ruthie schrieb Ted, daß sie am liebsten gleich heiraten würde, wenn er einverstanden wäre, dann könnten sie Weihnachten zusammen in Vhai verleben. Die Hochzeit sollte möglichst klein sein, ja nicht viele Weiße, sie würde nur ihre besten indischen Freundinnen einladen. Wenn er warten wolle, bis sein Vater komme, wäre es auch gut – aber sofort wäre ihr lieber.

Diesen Brief erhielt Ted am Ende eines sehr arbeitsreichen Tages, an dem er viele Kranke behandelt hatte. Zweifel stiegen in ihm auf. Wahrscheinlich handelte er nicht richtig, aber die Sache war schon zu weit gediehen, als daß man sie rückgängig machen konnte. Er spürte, daß ihn auch bei dieser Entscheidung schon indisches Denken beeinflußte, dem die Ehe vielfach nicht unbedingt als eine Angelegenheit romantischer Liebe galt, sondern als eine natürliche Lebensbequemlichkeit. Es war sehr angenehm, eine Frau von guter Gemütsart zu Hause zu haben, die sich um alle Einzelheiten des Haushalts kümmerte. Ein Mädchen aus Amerika oder England oder selbst eine in Indien lebende Weiße würde nie, auch nicht aus Liebe, nach Vhai kommen. Außer Ruthie. Es blieb nichts Besseres übrig als Ruthie.

Diese Gedanken beschäftigten ihn mehrere Stunden in einer erstickenden Nacht, in der ihm die glühende Dunkelheit wie ein schweres Pelztier auf der Brust lag. Als er endlich einschlief, war er überzeugt, daß Ruthie sein Schicksal war.

Ein angenehmes Schicksal, dachte er inmitten der Trauungszeremonie, als sie sich in einem kurzen, weißleinenen Kleid neben ihm erhob. Sie hatte ihre Haare sehr kurz geschnitten, so daß der ganze Kopf voller winziger Löckchen war. Er sah auf diese federähnliche goldene Masse nieder und bemerkte auf ihrer gebräunten Wange einen weichen Pfirsichflaum. Ihre Lippen waren rot, ernst blickten ihre braunen Augen. Herr Fordham traute. Die Universitätskirche war voll von lebhaften, gaffenden Indern. Keine Engländer waren anwesend, nur ein paar weiße Missionare von anderen Sekten in Puna. Ted kannte sie alle von seiner Kindheit her, aber von ihren Kindern, die nun schon erwachsen waren, hatten nicht viele den Rückweg nach Indien gefunden.

»Willst du, Theodor, diese Frau nehmen –?« sagte Herr Fordham mit leicht zitternder Stimme. Es war ihm jetzt nicht ganz geheuer zumute, daß er die Trauung in Abwesenheit MacArds vornahm, aber Ruthie hatte darauf bestanden, und er hatte wie immer nachgegeben. »Ja«, sagte Ted frohgemut.

»Willst du, Ruthie, diesen Mann nehmen –?« Für seine Tochter sprach er jedes Wort klar und nachdrücklich, und sie antwortete unbekümmert: »Ja, das will ich, Vater.«

Es war geschehen. Sie gingen zum Ausgang, während Frau Fordham aus der quietschenden Orgel einen Hochzeitsmarsch quetschte. Reiskörner wurden nicht gestreut, wie es sonst üblich war. Reis war viel zu kostbar, um ihn umherzustreuen. Sie hielten keinen Empfang und gaben auch kein Mahl. Ruthie ging ins Missionshaus zurück, zog ein leichtes, baumwollenes Reisekleid an und verabschiedete sich von ihren Eltern. Sie kräuselte ihre vollen, weichen Lippen, um ihnen einen herzhaften Kuß auf jede Wange zu drücken, umarmte ihre Aya und wandte sich dann an Ted, der schon wartete. »Ich bin fertig, Ted. Laß uns gehen.«

Sie stiegen in eine Tonga. Der Kutscher legte in Form einer höflichen Ansprache seinem Pferd nahe, seine Pflicht zu tun, und so verließen sie das Missionshaus. Herr und Frau Fordham standen Seite an Seite auf der Veranda, und sahen sie aus dem Tor fahren. Als es sich schloß, sahen sie einander an.

»Nun?« fragte Herr Fordham.

»Ich weiß nicht«, sagte sie zögernd. »So ein Paar habe ich noch nie gesehen.«

»Ich glaube, so ein Paar wie sie gibt es auch nicht mehr«, erwiderte er. »Aber ich glaube, sie passen zueinander. Jedenfalls kennen sie Indien und wissen, was ihnen bevorsteht.«

»Was ihnen bevorsteht«, sagte Frau Fordham mit einiger

Lebhaftigkeit, »ist vor allem, daß jeder mit dem anderen fertigwerden muß.«

Herr Fordham überhörte das und sah auf die Uhr. »Es ist Zeit, ich gehe jetzt in die Westkirche, wo ich heute nachmittag predigen muß, ob nun Hochzeit ist oder nicht. Ich muß einen Haufen Traktätchen mitnehmen.«

»Ruthie, ich muß dir etwas sagen.«

Es war am Spätnachmittag ihres Hochzeitstages. Der Zug ratterte durch die heiße, staubige Landschaft.

»Nur los!« sagte Ruthie, öffnete die Augen und gähnte. »Ich schäme mich, daß ich eingeschlafen bin, aber ich bin so an meinen Nachmittagsschlaf gewöhnt.«

Sie hatten im Zug gegessen, eine englische Mahlzeit oder vielmehr die armselige Nachahmung einer solchen. Dann waren sie zu ihrem Abteil zurückgekehrt, und sie hatte sich auf die Holzbank geworfen, sich ihren Kleiderkoffer als Kissen unter den Kopf geschoben und zwei Stunden geschlafen. Als sie erwachte, sagte er, daß er seinem Diener Baj, der jetzt ihr gemeinsamer Diener war, befohlen hätte, den Bettsack für sie zu öffnen, wenn er gewußt hätte, daß sie schlafen wollte. Sie hätte es dann bequemer gehabt. Darauf antwortete sie nicht, aber er sah, daß ihre Wange dunkelrot anlief, und wußte, daß es nun Zeit war, zu sagen, was er auf dem Herzen hatte.

»Wir haben bis jetzt noch nicht viel Zeit gehabt, miteinander zu sprechen – aber wir haben noch viel Zeit vor uns, so daß wir uns nicht zu übereilen brauchen.« Er hatte sich in den Tagen vor der Hochzeit viele Gedanken gemacht und mehr als gewöhnlich um Vernunft und Selbstbeherrschung gebetet. Die Frucht des Gebetes war der Entschluß gewesen, Ruthie nicht in hastiger fleischlicher Art zu nehmen. Sie mußten erst Freunde werden, ehe sie ein Liebespaar wurden. Nur so konnte er sich und sie achten – hauptsächlich sich. Er fürchtete, sie würde so weich, so nachgiebig, so kindlich sein, daß sie alles tun würde, was er wollte, ohne doch sein tiefstes Bedürfnis zu kennen, das nicht fleischlicher, sondern geistiger Natur war.

»Sag mir nur, was dich bedrückt«, ermunterte sie ihn. »Du brauchst keine Angst vor mir zu haben. Ich bin kein bißchen scheu. Wie könnte man das auch sein, wenn man in Indien aufgewachsen ist und alles gesehen und gehört hat, was es da zu sehen und zu hören gibt!«

Er fühlte sich durch ihre Offenheit erleichtert. »Ich will sagen, was ich im Sinn habe«, fuhr er fort, »aber ich möchte, daß du gleichzeitig verstehst, warum ich diese Entscheidung getroffen habe.«

»Entscheidung?« wiederholte sie und sah ihn mit ihren Stiefmütterchenaugen groß an.

»Ich bin ein normaler Mann, wie ich annehme«, sagte er und hatte dabei genug mit seiner eigenen Verlegenheit zu tun. »Es wäre mir ein leichtes…«

»Ich zweifle nicht daran«, sagte sie. »Weiter bitte! Sofort –«

»Ich möchte… ich möchte aber warten, bis es für uns mehr bedeutet als reine Fleischeslust. Ich kann es vielleicht mit einem Vers der Schrift beleben. ›Ich glaube, unsere Ehe ist etwas Gutes, aber ich möchte sie durch den Heiligen Geist bewahren.‹ Der Geist muß zuerst kommen.«

Sie überlegte sich das. Dann sagte sie: »Ist er noch nicht gekommen?«

»Noch nicht«, erwiderte er. Es war ein schweres Geständnis. »Ich fühle das Fleisch, aber nicht den Geist.«

»Auch ich fühle übrigens das Fleisch«, sagte sie ziemlich betrübt. »Ich möchte nicht gar zu lange warten, Ted, ehrlich gesagt, ich möchte so bald wie möglich ein Kind haben. Ich möchte einen Haufen Kinder!«

Er sah sie groß an. An ein Kind hatte er nicht gedacht. Da er ohne Mutter aufgewachsen war, hatte er Kinder ganz aus den Augen verloren und daher nur an sich selbst und seine Seele gedacht.

Aber sie dachte nicht an sich, sie wollte ein Kind haben – und das gehörte ja schließlich zum Zweck der Ehe… Die

Leute in Vhai hatten recht, sie verheirateten ihre Söhne und Töchter, damit Kinder geboren wurden - aber er hatte die Ehe nur als eigene Angelegenheit betrachtet und sie in Geist und sündiges Fleisch aufgeteilt.

Er lachte plötzlich. Ruthie hatte recht, und er hatte unrecht. Es war nicht einzusehen, warum sie nicht so bald wie möglich Kinder bekommen sollten... Warum sollte er ihr schamhaft Kinder verweigern, nur weil er seine Seele auf die Probe stellen wollte?

»Warum lachst du denn?« fragte sie.

Die Hitze im Zug war so groß, daß der Schweiß ihr in kleinen Rinnsalen an den Wangen herunterlief und ihr die Locken feucht an der Stirn klebten. Aus dem polternden Wagen stiegen Staubwölkchen auf und vermischten sich mit dem Schweiß, so daß ihr ganzes Gesicht von Schmutzlinien gestreift war.

»Ich möchte wissen, ob mein Gesicht genauso schmutzig ist wie deines«, sagte er belustigt. »Komm her, ich will dich abputzen.«

So setzte sie sich an seine Seite, und er pries die Leere der englischen Regierungszüge. Bis zur nächsten Station waren sie jedenfalls allein im Abteil, und die war drei Stunden entfernt.

»Es ist kein Schmutz«, protestierte sie, »sondern nur Staub von den Feldern.«

Er zog sein Taschentuch heraus und wischte ihr die Rillen weg, wobei er immer zärtlicher wurde. Wie lieblich waren ihre braunen Augen, so tief und weich - und die Wimpern waren dicht und schwarz, und ihr Gesicht war wirklich wie ein Stiefmütterchen - genau wie er gedacht hatte, als er sie zum erstenmal sah. Sein Herz begann mächtig zu schlagen, sein Atem ging schnell. Dies war natürlich nicht Liebe, dachte er, aber die würde schon kommen... Er konnte unmöglich das alles fühlen, ohne daß es schließlich Liebe wurde... Sie hatte kleine, gutgeformte Ohren, die nahe am Kopf saßen, und einen hübschen Hals. Er blickte den Hals hinab und sah in dem Kleiderausschnitt ihren Busen - und da blickte er schnell wieder nach oben und begegnete ihren bittenden Augen.

Sie sagte in ihrer ehrlichen Weise: »Du hattest mir noch nicht einmal einen Kuß gegeben - willst du das vielleicht auch nicht tun?«

»Ich weiß nicht«, stammelte er hilflos, »ich weiß wirklich nicht, was ich tun oder nicht tun will...« Er sah auf ihre geöffneten Lippen und die kleinen weißen Zähne dazwischen, und plötzlich senkte er den Kopf.

Vierter Teil

16

»Livy, ich fürchte mich, das deinem Vater mitzuteilen«, sagte Ruth. Sie blickte auf das dunkle, schöne Mädchen, ihr ältestes Kind. Sie hätten Livy schon lange nach Ohio auf die Schule schicken sollen, aber sie hatten sie hiergelassen, nachdem sie die drei jüngeren Söhne fortgesandt hatten. Sie hatte immer wieder gebeten, dableiben zu dürfen, weil sie in Amerika keine Freundinnen hätte.

»Die wirst du dort bald bekommen«, hatte ihr Vater sie getröstet.

Sie war mit der Antwort schnell bei der Hand. »Aber hier habe ich sie schon.«

Sie müßte längst fort sein, dachte Ruth. Ruhig, aber besorgt schaute sie Livy an. Mit zehn Jahren war es höchste Zeit, daß die Kinder fortkamen, aber Livy war sechzehn. Das letzte Jahr war sie in einem englischen Internat gewesen, und nun war sie für die langen Ferien wieder in Vhai. Sie hatte sich in diesem Jahr sehr verändert – oder vielleicht hatten sie vorher nur nicht achtgegeben, wie groß sie geworden war. Mädchen schossen in diesem heißen Klima schnell in die Höhe. Livy war nun bereits fraulich erblüht, schlank, aber vollbrüstig; ihr Gesicht hatte die kindlichen Züge verloren. Sie hatte Ähnlichkeit mit dem Bilde Olivias, Teds Mutter.

»Ich fürchte mich nicht vor Vater«, sagte Livy. Sie sprach mit einem leichten englischen Akzent, den sie von ihren Schulkameradinnen übernommen und beibehalten hatte.

Sie war ein ruhiges Mädchen, das sich selbst im Zaum hielt, aber voll innerer Auflehnung gegen den tief wurzelnden Kastengeist der Engländerinnen. Sie hielt leidenschaftlich an der Ansicht ihrer Mutter fest, daß alle Inder gleichberechtigte menschliche Wesen waren. Auch ihr Vater war dieser Ansicht, aber Livy war intelligent und hatte schon seit Jahren beobachtet, daß ihr Vater und ihre Mutter verschieden waren – wenn sie dasselbe sagten, meinten sie nicht immer dasselbe. Ihr Vater glaubte als Christ, daß die Inder genauso behandelt werden sollten wie Weiße, und richtete sich auch in seinem eigenen Verhalten danach. Aber hierin lag der Unterschied: Ihr Vater dachte und tat das aus einer Theorie heraus, während ihre Mutter praktisch gar nicht anders konnte, als jeden gleich zu behandeln. Und Livy wußte, daß ihre Mutter die stärkere von beiden war... Ihr Vater konnte niemals ganz zu Vhai gehören, aber ihre Mutter gehörte dazu wie der Banyanbaum mit seinen hundert Wurzeln.

Ihre Mutter durfte sie jetzt nicht im Stich lassen – Livy hatte mit ihrem Verständnis gerechnet, denn im Herzen war sie über das, was ihr geschehen war, tief erschrocken. Sie hatte sich in Jatin verliebt. Es war unerklärlich, sie wußte selbst nicht, wie es geschehen war, denn sie hatte Jatin seit mindestens drei Jahren gekannt und nie gedacht, daß sie sich in ihn verlieben könnte. Er war von Puna gekommen, wo er sein Studium an der medizinischen Fakultät der MacArd-Universität mit der höchsten Auszeichnung abgeschlossen hatte. Daher hatte ihn Livys Vater eingeladen, nach Vhai zu kommen und dort ein kleines Landkrankenhaus mit einer Klinik zu eröffnen. Ihr Vater hatte ihn sehr gelobt und erklärt, man könne sich auf ihn verlassen, er könne auch im Gemeinderat eine große Rolle spielen und an der Spitze der Gesundheitskommission treten, denn seitdem Indien dank der Gandhibewegung die Unabhängigkeit errungen hatte, ohne Gewalt und in erstaunlich kurzer Zeit, war die neue indische Regierung bemüht, überall auf dem Lande solche Stützpunkte für Gesundheitspflege und gemeinnützige Bestrebungen zu schaffen, wie ihn ihr Vater bereits in Vhai errichtet hatte. Das Dorf hatte jetzt ein schönes Aussehen, und Livy ließ sich gern erzählen, wie ganz anders es früher gewesen war. Aber nie hatte sie sich vorstellen können, daß sie hier in diesem Dorf einmal ihr Herz verlieren könnte... Sie war zwar gern dort und empfand es als ihre Heimat, aber von diesem Gefühl bis zur Liebe war doch ein weiter Schritt.

Trotzdem war es geschehen. Als sie vor einem Monat von der Schule heimkam, hatte sie sich auf den ersten Blick in Jatin verliebt – beziehungsweise: nicht ganz auf den ersten Blick, denn sie hatte ihn vorher ja schon viele hundertmal gesehen. Aber diesmal war es anders gewesen, wenn auch eigentlich wieder nicht gänzlich anders, denn als sie heimkam, mußte sie natürlich alle Bekannten begrüßen, und so war sie an einem hellen Morgen in die Klinik gelaufen, um den beiden indischen Pflegerinnen guten Tag zu sagen und selbstverständlich auch Jatin. Als sie nun in der Tür stand, um sich umzusehen, war er der einzige Mensch in der Eingangshalle, wo er gerade in seinen weißen Mantel schlüpfte – und er sah sie auf einmal an, als erblickte er einen Engel. So kam es ihr wenigstens vor. Noch nie hatte sie jemand so angesehen, es lief ihr heiß über den ganzen Körper.

»Livy, wie schön bist du geworden!« sagte er zu ihr. Dann war er auf sie zugekommen, hatte sie bei den Händen gefaßt und ihr ins Gesicht geblickt, so zärtlich und gütig, daß ihr das Herz im Leibe schmolz.

»Ich bin genau wie sonst«, stotterte sie.

»O nein, du bist groß geworden und schön.«

Er ließ seine Hände sinken, blieb aber vor ihr stehen und sah sie weiter an. Dann kamen die Pflegerinnen herein, und der Augenblick war vorüber. Aber seitdem hatten sie sich oft wieder getroffen und natürlich allein. Sie mußte ständig in seiner Gegenwart sein. Als Vorwand gab sie an, sie wolle in der Klinik helfen – das wollte sie ja auch; aber nur, weil er dort war. Nach ein paar Tagen ergab es sich von selbst, daß sie spät dablieb, um aufzuwaschen, weil auch er immer erst spät ging. Es dauerte jedoch nur zwei Wochen, daß sie jeden Tag oder fast jeden Tag allein waren, denn er fürchtete, ins Gerede zu kommen, und daher schickte er sie jetzt manchmal schon nach dem ersten Kuß fort. Gestern war er ganz verstört gewesen, weil er überzeugt war, die Putzfrau habe sie gesehen.

»Das ist mir gleich«, entgegnete sie. »Wir müßten natürlich heiraten, Jatin. Das gehört sich so, wenn man sich liebt.«

Das hatte ihn noch verstörter gemacht – er hatte ganz traurige Augen bekommen. »Ich glaube, das ist für uns nicht möglich, Livy.«

»Doch, natürlich«, hatte sie eindringlich versichert. »Meine Eltern sind nicht wie andere Weiße.«

»Allerdings nicht«, erwiderte er in seiner ruhigen Art. »Aber ich glaube nicht, daß sie in eine Heirat einwilligen werden.«

»Dann glaube ich nicht mehr, daß sie Christen sind«, rief sie.

»Das darfst du nicht sagen, Livy«, bat er in seinem sanftesten Ton. »Du weißt, daß sie Christen sind - aber...«

»Was?« fragte sie.

»Es ist schwer, an die äußersten Grenzen seiner Religion zu gelangen.«

Sie verstand nicht, was er damit meinte, und so kam sie einfach wieder auf ihre Forderung zurück. »Wenn sie einwilligen, Jatin, werden wir dann heiraten?«

»Laß uns hoffen, Liebste.«

»Ich werde sie dazu bringen«, erklärte Livy zuversichtlich.

Nun saß sie mit ihrer Mutter am Flickkorb. Sie verabscheute diese Arbeit, die jedoch von keinem indischen Dienstmädchen getan werden konnte, weil die nicht genug nähen konnten. Saris brauchten nicht genäht werden, und kleine Kinder liefen nackt herum und wurden nur nachts, wenn es einmal kühl war, in einen Schal gewickelt. Doch heute morgen war sie froh, daß sie mit ihrer Mutter allein sein konnte, denn ihre Mutter mußte es zuerst erfahren; dann wollte sie mit ihrem Vater sprechen. Man mußte schlau vorgehen.

»Vater müßte doch seine Einwilligung geben, daß ich Jatin heirate«, sagte sie, »er hat immer wieder gesagt, daß Jatin ein prächtiger Mensch ist.«

»Das ist er auch«, erwiderte Ruth, »aber das hat damit nichts zu tun.«

Ihre braunen Stiefmütterchenaugen blickten voll Besorgnis auf ihre Tochter. Der Monsun war in diesem Jahre früh gekommen. Obschon sie wie jeder froh darüber war, machten sie die langen, unaufhörlichen Regenfälle melancholisch. Es konnte noch eine Woche dauern, bis sich die Wolken teilten und der tiefblaue Sommerhimmel sichtbar wurde. Inzwischen nähte sie, das war ihre Ausspannung. Livy hatte den Kissenbezug, den sie gerade in Arbeit hatte, hingeworfen und ging schmollend im Zimmer auf und ab.

»Setz dich, Livy, setz dich hin und mach nur kein Gesicht. Hier, nähe wenigstens diesen Saum. Sarah wächst so schnell, daß ich mit ihren Röcken nicht nachkomme. Komm, gib mir den Kissenbezug.«

Livy setzte sich und steckte den Fingerhut wieder auf ihren Mittelfinger. Sie bewegte sich mit der lässigen Grazie, die sie von indischen Mädchen gelernt hatte, die ihre engsten Freundinnen waren. Sie hatte nicht nur Freundinnen unter den Dorfmädchen, sondern auch unter den Töchtern der Inder, die ihr Vater um sich gesammelt hatte. Sie wußte, daß er vor vielen Jahren hierhergekommen war, entschlossen, genauso zu leben wie die Dorfbewohner; dann hatte er ihre Mutter als Frau genommen, und im nächsten Jahr war sie in einem der zwei kleinen Zimmer zur Welt gekommen, die der Anfang des Hauses gewesen waren. Das Haus bestand noch immer aus Lehmwänden und war wie früher mit Stroh gedeckt – aber zehn Zimmer waren seitdem angebaut worden, und unter dem Stroh hatte man schweren, blauen, hausgesponnenen Baumwollstoff als Decken gezogen, damit Eidechsen, Insekten und Schlangen aus dem Stroh nicht auf den Boden fallen und die Kinder in die Füße beißen konnten, obwohl sich die Kinder nicht vor ihnen fürchteten. Sie waren daran gewöhnt, jeden Morgen ihre Pantoffeln und Schuhe zu untersuchen, instinktiv sahen sie hinein, bevor sie sie anzogen. So sehr war Vhai ihre Heimat. Um das niedrige, immer breiter werdende Haus hatte ihre Mutter Gras und Blumen gepflanzt, so daß es nicht mehr dasselbe Haus war, das sie als junge Frau betreten hatte.

Auch das Dorf Vhai hatte sich verändert. Als ihr Vater als junger Mann, gegen den Willen ihres Großvaters, wie sie wußte, hierherkam, war Vhai wie alle anderen Dörfer öde wie eine Wüste. Aber ihre Eltern, die genauso lebten wie die Dorfbewohner, hatten zuerst in geringem, dann in immer größerem Umfang Verbesserungen eingeführt. Ihr Vater hatte sogar aus Bombay einen Ingenieur kommen lassen, der artesische Brunnen anlegte, von denen es jetzt mehr als zwanzig gab, so daß die ganze Gegend schön und fruchtbar geworden war. Andere Dörfer hatten den Vorteil der Rieselfelder erkannt und ebenfalls Brunnen gegraben. Vhai lag in einem Flachland, vom fernen Himalaja überragt, und in der Monsunzeit wurde das ganze Land zu einem See. Aber ihr Vater hatte die Leute gelehrt, Gräben zu ziehen und den Boden mit Tonziegeln zu belegen, die im Dorf selbst hergestellt wurden, so daß die Fluten nicht mehr die fruchtbare Erde wegschwemmten. Weit über Vhai hinaus erstreckte sich seine Arbeit nicht, denn er erklärte, die Leute würden schon von Vhai hören und selbst herkommen und sich von der Richtigkeit seiner Maßnahmen überzeugen. Das war auch geschehen – aber nicht ganz in dem Maße, wie er es erwartet hatte, und das machte ihn manchmal mißmutig. Aber Jatin hatte gesagt: »Wie können halbverhungerte Menschen Hunderte von Meilen herkommen, um etwas zu besichtigen, das sie ja doch nicht ausführen können, weil sie nicht die Kraft dazu haben? Zuerst müssen sie essen und stark und selbstbewußt genug werden, um solche Arbeiten ausführen zu können. Aber sie haben nichts zu essen. Deshalb muß man zuerst für ihre Ernährung sorgen – und da haben Sie das schlimmste Problem.«

Jatin war klug, stark und schön, und sie liebte ihn schon deshalb, weil er so etwas sogar zu ihrem Vater sagen konnte. Aber warum war er jetzt so ängstlich? Sie konnten doch heiraten und immer in Vhai bleiben, weil sie fast ebensogern in Vhai war wie er.

Den Engländerinnen und Amerikanerinnen auf der Schule konnte sie nie klarmachen, was Vhai für sie bedeutete. »Was? Du wohnst in einem Bauernnest?« Das war alles, was sie sagten.

»Nicht in einem Bauernnest, sondern in einem schönen Dorf«, erwiderte sie dann immer.

Es hatte keinen Zweck, ihnen weitere Erklärungen zu geben, denn sie hatten kein Verständnis dafür. Wie sollte das auch möglich sein? Der Begriff Indien war für sie mit großen, von breiten Veranden umgebenen, auf parkartigem Grunde gelegenen Häusern verbunden, mit Einladungen, auf denen immer nur Weiße als Gäste waren. Keine von ihnen sprach eine indische Sprache, höchstens ein Pidginkauderwelsch, das sie von ihren Ayas gelernt hatten. Wie konnten sie ihre tiefe Liebe zu Vhai verstehen, zu den Dörflern, die sie alle gern hatten, und zwar sowohl ihrer selbst wegen als auch, weil sie die Tochter ihrer Eltern war? Sie konnte ihnen niemals erklären, wie sehr sie dieses Haus liebte, in dem Raum für so viele war – für ihre Brüder, sie selbst und ihre Schwester –, dessen Boden aber jeden Morgen mit Kuhdung ausgewaschen wurde. Das hätte sie gar nicht sagen können, weil die Mädchen sonst entsetzt aufgeschrien und ihr niemals geglaubt hätten, wie kühl und glatt der Lehmboden unter den bloßen Füßen war. Hart wie Mamor war dieser festgestampfte Boden. In einen Eimer Wasser mischte man eine Handvoll Kuhdung und löste ihn darin vollständig und rein auf. Wenn der Boden dann trocken war, glich er altem Mahagoniholz und glänzte wie Satin. Aber wie konnten die englischen Mädchen das wissen?

Sie lernte, zwei vollständig getrennte Leben zu führen, das eine bei den Engländerinnen, die sie, weil sie eine MacArd war, nicht ganz so geringschätzig behandelten wie die Tochter eines gewöhnlichen Missionars – denn ein Missionar war in ihren Augen heutzutage nicht mehr als ein Angloinder –, und das andere, wenn sie nach Vhai heimkam. Wie tröstlich war es doch, nach Vhai heimzukommen, wo sie nur Sandalen an die bloßen Füße schnallte, wo sie nach dem Morgenbad nur einen baumwollenen Sari und eine kleine kurzärmelige Bluse anzog! Sie konnte die langen Enden des Sari so geschickt um ihre schlanke Taille falten und knoten, als wäre sie ein indisches Mädchen. Und in der Tat war sie fast eine Inderin, denn nicht nur das Blut macht den Menschen, sondern die Luft, die man atmet, das Wasser, das man trinkt, die Nahrung, die man zu sich nimmt, die Geräusche, die man hört, die Sprache, die man spricht, und die Personen, mit denen man umgeht – und alles das war für sie indisch. Sie stand ihrer Mutter näher als ihrem Vater, weil auch ihre Mutter beinahe eine Inderin war, obschon sie eine amerikanische Weiße war. Das war nicht dasselbe wie eine englische Weiße.

Ja, aber jetzt konnte ihre Mutter ihre Liebe zu Jatin nicht verstehen. Sie hatte gar nicht daran gezweifelt, weil sie so sicher war, daß sie und ihre Mutter das gleiche Indien liebten. Sie liebten den Alltag in Vhai, die Streitigkeiten der Affen, selbst wenn deren lauten Zänkereien sie morgens weckten, das Knarren der Mahlsteine, das Geklimper silberner Arm- und Fußbänder, wenn die Frauen mit dem Wasserkrug auf dem Kopf vorbeigingen, das Geratter und Geklapper der Spinnräder, denn jeder versuchte jetzt, wenigstens eine Stunde am Tage, zu spinnen, weil Mahatma Gandhi, der Führer und Lehrer aller Inder, ihnen das Beispiel gegeben hatte.

»Und denke ja nicht, daß *ich* zustimme!« sagte ihre Mutter. »Ich kann es nicht, Livy. Ich kann es nicht für richtig halten, daß ein weißes amerikanisches Mädchen einen Inder heiratet. Jatin ist nicht einmal ein Angloinder.«

»Du tust, als wäre er ein Unberührbarer«, sagte Livy zornig.

»Wie kannst du das sagen, Livy, nach allem, was dein Vater für Unberührbare getan hat! Als Gandhi ein Mädchen dieser verachteten Klasse demonstrativ in sein Haus aufnahm und dann als Tochter adoptierte, sagte dein Vater, dies sei der endgültige Beweis seiner Aufrichtigkeit, und seitdem hat er immer an ihn geglaubt. Hast du je erlebt, daß ich mich hier im Hause um Kasten kümmere?«

»Jatin und ich wollen heiraten«, sagte Livy.

Ruth seufzte. Wie schrecklich halsstarrig dieses Mädchen doch war! Seit ihrer Kindheit war sie eine richtige MacArd. Gott sei Dank waren es die anderen nicht. Sarah war wie sie selbst, und die Jungen waren mehr nach ihrem Großvater Fordham geartet, aber von den Fordhams hatte Livy keinen Tropfen in sich. Sie war jetzt froh, daß sie die Jungen frühzeitig fortgeschickt hatten. In der Kirchenschule im mittleren Ohio waren sie gut aufgehoben. Dasselbe hätten sie auch mit Livy tun sollen, aber Jahr für Jahr hatte sich das Kind gesträubt – und so war sie hier in Indien aufgewachsen. Und dies war nun dabei herausgekommen...

»Erlaß es mir, das deinem Vater zu sagen, Livy«, sagte sie bittend. Sie hatte ihre Kinder niemals strafen können und versteckte sich zum Schutz hinter deren Liebe, wenn sie Teds Vorwürfe fürchtete.

»Also gut, dann werden Jatin und ich es ihm selbst sagen.«

»Liebes Kind«, stöhnte die Mutter. »Es wird sein Tod sein. Ich glaube, er liebt dich mehr als alle anderen zusammen.«

»Was können wir anderes tun?« fragte Livy. Sie hatte den Saum fertig, faltete das kleine Kleid sorgfältig zusammen und legte Fingerhut und Nadel weg.

»Ich weiß nicht«, seufzte die Mutter. »Ich hätte nie geglaubt, daß so etwas passieren könnte. So sehr ich Indien liebe –«

Livy nahm ihr den Satz vom Munde. »So sehr du Indien liebst, hättest du doch nie einen Inder lieben können.«

»Nicht so«, verbesserte ihre Mutter. »Du verstehst das nicht.«

»Du hast recht, ich verstehe das nicht.« Livy stand auf und begann, mit der ihr eigentümlichen lässigen Grazie im Zimmer umherzuwandern. »Jatin ist ein wunderbarer Arzt, wie ihr selbst gesagt habt. Er hat eine schöne Praxis in Bombay bei seinem Vater aufgegeben und ist hierhergekommen, weil ihm Vaters Arbeit imponierte. Und Bapu Darya sagt, daß er einer der großen Männer Indiens werden wird. Nein, ich verstehe das nicht. Und ich habe auf dich gerechnet, Mutter.«

»Ach Kind«, seufzte Ruth. Sie schüttelte den Kopf und biß den Faden von dem Kissenbezug. Wie konnte man Livy etwas erklären, wenn sie schon alles wußte, was man sagen wollte?

Es hatte keinen Zweck, weiterzureden. Livy ging aus dem Zimmer, wahrscheinlich um irgendwo Jatin zu treffen. Es war schmerzlich, dachte Ruth, daß sie sich nicht auf Livys Seite stellen konnte, aber ihr Vorhaben schien ihr zu ungeheuerlich. Sie war schließlich immer noch eine weiße Frau und konnte nicht mit ansehen, wie ihre Tochter von der Masse der dunkelhäutigen Menschen verschluckt wurde. Es war schon schwer genug, unter den Indern, die alles Religiöse so ernst und buchstäblich nahmen, Christ zu sein...

Sie seufzte noch ein paarmal auf, dann ließ sie ihren Geist ausruhen, und schließlich dachte sie gar nicht mehr, sondern nähte nur noch und atmete im Rhythmus der Stiche.

Livy ging zu dem Banyanbaum, wo die Schatten am tiefsten waren. Obwohl sie sich nicht fürchtete, spähte sie doch instinktiv nach Schlangen aus. Der Regen hatte in der letzten halben Stunde aufgehört, es zogen nur noch Nebelschwaden über die Felder. Sie hatte ihren schwersten baumwollenen Sari angelegt und das Ende über den Kopf gezogen. Als Jatin sie auf ihren üblichen Treffpunkt zuschreiten sah, dachte er, wie sehr sie doch einer Inderin ähnelte. Sie mußten jetzt diesen Treffpunkt aufgeben, denn man hatte ihn wohl schon entdeckt. Aber wo sollten sie einen anderen finden? Wenn ihre Eltern mit der Heirat einverstanden waren, brauchten sie nicht mehr verstohlen zusammenzukommen... Aber er hatte seine natürliche tiefe Niedergeschlagenheit noch immer nicht überwunden. Er blieb Inder, so hoch er auch in seinem Beruf aufsteigen mochte; und nur weil ihr Vater ein so aufrichtiger Christ war, konnte er das Gefühl menschlicher Gleichberechtigung haben, nach dem sein Stolz mehr gehungert hatte als je sein Körper nach Nahrung. Mr. MacArd verdankte er alles, und darum glaubte er, sich einer Undankbarkeit schuldig gemacht zu haben, weil er sich in Livy verliebt hatte. Aber wie hätte er widerstehen sollen, als er entdeckte, daß sie ihn lieben konnte? Zuerst war es ihm wie ein Spiel vorgekommen – sie war eine Schülerin, die für die Ferien nach Hause gekommen war, und er ein Mann von sechsundzwanzig Jahren, der gerade anfing, als Arzt zu praktizieren... Trotzdem hatte er seine Träume um sie gesponnen, und als ihre Blicke immer inniger wurden und immer weniger verhehlten – wie hätte er da umhin können, sie zu lieben?

»Wie dunkel es ist!« sagte sie, als sie in den Schatten trat, in dem er stand. »Es muß später sein, als ich dachte.«

»Wir dürfen nicht lange bleiben«, sagte er.

Seine fast abnorme Feinfühligkeit, die ihm sofort sagte, daß etwas nicht stimmte, hielt ihn davon zurück, ihr entgegenzugehen oder sie zu berühren, als sie neben ihm stand. »Hast du mit deiner Mutter gesprochen?« fragte er.

»Ja. Sie will nicht«, sagte Livy.

»Sogar sie!« flüsterte er.

»Sie wagt es nicht, es meinem Vater zu sagen.« Sie sprach im Vhaidialekt, der Sprache ihrer Kindheit, den Jatin hier an Ort und Stelle ebenfalls gelernt hatte.

»Was sollen wir tun?« Instinktiv überließ er ihr die Führung.

»Wir müssen zu meinem Vater gehen und es ihm sagen.«

»Beide?«

»Magst du nicht bei mir sein?«

»Natürlich – aber wenn er mich fortschickt?«

»Dann werde ich mit dir gehen.«

Sie sah den Schatten der Verzweiflung auf seinem intelligenten Gesicht. »Ah, Livy.« Er sprach jetzt Englisch. Er beherrschte es vollkommen, obschon er nie aus Indien herausgekommen war. Alle MacArd-Schüler sprachen perfekt Englisch. »Es ist nicht so leicht, wie du dir das denkst.«

»Warum sollten wir warten?« sagte sie mit trotziger Entschlossenheit. »Vielleicht ist er gütiger zu uns, als wir denken? Er ist doch immer gut zu uns gewesen.«

»Zu jedem für sich«, sagte er.

»O Jatin«, rief sie in schnellem, kindlichem Zorn, »warum gibst du so schnell klein bei? Komm mit mir!« Sie ergriff seine Hand und führte ihn aus dem Schatten.

Ted war allein in seinem Arbeitszimmer. Es war ein kleiner, ruhiger Raum, der letzte in der Reihe der Zimmer, die alle auf den gemeinsamen, nach außen durch eine Mauer abgeschlossenen Hof hinausgingen, der zugleich ein kleiner Hausgarten war. Die eine Seite des Zimmers war fensterlos, und an dieser Wand hing seit Jahren das Bild seiner Mutter, das sein Großvater ihm und nicht seinem Vater testamentarisch vermacht hatte. Seit vielen Jahren schon hatte er sich an den Gedanken gewöhnt, daß Agnes die Frau seines Vaters war. Er hatte niemals bedauert, daß er Ruth geheiratet hatte. Sie hatte ihm geholfen, tief in Indien unterzutauchen, so tief, daß er in den siebzehn Jahren seit ihrer Verheiratung keinen Urlaub mehr genommen hatte. Weder er noch Ruth hatten das Verlangen gehabt, das Gleichmaß der Tage und Jahre zu unterbrechen.

Wohin sollte er auch gehen, wenn er nach Amerika zurückkehrte? Er hatte dort zwar in seiner Schulzeit Wurzeln gefaßt, aber das war nicht sehr tief gegangen. Sein Großvater war seit langem tot. Man mußte ehrlich gegen sich selbst sein. Die Tatsache, daß sein Vater und Agnes in dem alten Haus an der Fünften Avenue wohnten, machte die Rückkehr zu dem einzigen Heim, das er in Amerika gehabt hatte, unmöglich. Wenn er sich auch mit der Heirat seines Vaters abgefunden hatte, so war es doch schwierig, das Haus wieder zu betreten, das jetzt Agnes gehörte. Er konnte sie sich unmöglich als Stiefmutter vorstellen. Dazu mußte ihr Einfluß auf den Vater sehr groß sein, da sie ihn zu dem Entschluß gebracht hatte, nicht mehr nach Indien zurückzukehren... Sein Vater hatte auf alle mögliche Weise versucht, diesen Rückzug zu erklären, es war ihm nie gelungen.

»Ich bin mit Indien fertig«, hatte er nach dem Tode des alten MacArd geschrieben. »Jüngere Männer müssen meine Arbeit weiterführen. Ich hatte einst davon geträumt, daß du, mein Sohn, sie einmal aufnehmen würdest, aber da das nicht hat sein sollen, sind diese Brunnen in mir ausgetrocknet. Ich wäre in der Tat sehr einsam, wenn nicht Agnes wäre, mein süßes junges Weib. Sie hat ein Recht darauf, das Leben zu führen, das zu ihr paßt, und in New York fühlt sie sich glücklich.«

Ted war das Blut in den Kopf gestiegen, als er die dünkelhaften, einfältigen Worte las »mein süßes junges Weib«, und noch jetzt spürte er eine fliegende Hitze, wenn er daran dachte. Er war, wider Willen allerdings, an dem Zustandekommen dieser Verbindung schuld. Wenn er bei seinem Vater geblieben wäre, hätte er vielleicht Agnes geheiratet, und all diese Jahre würden nie gewesen sein... Hätte er nicht getan, was Darya ihm geraten hätte, wäre er nicht nach Vhai unter die Mühseligen und Beladenen gegangen – wie ganz anders würde sein Leben jetzt sein!

Doch er war dem Licht gefolgt, das ihm leuchtete, und wenn er Trost brauchte, erhielt er ihn von Darya. Sie trafen sich nicht oft, denn Darya ging ganz in seinem Amt in der neuen Regierung auf; aber einmal war er nach Vhai gekommen. Das war ein großer Tag gewesen. Aus weiter Entfernung waren die Menschen zusammengeströmt, an die fünfzigtausend hatten sich auf den trockenen Feldern gelagert und lauschten Darya, der eine Rede über die Aufgaben des neuen Indien hielt. Wie ein alternder König hatte er über ihnen gestanden, seine magere Gestalt noch immer straff und gerade, mit flatterndem, weißem Haar, das hagere Gesicht noch ohne Runzeln, und der Wind hatte sein mächtige Stimme über die Menge getragen.

»Hier in Vhai habt ihr ein Licht für die Nation angezündet. Was ihr getan habt, kann nun jedes andere Dorf in Indien fertigbringen. Ich liebe euch, Leute von Vhai, und vor allem liebe ich euch, weil der Mann, der euch das Licht entzündet hat, wie ihr es anderen entzünden werdet, mir wie mein eigener Sohn ist.«

Dieser Tag war seine Belohnung, und als er jetzt an ihn dachte, wie er es oft tat, reckte Ted sich und trug den Kopf hoch. Ja, er hatte nicht umsonst gearbeitet. Bei der Proklamation der Unabhängigkeit hatten viele Weiße Indien verlassen – und die Inder hatten sie ruhig ziehen lassen. Niemandem geschah etwas, doch niemanden hielt man. Aber er, Ted MacArd, war dringend zum Bleiben aufgefordert worden, nicht nur von dem neuen Regierungsoberhaupt und von Darya, sondern von Vhai selbst. Die Leute wollten ihn nicht gehen lassen. Ja, seine Arbeit hatte Anerkennung gefunden. Auch Jehar, der ganz Indien durchwanderte, kam manchmal in sein stilles Zimmer, und in der Morgenfrühe oder, wie jetzt, im abendlichen Zwielicht belehrte ihn der christliche Sadhu dann, daß der Glaube aus vielen Quellen komme... Jehar sprach gern von den unsichtbaren Bindungen, die zwischen allen großen Weisen und geistigen Führern der Menschheit und zwischen ihnen und dem gleichen, einen Gott bestanden, wie man ihn auch nannte... So waren Moses, die alten jüdischen Propheten, so waren David und Paulus auch mit Tukaram verbrüdert, der Jahrhunderte später in Dehu, einem achtzehn Meilen nordwestlich von Puna gelegenen Dorfe, gelebt hatte. Auch Tukaram hatte sein Gethsemane durchgemacht. Die Hungersnot, in der seine sterbende Frau nach Nahrung schrie, ohne daß er welche auftreiben konnte, hatte ihn veranlaßt, sich ganz dem Dienste Gottes zu weihen...

An diesem Abend hatte Ted zur Erbauung Tukarams Lebensgeschichte gelesen, die mit dem Leben des heiligen Franziskus von Assisi so erstaunlich große Ähnlichkeit hatte. Vögel ließen sich auf seine Schulter nieder, weil sie spürten, daß er ein ›Freund der Welt‹ war. Wie die Pharisäer und Sadduzäer Christus verfolgt hatten, so lehnten die Brahmanen Tukaram ab. Sie wollten ihn wegen seiner niedrigen Abkunft und weil er nicht wie sie glaubte, daß Nirwana der höchste Zustand der menschlichen Seele sei, lange nicht gelten lassen. Wie er sagte, wollte er kein »Tautropfen im schweigenden Meer«, sein... Er nahm immer liebenden Anteil am Leben der Menschen und sang:

Die Mutter kennt ihr Kind bis in den Grund
in Freud und Leid und im gewohnten Spiel.
Nur wer des blinden Menschen Herz durchschaut,
führt ihn an das ersehnte Ziel.

Wie immer, wenn er durch die Dichterheiligen der Hindus bewegt wurde, kehrte er wieder zum christlichen Neuen Testament zurück, denn er fürchtete manchmal, daß sein Herz durch jene, die Christus nie gekannt hatten, aus den Angeln gehoben würden – und da las er nun: »Wenn ihr nicht werdet wie die Kinder…«

Da hörte er Schritte. Er unterschied deutlich den leichten Gang eines in Sandalen schreitenden Mädchens und den langsameren Tritt eines Mannes. Vor dem Vorhang machten sie halt. Er hörte die Stimme seiner Tochter: »Bapu, dürfen wir hereinkommen?«

Livy sprach im Vhaidialekt des Hindostanischen, aber er antwortete auf englisch: »Tritt ein, Kind.«

Es war in der Tat seine Tochter, sein geliebtes Kind, aber als er von den heiligen Büchern aufsah, erblickte er auch Jatin. Sein Herz wurde kalt, er legte das Neue Testament auf den Tisch. In einem Dorf gibt es keine Geheimnisse. Zögernd und widerstrebend hatte man ihm die Kunde zugetragen, daß Livy allein mit Jatin gesehen worden war… Er hatte das Gerede nicht beachtet. Livy war Amerikanerin, und wenn sie auch hier in Vhai aufgewachsen war, bevor sie in das Internat in Simla kam, konnte er nicht glauben, daß sie ihre Herkunft vergessen würde. Auch Jatin gehörte keiner gewöhnlichen Hindufamilie an. Er war in Bombay aufgewachsen, wo sich die Engländer streng von der einheimischen Bevölkerung absonderten, und er würde wohl nicht etwas erstreben, was, wie er wissen mußte, außer seiner Reichweite lag.

»Kommt herein, Livy«, sagte er in seiner üblichen freundlichen Weise. »Und auch Sie, Jatin. Nehmt Platz, bitte. Hat der Regen aufgehört?«

»Ja, es herrscht nun Nebel«, sagte Livy.

Sie setzte sich und faltete, wie er plötzlich bemerkte, ihre Hände nach der Art der indischen Mädchen, zwischen denen sie aufgewachsen war. Er sah auch, daß sie einen Sari trug – sie tat es zuweilen, aber jetzt schien es ihm, als habe er sie noch nie seit ihrer Rückkehr von der Schule in einem anderen Gewand gesehen.

»Was wirst du tun, wenn du in Amerika zur Schule gehst und keinen Sari tragen kannst?« fragte er leichthin.

»Vater«, sagte Livy, »ich will nicht nach Amerika.«

Nun wurde er wirklich unruhig. »Es bleibt dir gar nichts anderes übrig, Livy. Dein Großvater hat noch vor deiner Geburt Geld für dich hinterlegt.«

Livys dunkle Mandelaugen richteten sich auf Jatin. Mit dem Blick bat sie ihn, für sie zu sprechen.

»Mr. MacArd«, sagte Jatin und räusperte sich. »Mr. MacArd, wir haben ein großes Anliegen. Sie und ich – es ist in uns der Wunsch entstanden zu heiraten.«

»Wir lieben uns«, sagte Livy deutlich.

»Ja, so ist es«, stimmte Jatin bei, und jetzt, nachdem das schwierige Wort gesprochen war, floß ihm die Rede leicht und flüssig vom Munde und schwemmte allmählich seine Schüchternheit hinweg. »Es läßt sich nicht ändern, Mr. MacArd, es ist ja auch nur die logische Folge, ein unvermeidliches Ergebnis der Lehren, die wir als Kinder in uns aufgenommen haben. Sie haben uns gelehrt, einander zu lieben; sie hat zu Ihren Füßen gelernt, Mr. MacArd, alle menschlichen Wesen gleich zu betrachten, jedenfalls als gleiche Kinder Gottes. Und ich habe als Schüler in der MacArd-Gedächtnisstiftung in Puna den Mut gewonnen, kein Hindu mehr zu sein, wie es mein Vater war; der große Jehar hat mir neue Wege gezeigt, und Darya hat mich dazu gebracht, für die Unabhängigkeit Indiens einzutreten. Ich fürchte mich nicht, sie zu lieben. Ich bin stolz auf unsere Entscheidung. Wir sind die Frucht alles Vergangenen, die Blüte aller unserer Vorfahren, der Beweis für unseren Glauben…«

Seine fiebrigen Augen, seine glühenden Worte, die beschwörende Eindringlichkeit der ausgestreckten Hände – welche die dunkle Haut noch mehr hervorhoben –, alles das war außerordentlich indisch. In einem der seltenen Augenblicke, die er als seine geheime Sünde betrachtete, fühlte sich Ted jetzt plötzlich innerlich abgestoßen. Wie – seine Livy, seine geliebte Tochter? Keines seiner anderen Kinder hatte ihre Schönheit und ihre Anmut, ihr schnelles, alles verstehende Auffassungsvermögen. Sie allein war ganz MacArd – und sie sollte alles wegen dieses fremden Menschen aufgeben? Eine dunkle

Wolke zog über seine Seele. Nein und abermals nein! Hier in Vhai hatte er sein Leben für Indien hingegeben - aber Livy würde er nicht weggeben... Das durfte man nicht von ihm verlangen. Diesen bitteren Kelch brauchten nicht einmal die Heiligen zu trinken - und selbst Jesus, der nie verheiratet war und nie ein Kind gehabt hatte, durfte keine solche Forderung stellen...

»Nein!« Das Wort schoß aus ihm heraus. »Das kann ich nicht gestatten!«

Jatins Hände sanken nieder Er drehte sich Livy zu, sie sahen sich lange an. Verzweiflung sprach aus seinen Augen, in ihren sah er Trost und Zorn.

»Livy«, fragte ihr Vater, »hast du schon mit deiner Mutter darüber gesprochen?«

»Ja«, sagte Livy, »aber sie wagte nicht, es dir zu sagen. Ich wage es.«

Er stand auf. »Wo ist deine Mutter?«

»Im Nähzimmer«, sagte Livy.

Er ging so schnell hinaus, daß der Türvorhang hinter ihm herschwang.

Livy streckte Jatin die Arme entgegen. »Ich werde dich niemals aufgeben«, sagte sie leise. »Jatin, Glaube, Hoffnung und Liebe, doch das Größte von diesen ist die Liebe -«

Er wandte den Kopf weg. »Nicht unsere Liebe!«

»Auch unsere Liebe!« sagte sie leidenschaftlich. Sie umschlang ihn und drückte seinen Kopf gegen ihre Brust.

An seiner Wange fühlte er, wie ihr Herz immer schneller schlug.

17

»Du siehst selbst ein, daß es unmöglich ist«, sagte Ted heftig.

»Ja, das sehe ich ein«, erwiderte Ruth ruhig. Sie hatte ihr Nähzeug nicht hingelegt, obwohl sie wußte, als er hereinkam, daß Livy ihm alles gesagt hatte. Nun, einmal mußte er es ja erfahren.

Sie sah von der Arbeit auf und fragte: »Was willst du in dieser Sache tun?«

»Was wollen *wir* tun?« verbesserte er sie. Ohne ihre Antwort abzuwarten, fuhr er sprunghaft fort: »Ich werde Plätze auf dem ersten Dampfer belegen, der von Bombay abfährt. Wir werden alle nach Amerika übersiedeln. Ich werde Livy dort in ein Lyzeum stecken!«

»Livy ist kein Kind mehr«, stellte Ruth fest. »Sie ist hier so schnell gewachsen, daß sie bereits eine Frau ist.«

»Ihrem Alter und ihrem Geist nach ist noch ein Kind«, sagte er. »Sie wird sich schon unter den anderen Mädchen zurechtfinden.«

Er ließ sich auf einen Bambusstuhl fallen, stand aber bald wieder auf, ging unruhig im Zimmer auf und ab und wartete darauf, daß Ruth ihre Zustimmung zu erkennen gab. Aber sie nähte ruhig weiter. So hatte er es hundertmal in ihrer Ehe erlebt. Sie schien im Nähen Gemütsruhe zu finden, anders konnte er sich ihr Verhalten nicht erklären. Eine gute Frau – das mußte man sagen. Er hatte gelernt, sie zu lieben, ohne je verliebt in sie gewesen zu sein.

Doch was war Liebe? Man konnte mit einem anderen Menschen zusammen auf dem Hofe keinen Palmbaum pflanzen, ohne so etwas wie Liebe zu fühlen – und er und Ruth hatten alles zusammen getan, das Haus gebaut, die Kinder erzogen, gelehrt, gepredigt, die Klinik geführt... Zwei Weiße in einer Welt voll dunkelhäutiger Menschen... Sie waren überzeugt, daß das, was sie taten, gut war, sie waren sicher in ihrem Glauben, einig in ihrem Streben, und so fragte er nicht weiter, ob er Ruth so liebte, wie er sich einst in seinen Jugendträumen die Liebe zu einer Frau vorgestellt hatte. Alle Menschen träumen von Liebe, sagte er sich, aber die Wirklichkeit war besser als Träume, denn erst in ihr zeigte sich die Selbstlosigkeit der Liebe... Erschöpft und ausgetrocknet von dem Klima, oft über das erträgliche Maß hinaus von tausend Anforderungen in Anspruch genommen, hatten Ruth und er fest zusammengehalten, und jeder hatte den anderen gestützt. Und auch das war Liebe, die in Hunderten von Menschenleben sichtbare Frucht trug...

Oh, wenn sie nähte, konnte sie ewig so schweigend dasitzen!

»Nun«, sagte sie langsam. »Ich habe überhaupt keinen Plan. Ich weiß nur, daß ich sehr ungern aus Vhai weggehe. Aber du hast wohl recht, Ted. Es wird wohl besser sein, wir bringen sie aus Indien weg.«

»Willst du ihr das sagen, oder soll ich es übernehmen?«

»Sag du es ihr lieber.«

Am nächsten Abend sagte er es ihr. Es wurde ihm schwer, aber er mußte hart sein. Er saß auf der Veranda, das Zwielicht ging schnell in Dunkelheit über. Sie spielte noch Ball mit Sarah, die als einziges von all seinen Kindern noch ein Kind war. Sarah war wie ihr Urgroßvater, ein feuriges, mageres Kind, das ihrer älteren Schwester leidenschaftlich zugetan war. Seine Augen waren auf Livy gerichtet, die in ihrem weichen, rosaroten Sari sehr anmutig aussah und mit großen, gleitenden Schritten den Ball fing, den Sarah ihr übermütig hierhin und dorthin warf.

»Livy!« rief er durch die Dämmerung.

»Ja?« rief sie zurück.

Sie schien in bester Stimmung zu sein, ihr sanftes, ovales Gesicht hatte einen fröhlichen Ausdruck. Sie kam sofort. Das indische Klima war gerade recht für sie, die Hitze bedrückte sie nicht, sie sah frisch und kühl aus, obwohl der Abend schwül war.

»Setz dich zu mir, Tochter«, sagte er.

Sie ließ sich auf die Bambusbank neben ihm nieder.

Sarah rief mit hoher Kinderstimme, die unwillkürlich den singenden Tonfall der indischen Rede annahm: »Es ist gleich dunkel, komm doch und spiel mit mir, Livy.«

»Der Ruf gilt auch für dich«, sagte ihr Vater.

Da kam sie herbei und quetschte sich zwischen sie. »Was habe ich getan?« fragte sie.

»Nichts.«

»Ich habe was getan«, sagte Livy kindlich. »Ich bin unartig gewesen, und Vater wird mich jetzt strafen.«

»Livy ist nie unartig, sie ist immer artig«, sagte Sarah.

»Manchmal schon«, gestand Livy. Ihre dunklen Augen leuchteten in einem harten Glanz, sie richtete sie seitwärts auf ihren Vater, aber der nahm den Fehdehandschuh nicht auf.

»Eine Amerikareise kann man kaum eine Strafe nennen. Wir werden nämlich nach Amerika gehen. Ich habe bereits Fahrkarten bestellt, der Brief ist schon zur Post gegeben. Vielleicht müssen wir schon in einigen Tagen fahren.«

Sarah legte die Arme um Livys Taille. Nach Amerika fahren, war ebenso schön wie schrecklich. Sie hatte ihren Vater schon oft über Amerika ausgefragt, und manchmal lag sie abends wach und suchte sich dieses Märchenland vorzustellen, aber jetzt, da ihr Vater so kühl sagte: »Ich habe bereits Fahrkarten bestellt«, fiel ihr auf einmal der Abschied von Vhai schwer aufs Herz, auch, wenn in Amerika keine Schlangen im Garten herumkrochen und sich keine Skorpione in den Schuhen verbargen...

»Na, freust du dich nicht, Sarah?« fragte ihr Vater.

»Vielleicht mögen mich die Kinder dort nicht«, sagte Sarah.

»*Ich* freue mich bestimmt nicht«, sagte Livy. Aus dem Ton, in dem sie das sagte, ging hervor, daß sie die Bedeutung dieser Mitteilung begriff. Ihre flammenden dunklen Augen waren auf das Gesicht ihres Vaters gerichtet.

»Wenn Livy sich nicht freut, freue ich mich auch nicht«, sagte Sarah und umklammerte Livy fester.

»Trotzdem fahren wir«, sagte der Vater, »und wir werden mindestens ein Jahr bleiben – mit Ausnahme von Livy, die vier Jahre dort bleiben muß, weil sie auf ein College gehen soll. Dort wird sie ein richtiges amerikanisches Mädchen werden und schließlich zu einer amerikanischen Frau heranwachsen. Und vielleicht wird sie dann einen Amerikaner heiraten und für immer in Amerika bleiben.«

»Nein, nein!« rief Sarah. »Dann kann sie ja nicht hier bei uns in Vhai sein!«

»Vielleicht hat sie dann kein Verlangen mehr, hier in Vhai zu leben. Amerika ist ein wundervolles Land. Dort gibt es breite Straßen, Autos, prächtige Züge und überall Flugzeuge. Livy wird schöne Kleider tragen, sie lernt Singen und Klavierspielen, und im Sommer kann sie nach Europa fahren.«

»Laß mich bitte aufstehen, Sarah«, sagte Livy und machte sich aus Sarahs Armen frei.

Ted hielt sie nicht auf, fragte sie auch nicht, wohin sie gehen wollte. Er hatte ihr den Schlag versetzt, und jetzt mußte sie, so gut wie sie konnte, damit fertig werden. »Komm, setz dich auf meinen Schoß, Sarah«, sagte er, ohne Livy weiter zu beachten. »Ich will dir mehr von Amerika erzählen.«

Das kleine Mädchen hielt ihre Schwester nicht mehr fest, denn die Einladung war zu verlockend, und sie wandte sich ihrem Vater zu. In der Dunkelheit, die nur durch den Lichtschein, der aus den offenen Türen und Fenstern fiel, unterbrochen wurde, als jetzt die Diener die Lampen im Hause anzündeten, erzählte er ihr von Amerika, von endlosen Bergketten und langen Flüssen, von großen Städten und dem Hause, in dem ihr Großvater lebte und vorher ihr Urgroßvater gelebt hatte, der jetzt schon lange tot war. »Amerika ist deine Heimat, nicht Indien – und auch hier in Vhai bist du nicht richtig zu Hause.«

»Nicht?« sagte Sarah erstaunt. »Das habe ich aber immer gedacht!«

Er sagte nichts mehr, als er das hörte. Es war wie ein Verrat – er fühlte Gewissensbisse, während aus den dunklen Straßen Vhais klagende Musik herüberwehte.

Mit schnellen, weitausholenden Schritten, ohne Rücksicht auf Schlangen und Nachtinsekten, eilte Livy durch die Nacht. Mit der Linken raffte sie den Sari, mit der Rechten hielt sie den Schal fest, der ihr Profil verhüllte. Zu dieser Stunde würde Jatin in dem winzigen Häuschen sein, das ihr Vater für ihn an die Klinik gebaut hatte, als Jatin als Arzt an das Krankenhaus in Vhai kam. Sie war nur einmal in diesem Häuschen gewesen, am Tage vor seinem Einzug, als ihre Eltern es besichtigten. Es hatte vier Zimmer. Die würden ihm genügen, selbst wenn er heiratete. Ihr Vater hatte ihm eigens für diesen Fall vier Zimmer gegeben, die für Vhai viel waren. In vier Zimmern wäre auch für sie noch genügend Platz, dachte Livy. Bequem konnte sie dort mit Jatin wohnen. Sie hatte davon geträumt, ja sogar schon mit ihm davon gesprochen – aber er wollte nichts davon hören.

»Das wird doch niemals kommen – nie kann es so sein«, hatte er immer wieder gesagt.

»Jatin, du verlierst zu leicht den Mut, du mußt kühner sein, du darfst nicht immer nachgeben«, hatte sie ihn ermuntert. »Wenn ich etwas dringend haben will, muß ich mir Mühe geben, es zu erreichen.«

Hierauf antwortete Jatin immer nur mit traurigen Augen. Seine großen, feuchten Augen mit den langen, dicken Wimpern trugen in ihrem samtenen Dunkel die Erinnerung an unbekannte Leiden, eine tiefe Melancholie, die er von seinen Vorfahren ererbt hatte. Er lehnte sich ungern gegen das Schicksal auf, denn er glaubte nicht an Glück.

Heute abend, sagte sich Livy, mußte sie ihm zu Bewußtsein bringen, daß ein Mann ergreift, was ihm gehört, und es festhält – denn sie gehörte ihm. Ihre Füße berührten beim Laufen kaum das Gras. Sie wurde ebenso von Furcht wie von Liebe getrieben, von Todesfurcht und Lebensfurcht. Eine Schlange konnte sie beißen – oder was geschah, wenn Jatin nicht den Mut aufbrachte? Er liebte sie, dessen war sie sicher, aber es war möglich, daß selbst die Liebe ihn nicht stark machen konnte. Er gab zu leicht etwas auf, kleine Wünsche und große Sehnsüchte ließ er schnell fahren, wenn er Widerstand fühlte. Heute abend würde sie ihm Kraft geben, ja, *sie* mußte das tun!

Sie lief die drei Stufen der kleinen Veranda hinauf. Drinnen brannte Licht, das weiche Licht seiner Öllampe. Sie klopfte an die offene Tür. Er saß in seinem Arbeitszimmer, sie konnte ihn nicht sehen, aber ein Lichtbalken fiel auf den Boden der kleinen Eingangshalle. Er hörte das Klopfen und kam sofort an die Tür. Er war barfuß, in einen ärmellosen Überwurf und Dhoti gekleidet. Zu dieser Stunde erwartete er niemanden, man konnte ihn höchstens zu einem dringenden Fall ins Krankenhaus rufen.

»Livy!« Es war ein unterdrückter Schreckensruf.

»Laß mich ein, Jatin«, sagte sie. Die Lattentür war abgeriegelt, sie rüttelte an ihr. Er schob den Riegel zurück, und sie schlüpfte hinein.

»Ich muß das Licht ausmachen«, sagte er flüsternd. Sein Gesicht hatte einen ängstlichen Ausdruck: »Man wird dich sehen – vielleicht hat dich schon jemand gesehen?«

»Das ist mir gleich«, sagte sie, ohne ihre Stimme zu dämpfen. »Laß das Flüstern, Jatin! Jetzt, da es meine Eltern wissen, kann es meinetwegen jeder wissen!«

Aber ihm war es nicht behaglich zumute. Er zögerte.

»Gut dann«, sagte sie. »Wir werden uns hier in der Halle in den Schatten setzen. Ich werde nicht lange bleiben, Jatin, wenn du Angst hast. Aber ich muß dir sagen, daß Vater Schiffskarten bestellt hat. Wir fahren nach Amerika – und ich darf nicht zurück. Sie bleiben ein Jahr dort, aber ich – ich soll vier Jahre bleiben... Wie kann ich nach Vhai zurückkommen, wenn er nicht will? Du mußt mich also zur Frau fordern – oder wir müssen insgeheim heiraten, wenn man uns nicht offen heiraten läßt.«

»Wie sollen wir insgeheim heiraten können?« fragte er tief unglücklich. »Wir müssen zu dem amerikanischen Konsulat in Puna gehen, und dort sind dein Vater und dein Großvater gut bekannt. Der Konsul würde sie verständigen, bevor er uns die Erlaubnis gäbe. Wir müssen einander aufgeben...«

Sie biß sich auf die Lippen und wandte das Gesicht ab. »Ich wußte, daß du das sagen würdest. Ich wußte, daß du nicht den Mut aufbringen würdest. Ich weiß nicht, warum ich dich liebe.«

»Ich auch nicht«, sagte er.

Elend und trostlos saßen sie auf einer harten, kleinen Rohrbank nebeneinander. Der Lichtbalken fiel wie ein Vorhang zwischen sie und die offene Tür. Ängstlich blickte er in das tiefe Dunkel hinaus, ob nicht Lauscher sich näherten. Nichts blieb in Vhai verborgen… Die Leute hatten natürlich schon etwas gemerkt – aber in sein Haus war sie noch nie gekommen. Doch sein leicht erregbares Blut kreiste schneller und wurde warm. Sie saß eng bei ihm, ihr Schenkel preßte sich gegen sein Bein, das unter dem Dhoti nackt war. Sie sank immer mehr zu ihm hin, er nahm ihre Hand und streichelte sie mit langen, langsamen Bewegungen, Handfläche gegen Handfläche, seine Finger verflochten sich in ihre, sanft, langsam, streichelnd. Sie sank so zu ihm hin, daß er sie halten mußte. Man konnte Liebe verbieten, ja, aber manchmal ließ sie sich nicht aufhalten… Hier in der Nacht forderte die verbotene Liebe ihr Recht. Niemand hatte sie kommen, niemand brauchte sie fortgehen zu sehen. Der Abend war schon vorgeschritten, er konnte das Licht ausdrehen, und das ganze Haus würde im Dunkel liegen… Kein Diener schlief im Hause, und wenn man ihn im Krankenhaus verlangte, konnte er zur Tür gehen – aber es gab noch eine Hintertür, die vom Badezimmer in den Garten führte, aus der konnte sie notfalls entschlüpfen. Die guten Geister von Vhai würden sie gegen Schlangen und Insekten schützen – was sie ja schon getan hatten, als sie herkam…

Er stand auf, riegelte die Tür ab, ging ins Zimmer und löschte das Licht. In völliger Dunkelheit setzte er sich wieder zu ihr. Er streichelte ihre Hände, ihre Arme, den Hals, die Wangen hinauf bis zu ihren kleinen Ohren hin. Dann, noch immer in demselben verzweifelten Schweigen, öffnete er die kleinen Knöpfe ihrer kurzärmeligen Bluse, streichelte die nackte Haut, die Schultern, den Rücken, ihre Brust. Als er die rundliche Fülle ihrer Brüste berührte, seufzte sie tief auf.

»Was jetzt, Livy«, flüsterte er, »was jetzt?«

Sie zitterte, sie umschlang ihn und legte ihm den Kopf auf die Schulter, ohne ein Wort zu sagen. Er nahm ihr Schweigen als Antwort, hob sie auf seine starken dunklen Arme und trug sie ins Haus.

Auf der Schwelle seines Schlafzimmers machte er kurzen Halt. Sie murmelte etwas gegen seine Brust. »Was sagst du, Livy?«

»Ich sage – laß es geschehen, was auch geschieht. Ich will es so.«

Nur einmal, versprach er sich, nur dieses eine Mal, es braucht ja niemand zu erfahren... Beim erstenmal passierte selten etwas... Eine Jungfrau steht unter besonderem Schutz... Ja, nur einmal – und dann mußten sie sich trennen...

Er hatte es von vornherein gewußt, er hatte nie die geringste Hoffnung gehabt. Aber hoffnungslose Liebe war die schlimmste, die schrecklichste, die dauerndste... Dies aber würde ihr Ende sein.

War noch ein anderer daran schuld, daß es nicht das Ende war? Schnellfüßig ging sie immer wieder durch die Nacht, und die Geister, die böse Taten lieben, beschützten ihre bloßen Füße vor Schlangen und stechenden Insekten – und ihre Liebe nahm kein Ende.

Sie erschrak vor sich selbst, daß sie so geheim sündigen konnte, aber sie gab es nicht auf. Sie, das Kind christlicher Eltern, das die Zehn Gebote kannte und wußte, was Gutsein, Reinheit und Rechtschaffenheit waren, die großen, tönenden Worte, die wie Sonnen über ihr schienen und in deren Licht zu wandeln sie geglaubt hatte – sie schlich bei Nacht wie ein Straßenmädchen aus dem Hause und wieder hinein. Sie verwechselte keinen Augenblick den Gott ihres Vaters und Großvaters und noch weniger den ihr vertrauteren Gott ihrer Mutter mit jenen indischen Gottheiten, die sie in den Tempeln gesehen hatte, nicht nur hier in Vhai, sondern auch in den großen Tempeln in Puna – Ganesch mit dem Elefantenkopf und Kali, das Symbol des Bösen, die die Menschen dazu verlockte, Sünden und Verbrechen zu verehren... Sie war kein Kind mehr und wußte, was manche Frauen in manchen Tempeln taten, und daß manche Priester, Götter mit ihnen spielend – ein rätselhafter Kult –, ihnen ihre Jungfräulichkeit nahmen... Das dunkle Chaos solcher Kulte, an den Rändern der altindischen Religion, hatte sie abgestoßen, sie war froh über die klare Einfachheit ihres eigenen Glaubens gewesen, den sie von ihren Eltern gelernt hatte – und doch war sie nun nicht besser als eines jener Tempelmädchen und ohne Entschuldigung für ihre Sünde...

Nacht für Nacht ging sie zu Jatin, und auch er verlor jetzt seine Angst, auch ihm war jetzt alles gleich. Mochten die Dorfbewohner wispern und ihre Augen abwenden und so tun, als sähen sie nichts! Seine Liebe wuchs ihm über den Kopf, ergriff Besitz von ihm wie eine Krankheit, sie entflammte sich an der Gewißheit, daß jeder Tag, jede Stunde die Entscheidung bringen konnte und daß er Livy für immer verlieren würde. Er zweifelte nicht an dem unausweichlichen Ende, aber er nahm den Tag, wie er kam, und wartete fieberhaft auf die Nacht.

Zwölf Tage und zwölf Nächte gingen so dahin. Ihr Vater faßte keinen Verdacht, denn wenn er geahnt hätte, was nachts, wenn er hinter seinem Moskitonetz schlief, vor sich ging, wäre es dann denkbar gewesen, daß er nichts gesagt hätte? Er hätte Livy sofort wenigstens bis nach Puna gebracht, und auch das wäre dann das Ende gewesen.

Jatin ahnte nicht, wie Livy sich tagsüber verhielt, wie ruhig, wie gehorsam sie war, wie sanft sie sprach, wie sie ihrem Vater jeden Wunsch von den Augen ablas und wie unschuldig sie dem Blick ihrer Mutter begegnete, wenn sie sie manchmal zweifelnd ansah.

Sie spielte mit Sarah, sie nähte und half ihrer Mutter, die Koffer für die Reise zu packen. Sie brachte den Gästen ihres Vaters Gebäck, Melonenschnitten und Süßigkeiten, und die Gäste sahen sie erstaunt an und hielten den Mund. Einige wußten es und andere nicht, aber bald würden es alle wissen... Livy fühlte, daß sie es wußten, sie sah es in ihren dunklen, sprechenden Augen, sie hörte es aus ihren Worten, denn sie begrüßten sie, als gehöre sie zu ihnen, oder sie begrüßten sie feindselig. Freundliches und feindseliges Benehmen – sie mußte es sich gefallen lassen, denn sie konnte sich nicht mehr aus dem Netz, in das sie sich verwickelt hatte, befreien, und sie wußte jetzt so gut wie Jatin, daß es keine Hoffnung gab. Sie konnte auch keine Hoffnung auf ihn setzen, das wußte sie nun, und so mußte sie ihn nehmen, wie er war, und aus der immer kürzer werdenden Frist herausholen, was sie nur konnte.

Abends ging sie früh in ihr Zimmer, in das kleine Zimmer ganz hinten im Hause; sie ließ sich von der Aya beim Auskleiden und Baden helfen und ging vor ihren Augen zu Bett. Manchmal war sie überzeugt, daß die Aya ihr Vorhaben durchschaute, aber sie sagte nichts. Wenn kein Wort gesprochen wurde, war die Aya nicht verantwortlich, aber wenn sie auch nur eine Andeutung machte, mußte sie es Livys Eltern sagen, und daher wollte sie nichts wissen. So weit war das Geheimnis offenkundig zwischen ihnen, und niemand wollte, daß es noch klarer wurde... Manchmal schlief sie wirklich ein, und ein- oder zweimal schlief sie sogar bis zur Morgendämmerung durch, und dann war es zu spät. Aber sieben von den elf Nächten war sie wach. Dann schlüpfte sie aus dem Hause, lief über die grasigen Pfade, ständig in Gefahr, von Kobras gebissen zu werden. Aber sie hatte Glück, keine schlängelte sich ihr in den Weg. Leise klopfte sie an die Hintertür, und Jatin ließ sie sofort ein, obschon er wußte, daß er sich dadurch sein ganzes Leben zerstören konnte. Aber er konnte nicht anders, er nahm sie in die Arme, und es wurde nicht lange gezögert oder gekost, dazu war die Zeit zu kostbar. Schnell kamen sie zusammen, kurz und tief war ihre Liebe. Sie sprachen wenig. Dann ging sie wieder fort.

18

Inzwischen beschäftigte sich Ted damit, sein Haus so in Ordnung zu bringen, daß er ohne Sorgen fortfahren konnte. Die Aufgabe nahm ihn Tag und Nacht in Anspruch, und er war froh darüber, denn so brauchte er nicht in den Spiegel seiner

Seele zu schauen. Er konnte jetzt nicht entscheiden, was recht oder unrecht war. Dazu brauchte er Zeit und Überlegung. Hier handelte es sich um mehr als nur darum, daß Livy sich in den nächstbesten Mann verliebt hatte. Diese Erfahrung mußte wohl jeder Vater machen, er hatte sogar tiefes Verständnis dafür. Warum sperrten sich sein Geist und sein Herz dagegen, daß Livy Jatin heiraten wollte? Er konnte seine eigene Frage nicht beantworten, aber er wurde so verstört durch sie, daß er es nicht ertragen konnte, wie Livy in ihrer gewohnten Grazie schweigend umherging, denn er hätte sie am liebsten in die Arme geschlossen. Wenn er Zeit hatte, auf dem Schiff und in Amerika, würde er sich in dem verborgenen Spiegel betrachten - aber nicht jetzt, auf diesem Boden war es ihm unmöglich. Er mußte zuerst fort, aber vor allem mußte Livy fort, so daß er frei von dem quälenden Gedanken war, wo sie wohl zu jeder Tagesstunde sein mochte. Erst wenn die Aya abends aus ihrem Zimmer kam und er sie sicher im Bett wußte, hatte er Ruhe - aber nein, Ruhe konnte man das auch nicht nennen, denn da war wieder Ruth, seine Frau, die ihn nachdenklich ansah, aber nichts sagte. Auch sie hatte sicher Fragen auf dem Herzen, aber sie wollte sie jetzt nicht stellen; er hätte auch nicht gewußt, was er ihr antworten sollte. Sie waren in ihr verschlossen, und er wagte nicht, sie aus ihr herauszuholen, er wollte nicht einmal wissen, was sie dachte, wenn sie überhaupt etwas dachte, denn sie hatte den vermaledeiten Kunstgriff, eine Sache einfach in ihrem Geiste ruhen zu lassen, bis sie in der Stille reif wurde - dann aber konnte niemand ihren Wortstrom unterbrechen oder ihm widerstehen. Hoffentlich brach er erst auf dem Schiff oder in Amerika los, wenn Livy glücklich weg war.

Er wußte auch nicht, denn wie hätte er es wissen können, daß alle Inder in seinem Haus und im Dorf über Livy wachten und sie durch vollständige Schweigsamkeit gegen ihn schützten. Wenn er fort war, würden sie endlos reden, aber jetzt beschützten sie das Kind, das arme kleine Kind, das unter ihnen aufgewachsen war und zu ihnen gehörte, während er in Wirklichkeit doch ein Fremder war und es bei aller Liebe bleiben würde. Er gehörte zu den Weißen, zu den Besten unter den Weißen, aber sie, eine einsame kleine Gestalt, war nun ganz zu ihnen gekommen. Wenn sie zu Jatin kam, kam sie zu ihnen. Sie hätten ihre Arme ausstrecken und sie an sich ziehen mögen, aber sie warteten schweigend, um zu sehen, ob er sie wegbringen würde. Nicht einen Zipfel ihres Geheimnisses lüfteten sie, und zu diesem Beschützen und Verdecken gehörte auch ihr Gehorsam gegen Ted, ihre schnelle Bereitwilligkeit, ihm bei allen Vorbereitungen für die Abreise behilflich zu sein.

Trotzdem hörte Jehar, der christliche Sadhu, auf seiner Wanderung nach Süden ein Gerücht, eine scheinbar wortlose Mitteilung, die von jedem Mund zu jedem Ohr, von einem Dorf zum andern ging, bis auch er sie vernahm. Da eilte er nach Vhai, weil er sich denken konnte, was in dem Lehmhaus vor sich ging. Er traf dort abends ein, als die Sonne über grünen Feldern unterging. Der Monsun war zu Ende, aber die Felder waren noch nicht verstaubt; und die Sonne sank in reiner Schönheit unter den Horizont, als er vor der Tür des Hauses stand.

Ted sah durch das offene Fenster des Studierzimmers, denn er fühlte, daß jemand vorübergegangen war, und als er die vertraute und geliebte Gestalt sah, ging er selbst an die Tür.

»Jehar!« rief Ted. »Niemand sehe ich in diesem Augenblick lieber als dich!« Er faßte Jehars Hand und zog ihn in sein Haus und dann in sein Studierzimmer. Dort schloß er die Tür, und die beiden standen einander gegenüber. Jehar war größer, eine mächtige Gestalt. Er wirkte noch gewaltiger, als er war, durch den Turban und die fließenden Falten seines gelben Gewandes.

»Setz dich«, sagte Ted. »Hast du Hunger oder Durst?«

»Keines von beiden«, erwiderte Jehar. Seine tiefe Stimme war friedvoll, seine großen dunklen Augen hatten einen milden und liebevollen Ausdruck, sein schwarzer Bart und seine schwarzen Augenbrauen ließen seine braune Haut fast bleich, aber nicht farblos erscheinen. Er war barfüßig. Barfüßig hatte er einen großen Teil der Welt durchwandert, bis in die Schneeberge Tibets hinein. Er war in Europa und in England gewesen und schließlich in Amerika, aber überall war er derselbe.

Ted setzte sich zu ihm. Die Hände auf die Knie gelegt, betrachtete er unverwandt seinen alten Freund. »Ich hatte keine Ahnung, daß du in der Nähe von Vhai warst.«

»Ich war nicht in der Nähe«, erwiderte Jehar. »Ich habe unter den Sikhs gepredigt. Dort hörte ich die Kunde, daß du beabsichtigst, in dein Land zurückzukehren, und so kam ich hierher, um zu erfahren, ob das richtig ist und wann du zurückkehren willst.«

»Es ist so«, sagte Ted. Er zögerte, aber dann überkam ihn das Bedürfnis, seine Sorge diesem weisen Freunde anzuvertrauen. Mit niemandem konnte er so offen sprechen wie mit Jehar, niemand würde seine Bedenken gegen eine Heirat Livys und Jatins so gut verstehen. Daher erzählte er Jehar genau, was geschehen war, und warum er Livy schnell aus dem Lande bringen wollte.

Jehar hörte aufmerksam zu, dann und wann nickte er zustimmend. »Ich kann es verstehen«, sagte er schließlich. »Ich hätte es vielleicht nicht verstanden, wenn ich nicht bei dir daheim gewesen wäre. Mein Bruder Ted, ich habe dir nie gesagt, daß ich in New York deinen Vater besucht habe.«

»Mein Vater hat es mir mitgeteilt«, erwiderte Ted. Er ging sehr ungern auf diesen Punkt ein. Sein Vater hatte ihm fast wütend geschrieben, daß sich Jehar in New York aufgeführt hätte, als wäre er in Indien. Er habe nicht den Eindruck eines Christen, sondern eines Swamis, eines Yogis gemacht, also eines höchst sonderbaren, geheimnisvollen, jedenfalls aber fremdartigen Menschen. »Er hatte natürlich auf keiner bedeutenden Kanzel sprechen dürfen. Für den wahren Christen liegt etwas Abstoßendes in dieser unbekümmerten Zurschaustellung indischer Gewandung, bloßer Füße und so weiter. Es war für uns alle sehr betrüblich.«

»Vielleicht hat er dir nicht geschrieben, daß er es für seine

Pflicht hielt, mir seinen Tadel auszusprechen«, sagte Jehar lächelnd. »Ich ließ mir seinen Tadel gefallen, denn ich wußte, daß er ihn nicht zurückhalten konnte, aber ich ließ mich nicht durch ihn beeinflussen. Ich habe ihm erklärt, ich sei kein Swami, denn dieser Name bedeutet Herr, und ich bin kein Herr. Ich bin nur ein Sadhu, das heißt, ein frommer Mann, und da ich Inder bin, kann ich diesen Namen führen, auch wenn ich Gott durch Jesus Christus sehe.«

»Hat mein Vater das verstanden?« fragte Ted.

»Ich weiß nicht, wie nahe sein Geist und sein Herz zusammen sind«, erwiderte Jehar. Nachdenklich saß er eine Weile da, und Ted, der an ein solches Schweigen gewöhnt war, wartete.

Als Jehar sprach, erwähnte er Livys Namen nicht. »Du wirst dich an den Vers aus dem Mahabharata erinnern, den Gandhi manchmal zitiert.«

Er machte eine Pause, atmete tief ein, schloß die Augen und begann dann in einem tiefen, pulsierenden Rhythmus zu psalmodieren:

»Der einzelne kann zugunsten der Familie
geopfert werden,
die Familie kann zugunsten des ganzes Dorfes
geopfert werden,
das Dorf kann zugunsten der ganzen Provinz
geopfert werden,
die Provinz kann zugunsten des ganzen Landes
geopfert werden,
um des Gewissens willen aber opfere alles!«

Er schlug die Augen auf und blickte Ted ernst an. Sein dunkler, durchdringender Blick schien eine wirkliche, physische Wärme auf Ted zu werfen, so kam es ihm jedenfalls vor.

»Was sagt dir dein Gewissen?« fragte Jehar.

»Ich weiß nicht«, sagte Ted. »Ich habe so gehandelt, wie ich meinem Gefühl nach handeln mußte.«

Jehar dachte über diese Worte nach, den Blick noch immer liebevoll auf den Freund gerichtet. »Du hast viel zu tun gehabt, aber wenn alles getan ist, wirst du Zeit haben, auf die innere Stimme zu lauschen. Jedes Gewissen ist verschieden vom anderen, und meines darf nicht für deines sprechen. Was ist das Gewissen? Es ist der am höchsten entwickelte Teil des menschlichen Wesens, das Mark des Geistes, das feinste, das empfindlichste Organ der Menschen. Es wird geformt durch die Sitten einer gegebenen Gesellschaft, zur Weisheit entwickelt durch persönliche Erfahrung, aufrechterhalten durch die Kraft des Willens. Mein Gewissen ist verschieden von deinem, wie es verschieden ist von jedem anderen. Für mich war es richtig, das Leben eines Sadhus im alten indischen Sinn zu führen und Christus zu predigen. Wie ich schon zu deinem Vater sagte, passen Ehe, Heimat und Reichtum nicht für mich, aber anderen sind sie gemäß. Ich habe meinen Lohn erhalten. Du hast hier in Vhai Großes geleistet und auf viele Dinge verzichtet, auf die andere deiner Art nie hätten verzichten können, und auch du hast deinen Lohn erhalten. Dein Vater kann dies nicht verstehen, wie er auch mich nicht verstehen kann. Wie es nun auch sein mag, wir haben beide unseren Lohn erhalten. Aber jetzt –«

Er schüttelte den Kopf, und Ted sah, wie schon manchmal, das Licht der Ekstase in den grundlosen, indischen Augen aufleuchten.

»Aber jetzt«, fuhr Jehar fort, »wird dir eine neue Gelegenheit geboten. Es ist nicht meine Aufgabe, dir einen Rat zu geben. Gott schickt dir eine Gelegenheit, denn alle Dinge kommen von Gott. Was bedeutet sie? Du magst dich fragen: Ist das, was ich getan habe, nicht genug? Wenn du fühlst, daß es genug ist, wenn dir auch dein Gewissen das sagt, dann ist es genug, und du wirst deinen Lohn erhalten. Aber wenn auf dem Schiff in der Weite des Meeres dein Gewissen dir sagt, daß alles, was du getan hast, nicht genug ist, daß Gott dir noch eine Gelegenheit gibt, mehr zu tun, dann höre auf dein Gewissen. Die Leiter zum Himmel besteht aus Sprossen. Bei jeder Sprosse denken wir, wir hätten das Ziel erreicht, aber dann kommt noch eine neue Sprosse, und die letzte vor den Toren Gottes ist diejenige, auf der man sein ganzes Selbst hingibt.«

Ted wehrte sich gegen den Zauber der dunklen Augen, den er so gut kannte, und gegen die sanfte, aber mächtige Stimme. Er versuchte zu lachen. »Jehar, du wirst nie einen Inder aus mir machen! Ich bin ein Amerikaner - und ich hoffe, daß ich ein guter Christ bin.«

Jehar lächelte. »Warum sollte ich versuchen, aus dir etwas zu machen, wozu du nicht geboren bist? Gerade weil du Amerikaner bist, nenne ich dich gern meinen Bruder, und ich habe ja selbst gesehen, auf wieviel du verzichtet hast, um Christ in Indien zu sein. Was ich aufgegeben habe, ist nichts im Vergleich mit dem Reichtum, den Vergnügungen, den Ehren, die dir in deinem eigenen Lande zuteil geworden wären. Aber statt dessen hast du dein Leben hier in einem indischen Dorf zugebracht, in einem strohgedeckten Lehmhause. Ich muß demütig vor dir sein. Du hast deine Kinder hier aufgezogen, und ich habe keine. Ich weiß nicht, was es ist, wenn einem ein Kind als Opfer abverlangt wird. Aber ich sehe doch in meiner Demut, daß du ein so vorbildliches christliches Leben in meinem Lande geführt hast, daß von dir jetzt die letzte Probe verlangt wird, einen Inder als deinen eigenen Sohn aufzunehmen und seine Kinder als deine Enkel anzuerkennen. Es ist dir jetzt möglich, den letzten Schritt zur vollkommenen Brüderschaft zu tun, sowohl im Fleisch als auch im Geist. Gott hat dir diese Möglichkeit gegeben, um dein Leben im Sinne Christi vollkommen zu machen.«

Die Luft war mit äußerster Spannung geladen. Jehars ernste Stimme zitterte, er erhob den Kopf, schloß die Augen und versank in stilles Gebet.

Auch Ted war zum Schweigen gezwungen. Er konnte nicht beten, aber er saß unbeweglich, er dachte nicht nach, aber sein Wille war tätig. Mit aller Kraft widerstand er dem Magnetismus Jehars. Er wollte sich nicht zwingen lassen.

Es dauerte alles nur einen Augenblick. Jehar öffnete die

Augen und zeigte wieder sein Lächeln. Er erhob sich. »Ich freue mich, daß du selbst es mir gesagt hast. Ich werde es noch von anderen hören und ihnen dann sagen, daß ich alles weiß und daß dein Handeln im Einklang mit deinem Gewissen steht. Und nun, lieber Bruder Ted, werde ich meiner Wege gehen.«

»Bleib heute abend bei uns, Jehar.« Er lud ihn ein, aber ohne Nachdruck. Er fühlte sich plötzlich sehr müde und niedergeschlagen. Gewöhnlich wirkte Jehar belebend auf ihn, aber heute konnte er sein Herz nicht erreichen...

»Ich kann nicht, Ted«, erwiderte Jehar. »Man erwartet mich morgen dreißig Meilen südlich von Vhai, und ich werde die ganze Nacht durchwandern.«

Sie gaben sich die Hand.

Jehar legte seine linke über ihre geschlossenen Hände. »Komm wieder!« sagte er. »Kehre nach Indien zurück!«

»Selbstverständlich«, sagte Ted.

Jehar sagte nichts mehr. Er trat zurück, sah Ted in die Augen und hielt die erhobenen Hände zusammen, Handfläche auf Handfläche, wie es in Indien seit alters her als Gruß und beim Abschied üblich war. »Ich sehe Gott in dir«, bedeutete die Gebärde.

Ted beugte den Kopf und sah in trüber Stimmung die große Gestalt barfüßig nach Süden gehen.

Als Jehar fort war, fiel es ihm ein... Warum hatte Jehar gesagt: nach Indien – und nicht: nach Vhai?

Am letzten Tag rief Ted Jatin zu sich. »Jatin«, sagte er, »ich bestelle Sie als Wächter über die ganze Siedlung. Sie werden weiter Ihren ärztlichen Pflichten obliegen, und ich werde dafür sorgen, daß Ihnen von Puna ein junger Mann für den Unterricht geschickt wird. Jehar wird dann und wann vorbeikommen und die Christen zusammenhalten. Sie werden mich nicht sehr vermissen.«

»Wir werden Sie vermissen!« sagte Jatin. Hoch und gerade aufgerichtet stand er in seinem weißen Arztmantel vor Ted.

»Nehmen Sie Platz«, sagte Ted.

Jatin setzte sich. Was auch seine Pflicht sein mochte – er würde nichts von den sieben Nächten sagen. Sie würden in seiner Erinnerung begraben liegen, so tief wie Edelsteine auf dem Meeresgrund. Das Leben würde über sie hinwegrauschen, aber niemand würde etwas erfahren.

»Ich möchte Ihnen danken«, sagte Ted. »Sie haben mir die Treue gehalten. Livy ist jung, und Sie hätten ihre Gefühle so erregen können, daß sie keinen Halt mehr gefunden hätte. Aber Sie sind gut und stark gewesen. Sie haben sie merken lassen, daß ihre kindliche Schwärmerei für Sie aufhören muß. Ich bin Ihnen dafür dankbar, und doch habe ich das Gefühl, mich irgendwie entschuldigen zu müssen, denn ich sehe in der ganzen Sache auch ein eigenes Versagen. Livy ist zu jung, sagte ich, und das ist sie ja auch wirklich – aber wenn ich ehrlich zu mir bin, weiß ich, daß ich… daß es noch einen anderen Grund für meine Weigerung gibt.« So viel hatte Jehar doch in ihm bewirkt…

»Bitte, sprechen Sie nicht weiter, Mr. MacArd«, sagte Jatin. »Ich verstehe. Eltern sind natürlich darauf bedacht, daß ihre Kinder innerhalb ihrer eigenen Art heiraten. Das mag sogar richtig sein. Jedenfalls wünschte ich nicht, Ihnen Widerstand zu leisten. Zwischen mir und Ihrer Tochter ist Karma. Wir sind dazu bestimmt, uns zu lieben – aber es mag wohl sein, daß wir gleichzeitig durch unsere Geburt gehindert sind, uns zu heiraten. Ich fühle das und erkenne es an.«

»Ich muß noch mehr sagen«, beharrte Ted. »Ich bin Christ, Jatin, und es mag sein, daß ich als Christ anders fühlen sollte. Ich dachte, ich hätte mein Leben Gott geweiht, doch ist es vielleicht nicht so…«

Jatin lächelte. »Ich möchte Livy nicht haben, wenn Sie mit ihr Ihrer Religion ein Opfer bringen.«

Ted konnte nicht lächeln. »Es handelt sich nicht um Livy, sondern um mich. Ich sollte vielleicht bereit sein, den Sinn der christlichen Liebe ganz zu erfüllen. Schon das Wesen dieser Liebe führt uns an ihre äußersten Grenzen. Ich fühle ein

Versagen in mir selbst. Ich bin nicht bereit, bis an die äußerste Grenze zu gehen.«

Die warme Teilnahme in Jatins Gesicht überraschte ihn. »Mein lieber Mr. MacArd«, sagte Jatin impulsiv. »Bitte, haben Sie nicht das Gefühl, daß Sie eine Schuld trifft. Die Liebe, von der Sie sprechen, ist nicht nur christlich, sie ist menschlich und kann nicht erzwungen werden. Livy kann sie fühlen, aber sie ist auch eine Generation später als Sie geboren. Ich fühle sie ebenfalls, obwohl ich kein Christ bin, aber auch ich gehöre einer anderen Generation an als mein Vater. Ich werde Livy nicht heiraten, ich verspreche es Ihnen – es ist nicht in meinem Schicksal beschlossen. Auch Livy weiß das. Aber wenn sie einmal einen Mann Ihrer Art heiratet, und wenn ihr Kind wünscht, was wir gewünscht haben, dann wird sie es erlauben. Die Zeit und die Generationen arbeiten mit dem Schicksal zusammen. Dies ist wahr, und daran glaube ich.«

»Ich fühle mich klein vor Ihnen«, gestand Ted. Er war verstört.

»Dann tue ich unrecht«, sagte Jatin. Er stand auf. »Lassen Sie uns nicht mehr hierüber sprechen und nicht mehr hieran denken. Was gewesen ist, läßt sich nicht ändern, und was sein soll, ist schon entschieden worden.«

An diesem Abend kam Livy zum letztenmal zu ihm, aber an diesem letzten Abend nahm er sie nicht in sein Bett. Statt dessen sprachen sie leise und lange, eng aneinandergeschmiegt, und schließlich sagte er, was ihn bedrückte. »Wenn du ein Kind bekommst, Livy, was dann?«

»Ich hoffe, daß ich eins bekomme!« rief sie.

»Nein, Livy, ich hoffe es nicht. Wenn ein Kind kommt, darfst du es nicht behalten.«

»Ich behalte es, Jatin.«

»Nein, das verbiete ich dir. Ich kann nicht in Frieden leben, wenn du mit einem Kind belastest bist und ich die Last nicht mit dir teilen kann.«

»Aber was soll ich dann tun?«

»Gib es weg. Es würde dunkel sein wie ich. Die Farbe unseres Volkes schlägt immer durch. Gib es den dunkelhäutigen Leuten in deinem Lande.«

»Unser Kind ist doch kein Neger, Jatin!« schrie sie, entsetzt über seine Forderung.

»Pst!« Er hielt ihr die Hand auf den Mund. »Laß es unter ihnen aufwachsen, da es uns nicht gehören kann. Aber vielleicht wird es nie geboren – und das wäre das Beste, denn du mußt frei von mir, und ich muß frei von dir sein, und unsere Last darf keinem Kinde aufgebürdet werden. Das ist unser Schicksal, und so muß es sein. Alles, was sein kann, haben wir gehabt.«

Er hielt sie fest bis zuletzt, im Bewußtsein, daß es nur noch Minuten waren – dann ließ er sie gehen. Sie klammerte sich an ihn, aber er schob sie sanft von sich weg, auf die Tür zu...

»Jetzt ist es zu Ende«, flüsterte er. »Es ist vorbei. Wir haben alles gehabt, was wir haben konnten, und es wird uns niemals genommen werden! Leb wohl, Livy. Leb wohl.«

Er riegelte die Tür ab und blieb hinter ihr stehen. Er hörte, wie sie sich anlehnte und schluchzte. Da weinte auch er, aber er gab nicht nach, und schließlich hörte er sie fortgehen.

19

Das Schiff fuhr ab. Ted sah, wie die Küste von Bombay langsam zurückwich. Das letzte Licht der untergehenden Sonne fiel von Westen auf die grünen Höhen von Malabar-Hill. Ein großer Kirchturm fing den letzten Sonnenstrahl auf, so daß man deutlich das Zifferblatt der Uhr sah. Auf der Küstenstraße leuchteten plötzlich die Farben der Gewänder auf, man gewahrte deutlich die weiße Kleidung der Parsenpriester.

Es war Ted zumute, als nähme er für immer Abschied. Würde er diese Küste nie mehr wiedersehen? Verließ er Indien wie sein Vater, ohne es zu wissen? Hatte sich etwas in ihm verändert, war ihm eine Kraft verlorengegangen? Er wußte es nicht.

Jemand berührte seinen Arm, er wandte den Kopf und sah

Ruth. Wieder, wie so oft, sah sie aus, als gehörte sie nicht zu ihm, eine gedrungene, pausbäckige Frau, immer adrett, aber jetzt merkwürdig fremd in ihrem blauen Schneiderkostüm aus Serge.

»Wo ist Livy?« fragte er unwillkürlich.

»In der Kabine beim Auspacken«, sagte sie. Ihre Hand legte sich in die Krümmung seines Ellbogens.

»Nun, wir haben sie wenigstens glücklich aus Indien weggebracht«, sagte er. Der Wasserstreifen zwischen Schiff und Küste wurde breiter. Zwanzig Meter, vierzig Meter, fünfzig – bald würden es Meilen sein.

»Hoffentlich«, sagte sie.

Er wollte nicht fragen, was dieser Zweifel bedeuten sollte. Er war erschöpft; es war, als hätte er sein Gleichgewicht verloren. Vielleicht war er zu lange in Vhai gewesen. Jahre hindurch hatte er sich verausgabt, und jetzt fühlte er sich müde und schwach. Es fiel ihm ein, daß er in der letzten Woche wenig gegessen hatte. Die hastigen Reisevorbereitungen und die Sorge um Livy hatten ihm die Ruhe genommen. Das bequeme Leben in dem alten Hause an der Fünften Avenue, wo sein Vater und Agnes ihn erwarteten, würde ihm guttun. Er brauchte Entspannung.

Auf den Korridoren und auf den Decks rief der Gong zum Essen.

»Ich glaube, ich habe Hunger«, sagte er.

»Dann laß uns in den Speisesaal gehen«, sagte Ruth. Noch einen Augenblick blieben sie. Die Sonne ging unter, die Schatten der Nacht hüllten schnell Stadt und Meer ein.

»Hoffentlich wird Livy nicht mehr ihre Saris anziehen«, sagte Ted unvermittelt.

»Ich habe ihr schon gesagt, daß sie sie nicht mehr tragen soll«, sagte Ruth ruhig.

»Machte sie Einwendungen?«

»Nein. Sie sagte, sie habe das schon selbst beschlossen.«

So war seine Unterhaltung mit seiner Frau oft; sie berührte nur die alltäglichen Dinge in kurzen Fragen und Antworten, und doch wußte er, daß sie Gedanken hatte, die sie nicht aussprach, und daher bedeuteten ihre Worte oft mehr, als sie ihrem Wortlaut nach enthielten. Er fragte selten, was sie sonst noch damit sagen wollte, und er tat es auch jetzt nicht. Ein Wind war plötzlich aufgekommen, es wurde feucht und kühl.

»Komm«, bat er. »Hier gibt's nichts mehr zu schauen. Laß uns nach unten gehen.«

Livy starrte auf dem hohen Oberdeck weiter allein in die Nacht. Die Lichter des Schiffes fielen auf das glatte, ölige Wasser der Bucht und auf die lange Linie des Bugs. Aber Livy sah nicht das Wasser unter sich und auch nicht die in immer größerer Entfernung funkelnden Lichter Bombays. Die Augen ihres Geistes blickten in gerader Richtung nordwärts nach Vhai. Sie sah Jatin allein in seinem Häuschen. Sie wußte, daß er arbeitete wie immer, seine Bücher las, sein einfaches Abendmahl einnahm und dann wieder las. In einer Stunde würde er seine letzte Runde durch das Krankenhaus machen. Die Kranken lagen dort auf Strohsäcken oder auf niedrigen hölzernen Gurtbetten, genauso, wie sie es zu Hause gewohnt waren. Ihr Vater hatte darauf bestanden, daß alles indisch blieb. Er wollte in Vhai nicht die komfortablen Einrichtungen haben wie im MacArd-Krankenhaus in Puna; aber sie ließ sich jetzt nicht mehr täuschen. Sie hatte gedacht, oh, sie hatte es wirklich geglaubt, daß ihr Vater in vollem Ernst sprach, wenn er sie als Kinder ermahnte, höflich zu den Einwohnern Vhais zu sein, als er sie ermunterte, einen Sari an Stelle eines Kleides zu tragen, bis ein Sari ihr viel natürlicher schien und weitaus bequemer als ein Knopfkleid – denn einen Sari schlang man um die Taille und stopfte ihn dort fest, so daß er wie ein Faltenrock herunterhing, dann warf man das andere Ende über die Schultern – und fertig... Das war viel leichter als in Ärmel zu schlüpfen, Gürtel anzulegen und eine Reihe von Knöpfen im Rücken zuzumachen... Ihr Vater hatte sie ermutigt, mit den Dorfkindern zu spielen und sie als Brüder und Schwestern zu betrachten, denn Gott im Himmel sei ihr gemeinsamer Vater, und sie seien alle eine große Familie. Sie hatte geglaubt, er sei von dem allen zutiefst überzeugt, aber jetzt wußte sie, daß es nicht so war. Denn wenn er wirklich geglaubt hätte, was er predigte, dann hätte er ihr Jatin freudig zum Mann gegeben – denn das wäre doch die Anwendung seines Glaubens gewesen; und wenn man seinen Glauben nicht in Taten umsetzte, dann war er nichts wert. Vielleicht stimmte das, was er ihnen von Gott erzählt hatte, auch nicht –?

Sie schauerte zusammen, eine unaussprechliche Traurigkeit überfiel sie, als sie an Jatin dachte. Er hatte sich nie von ihrem Vater täuschen lassen, das war ja ihr erster großer Streit gewesen.

»Jatin, ich sage dir, mein Vater wird glücklich sein. Er hat dich gern und wird dich freudig als seinen Sohn begrüßen.«

Das hatte sie öfter als einmal gesagt, aber Jatin hatte darüber nur traurig gelächelt.

Dann war sie heftig geworden: »Du glaubst also meinem Vater nicht!«

»Doch, er meint es sicher ehrlich«, hatte Jatin erwidert, »aber seine Seele ragt über ihn hinaus, sein Glaube ist da oben –« Er zeigte zum Firmament. »Aber sein Fleisch bleibt hier auf der Erde. Und sein Geist schwankt zwischen beiden hin und her. Er glaubt an seine Ideale und hält sie für nötig, aber er sagt, es sei viel Zeit erforderlich, um sie zu verwirklichen, sehr viel Zeit… Er weiß nicht, daß Ideale Schemen bleiben, wenn man sie nicht an der Wirklichkeit erprobt… Sie sterben, wenn sie nicht verwirklicht werden.«

Vieles, was Jatin sagte, hatte sie nicht verstanden, weil seine Gegenwart sie erregte. Sie hatte oft seinen Worten nicht aufmerksam lauschen können, weil ihre Augen an seinen Lippen hingen. Wenn sie an diese Lippen dachte, wurde ihr das Herz in der Brust schwer wie ein Klumpen Blei. Nie würde sie sein Gesicht wiedersehen, das wußte sie jetzt… Ihr Vater hätte sie nicht für immer trennen können, doch Jatin selbst hatte sie weggeschickt. Wenn er nur im geringsten willens gewesen wäre, ihrem Vater entgegenzutreten, wäre es möglich gewesen – aber er wollte nicht, nicht aus Furcht, sondern weil er glaubte, es sei, so wie die Welt nun einmal war, ihr Schicksal, auseinanderzugehen...

»Du mußt wieder in dein Land«, hatte er ihr gesagt, »und wenn du die Schule hinter dir hast, mußt du einen guten Mann heiraten.«

»Ich will nicht!« hatte sie leidenschaftlich geschrien, von Tränen überströmt.

»Aber ich sage dir, daß du es mußt«, hatte er mit seiner ernsten Stimme noch einmal gesagt. »Und, Livy, laß dir noch etwas sagen. Sprich nie von mir! Das sage ich zu deinem Schutz, denn wenn dein Vater, der ein guter Mann ist, nicht einmal den Gedanken an unsere Liebe ertragen kann, dann kann ihn jener, der einmal dein Mann sein wird, noch weniger ertragen... Er wird sich von dir zurückziehen, weil du mich einmal geliebt hast.«

»Ich werde dich immer lieben«, hatte sie erklärt, »und ich werde nie heiraten!«

Darauf hatte er nichts erwidert. Er hatte nur ihre Wangen mit seinen zarten, aber machtvollen Handflächen gestreichelt. Bei dem heißesten Wetter waren seine Handflächen kühl und trocken, aber sie waren niemals kalt. In seinen Händen war Heilkraft. Nie mehr würde sie einen Mann sehen wie ihn, nie einen Mann kennenlernen, der sich mit ihm vergleichen könnte. Aber weil die glatte Haut seines Körpers dunkel war, durften sie nicht Mann und Frau werden... Eine Hülle, so dünn, daß man sie mit einer Nadelspitze durchstechen konnte – und darunter war das Fleisch genauso bleich wie ihr eigenes und das Blut genauso rot... Und doch trieb sie die Farbe dieser papierdünnen Haut nach verschiedenen Seiten, in entgegengesetzte Richtungen der Welt.

Es gab jedoch etwas, über das sie ganz anderer Meinung war als er. Sie hatte noch die Hoffnung auf das Kind. Wenn ein Kind aus ihrer Liebe entstünde, so würde sie es nie weggeben, wie er ihr befohlen hatte... Wenn sie ein Kind bekäme, würde sie nach Indien zurückgehen und darauf bestehen, daß

Jatin sie heiratete und das Kind als sein eigenes anerkannte. Sie würde es nicht machen wie ihr Vater. Was sie glaubte, das wollte sie auch tun. Liebet einander, hieß es in der Schrift, und so hatte sie alles geliebt, was Indien war: Vhai und die Leute in Vhai, die Kinder und Frauen und ihre Aya, und schließlich hatte sie Jatin geliebt.

Sie klammerte sich an die Reling und schloß in innigem Gebet die Augen. »O Gott, wenn es dich gibt und du mich hörst, gewähre mir bitte, was ich am meisten wünsche. Gib mir ein Kind, auf daß ich zu Jatin zurückkehren kann!«

Sie betete mit tiefer Inbrunst und fühlte sofort, daß ihr Gebet erhört worden war. Ein sanfter Nachtwind wehte über sie hinweg. Noch vor einem Augenblick war es windstill gewesen, und jetzt kam plötzlich der Wind, ein Zeichen und ein Versprechen! Sie öffnete die Augen in ekstatischer Hoffnung und fühlte, wie das Schiff unter ihren Füßen sich hob und senkte. Sie waren aus der Bucht heraus und kamen in die offene See – aber sie würde zurückkommen, denn Gott hatte sie erhört und ihr das Zeichen gegeben. Einen Augenblick spielte sie mit dem Gedanken, ihrer Mutter zu sagen, daß sie ein Kind erwarte, aber dann wies sie ihn von sich. Nein, noch nicht – sie konnte sich in Gott getäuscht haben. Es würde noch einige Tage dauern, bevor sie es wissen konnte...

Sie erschauderte, der Wind wurde plötzlich kalt. Es wurde dunkel. Sie durfte Jatin nicht verlieren! Vhai war da und würde immer da sein. Wenn sie jetzt auch schnell in eine andere Richtung getrieben wurde, so würde sie doch zurückkommen – wenn sie sich nicht in Gott getäuscht hatte...

Aber sie war jung, und während sie wartete, gab es Stunden, in denen sie alles fast vergaß. Es war eine fröhliche Gesellschaft an Bord, junge Männer und Frauen luden sie zu ihren Spielen ein, und wenn sie recht schön baten, sang sie ihnen indische Lieder vor, die in Inhalt und Ton so abwechslungsreiche Lieder von Vhai.

Man war entzückt von ihr, und sie konnte sich natürlich der Freude darüber, daß sie gefiel, nicht entziehen, denn es war angenehm zu hören, daß man hübsch war, daß man eine reizende Stimme hatte, die nur noch der Schulung bedurfte, daß man eine begabte Tänzerin war – und es fiel sogar das große Wort: Hollywood. Hatte sie schon einmal an Hollywood gedacht? Solche zahlreichen, manchmal eindringlich, manchmal scherzhaft vorgebrachten Komplimente machten sie verlegen; sie antwortete mit schüchterner Kinderstimme, ihre langen braunen Wimpern lagen wie Schatten auf den Wangen, aber dann schnellten sie plötzlich nach oben. Nein, nein, an Hollywood habe sie noch nie gedacht, sie glaube nicht, daß ihr Vater das billigen würde, und bestimmt nicht ihr Großvater. Ja, sie führen direkt nach New York, wo sie in dem Haus ihres Urgroßvaters wohnen würden – ja, ja, David Hardworth MacArd, des großen MacArd, denn ihr Großvater hieß auch David. Sie war so jung, daß es ihr Spaß machte, die kleine Pause zu beobachten, die der Kundgabe dieses berühmten Namens folgte, und als sie aufstand, um fortzugehen, tat sie das nicht nur mit Anmut, sondern auch mit Würde. Sie war ja die Urenkelin des großen MacArd…

Doch ihr Herz blieb treu, und abends und morgens betete sie und dachte an Jatin, und während des Tages erschien ihr oft sein Gesicht. Sie schaute auf ihre kleine golden Armbanduhr, die sie als Weihnachtsgeschenk von ihrem Vater bekommen hatte, und fragte sich dann, wo Jatin jetzt war; sie sah ihn dann bei der Arbeit oder daheim. Sie war noch immer nicht von ihm getrennt und konnte es auch nicht sein, solange es noch möglich war, daß sie ein Kind bekam…

Die Tage vergingen. Das Schiff war mitten auf dem Ozean, und eines Morgens war die Gewißheit da. Die Antwort war klar: Sie würde kein Kind bekommen. Die Natur kündigte es ihr an, sie wußte, daß ihre Liebe keine Frucht getragen hatte. Sie war an diesem Morgen früh aufgestanden, das Wasser trug weiße Schaumkämme, die Sonne stieg eben über den Horizont. Sie war in fröhlichster Stimmung aufgewacht, denn sie war zu jung, um andauernd traurig zu sein, und jetzt wußte sie es plötzlich – und der Tag war zu Ende, kaum daß er heraufdämmerte. Sie ging wieder zu Bett, zog die Decke über sich und weinte leise in die Kissen, damit Sarah in der anderen Koje sie nicht hören konnte. Aber Sarah hörte sie doch, tat so, als ginge sie in das Badezimmer, und rief ihre Mutter. Ruth kam in ihrem roten Morgenrock herein, und zwar so plötzlich, daß Livy keine Zeit hatte, sich die Wangen zu trocknen und zu beteuern, sie weine nicht.

»Es ist nur, weil ich mich nicht wohl fühle«, murmelte sie, wobei sie sich bemühte, ihre Mutter nicht anzuschauen.

Aber Ruth griff mit starker Hand ihrer Tochter ans Kinn, an das reizende Kinn mit dem Grübchen. »Du fühlst dich nicht wohl?«

»Ach, doch nur die übliche dumme Geschichte...«

»So.« Ruth ließ ihr Kinn los. »Aber wer wird denn deshalb weinen?«

»Manchmal weint man halt wegen nichts«, meinte Livy.

»Du nicht«, gab Ruth zurück. Sie schaute ihrer Tochter ins Gesicht und sah die geschlossenen Augen und die zitternden Lippen. Das Mädchen war bleich. Sie hatte vielleicht mehr durchgemacht, als sie alle wußten. Sie erinnerte sich, daß auch sie als Kind immer geweint hatte, wenn sie Indien verließ. Aber bei ihrer Tochter spielte noch dieser Jatin mit... Sie wußte nicht, wie weit das gegangen war, aber jedenfalls war Livy jetzt außer Gefahr. Die Liebe war sicher nicht zu tief gedrungen, höchstens bis ins Herz, und das würde heilen.

»Deck dich warm zu!« sagte sie energisch. »Ich werde dir das Frühstück ans Bett bringen lassen.« Sie beugte sich nieder, küßte ihre Tochter auf die Stirn und war froh, nicht zu wissen, was man ihr nicht anvertraut hatte. Wozu sollte man das auch wissen, da doch nichts dran zu ändern war? Denn was auch gewesen sein mochte, jetzt war es zu Ende.

Daran glaube ich

Ich liebe das Leben, weil mich die Menschen und ihr Werden unendlich interessieren. Durch mein Interesse wächst mein Wissen um sie beständig. Und dieses wiederum läßt mich glauben, daß das gewöhnliche menschliche Herz von Natur aus gut ist. Das heißt, es ist von Natur aus empfindsam und zart, es möchte sich bestätigt sehen und bestätigen, es sehnt sich nach Glück und nach dem Leben. Es will weder getötet werden, noch will es töten. Wenn besondere Umstände dazu führen, daß es dem Bösen anheimfällt, wird es doch nie ganz böse. Ein guter Kern bleibt erhalten – und mag es noch so sehr im verborgenen sein –, aus ihm kann das Gute sich immer wieder nähren.

Ich glaube an die Menschheit, aber mein Glaube ist ohne Sentimentalität. Ich weiß, daß der Mensch in einer Atmosphäre von Unsicherheit, Angst und Hunger verkrüppelt, daß er geformt wird, ohne daß er es merkt.

Ich brauche keinen anderen Glauben als den an die Menschheit. Wie einst Konfuzius nimmt mich das Wunder dieser Welt und das Leben darauf so gefangen, daß ich für Himmel und Engel keine Gedanken mehr habe. Dieses Leben bietet mir genug. Gäbe es kein anderes – es hat sich gelohnt, geboren zu werden, ein Mensch zu sein.

Ich glaube fest an das menschliche Herz und seine Kraft, dem Licht zuzustreben. Und dieser Glaube läßt mich auf die Zukunft der Menschheit hoffen und vertrauen. Der gesunde Menschenverstand wird der Welt eines Tages sicherlich beweisen, daß gegenseitige Hilfe und Zusammenarbeit für die Sicherheit und das Glück aller nur vernünftig sind.

Dieser Glaube gibt mir immer wieder die Kraft, alles zu tun, was ein Mensch nur tun kann, um die Lebensverhältnisse so zu formen, daß man sich in Freiheit entwickeln kann.

Die hoffnungsvolle Tatsache, daß die Welt genug Nahrungsmittel für alle Menschen hat, gibt mir Mut. Unser medizinisches Wissen ist schon soweit vorgeschritten, um die Gesundheit der ganzen menschlichen Rasse zu heben. Die Mittel, die uns für die Erziehung zur Verfügung stehen, können – in weltweitem Rahmen angewandt – die Intelligenz aller steigern. Nur dies eine bleibt uns noch zu tun: Wir müssen herausfinden, wie wir die Vorteile, die einige von uns genießen, aller Welt zugänglich machen. Mit anderen Worten, um auf mein Gleichnis zurückzukommen, wir müssen den Stein wegrollen.

Auch das können wir schaffen, denn genügend Menschen werden den Glauben an sich und die anderen finden. Zwar nicht zur gleichen Zeit. Aber die Zahl derer, die den Glauben haben, wächst. Vor einem halben Jahrhundert noch dachte niemand an Welternährung, Weltgesundheit, Welterziehung. Viele denken heute daran. Vor der Möglichkeit eines Weltkrieges, einer Massenvernichtung, ist dies meine einzige Frage: Gibt es genug Leute, die den Glauben haben? Bleibt uns Vernünftigen noch genug Zeit zum Handeln? Es ist ein Kampf auf Leben und Tod, ein Kampf zwischen Wissen und Unwissen. Mein Glaube an die Menschheit ist unerschütterlich.